Hannah Sunderland

Editado por HarperCollins Ibérica, S.A.
Núñez de Balboa, 56
28001 Madrid

A primera vista
Título original: At First Sight
© Hannah Sunderland 2021
© 2022, para esta edición HarperCollins Ibérica, S.A.
Publicado por AVON, una división deHarperCollins Publishers Ltd., Londres, U.K.
© Traducción del inglés: Sonia Figueroa Martínez

Diseño de cubierta: CalderónStudio
Imagen de cubierta: Dreamstime.com

ISBN: 978-84-18976-16-2
Depósito legal: M-37054-2021

NOTA DE LA AUTORA

En este libro se habla de cuestiones tales como la pérdida, el dolor, la depresión y el suicidio. Por favor, tenlo en cuenta si algo de lo dicho te afecta especialmente. Espero haber tratado con delicadeza estos importantes temas.

Este libro es para Matt, mamá, papá y para todos aquellos que en alguna ocasión hayan visto lejana la luz al final del túnel.

1

¿Habrá una hora del día más estresante que la pausa del mediodía para comer? Ese pequeño espacio de tiempo que se esfuma tan rápido mientras esperas en una cola detrás de alguien que pierde el tiempo en la caja, alguien que escoge el café que quiere a paso de tortuga mientras tú das saltitos de impaciencia. Yo solo le pedía a la vida un sándwich y no recibir una mirada de desaprobación de mi jefe al regresar sudorosa y acalorada al trabajo.

Estaba esperando allí de pie, la cuarta en una fila que llevaba unos tres minutos sin moverse. Estaba claro que el cajero era nuevo y, aunque me compadecí de él al ver sus ojos llenos de pánico y su rostro desencajado, mi paciencia empezaba a escasear. Maniobrando con los brazos, recoloqué mi bolsa de patatas fritas y mi sándwich de hummus y pimientos rojos envuelto en papel hasta que logré liberar una mano y echarle un vistazo a mi móvil. Me acerqué un pelín más a la caja cuando la mujer que estaba allí recibió su café y se dirigió a toda prisa a un asiento. La cafetería iba llenándose con rapidez y, como aquel cajero novato no se pusiera las pilas, no iba a poder sentarme.

Mi mirada se encontró con la del encargado del local, quien estaba parado tras el novato observando con paciencia (aunque saltaba a la vista que la suya también iba agotándose), y me saludó con un gesto de asentimiento. Jamás habíamos hablado más allá de los habituales comentarios de cortesía y ni siquiera sabía cómo se llamaba porque en la placa tan solo ponía *Encargado* en unas letras negras bastante desgastadas, pero nos conocíamos de vista porque yo llevaba años yendo allí. Iba rapado (aunque los pelillos incipientes que siempre intentaban abrirse paso indicaban que su calvicie era una elección y no una cruz con la que tenía que cargar) y llevaba unas gafas de montura gruesa que se apoyaban en el *piercing* de plata que tenía en la nariz.

Había una mesa libre en la esquina, junto a la ventana, y yo tenía a tres personas delante. El hombre que encabezaba la cola sostenía una taza reutilizable, lista para que el camarero se la llenara, así que cabía suponer que no tenía intención de quedarse; el que me precedía en la cola ya tenía un asiento, porque la mujer que le acompañaba había ido a toda prisa a por la mesa que había quedado libre uno o dos minutos antes. Así que la cosa quedaba reducida a una única persona, mi rival para ese asiento libre. Aquella cafetería era el lugar al que yo iba a comer al mediodía, lo había sido durante años; pero, desde que había salido en la edición aquella del *Birmingham Mail* varios meses atrás, había empezado a estar más y más concurrida y habíamos llegado a un punto en el que ya no quedaba espacio para clientes fieles como yo, que habíamos seguido con ellos durante sus fases experimentales con el café con leche dorada y los bizcochitos de té chai.

El hombre de la taza reutilizable la tomó de manos del abrumado empleado, que acababa de llenársela, y se dirigió hacia la puerta. El único rival que me quedaba para ese último asiento libre tan codiciado pidió su bebida, pagó y se quedó esperando a un lado mientras el hombre que me precedía avanzaba hasta la caja y pedía dos tés. Di un pequeño brinco de alegría para mis adentros cuando lo dijo. El té era fácil, rápido, así que quizás me quedara alguna posibilidad de conseguir esa silla. Tal y como predije, le sirvieron sus tés con rapidez y se volvió hacia la mesa que había ocupado antes la mujer que supuse que era su pareja. Yo me apresuré a pedir mi americano, que era una elección rápida y simple, pasé mi tarjeta por el lector y le lancé al pobre y abrumado muchacho una brillante sonrisa de solidaridad antes de apartarme a un lado para esperar junto a mi rival.

Veía al fondo al camarero que estaba añadiendo el último chorrito de empalagoso sirope de caramelo a la artificial monstruosidad de café que había pedido mi rival y deseé con todas mis fuerzas que la chica que estaba junto a él, a punto de terminar mi americano, se diera un poco más de prisa. Los dos se giraron al mismo tiempo para entregar las bebidas. Avancé a toda prisa, agarré mi café (sentí en los dedos el calor punzante que se filtraba a través de la taza) y me giré hacia mi mesa. ¡Ja! ¡Ya podía cantar victoria!

Pero, cuando mis ojos se posaron en la mesa hacia la que me disponía a ir a toda velocidad, vi que ya estaba ocupada por una pareja que estaba leyendo un menú y cuyos abrigos colgaban de los respaldos de las sillas que tendrían que haber sido mías. Eché la cabeza hacia atrás y gemí. Mi rival, el de la taza que era poco menos que un coma diabético, giró sobre sus talones y se dirigió hacia la puerta. Al final, resulta que no había sido mi rival en ningún momento.

Eché un vistazo alrededor en busca de algún asiento, el que fuera; llegados a ese punto, me habría conformado hasta con una caja puesta boca abajo. Empujé el sándwich hacia arriba para que quedara encajado entre mi poco generoso pecho y mi antebrazo, la bolsa de patatas fritas que se incluía de oferta con el sándwich en cuestión la sostenía en el interior del codo y el café lo tenía en la mano izquierda. Bajé la mano derecha y saqué el móvil. Me quedaban veintisiete minutos de libertad y estaba decidida a pasar ese tiempo sentada. Junto a la ventana había una de esas exasperantes mesas comunes, una rectangular con bancos corridos ocupados por varios grupos separados de gente. No quedaba demasiado espacio libre… pero justo allí, al final de todo, había un hueco libre junto a un solitario hombre de cabello oscuro que estaba de espaldas a mí, con los hombros encorvados hacia la mesa. Aferré con fuerza todas mis cosas y puse rumbo a la última esperanza que me quedaba de poder sentarme.

Detestaba las situaciones como aquella en la que iba a verme metida en breve: tener que compartir un espacio limitado, personal, con desconocidos con los que me sentía obligada a hablar por educación, pero que no tenían ningún interés en hablar conmigo y viceversa. Mi madre no intentó inculcarme demasiadas actitudes en mi niñez, pero fue severa en lo que respecta a los buenos modales. Siempre procuraba animarme a que sonriera a los desconocidos que pasaban junto a mí y charlara de naderías con la gente en los ascensores. Yo apenas tenía control sobre aquello, era como si la cortesía que me habían inculcado de pequeña hasta la saciedad se materializara y empezara a anular mi capacidad de permanecer callada. En los taxis me pasaba siempre. Estaba sentada, pensando tan tranquila en mis cosas e intentando distraerme con el móvil, y de buenas a primeras hacía la pregunta que todo taxista debe de oír unas mil veces al día: «Qué, ¿mucho trabajo hoy?».

Antes de que terminara la carrera, lo sabía todo sobre el taxista en cuestión: el nombre, todos y cada uno de sus empleos anteriores, cómo se llamaban sus retoños y dónde estudiaban. Terminaba sintiéndome como si el viejo Mahmood y yo fuéramos viejos amigos, y entonces llegaba el momento de la despedida, tras el cual no volvíamos a vernos nunca más.

Llegué a la mesa justo cuando mi sándwich se me empezaba a resbalar del brazo y me incliné hacia delante para dirigirme al hombre encorvado.

—Perdona…

Dio un pequeño respingo y se volvió a mirarme con unos ojos azules como el aciano y enmarcados por unas pestañas oscuras. Tuve la impresión de haber interrumpido unos pensamientos profundos que no terminaban de disiparse, como la niebla en una húmeda mañana otoñal.

—¿Te importa que me siente aquí?

Antes de que él pudiera contestar, el sándwich aprovechó para huir de mi férrea sujeción y se me escurrió. Alcé el brazo como un rayo y alcancé a bloquearlo con el codo, el golpe lo lanzó hacia arriba y voló por los aires con una gracilidad inesperada antes de caer en dirección a la cabeza del solitario desconocido. Vi horrorizada cómo el jugoso sándwich se estrellaba contra su mejilla con un sonoro chof, continuaba hacia su regazo y, finalmente, se deslizaba entre sus rodillas y caía al suelo.

Los dos nos quedamos mirándonos durante un silencioso momento, la gente que estaba sentada alrededor de la mesa nos contemplaba como con vergüenza ajena o reía por lo bajinis. Yo no estaba segura de si el hombre iba a ponerse a despotricar o si iba a echarse a reír.

—Ja, ja. —Lo verbalicé tal cual en vez de reírme—. Me ha salido peleón, ¡y yo que pensaba que era un blandito! Perdona, ya sé que el chistecito es muy malo. Además, solo funciona si sabes que es un sándwich blando de hummus y pimientos, pero tú no tenías ni idea de eso, claro. —Por el amor de Dios, Nell, ¡cállate ya!

Él apretó los labios como reprimiendo la risa o el bochorno, se inclinó a recoger el sándwich del suelo y, tras dejarlo sobre la mesa frente al espacio libre, enarcó las cejas (unas cejas pobladas, muy a la moda) y masculló:

—Adelante, siéntate.

—Gracias. —Procedí a colocar mis cosas sobre la mesa.

Me sentí bastante incómoda mientras desenvolvía mi ligeramente deformado sándwich y me lo llevaba a la boca sin ninguna elegancia. Detestaba comer en público cuando me sentía observada, porque no puede decirse que coma con gracilidad. Soy una de esas personas que entran en una especie de trance inducido por la comida, uno donde estoy inmersa por completo hasta que termino de comer. No tengo ni idea de la pinta que tengo cuando estoy así. Desde que me hice lo bastante mayor como para sentirme avergonzada por ello, me imagino a Enrique VIII devorando a dos carrillos un muslo de pavo, o a una serpiente cuando le ponen un ratón paralizado en el camino y tiene que desencajar la mandíbula para envolverlo por completo. Es algo en lo que sigo trabajando, como lo de no hablar con desconocidos.

El hombre que estaba sentado junto a mí retomó la postura en la que estaba cuando hice la súbita aparición que había echado al traste su calma: encorvado hacia delante, con la cabeza inclinada sobre su taza de té. En el interior de esta flotaba aún la bolsita, sujeta a un hilito blanco que estaba enrollado alrededor del asa. Me dio la impresión de que el líquido en el que se mecía se había enfriado ya. Me pregunté si él también estaría en su ratito de descanso del trabajo, pero me pareció poco probable porque se le veía muy relajado. Y tampoco parecía estar vestido para trabajar, a menos que fuera una de esas personas artísticas que se dedican al diseño gráfico y a cuyos jefes les da igual la vestimenta que lleven. Podría tratarse de una de esas iniciativas de las oficinas en plan «Viernes de vestimenta informal», pero estábamos a miércoles. A lo mejor trabajaba en algún sitio *hipster*, pero… ¿no se suponía que todos los días eran jornadas de vestimenta informal para un *hipster*?

El desconocido vestía unos vaqueros negros con las rodillas rasgadas a propósito y una camiseta gris oscuro que le quedaba un pelín grande. Tenía varios agujeritos y un estampado desteñido en la pechera, una especie de póster de alguna película de zombis de los sesenta o los setenta. Sobre la camiseta llevaba una chaqueta vaquera desgastada que debía de tener tantos años como él, las mangas remangadas dejaban al descubierto unos antebrazos pálidos salpicados de vello oscuro. A pesar del despliegue de ropa raída, se las ingeniaba para que no pareciera que acababa de librar una batalla contra un puercoespín ni que había estado viviendo en las calles, lo cual me pareció digno de elogio.

Tenía pinta de ser creativo, no habría sido de extrañar que fuera músico o escultor o algo por el estilo; fuera cual fuera su trabajo, estaba claro que su aspecto no era el de una persona que trabajara en una oficina como aquella de la que yo acababa de salir. Me tragué mi bocado de sándwich y tomé un sorbito de café que me quemó un poco al deslizarse por mi lengua, me lo tragué también y cometí el error de no meterme algo en la boca antes de que las palabras empezaran a intentar emerger de ella. Hice un extraño sonido que sonó a «cu» antes de embutirme el sándwich de nuevo en la boca y pringarme de hummus la mejilla derecha. Él alzó la mirada bajo su oscuro flequillo desmadejado y observó mi torpeza por un momento antes de centrarse de nuevo en su fría taza: contemplaba la superficie como si intentara leer los posos del té.

La mano que sujetaba la taza no estaba cubierta de pintura, tinta o arcilla, así que descarté que se tratara de un artista. Vi una serie de cicatrices finitas que se extendían por los nudillos de su mano derecha, que en ese momento tenía cerrada en un puño sobre la superficie de la mesa. Las cicatrices tenían forma de relámpagos bifurcados; al mirar con mayor detenimiento, vi que esa mano tenía las uñas ligeramente más largas y que las yemas de los dedos de su mano izquierda estaban callosas. Era músico, ¡misterio resuelto! Tocaba la guitarra.

Mi boca se abrió de nuevo para preguntarle qué tipo de música tocaba, pero me contuve otra vez. «Limítate a comer tu sándwich y cállate», me dije con severidad. «No hace falta que hables con él. Puedes dar por seguro que él no quiere hablar contigo bajo ningún concepto».

—¿Qué dicen? —¡Por el amor de Dios, Nell!

Alzó la mirada al oír mi pregunta, la misma neblina de antes seguía empañando sus ojos.

—¿Perdón? —dijo con un acento que no alcancé a ubicar.

Indiqué su taza con un rígido gesto de la mano y deseé que me tragara la tierra mientras le repetía la pregunta:

—Los posos de tu té, que qué te dicen. —Ay, ¿por qué no podía limitarme a quedarme calladita?

Él bajó la mirada hacia su más que gastada bolsita de té, le dio unos golpecitos con la punta del dedo que la hicieron bambolearse patéticamente en el agua lechosa antes de volver a quedar inmóvil, y soltó una risita tan sutil que pareció una mera exhalación profunda.

—No mucho, la verdad. —En esa ocasión oí alto y claro su acento irlandés—. No creo que te digan gran cosa estando aún en la bolsita.

—Ah, debe de ser eso lo que he hecho mal hasta ahora.

Intercambiamos una sonrisa mientras las otras personas con las que compartíamos la mesa se retraían un poco más de la conversación, como si temieran que esta pudiera arrastrarlas hacia su campo gravitacional. Él abrió la mano marcada por cicatrices y vi que sostenía en ella algo pequeño y naranja, pude verlo mejor cuando lo deslizó entre dos dedos: me pareció una canica un poco deformada.

—Es un juego que no se valora en su justa medida. —Estuve a punto de alzar una mano y callarme con un bofetón. Al ver que se volvía a mirarme con expresión interrogante, indiqué la canica con la mano—. Yo solía jugar con mi tío a las canicas.

—Ah —se limitó a contestar, antes de guardársela en el bolsillo.

—¿Tocas la guitarra? —Indiqué sus manos con un ademán de la cabeza, y en ese momento me di cuenta de lo perturbadoras que eran mis observaciones.

—Sí, entre otras cosas. —Tenía el ceño fruncido, pero la comisura de su boca se alzó para dibujar una pequeña sonrisa—. ¿Cómo lo sabes?

—Por tus uñas. Mi ex tocaba la guitarra, reconocería en cualquier parte la causa de esos callos.

Noté que me ruborizaba, ¿acaso acababa de flirtear sin querer con aquel hombre al mencionar como si tal cosa que estaba soltera? No solía ser tan lanzada. Había tardado un año en insinuarle siquiera a mi exnovio que me gustaba.

El hombre que estaba sentado junto a mí tenía ese atractivo tan característico de los músicos. Tenía unos grandes ojos azules enmarcados por unas pestañas espesas y una mandíbula ensombrecida por una oscura barba incipiente salpicada de destellos rojizos.

—Perdón. —Tomé un sorbo de café con nerviosismo y me tragué el amargo líquido—. Ya sé que ahora ya no se estila lo de hablar con desconocidos, pero soy incapaz de mantener la boca cerrada por mucho que lo intente.

—Ah, entonces es una especie de problema crónico para ti, ¿no?

Su pequeña sonrisa fue agrandándose hasta llegar a convertirse casi en una gran sonrisa de oreja a oreja y el estómago me dio un brinco. Fue como si acabara de coronar a toda velocidad con el coche la cima de una colina empinada.

—Uy, sí, desde que nací. De hecho, salí del útero materno parloteando con la comadrona. —Me entró esa risa idiota mía que me salía cuando algo me parecía sorprendentemente divertido, y él respondió a su vez con una de una musicalidad melodiosa que yo jamás podría conseguir.

—Bueno, no tienes de qué preocuparte, no me molesta charlar. Aunque no sé si tendré mucho que decir ni lo interesante que será, nunca he sido demasiado parlanchín.

—No pasa nada, lo más probable es que te hable sin parar hasta que mueras de aburrimiento. Así que, si estás dispuesto a correr ese riesgo, seguiré hablando.

—No se me ocurre mejor forma de irme al otro barrio.

Me moví ligeramente para acercarme un poco más a la mesa, mi rodilla golpeó la suya y me dio vergüenza.

—Perdona, ¡lo siento! —Me reí como una niñita y sacudí la cabeza al ver que estaba portándome como una tonta—. Perdón.

—No es más que una rodilla, tengo otra —bromeó él.

Me eché de nuevo hacia atrás, quité la corteza del medio sándwich que me quedaba y la dejé sobre el envoltorio.

—En fin, eh… ¿Has salido del trabajo para comer? —le pregunté.

—No, la verdad es que… ayer dejé mi puesto en Aldi.

Se frotó la nuca con la mano y algo relampagueó en sus ojos durante un instante mientras miraba por la ventana hacia la pared de ladrillo que había al otro lado de la calle. Irradiaba intensidad, como si acabara de acordarse de algo importantísimo que tendría que haber hecho y que había olvidado por completo hasta ese preciso momento.

—Felicidades. ¿Trabajaste allí mucho tiempo?

—Algunos años más de la cuenta. —Se giró de nuevo hacia mí, la intensidad comenzaba a desvanecerse—. ¿Qué me dices de ti?

—me preguntó—. Tienes ese pánico típico de alguien que está intentando aprovechar al máximo la hora de la comida.

—Has acertado. Bueno, no es que esté desesperada por escapar de mi trabajo, creo que soy una de las poquísimas personas que disfrutan de su profesión. Pero es que lo pringo todo al comer, así que debo tener en cuenta lo que tardo en recoger y limpiar. —No sé por qué dije eso, iba a darle la impresión de que tenía las funciones motoras de una cría pequeña.

Él se echó a reír.

—Bueno, no he tenido que ponerme a cubierto para esquivar un segundo proyectil, así que me parece que no llegarás tarde al trabajo. —Me miró a los ojos, y hubo algo en esa sonrisa suya que se ensanchó de nuevo que me hizo sentir como si una pesa de plomo me cayera estómago abajo.

En mi propia cara se dibujó una sonrisa y me preocupó tener pimiento rojo entre los dientes, pero deduje que no era así al ver que no ponía cara de asco. Aunque también podría ser que sintiera una extraña atracción hacia las mujeres que se cubrían de comida en vez de comérsela; de ser así, ¿quién era yo (la mujer cubierta de comida de sus sueños) para criticarle por ello?

Moví las piernas con nerviosismo y golpeé con el dedo gordo algo duro que había bajo la mesa, algo que se tambaleó atrás y adelante en un intento de mantenerse en pie y que hizo un sonido sordo contra las viejas tablas de roble del suelo al moverse.

Miré bajo la mesa y encontré una bolsa marrón de papel, vi que tenía el logo de la selecta licorería situada en el viejo centro comercial victoriano que había a la vuelta de la esquina. Alcé la mirada y noté que estaba un poco avergonzado, así que intenté despejar la súbita tensión que se había creado en el ambiente.

—¿Te has hecho un regalo por haber roto con tu trabajo?

Él recuperó la sonrisa de inmediato.

—Sí, algo así.

—Por cierto, ¿qué haces aquí? Creo haber podido deducir que no eres de la zona.

—Uy, ¿en serio? —Enarcó las cejas con teatral admiración, su acento se volvió más pronunciado aún—. ¡Qué oído tan fino tienes!

Nos echamos a reír.

Estaba asombrada al ver lo bien que estaba yendo todo. Me parecía increíble que estuviera logrando flirtear con un hombre, uno muy atractivo que parecía agradable, en su sano juicio, encantador, y que me provocaba mariposas en el estómago. Y, por si fuera poco, resultaba que era irlandés, y todo el mundo sabe que un acento irlandés hace que el atractivo de una persona aumente en un ochenta por ciento más o menos.

Quizás estuviera viviendo mi encuentro fortuito con mi alma gemela, en plan peli romántica. A lo mejor era mi momento de conocer al hombre con el que iba a casarme, y en diez años estaríamos recordándolo rodeados de nuestros hijos y agradeceríamos que aquella pareja hubiera ocupado la última mesa libre.

—Pues resulta que me fui de casa a los dieciocho años y pasé un tiempo en Londres antes de terminar aquí.

—¿No pudiste resistirte a la maravillosa llamada de Birmingham? —le pregunté con sarcasmo.

—Oye, no te infravalores. Este sitio está bien, solo es cuestión de acostumbrarse a ese acento tan raro.

—¡Mira quién fue a hablar!

Me eché a reír y, al quedar de nuevo en silencio, me di cuenta de que él estaba observándome intensamente con una sonrisa ladeada. Sentí que me derretía por dentro. Joder, qué guapo era. Pero, conforme más se alargaba el momento, más crecía el súbito temor de que estuviera mirando en realidad algo que se me hubiera quedado pegado a la cara. Alcé una mano con preocupación y me toqué las mejillas para comprobarlo.

—¿Qué pasa? —Noté que me ruborizaba.

—Nada. —Respiró hondo y volvió a bajar la mirada hacia la superficie de su té—. Es que tienes una sonrisa preciosa, eso es todo.

Sentía el corazón tirante, como si estuviera a punto de estallar.

¿Qué me pasaba? ¿Sería un ataque al corazón?, ¿una indigestión? ¿Sería quizás que, simplemente, no estaba acostumbrada a esas sensaciones? Fueron pasando los minutos, nuestro tiempo se agotaba de forma gradual. ¿Cómo se atrevía mi trabajo a interferir en ese momento donde todo parecía ir encajando?

Estaba apurando al máximo, tardaba unos cinco o seis minutos en llegar a la oficina a pie y tan solo me quedaban cuatro de más. En fin, tenía la opción de ir corriendo. No me gustaba lo más mínimo llegar tarde, era algo que me generaba una ansiedad inenarrable cuyo origen se remontaba a cuando llegaba tarde al cole y tenía que esperar de pie ante todo el mundo hasta que terminaba la asamblea previa a las clases.

—Vaya, he estado tan ocupada hablando de mí misma que ni siquiera te he preguntado cómo te llamas —le dije, mientras me inclinaba un poco más hacia él.

Levantó la mirada del té y acarició el borde de la taza con el dedo índice antes de contestar.

—Charlie.

—Nell.

Su mirada se suavizó.

—Encantado de conocerte, Nell.

«¡Pídele su número de teléfono! ¡Venga, hazlo! Llevas una eternidad hablando con él, ¡pídele el teléfono!». Él no habría mantenido viva la conversación si no estuviera soltero y se habría marchado hacía rato si no estuviera interesado. No era su té frío lo que le impulsaba a quedarse, eso estaba claro.

—En fin, será mejor que vuelva al trabajo, Charlie. —Paladeé aquel nuevo nombre, quería ver cómo me sentía al pronunciarlo. La sensación fue más que buena.

Él me ofreció la mano y no sé si serían imaginaciones mías, pero me pareció ver un deje de decepción en aquellos ojos suyos tan llenos de amable cordialidad.

—Ha sido un verdadero placer charlar contigo —añadí. «¡Pídele su número de teléfono! Aunque solo hagas caso una única vez en toda tu existencia a las voces que tienes en tu cabeza, ¡este es el momento!».

Nos dimos un apretón de manos. Estreché la suya lentamente, alargando el momento en que nuestra piel se tocaba por primera vez. Puede que ese contacto sucediera más veces de allí en adelante, quién sabe, pero para eso tenía que dejar de ser una cobarde y pedirle su número de teléfono.

—Lo mismo digo, Nell. Creo que hoy necesitaba tener una charla con alguien como tú.

—Yo también.

Dio por concluido el apretón y me dio un vuelco el estómago cuando nuestras manos se separaron.

—Me ha encantado conocerte —añadí, consciente de que estaba intentando ganar tiempo mientras hacía acopio de valor.

«¡Hazlo!». Me puse de pie y me eché el bolso al hombro, recogí los desperdicios de mi comida y agarré mi taza vacía. «¡HAZLO!».

—A mí también —contestó él.

«¡Hazlo, miedica!».

Exhalé de forma audible. Tenías las palabras en la lengua, pero se negaban a salir. Tenía miedo. Era una idiota cobardica que estaba muerta de miedo. No estaba acostumbrada a ese tipo de cosas. Hacía muchísimo tiempo que no invitaba a salir a nadie, e incluso en aquella ocasión pasada le había pedido a una amiga que lo hiciera por mí.

Suspiré con pesar y titubeé por un momento, no sabía qué hacer.

—En fin... hasta la vista. —Alcé la mano llena de desperdicios para hacer un pequeño gesto de despedida y di media vuelta.

Abrí la puerta de un tirón, más enfadada que nunca conmigo misma. Con la confianza que había mostrado, y voy y flaqueo en el último momento. ¡Mierda! ¿Qué demonios me pasaba? Llevaba toda la vida con unos ataques de diarrea verbal en los que no había forma de hacerme callar, pero en el momento crucial, justo cuando las palabras importaban de verdad, me quedaba muda.

Las suelas de mis deportivas golpeaban contra el pavimento mientras avanzaba airada entre transeúntes que me lanzaban miradas de suspicacia.

Cuando estaba a punto de llegar a la oficina, cuando tenía el deprimente edificio gris cerniéndose sobre mí como una distópica silueta recortada, me detuve tan súbitamente que me tambaleé por la inercia. Visto desde fuera, nadie diría la cantidad de cosas buenas y positivas que sucedían en el interior de aquel lugar.

¿Cuándo volvería a pasarme algo así?, ¿cuándo tendría otro encuentro fortuito con un apuesto irlandés?, ¿cuándo sucedían cosas como esa en la vida real? ¡Nunca! Exacto, no pasaban nunca, acababa de desperdiciar la oportunidad de mi vida.

Di media vuelta y eché a correr hacia la cafetería. Estaba decidida a hacer lo que la situación exigía, la valentía que me impulsaba me hervía en el estómago junto con el sándwich que acababa de comerme a toda prisa.

«Venga, Nell, ¡tú puedes!». Sujeté el bolso contra la cadera con fuerza, hacía años que no corría; de hecho, no había vuelto a hacerlo desde que estaba en el colegio y tuve que hacer la temida prueba de resistencia. Mis piernas protestaban angustiadas, como si estuvieran preguntándose qué habían hecho ellas para merecer aquello.

Doblé la esquina, estuve a punto de chocar con una mujer que llevaba un carrito de bebé, grité una apresurada disculpa antes de bajar la barbilla hacia mi pecho y esprintar en el último tramo. Cuando llegué a la cafetería, estaba tan jadeante que pensé que iba a desmayarme, tenía la frente perlada de sudor y tenía claro que debía de tener el maquillaje hecho un desastre y bajándome por la cara como crema derretida.

Abrí la puerta y miré hacia el banco corrido, pero el espacio donde él había estado sentado había quedado vacío.

Se me hundieron los hombros al darme cuenta de que lo más probable era que no volviera a verle, me dieron ganas de llorar. Esa había sido mi oportunidad y la había desperdiciado.

Me mordí con fuerza el labio inferior, me di la vuelta y regresé a la oficina a paso lento. El trayecto era más duro en esa ocasión porque me dolían las piernas y por el peso de la aplastante decepción que llevaba a cuestas.

Ahora sí que no iba a llegar a tiempo al trabajo de ninguna de las maneras.

2

Desperté con esa sensación perturbadora que me invadía siempre que notaba un peso junto a mí en la cama y oía la respiración de una persona dormida en la almohada, a escasos centímetros de mi cara.

Entreabrí un ojo, como si el hecho de dejar pasar una pequeña parte de la imagen pudiera evitar que viera lo que sabía que iba a ver. Y allí, con la cabeza medio hundida en la almohada viscoelástica, estaba el rostro que había visto al despertar miles de veces antes. El cabello rebelde y ensortijado era una nube alrededor de su cabeza, lo tenía despeinado por todas las vueltas que daba en la cama cuando estaba dormido.

Joel y yo habíamos roto dos años atrás, después de pasar siete años y medio juntos. Las cosas llevaban un tiempo yendo de mal en peor, así que, cuando llegó el momento de dar la relación por muerta, fui yo quien se encargó de hacerlo. No había sido fácil. Romper siempre es duro, sobre todo después de tanto tiempo. Acabas por depender de la otra persona, te acostumbras a una rutina y, de buenas a primeras, tienes que imaginar tus días sin la persona en cuestión y sin todas las cosas que conlleva estar con alguien.

Llevaba un tiempo dándole vueltas a la posibilidad de volver a ir por libre, anhelaba esa soledad que tienes cuando no hay que pensar en otra persona a todas horas, pero las cosas me quedaron más que claras casi dos años antes de que rompiéramos, cuando de buenas a primeras me vi esperando en la cola de autoservicio de una farmacia para comprar una prueba de embarazo. Tenía un retraso de semana y media, y mi pánico había ido acrecentándose desde que en mi calendario menstrual del móvil había saltado aquella pequeña notificación que me avisaba de que tenía una falta.

Lloré mientras esperaba a que unas rayitas rosadas marcaran mi futuro y pensé en lo que un bebé significaría para nosotros dos. No podía criarlo sola. No tenía el dinero necesario, no teníamos espacio suficiente y no podía ni imaginarme una nueva vida tomando forma y desarrollándose en aquel pequeño y horrible cuchitril que compartíamos en aquel entonces. Por suerte, no estaba embarazada y, aunque habría de tardar todavía un buen tiempo en hacer algo respecto a la sensación de descontento que me provocaba nuestra relación, ahí fue cuando supe que ese «para siempre» que Joel y yo nos habíamos prometido al principio no sería tan largo como habíamos creído.

Romper fue lo mejor para ambos, eso era indiscutible. Éramos más felices estando separados. Funcionábamos mejor, nos llevábamos mejor también y nos tratábamos con un respeto mutuo mucho mayor que el que nos habíamos tenido durante una buena parte de la relación. Pero en los últimos seis meses, para horror y consternación de las contadas personas que estaban enteradas de la situación, habíamos empezado a convertirnos en una especie de colchón amortiguador mutuo ante un mundo cruel con el que no habíamos tenido que lidiar anteriormente.

Los dos estábamos en el mismo barco aterrador y desconocido, así que parecía lógico que recurriéramos el uno al otro en busca de consuelo.

Todo empezó al fallecer el padre de Joel. El hombre estaba trabajando en el almacén de materiales de construcción donde llevaba empleado quince años. El accidente había ocurrido cuando estaba pasando entre unos estantes para ayudar a un cliente a encontrar una cosa. Una carretilla elevadora sacaba un palé de sacos de cemento de la balda superior al otro lado del estante, que se vino abajo de repente. Fallecieron al instante tanto el cliente como el padre de Joel, quien quedó destrozado. Él se encargó de consolar a su madre, pero una noche, mientras ella dormía gracias a los tranquilizantes que le había recetado la doctora, salió a caminar sin rumbo fijo y terminó frente a mi puerta.

Ned (mi compañero de piso, mejor amigo y compañero de trabajo, es una larga historia) no le tenía demasiada simpatía (por decirlo de forma suave); en su opinión, Joel era un despojo humano que me había fallado tantas veces que no merecía ser perdonado, pero había sido el primer y único amor de mi vida, y existe un vínculo que no se puede negar que existirá siempre. Total, que le dejé entrar, derramé alguna que otra lágrima con él y terminó pasando la noche en mi casa. A ver, no me acosté con él por lástima, no quiero que nadie piense que soy una especie de puta compasiva a la que se paga con historias tristes. Él se sentía solo, yo también. Creo que nos necesitábamos el uno al otro con una especie de soledad mutua que tan solo podía solucionarse de una forma.

Joel y yo pasamos juntos bastante tiempo después de eso. Mi relación tanto con su madre como con sus hermanos había sido bastante estrecha, así que les había ayudado a organizar el funeral y había estado junto a ellos con mi amistoso y absorbente hombro cuando lo habían necesitado. Los familiares por parte de padre vivían en Nigeria, así que yo no los conocía. Su abuela era tan mayor que me recordó a cuando quemas un papel y las cenizas mantienen la misma forma, me daba miedo que un mero toquecito pudiera dañar aquella fina y arrugada piel de un intenso tono marrón y la convirtiera en polvo. Habíamos hablado por teléfono, yo aparecía en todas las postales navideñas que la familia le había enviado en los últimos seis años, así que nadie había tenido el valor de decirle que Joel y yo habíamos roto. Estoy convencida de que le habría dado un ataque al corazón allí mismo si se lo hubiéramos dicho. La cuestión es que mantuvimos aquel teatrillo durante diez días, hasta que la familia regresó a su país y Joel y yo nos despedimos en la puerta con bastante incomodidad.

Nos habíamos acostado juntos unas quince veces desde entonces, quince más de las que había habido en los últimos dieciocho meses de nuestra relación.

Aquellas noches de debilidad solían darse cuando uno de los dos estaba alterado por algo o se sentía solo, cuando uno había tenido un mal día o cuando estábamos aburridos sin más.

Ned me dijo que estaba siendo una insensata, pero yo le recordé que él no rechazaría ni mucho menos a su exmujer si esta apareciera de buenas a primeras.

Suspiré contra el edredón replegado con el que me había cubierto la cara y salí de la cama procurando hacer el mínimo ruido posible. Recogí del suelo la camiseta de Bob Dylan de Joel, me la puse antes de abrir la puerta con sigilo, salí al pasillo y eché a correr hacia el cuarto de baño.

Me metí en la ducha a toda prisa, con el agua bien caliente en un intento de escaldar mis remordimientos de conciencia. La noche anterior me sentía fatal, un apretado nudo me constreñía el estómago por no haber tenido las narices de pedirle a Charlie su número de teléfono. Cuando llamé a Joel y le invité a venir, lo hice deseando estar llamando a otra persona; cuando le atiborré de cerveza y le besé en la cocina, imaginé que era Charlie; no sé en qué estaba pensando mientras le conducía escalera arriba, pero tengo claro que lo que había en mi cabeza no era lo que sé que él hubiera querido. Me lijé una capa de piel con un guante exfoliante y me sequé con una mullida toalla antes de ponerme frente al espejo para echarme una mirada larga, dura y fría. Tenía el mismo aspecto que el día anterior: piel con un bronceado perpetuo (por cortesía de mi padre, ya que mi madre era tan pálida como Casper); el mismo pelo castaño, las mismas cejas grandes y rebeldes sobre unos ojos más grandes aún. Pero a esa imagen familiar de mi persona se habían sumado unas bolsas oscuras bajo los ojos, cargadas de todo el desprecio que sentía hacia mí misma en ese momento.

Sabía cómo iba a terminar aquel encuentro. Iba a pasar lo mismo que en todas las ocasiones anteriores y no estaba segura de poder volver a mantener aquella conversación. Me peiné, me cepillé los dientes y, después de exhalar un gran suspiro, regresé a la habitación. Justo cuando llegaba a la puerta, Ned salió al descansillo y ladeó la cabeza en un gesto de desaprobación.

—No digas nada, ya me siento lo bastante mal conmigo misma —le pedí en voz baja. Tenía la esperanza de poder vestirme y escabullirme rumbo al trabajo sin que Joel se despertara. Sí, era una huida cobarde, pero nunca fingí ser una persona valiente.

Entré con sigilo en la habitación y se me cayó el alma a los pies al verle medio vestido ya, con aquellas gafas de montura roja que yo misma había elegido para él colocadas sobre la nariz, buscando su camiseta.

—Ah, ¡aquí está! —dijo con una amplia y alegre sonrisa al verme—, estaba buscándola. —Se acercó a mí y me posó una mano en el hombro—. Aunque a ti te queda mucho mejor.

Se inclinó hacia delante e intentó besarme. No sé por qué actuaba así. ¿Por qué pensaba siempre que las cosas iban a cambiar, que sería distinto en esa ocasión?

—Joel, sabes de sobra lo que voy a decir —le dije con voz suave, sintiéndome la peor persona del mundo.

Cuando iniciábamos aquellos encuentros, o rollitos de una noche, siempre lo hacíamos estando en la misma onda al principio: aquello era sexo, nada más. Un revolcón entre las sábanas para aliviar el tedio y la soledad de la árida vida social que teníamos ambos. Pero al llegar la mañana él siempre creía que las cosas habían cambiado, que las heridas habían quedado sanadas, que yo le amaba como antaño.

—Venga, Nell. Esto de que siempre terminemos por estar juntos debe de tener un porqué. Sí, ya sé que dejamos que las cosas se enfriaran al final, pero estamos hechos el uno para el otro. Estoy seguro de que tú también lo sientes así.

Yo eché a andar hacia mi cómoda para que dejara de mirarme fijamente a los ojos como Kaa, la serpiente de *El Libro de la selva*, como intentando hipnotizarme para lograr que volviera a enamorarme de él. Abrí un cajón, saqué la primera ropa interior que vi y me la puse como buenamente pude mientras procuraba con firmeza que su camiseta siguiera cubriendo las partes que no quería que él volviera a ver nunca más.

—¡Estábamos de acuerdo! —Estuve a punto de perder los estribos, pero procuré suavizar un poco mi tono de voz—. Acordamos que esto no era más que sexo. Tú también estuviste de acuerdo con eso, no lo olvides.

Detestaba la persona en la que me convertía Joel. La verdad es que no había sido demasiado agradable que digamos en los últimos años de nuestra relación, eso era algo que podía ver a esas alturas al mirar atrás y no quería volver a ser jamás esa versión de mí misma: amargada y deprimida, con una furia volátil que se encendía a la más mínima oportunidad. Pero cuanto más tiempo pasaba con Joel, más notaba que esa persona iba regresando.

—No lo olvido, pero es que… Nell, llevamos medio año haciendo esto. ¿Eso no te dice nada?

Mi enfado iba acrecentándose con cada milisegundo que pasaba. Siempre me hacía sentir que yo era la villana, esa era su especialidad. Él sabía perfectamente bien lo que habíamos acordado: aquí te pillo, aquí te mato; momento de debilidad; rollete; encuentro de una noche; desafortunado error. Da igual cómo quisieras llamarlo, eso es lo que era.

—No, Joel. —Me quité su camiseta ahora que todo estaba oculto ya tras la ropa interior, se la entregué y le sostuve la mirada con firmeza—. Que practiquemos sexo cada cierto tiempo no significa que las cosas hayan cambiado, no significa que hayamos arreglado nada de lo que estaba roto. Lo único que hace esto es enyesar las grietas por un tiempo. Si retomáramos nuestra relación, las cosas saldrían igual que la primera vez. —Aceptó la camiseta. Tenía los ojos muy abiertos, como un niñito que estaba a punto de echarse a llorar a lágrima viva—. Creo que debería ser la última vez que sucede esto.

Ya sé que no era la primera vez que se lo decía, y que en todas las ocasiones anteriores lo había dicho en serio. Y no es que yo fuera la única culpable de aquella dinámica tan tóxica que manteníamos. Pero me sentía incapaz de seguir con aquello, de ver la desilusión que volvería a reflejarse en sus ojos cuando su plan de reunirnos fallara por enésima vez. No era justo para él, y tampoco era justa para mí aquella manipulación suya que hacía que después estuviera sintiéndome mal conmigo misma durante días.

Se pasó la camiseta de Bob Dylan por encima de la cabeza y se sorbió las lágrimas. Yo me di la vuelta y me acerqué al espejo para acometer la tarea de ponerme presentable para la jornada que tenía por delante.

—Bueno, hasta la vista entonces —me dijo, antes de acercarse por detrás. Me pasó las manos por la cintura, me atrajo hacia sí para apretar su cuerpo contra el mío y me besó con delicadeza la mejilla. Mierda.

No me volví para ver cómo se marchaba. El tema estaba zanjado, aquella era la última vez.

Tenía que serlo.

3

La gran paloma regordeta que se había posado en la ventana me restregaba en las narices su libertad y me arrullaba desde el otro lado del cristal, sus ojitos redondos y brillantes estaban sacándome de quicio. Habíamos estado observándonos mutuamente en una especie de duelo al estilo del Salvaje Oeste desde que yo había vuelto del baño minutos atrás. Caminaba pavoneándose por el alféizar y se la veía más lustrosa que la típica recolectora de migajas que ronda a las puertas de las panaderías Greggs, a la espera de que caiga al suelo algún pedacito de las típicas pastas de hojaldre rellenas de salchicha, alubias y queso fundido. Aquel pequeño pajarillo provocador era una paloma volteadora, aunque dudo mucho que alguno de mis compañeros de la oficina lo supiera; de hecho, ni siquiera sé si alguno de ellos había notado su presencia. En mi caso, pude distinguirla porque un tío mío había sido colombófilo y había criado palomas de distintas variedades a lo largo de los años.

La palabra «colombófilo» siempre me había parecido sofisticada y un poco desconcertante, me traía a la mente la imagen de hombres hechos y derechos mirándolas como Bob Hoskins miraba a Jessica Rabbit.

La paloma me dio la espalda como si su cupo diario de interés por mi vida se hubiera agotado, y la verdad es que no pude culparla por ello. Aquel fallo que había tenido en la cafetería el día anterior y el subsecuente error con Joel me habían perseguido como un hedor persistente que no puedes quitarte de encima y que lo agría todo. La paloma saltó del alféizar, extendió las alas y voló hacia el cielo crepuscular. Se perdió de vista antes de que me diera tiempo de verla mostrar su maestría en el aire.

Yo ya había visto alguna que otra de esas exhibiciones: vuelan con toda normalidad hasta que, de buenas a primeras, se paran como si les hubieran pegado un tiro. Entonces dan una vuelta sobre sí mismas y se precipitan hacia el suelo por el aire hasta que das por hecho que su tiempo en este mundo ha llegado a su fin, que han pasado a mejor vida, que han estirado la pata. Pero entonces remontan el vuelo y regresan a la bandada como si tal cosa. Mi tío me explicó una vez que se trata de una táctica de supervivencia que las palomas domésticas han desarrollado a lo largo de los siglos, pero a mí me parece raro que un método para sobrevivir parezca tanto todo lo contrario.

Exhalé un suspiro, clavé los talones en la alfombrilla azul claro que tenía bajo mi mesa de trabajo y que estaba deshilachada después de tantos años de uso, y me acerqué un poco más a la mesa. Al ponerme de nuevo los auriculares, la banda de plástico regresó al surco que siempre creaba en la piel de detrás de mi oreja.

Dirigí la mirada hacia mi pantalla y vi que había tres llamadas a la espera. Cliqué sobre una de ellas, la acepté y me recliné contra el respaldo de la silla antes de respirar hondo y contestar.

—Hola, has llamado a Mentes Sanas. ¿Con quién hablo, por favor?

Me contestó una voz familiar.

—¿Eres tú, Nell?

—Hola, Jackson. ¿Qué tal estás hoy?

Jackson llevaba cinco años llamando de forma regular, casi una vez por semana; de hecho, su primera llamada a la línea de ayuda se produjo en mi primer día de trabajo y sentí una especie de afinidad con él. Era bipolar y padecía una profunda ansiedad social con la que intentaba batallar cada vez que tenía la ocasión; y algunas de esas batallas eran más exitosas que otras. En el tiempo que yo llevaba ayudándole a través del teléfono, habíamos logrado encontrarle un médico adecuado y la medicación correcta, y estaba mejor que nunca. Las cosas iban por buen camino hasta el fallecimiento de su madre, que se había producido el año anterior y empeoró la situación.

—Bastante bien. —Lo dijo como intentando convencerse a sí mismo—. Mejor que la semana pasada, pero peor que cuando haya escuchado tu voz unos minutos más.

Yo sonreí y me relajé un poco. Jackson siempre me hacía sentir cómoda, porque era como hablar con un viejo amigo. A menudo pensaba en lo extraño que era el hecho de que, en caso de que nos cruzáramos por la calle algún día, no tendría ni idea de que se trataba de él a pesar de que, aparte de su médico, yo era quien mejor conocía los entresijos de su mente. Cuando le tocaba otro operador, pedía que me pasaran la llamada a mí por mucho tiempo que tuviera que esperar.

De joven no se me había pasado por la cabeza dedicarme a aquello. Quería ser orientadora o trabajadora de apoyo para ayudar a la gente, me gustaba ver una sonrisa cuando terminaba el llanto. Pero la uni había sido abrumadora para mí, sentí que me hundía en un mar de gente que parecía tenerlo todo mucho más claro que yo. No sabía qué era lo que me había perdido, si existiría quizás un libro que había pasado por alto o alguna clase a la que no había asistido por error, pero daba la impresión de que todos los demás sabían mucho más que yo. Al final, decidí dejar atrás aquel mundo tan confuso.

Mantuve el contacto con amigos que seguían yendo a la uni. En vez de estudiar, me dediqué a la parte de la vida estudiantil centrada en la bebida y las fiestas, y fue así como conocí a Joel. Estuve trabajando en cafeterías durante un tiempo y pasé una temporada vendiendo alfombras, pero, después de dedicarme durante años a trabajos que tan solo servían para ganar dinero, que no aportaban al mundo nada de mayor valor, decidí trabajar como voluntaria en la línea de ayuda de Mentes Sanas. Solo pensaba quedarme unos cuantos meses, pero al cabo de seis meses seguía allí todavía y el coordinador me ofreció uno de los escasos puestos remunerados. Acepté sin pensármelo dos veces.

Me encantaba ayudar a la gente, colgar el teléfono sabiendo que la persona que había llamado se sentía más libre y feliz que cuando yo había contestado desde el otro lado de la línea. Pero el trabajo no siempre era de color rosa. Normalmente, en cuestión de medio minuto podía intuir si iba a tratarse de una llamada suicida o no y, cada vez que me encontraba en una de esas temidas situaciones, se me formaba un nudo en el estómago y el corazón me martilleaba en el pecho. Esas llamadas no eran tan frecuentes como podría llegar a pensar la gente, pero, cada vez que recibía una, la boca se me secaba de golpe y, aunque me mostraba calmada y tranquilizadora por fuera, tenía una vorágine de ansiedad por dentro. Porque basta con una frase mal formulada para que una persona pase de pensar en hacerlo a hacerlo realmente, una mera frase dicha sin pensar. Y eso supone una gran presión.

Cuando Ned había atendido una llamada suicida, te dabas cuenta enseguida. Las llamábamos «llamadas duras», porque eso eran exactamente: duras para ellos, duras para nosotros.

Ned había tenido una especialmente dura varios años atrás, y dio la casualidad de que fue en su cumpleaños. Se le había visto alegre durante gran parte de la jornada y eso era raro en él, porque suele detestar su cumpleaños. Barry, el coordinador, le había sorprendido con un pastel, y todos los compañeros le habíamos cantado *Cumpleaños feliz*. Y entonces volvió al trabajo y contestó a la llamada que habría de quitarle de golpe esa jovialidad cumpleañera. No llegó a saber jamás lo que fue de la persona que estaba al otro lado de la línea y, en cierto modo, eso es incluso peor que saber la verdad, porque la ambigüedad deja espacio para la esperanza y esta es lo más cruel que hay en el mundo.

Jackson había sido una llamada dura en varias ocasiones, pero no fue el caso en esa ocasión. Lo único que quería ese día era charlar y hablar sobre su jornada de trabajo y sobre cómo había estado sintiéndose. El médico había probado a ponerle otro tratamiento para la ansiedad y me contó que, de momento, estaba funcionando de maravilla. Me contó también que pensaba pedirse un curry, y que iba a dejar lista la primera temporada de *Juego de tronos* para empezar a verla en cuanto llegara el repartidor con la comida.

Pasaron quince minutos hasta que se despidió con su habitual «Chao, Nell» y terminó la llamada.

Me recliné contra el respaldo de mi silla y, al ver que todas las llamadas estaban siendo atendidas, me volví a mirar por la ventana de nuevo. La luz crepuscular iba dando paso a la oscuridad y alcancé a ver mi reflejo en el cristal. En mi pelo ya no quedaba ni rastro de las delicadas ondas playeras que había intentado hacerme con gran éxito aquella mañana cuando, después de que Joel se fuera, me había puesto a ver un tutorial de YouTube sobre diez usos que se le pueden dar a una plancha alisadora. En ese momento lo tenía lacio a la vez que encrespado, algo que ni siquiera sabía que fuera posible. Agarré uno de los coleteros que tenía junto a mi monitor desde tiempos ancestrales y recogí mi rebelde cabellera en un moño alto.

En la ventana vi reflejado a Ned, que se acercaba tras concluir la reunión que acababa de tener con Barry. Al llegar a su cubículo, apoyó el codo con actitud relajada en la mampara que había entre nuestros respectivos escritorios.

—Ve a ver a Barry si ya has terminado de contemplarte con admiración en el cristal, tiene que pedirte un favor —me dijo.

Barry era la persona menos inspiradora que yo había conocido en toda mi vida, el mero tono de resignación de su voz bastaba para quitarle el entusiasmo a cualquier conversación; a pesar de eso, era un orientador tan bueno que había empezado como voluntario y había ido ascendiendo hasta el puesto de coordinador en el transcurso de los ocho años que llevaba allí.

—No creo que «admiración» sea la palabra adecuada —contesté yo—. «Asco» sería una buena alternativa, o incluso «desaprobación» quizás.

—¿Cuántas veces te he repetido lo mismo? Tienes que dejar atrás a Joel, no es bueno para ti. —Me miró con cara de «te lo dije».

—Sí, ya lo sé. —Exhalé un suspiro—. En fin, ¿qué quiere Barry de mí?

—El voluntario nuevo, Caleb, está atascado en el tráfico y llegará un poco tarde. ¿Podrías cubrir su puesto hasta que llegue?

—Vale, cualquier distracción es buena si me sirve para dejar de pensar en lo idiota que soy. —Esbocé una sonrisa.

Él lanzó una mirada alrededor para asegurarse de que nadie estaba prestándonos atención y susurró:

—He comprado carne picada cuando he salido a comer, ¿te apetecen unos espaguetis a la boloñesa y un maratón de *Casos sin resolver*?

—Suena genial —contesté, susurrando también, antes de volverme de nuevo hacia la pantalla y de recolocarme los auriculares.

Ned miró con disimulo a Beryl, la voluntaria que estaba sentada frente a mí, y volvió a ocupar su cubículo como si acabara de completar con éxito una misión encubierta.

Él y yo congeniamos muy bien cuando empecé a trabajar en Mentes Sanas, cinco años atrás. Ned llevaba algo más de tiempo allí que yo, y era otro de los empleados que recibían un sueldo. Nuestros cubículos estaban en la esquina del fondo, era una ubicación muy codiciada que nos habíamos ganado a base de ir avanzando consistentemente de una mesa a otra cada vez que alguien se marchaba hasta que, finalmente, habíamos obtenido las que queríamos. Sabía que él tenía cuarenta y tantos años, pero no tenía ni idea de la cifra exacta porque siempre era muy vago en lo referente a ese tema. Tenía una estatura inferior a la media, un cuello más largo de lo común (estoy convencida de que esto último era para intentar compensar la falta de longitud de las piernas), unos grandes ojos marrones y un cabello corto, oscuro y de lo más común y corriente. Era, en todos los aspectos, una persona del montón. Pero poseía algo que tienen algunas personas, ese no sé qué que tiene brillo propio e ilumina todo lo demás. Soy consciente de que muchas de las mujeres de la oficina se sentían atraídas por él, pero para mí siempre ha sido el bueno de Ned, un viejo amigo platónico.

Su mujer y él se separaron varios años atrás, yo creo que estuvo jugando con él demasiado tiempo; en mi opinión, ninguna mujer decente debería obrar así. En aquel entonces vivía solo en una gran casa victoriana situada en uno de los barrios de las afueras más codiciados de la ciudad, y creo que se sentía tan solo como yo. Cuando empecé a trabajar en la línea de ayuda, yo vivía en un pisito de mala muerte situado encima de un kebab en una calle que digamos que tenía un código postal poco deseable. Joel y yo nos habíamos mudado allí un año después de dejar la universidad. Tres semanas después de la mudanza hubo un tiroteo desde un vehículo en movimiento al final de la calle, pero, afortunadamente, la única víctima fue la puerta del conductor de un Peugeot 206.

Joel y yo vivimos cual sardinas en lata en aquel cuchitril durante años y, cuando nuestra relación se fue a pique, él regresó a casa de sus padres. Me costó lo mío hacer frente a las facturas sola (aunque no es que Joel hubiera contribuido demasiado al pago del alquiler, la verdad). El interior del piso olía siempre a carne pasada de *döner* y a yogur con menta (lo que, después de un periodo de tiempo sorprendentemente corto, generó en mí una aversión de por vida a los kebabs).

Ned y yo nos habíamos hecho amigos de inmediato a raíz de que me diera una crisis nerviosa en los baños del trabajo; mi casera me había llamado por teléfono con una actitud especialmente borde y él me oyó llorar desde el pasillo. Me llevó a un chino para animarme y me ofreció que me fuera a vivir con él en calidad de inquilina; la idea me pareció razonable: él tenía aquella enorme casa y yo detestaba mi horrible cuchitril; por otro lado, el alquiler que me pedía era la mitad de lo que yo ya estaba pagando en mi piso. Me dijo que sería agradable tener a alguien con quien ver documentales sobre crímenes reales al terminar la jornada de trabajo, y que con otra persona viviendo allí se sentiría menos culpable por encender la calefacción.

Yo permanecí en mi piso hasta finales de mes y, en cuestión de dos semanas, me mudé a casa de Ned y dejé atrás el sofá con aroma a kebab.

Mi jornada laboral había terminado veinte minutos atrás y Caleb no había hecho acto de presencia aún. Pero a Ned todavía le quedaba una hora de trabajo, así que no tenía prisa por irme a casa. No quería tener tiempo libre para pensar en las oportunidades perdidas con irlandeses guapetones ni en las que me gustaría haber dejado pasar con exnovios.

Me enderecé en la silla al oír a través de los auriculares la señal que indicaba que había una nueva llamada. Respiré hondo, adopté mi actitud calmada y tranquilizadora y acepté la llamada.

—Hola, has llamado a Mentes Sanas. ¿Con quién hablo, por favor?

La única respuesta fue el quedo sonido de una exhalación de aire al rozar el auricular. Esperé uno o dos segundos antes de volver a intentarlo.

—¿Hola?, ¿estás ahí? —Oí que alguien inhalaba—. ¿Hola?

—Hola.

—¡Hola! ¿Qué tal estás?

Era una pregunta común, una que se hacía a diario en el mundo y que tan solo recibía una respuesta sincera en contadas ocasiones. Pero allí, en aquella oficina y en todos los centros similares, la respuesta de rigor no era necesaria. Allí nos esforzábamos siempre por llegar a la verdad.

La línea se entrecortaba, la conexión iba y venía.

—No… no sé… cómo… ar…

—Te oigo bastante mal, ¿podrías moverte un poco para ver si mejora la conexión? —Arrugué la cara como si eso fuera a ayudar en algo, me apreté los auriculares contra las orejas.

Oí movimiento y la voz me llegó con claridad al cabo de un momento.

—¿Me oyes ahora?

Sentí como si una pesa de plomo me cayera estómago abajo.

—Sí, te oigo bien. ¿Cómo te encuentras?

—He tenido días mejores, para qué te voy a engañar.

El acento irlandés de aquella voz masculina desencadenó un estremecimiento que recorrió mi cuerpo. Me pregunté asombrada si realmente podría ser él... No, no podía ser. Al fin y al cabo, tenía que haber más de un irlandés viviendo en Birmingham, ¿no? Pero es que aquella voz era igualita a la suya...

Titubeé sin saber qué hacer. No podía dejar que descargara sus penas conmigo sin revelarle quién era yo, ¿no?

—No te llamarás Charlie, por casualidad, ¿verdad? —Mi boca lo preguntó antes de que mi cerebro diera su aprobación.

—Eh... pues sí —respondió él con perplejidad—. Ejem... eh... ¿te conozco?

—Creo que es posible que ayer te lanzara mi sándwich a la cabeza. —Lo admití con una risita de nerviosismo.

—¿Nell? ¿De la cafetería?

Exhalé una carcajada, nerviosa y un poco halagada al ver que había recordado mi nombre, y asentí a pesar de que él no podía verme.

—Qué pequeño es el mundo, ¿verdad? —le dije—. Aunque vivimos en la misma ciudad y no habíamos coincidido hasta ayer, así que puede que no sea tan pequeño después de todo y, por el amor de Dios, debería callarme y dejarte decir lo que te ha impulsado a llamar. Si es que quieres hablar conmigo, claro. Si lo prefieres, podría pasarte a alguien que no tenga contigo un historial agresivo de lanzamiento de sándwiches.

—Madre mía, decías en serio lo de la diarrea verbal, ¿eh?

—Totalmente en serio. —Volví a reírme con nerviosismo—. Bueno, ¿qué te ha impulsado a llamar?

—Eh... —Respiró hondo y se oyó el sonido de sus pasos yendo

de acá para allá—. Me siento como un idiota haciendo esto, pero he llamado porque estoy preocupado por mi tío. Ha estado un poco raro últimamente.

—¿En qué sentido? —Mi cerebro cambió el chip con rapidez: el flirteo y las risitas dieron paso a la consejera seria.

—Pues se ha vuelto distante, cerrado en sí mismo, esa clase de cosas. Antes solía hablar tanto que había que ofrecerle dinero para hacerle callar, pero últimamente solo responde con una o dos palabras.

—¿Cómo se llama tu tío?

—Carrick.

—¿Te ha hablado él sobre este tema o es un comportamiento que has notado?

—No son más que observaciones mías. Mira, la cuestión es que se me dan fatal este tipo de cosas. Seguro que terminaría empeorando aún más la situación, por eso os he llamado.

Abrí la boca para preguntarle si Carrick estaría dispuesto a plantearse hablar conmigo y acceder a una llamada con los dos, pero, antes de que pudiera decírselo, Charlie ya estaba hablando de nuevo. Soltó un bufido de incredulidad y dijo, ligeramente avergonzado:

—¡Es increíble! ¿Cómo es posible que hayas contestado tú a mi llamada?

—Sí, a mí también me cuesta creerlo.

Me había pasado el día entero fustigándome por no haber tenido la valentía de pedirle su número de teléfono, y sentía que no podía dejar escapar una segunda oportunidad sin intentarlo al menos. Miré alrededor y, tras confirmar que Ned estaba atendiendo una llamada, me incliné hacia el borde de mi mesa, bajé la cabeza hasta el tablero y dije, casi en un susurro:

—Esto te va a sonar un poco… raro. Pero ¿qué dirías si te propusiera que esta conversación no la tuviéramos por teléfono?

—Te escucho. —Me pareció oír una ligera sonrisa en su voz.

—Bueno, calculo que saldré del trabajo en media hora más o

menos y me preguntaba si querrías, pues eso, seguir con esta charla en persona. Tienes toda la libertad del mundo de negarte y de olvidar lo que acabo de decir, porque estoy bastante segura de que podrían echarme por proponerte algo así, pero lo pasé muy bien hablando contigo ayer y me está entrando hambre y sé que no querrías perder la oportunidad de verme comer de nuevo.

—¡Ni se me ocurriría dejar pasar semejante oportunidad! ¿Dónde quedamos?

—¿En serio?, ¿así de fácil? —Estaba atónita.

—Oye, no quiero que vayas proclamando por toda la ciudad que soy un tipo fácil, ¿eh? Tengo una reputación impecable que mantener. ¿Nos vemos en tu oficina?

—Vale.

Le di la dirección. Mantenía la cabeza tan cerca de la mesa para evitar que algún compañero pudiera oírme que mi aliento rebotaba en la superficie de madera y me daba en la cara.

—Bueno, Nell, nos vemos ahora.

El sonido de su voz pronunciando mi nombre me hizo sonreír de oreja a oreja.

—Hasta luego. —Exhalé una carcajada de entusiasmo contra la mesa en cuanto la llamada terminó.

—¿Por qué estás tan risueña?

La acusadora voz de Ned me sobresaltó. Me enderecé como un resorte, me giré con tanta rapidez que salí impulsada hacia el ventanal en mi silla con ruedas y mi rodilla chocó con el gran panel de cristal que abarcaba del suelo al techo.

—¡Por nada! —no soné demasiado convincente que digamos—. Cambio de planes. Voy a salir, así que tendremos que dejar para otro día lo de los espaguetis y los crímenes reales.

—Por favor, dime que no vas a salir con Joel. —Hizo un puchero y ladeó la cabeza.

—Va a ser una velada sin Joel.

Vi por el rabillo del ojo la tromba frenética y acalorada que irrumpió por la puerta y que supuse que era el tal Caleb, quien llegaba tardísimo. Llevaba la bufanda de lana medio enroscada al cuello y sujeta bajo el brazo, como si se la hubiera puesto mientras volaba en uno de esos simuladores de caída libre.

—Bueno, me parece que ya puedo irme.

Cerré mi sesión en el ordenador, tomé mis anotaciones y me dirigí al despacho de Barry con una burbujeante excitación que me cosquilleaba en el estómago como caramelos efervescentes.

4

Suspiré pesarosa al mirarme en el emborronado espejo del descuidado baño y me pregunté qué truquitos podría sacarme de la manga para mejorar, aunque fuera un poquitín al menos, aquel aspecto de persona a la que acaban de arrastrar hacia atrás por un seto. Mi pelo había empezado a escapar del coletero que lo mantenía en un moño alto, un moño desmadejado que iba bajando lentamente por la parte derecha de mi cabeza como si se tratara de una bola de helado que resbala de su cucurucho en un día caluroso. Metí un dedo bajo el coletero y tiré con fuerza para quitármelo, el pelo se enredó aún más en él y sentí una punzada de dolor tan fuerte que cualquiera diría que estaba arrancándomelo de raíz. Solté una exclamación ahogada de dolor y desenredé los mechones antes de dejarlos caer en una desmadejada cortina de color caoba, me peiné con los dedos y, tras estrujar las puntas para intentar estar un poco presentable, me limpié el rímel de debajo de los ojos y me pellizqué las mejillas para darles un poquito de color.

El sonido de una música fuerte y carente de letra retumbaba a través de la puerta y se me clavaba en el cráneo, me costaba entender que a la gente le gustara ese tipo de ruido. Podía soportar la ausencia de palabras, era el hecho de que no tuviera nada más allá del acompañamiento lo que me hacía poner en duda su validez como música.

Me alejé del espejo y abrí la puerta, la música me golpeó de lleno al salir al pasillo del bar.

El mercado de comida callejera estaba bastante concurrido para ser jueves, y el aire estaba impregnado de la mezcla de olores procedentes de los *food trucks* que había fuera. Aquellas furgonetas decoradas con lucecitas de colores y carteles de neón se reunían en un patio tres veces por semana y vendían todo tipo de comida, desde imaginativos bizcochos con una gran variedad de rellenos hasta fritura de pescado con patatas al estilo hindú, y el miasma de todos aquellos alimentos combinados creaba un delicioso aroma. Aparte de la comida callejera, había también tres bares, cada uno de ellos con su propia temática. Yo había estado allí en varias ocasiones y había probado los tres al menos una vez, pero ese día habíamos optado por ir al que estaba al fondo de todo y que tenía una ambientación en plan años veinte, con un suelo embaldosado multicolor y mullidos asientos rojos.

Serpenteé entre la gente hasta el lugar de la barra donde había dejado a Charlie. Estaba sentado en un taburete alto con un tenedor de madera en ristre, jugueteando sin mucho entusiasmo con una ración de pollo picante. Esbozó una sonrisa pesarosa cuando ocupé de nuevo el taburete situado junto a él. El hombre que nos había vendido el pollo en cuestión estaba, en mi humilde opinión, un poco chalado, y cuando Charlie le había preguntado si estaba muy picante, su repuesta había sido: «Te da una hostia que te tira *p'atrás*». Nosotros no habíamos entendido a qué se refería exactamente ni si sus palabras auguraban algo bueno sobre algo que ibas a meterte en la boca, pero tenía tal maestría de vendedor nato que habíamos sido incapaces de irnos sin desprendernos de una cantidad de dinero que parecía un tanto excesiva por una ración tan pequeña.

—¿Qué tal está la comida? —le pregunté. Mi mirada se encontró con la de la camarera y le hice un gesto para pedirle que volviera a llenarnos las jarras de cerveza—. ¿Te ha dado una hostia que te ha tirado *p'atrás*?

—Yo no lo describiría así exactamente, es más parecido a comer napalm. —Se tocó la lengua con el tenedor y, segundos después, hizo una mueca cuando el picor le golpeó de lleno.

—Pues ese era el medio picante —le recordé con una risita.

Tomé una porción con los dedos y me la llevé a la boca. Sí, estaba picante, aunque a mí no me demudaba la cara como a él. Dejó el tenedor en la bandeja de cartón y la empujó hacia mí.

—Por mí puedes comértelo todo, es demasiado para mi pobre lengua irlandesa.

La camarera llegó en ese momento con dos espumeantes pintas y él agarró una de inmediato y bebió con ansia hasta que el ardor de su boca se alivió. La chica me guiñó un ojo cuando pasé mi tarjeta de crédito por el lector.

Agarré el tenedor y procedí a comerme el resto de nuestra cena «compartida». Supongo que lo hice en cuestión de segundos. Cuando alcé la mirada, vi que estaba observándome con una sonrisa tierna. Me sonrojé y me apresuré a limpiarme la boca con la manga.

—Perdona, cuando como suelo olvidarme de que el resto del mundo existe. Seguro que es un espectáculo horrible.

—No, en absoluto —contestó él.

Aparté la bandeja vacía y agarré mi cerveza.

Mi tolerancia al alcohol era sorprendentemente alta para una persona de mi estatura, así que dos cervezas no suponían ningún problema. Tomé un sorbito y sentí cómo se entremezclaba con el picante que tenía en la lengua, las burbujas intensificaron la sensación antes de que el frescor del líquido la mitigara.

—Bueno, háblame de Carrick —le pedí.

Su lenguaje corporal cambió al instante. Me miró a través de aquellas oscuras y largas pestañas suyas, pero no contestó. Enarqué las cejas y ladeé la cabeza. Estaba claro que en realidad no quería hablar del tema, que dejar a un lado lo que fuera que le daba vueltas por la cabeza era su forma de lidiar con sus preocupaciones, pero mi trabajo consistía precisamente en extraer aquello a lo que parecía imposible llegar.

—No hace falta que hablemos del tema —exhaló de forma audible por la nariz, y bajó la mirada hacia su cerveza—. Acabas de salir del trabajo, no tendrás ganas de hablar conmigo de algo así al final de la jornada.

—Te conocí antes de que llamaras hoy. Esto no es una cuestión de trabajo, estoy ayudando a un amigo. —Lancé la idea de forma tentativa. Sí, nos conocíamos desde hacía muy poco tiempo y mi corazón se desbocaba un poco cada vez que me miraba a los ojos, pero ¿por qué no podíamos ser amigos?

—¿Me consideras así?, ¿sabes siquiera cómo me apellido? —Su sonrisa ladeada le daba un aire travieso.

—No, no lo sé. Pero solo es necesario saber el apellido de alguien si vais a dormir juntos, ¿no? —Me ardieron las mejillas al darme cuenta de lo que acababa de decir—. Eh… en fin, se supone que esa es la norma, ¿no?

Él se rio por lo bajini, pero su rostro también estaba ruborizándose un poco.

—No te embales, tendrás que invitarme antes a una copa. —Miró con sorpresa fingida la cerveza que sostenía en su mano—. Anda, ¡qué casualidad! —Bebió un poco mientras me miraba por encima del borde de la jarra con un brillo juguetón en los ojos; después de tragar, añadió—: Por cierto, es Stone. Mi apellido.

—Ah, pues está muy bien, es fuerte. —Estaba parloteando sin pensar—. Tanto por cómo suena como por el significado… ya sabes, «piedra». —«Ay, Dios, ¡cierra el pico!». Bajé la mirada hacia mis manos, que descansaban lacias en mi regazo, y rogué para que no brotaran más palabras de mis labios.

Al cabo de unos segundos de silencio se me ocurrió algo que decir y abrí la boca para hacerle una pregunta, pero, antes de que el sonido alcanzara a emerger de ella, Charlie ya estaba hablando.

—Pues resulta que Carrick es un tipo animado y exasperante, una de esas personas que te dice las cosas claras. Yo creo que a lo mejor estaba destinado a ser un hermano gemelo y absorbió personalidad suficiente para dos personas estando en el vientre materno.

—¿Y ahora ha cambiado? —Él se limitó a asentir con solemnidad, así que añadí—: ¿Por algún motivo en concreto?

Me di cuenta de cómo había cambiado mi propia actitud: mi voz tenía un tono más bajo y sonaba más autoritaria, pero no hasta el punto de sonar desagradable; mi rostro había adoptado una expresión atenta y pensativa con el ceño fruncido, tenía las manos entrelazadas en el regazo.

—Por una relación que terminó mal, porque se siente perdido en esta vida… Es una mezcla de todo, la verdad.

—¿Crees que estaría dispuesto a hablar conmigo?

Él negó con la cabeza con convicción.

—No, lo dudo mucho. Pero puedo proponérselo.

—Hazlo, por favor. A veces, la persona que menos te esperas está esperando a que alguien tenga un mínimo gesto con ella, a que le pregunten cómo se encuentra. Es como una botella de champán. El tapón siempre está ahí encajado, manteniéndolo todo dentro, pero basta con una pequeña sacudida para que todo salga a chorro.

Él soltó una pequeña carcajada.

—Nunca he conocido a nadie que se exprese como tú.

—¿Eso es bueno? —Fruncí el ceño con teatralidad.

—Yo creo que sí. —Su boca dibujó una sonrisa ladeada que me impactó de lleno. Jamás pensé que una sonrisa pudiera tener semejante efecto—. En fin, ahora que hemos acordado que somos amigos, podrías hablarme un poco de ti. ¿Cómo es tu familia?

—Pues podría decirse que es un pelín inusual.

—Uy, me parece que ahí puede haber conversación para rato. Empieza por el principio.

Se inclinó un poco hacia delante. Una de sus manos sostenía la cerveza mientras la otra jugueteaba con un hilo suelto del dobladillo de su camiseta.

—Eh… vale, pues resulta que mi madre es una mujer realmente inteligente y guapa que estudió en una Universidad de Londres y se hizo geóloga. Es una de esas personas que encuentran las mejores ubicaciones para construir parques eólicos marinos. Pero a los veintiún años tuvo la primera y única noche irresponsable de toda su existencia con un hombre del que ni siquiera se acordaba al día siguiente. Nueve meses después llegué yo, de ahí que no tenga hermanos ni hermanas.

—En primer lugar —alzó un dedo y se inclinó hacia delante un poquitín más—, dedicarse a eso debe de ser increíble; en segundo lugar, ¿no sabes quién es tu padre?

—Ni idea. Y ella tampoco.

—¿Eso te afecta?

—La verdad es que no. Antes sí, cuando era más joven y veía a mis amigos con sus padres, pero mi tío ocupaba ese puesto. Vivía con él cuando mi madre se iba de viaje por el trabajo, pero falleció cuando yo tenía dieciséis años y nos quedamos las dos solas.

—Lo siento. —Se le veía un poco entristecido.

—Ahora lo llevo bien, aunque no fue fácil —admití, mientras él tomaba un trago de cerveza—. Y también está Ned, el hombre con el que vivo. —No sé si fueron imaginaciones mías, pero me dio la impresión de que sus hombros se hundían un poco—. Trabajamos juntos, así nos conocimos, y me fui a vivir de alquiler a su casa cuando rompí con Joel.

Tosió con fuerza de repente cuando pareció atragantarse con la bebida, carraspeó varias veces y se cubrió la boca con una mano cerrada en un puño.

—¿Vives y trabajas con ese tipo?, ¿con el tal Ned? —Frunció el ceño.

—Ajá.

—Entonces, vives con él, pero nunca habéis… ya sabes.

Hice una mueca, la mera idea bastaba para horrorizarme.

—No, ¡claro que no! Es mayor que yo, podría ser mi padre; de hecho, ahora que lo pienso, podría serlo de verdad. Ay, Dios, ¡qué idea tan horrible!

—Vale, no retozas con el compañero de trabajo. ¿Y no estás casada ni comprometida? —Esperó hasta verme negar con la cabeza—.

¿No hay ningún novio que vaya a presentarse de repente y a ponerse a pelear conmigo por tomar una copa con su chica?

—No, ya no.

—Me parece que ahí hay mucho que contar.

—Qué va, solo he estado con el ya mentado Joel.

—¿Y quién es él?

Madre mía, estábamos quitándonos de encima la conversación sobre las exparejas nada más empezar, ¿no?

—Nos conocimos en la uni; estuve siete años y medio con él; ya no estamos juntos, pero él está deseando retomar la relación. —Dejé al margen la parte de lo de los encuentros esporádicos porque era algo de lo que me avergonzaba.

—¿Quién rompió con quién?

—Yo con él.

—¿Por qué?

—Él dejó su trabajo y metió todo su dinero, además de una buena cantidad del mío, en su empresa digital de creación de páginas web. Y hacía un montón de apuestas por Internet, algo de lo que yo no tenía ni idea hasta que leí por fin uno de mis extractos en vez de meterlo directamente en el cajón de la cocina y vi que ese mes había gastado más de doscientas libras en Betfred. A finales del segundo año de vivir juntos, estábamos tan mal de dinero que por poco nos echan del piso donde vivíamos. —Suspiré y sentí una punzada de dolor al recordar la ansiedad que había sufrido—. Empezamos a gritar en vez de hablar, y solo nos tocábamos cuando nos cruzábamos por el pasillo y cuando le ponía la cena. Al final, me sentía tan mal que decidí que prefería estar sola a con él. Es curioso que dieciocho meses de desdicha puedan borrar años de felicidad, ¿verdad?

—Es una lástima.

Yo hice un vago gesto con la mano.

—Han pasado cerca de dos años, lo he superado. —Yo misma era consciente de que eso no era del todo cierto—. ¿Y tú qué? Alguien como tú debe de haber dejado un rastro de corazones rotos a lo largo del mar de Irlanda. —Tomé un trago de cerveza y me di cuenta de que la jarra ya estaba medio vacía, aunque no recordaba habérmela bebido.

—Pues la verdad es que no. —Apuró su jarra y se volvió hacia la barra—. ¿Quieres otra?

Capté la indirecta de que se trataba de un tema espinoso para él y decidí dejarlo a un lado.

—No, gracias. —Alcé mi jarra para mostrarle cuánta cerveza me quedaba, él le hizo un gesto a la camarera y pidió otra—. Bueno, ya que hemos hablado de mi familia, ¿por qué no me hablas de la tuya? Cuéntame más cosas sobre Carrick.

—Eh… pues no hay gran cosa que decir sobre mi familia. Mis padres siguen viviendo en Westport, en el condado de Mayo, con Carrick, que es el hermano pequeño de mi padre. Es bastante más joven que él y solo tiene doce años más que yo, así que fue como una especie de hermano.

—Descríbemelo.

Charlie se echó a reír al recordar algo, prácticamente pude ver cómo se le pasaba por la cabeza el recuerdo.

—Es impredecible y ruidoso, olvidadizo, exasperante y carente de tacto. Pero también es una persona buena y de buen corazón. Supongo que solo se porta mal porque se siente solo. A veces saca de quicio a mi madre; mi padre y él manejan el negocio familiar, mis padres viven en una casita con vistas panorámicas a la bahía de Clew. Al otro lado del agua hay una montaña llamada Croagh Patrick, hay gente que va en peregrinaje hasta allí el último domingo de julio y sube hasta la cima, hay quien lo hace descalzo o de rodillas. Desde la casa de mis padres hay unas vistas estupendas de la montaña.

—¿La suben de rodillas?, ¿qué altitud tiene? —Estaba atónita.

—764 metros.

—¡Hostia! —Temí haberle ofendido. Al fin y al cabo, era irlandés, y empezaba a darme cuenta de mi tendencia a decir un montón de palabrotas a diario—. Perdón.

—¿Por qué? —Me miró con ojos interrogantes.

—Por la palabrota.

—Di todas las que quieras, me da igual. —Esbozó una sonrisa. Sus dedos acariciaron las gotitas de condensación que perlaban la jarra mientras sus ojos no se apartaban de los míos—. Me gustan las personas que dicen lo que piensan.

Yo nunca había vivido un momento así, uno en el que todo lo demás se desvanece y solo con ver la mirada de alguien sabes con toda claridad lo que está pensando. Me acaloré y me puse nerviosa, me pasé una mano por el pelo y me obligué a mí misma a dejar de mirarle porque no quería revelar demasiado.

—En fin —carraspeé para aclararme la garganta, me salió una voz extrañamente entrecortada—, ¿qué estabas diciéndome de Carrick?

—Sí, eh… —Él también bajó la mirada, se atusó su barba incipiente y apretó los nudillos contra los labios por un momento antes de proseguir—: Carrick tiene una casa enorme en lo alto de la colina en Knockranny, a poca distancia de mis padres. Es grande y está llena de todas esas chorradas caras que le gustan, pero no pasa casi nada de tiempo allí. Siempre está en casa de mis padres, viviendo en la casita de invitados que hay en la parte de atrás.

—¿Por qué? —le pregunté, justo cuando le servían su siguiente jarra.

—No soporta estar consigo mismo, es peculiar en ese sentido.

Yo sonreí.

—Por lo que dices, parece que tiene mucho en que pensar. ¿Hay alguien allí con quien pueda hablar?

—Qué va, mamá se moriría de vergüenza.

—No hay nada de lo que avergonzarse.

—Sí, eso ya lo sé. —Alzó su nueva jarra de cerveza y dio un buen trago—. Pero las cuestiones de familia… en fin, ya sabes. Es complicado.

—Sí, por supuesto.

Me sostuvo la mirada durante uno o dos segundos antes de seguir hablando.

—Me da la impresión de que no hay demasiada gente en tu vida, de que te sientes un poco sola. ¿Es así?

—Puede que sí, no he pensado demasiado en ello. —Menuda mentira.

—No creo que sea algo en lo que haya que pensar demasiado. Yo lo veo como una de esas cosas que te encuentras ahí, de buenas a primeras, cuando despiertas un día.

—¿Lo dices por experiencia? —le pregunté.

—Puede que sí. —Esbozó una sonrisa—. Yo tampoco he pensado demasiado en ello.

Para cuando el taxi se detuvo frente a mi casa, Charlie necesitaba un poco de ayuda para mantenerse derecho. Había ido deslizándose gradualmente hacia mi lado del coche y apoyaba su peso en mi hombro mientras miraba como alelado por la ventana.

—Aquí me bajo yo —le dije, mientras en mi estómago se libraba un tira y afloja. En un extremo de la cuerda estaba mi cama, calentita y mullida y esperándome con las sábanas abiertas; en el otro estaba Charlie y cuánto detestaba la idea de entrar en casa y, muy probablemente, no volver a verlo jamás.

—Yo también —afirmó arrastrando un poco las palabras, y se desabrochó el cinturón de seguridad.

Yo le di las gracias a Ahmed, el taxista (sus hijos se llamaban Pritika y Arnab, y los dos estaban estudiando Derecho en la uni).

—No hace falta, Charlie. Estoy segura de que puedo llegar a la puerta sin que me ataque nadie.

Pero él ya había salido del coche, así que salí también y el vehículo se esfumó con rapidez. Me paré a su lado en la acera y contemplamos juntos la gran casa victoriana, que estaba a oscuras salvo por una cálida luz amarilla que se filtraba a través de la cortina de la habitación de Ned.

—Bonita casa —murmuró.

—Sí, no está mal. Un poco avejentada, quizás.

Él se volvió hacia mí poco a poco, tenía los párpados a medio mástil.

—Esta velada no ha salido como yo esperaba —admitió, mientras empezaba a caer una fina lluvia.

—Sí, me ha pasado lo mismo.

Sonreí al ver la cálida y relajada embriaguez que se reflejaba en sus ojos. La lluvia empezaba a aplastarme el pelo contra la frente, así que me lo sujeté detrás de la oreja. Él alargó una mano hacia mi pecho y, por un momento, no supe cuáles eran sus intenciones y contuve el aliento. Agarró la pequeña y deshilachada trenza que me había hecho distraída en el trabajo durante una llamada y la acarició entre las yemas del índice y el pulgar.

Mi ritmo cardíaco se aceleró con aquel contacto físico que ni siquiera podía sentir. Contemplé aquellos ojos nublados por el alcohol mientras estos observaban a su vez lo que estaban haciendo sus dedos, como si no tuviera ningún control sobre ellos y estuviera interesado en ver lo que hacían a continuación.

Su ceño se frunció y su boca se torció como si estuviera sintiendo un ligero dolor. Dijo algo a través de unos labios que no se movieron apenas, algo tan flojito que no supe si habrían sido imaginaciones mías.

—¿Disculpa? —Bajé la cabeza e intenté entrar en su campo de visión—. ¿Qué has dicho?

Alzó la cabeza y, cuando sus ojos se encontraron con los míos, la mirada que vi en ellos me golpeó de lleno. No supe darle nombre porque me dio la impresión de que nunca antes la había visto.

—He dicho que gracias. —Lo dijo un poco más claro.

—¿Por qué?

—Por hablar conmigo en la cafetería.

—De nada.

Esbocé una cálida sonrisa, mi confianza se disparó gracias a las vibraciones positivas que estaba recibiendo de él y al alcohol que me corría por las venas. Lo que dije a continuación me hizo darme cuenta de que debía de estar más borracha de lo que pensaba.

55

—No es frecuente salir a comer y acabar sentada junto a un irlandés guapo, así que decidí aprovechar al máximo la ocasión.

Su boca formó una amplia sonrisa y en las mejillas se le formaron unos hoyuelos que quedaban parcialmente ocultos bajo aquella barba incipiente que no podía dejar de imaginar deslizándose rasposa por mi barbilla.

—¿Soy guapo?

Me ruboricé, pero no aparté la mirada. El alcohol me estaba dando una valentía que no recordaba haber tenido en los últimos tiempos.

—Ah, ¡ahí está esa sonrisa! —Posó un dedo bajo mi barbilla.

—Llevo toda la noche sonriendo —le dije con nerviosismo.

—No, esa era tu sonrisa postiza. Esta es la de verdad, la que es como un rayo de sol.

—Vale, ahora sí que está claro que te has pasado de copas.

Mi sonrisa se ensanchó aún más mientras intentaba evitar que el contacto de su piel contra la mía, por muy pequeño que fuera, me convirtiera en una bobita tontorrona que no dejaba de decir tonterías.

Era como si todas las normas sociales en lo que respecta al espacio personal se hubieran evaporado ya. Sentía que, si quería alargar la mano y tocarle, podía hacerlo sin que resultara raro. Me pregunté si aquello, si Charlie, iba a resultar ser mi primera aventura de una noche. Nunca me había gustado ese tipo de comportamiento (quizás fuera porque yo había sido concebida así), pero la idea de estar desnuda y vulnerable con alguien que era poco menos que un desconocido me parecía algo para lo que necesitaría mucho más alcohol.

Él se me acercó un poquito más, sujetando aún mi fina trenza y sin dejar de mirarme a los ojos. Un batiburrillo de nervios me hormigueó en el pecho y de repente deseé que me besara, lo deseé como jamás había deseado nada en toda mi vida.

¿Estaba bien besarse en la primera cita? ¿Sería una chica fácil si lo hacía, o esa era una norma que solo se aplicaba en las comedias de situación de la primera década del milenio? Por cierto, ¿quién se encargaba de supervisar esas normas? ¿Había un grupo de gente esperando tras el seto de coníferas, listo para intervenir de repente y llamarme puta?

—¿Quieres…? Eh…

Su rostro se acercó un poco más y el mío imitó el movimiento hasta que noté la caricia de su aliento en los labios, olí el olor a detergente de su ropa, sentí el calor que se filtraba a través de su camiseta y se mezclaba con el resquicio de aire que separaba nuestros torsos.

—¿Quieres entrar?

Mi propio atrevimiento me tenía asombrada, pero la idea de no besarle antes de que terminara la noche era una tragedia inconcebible. Me acerqué un poquito más, mi boca se frunció para salir al encuentro de la suya, mi labio superior rozó el suyo y noté los pelillos de su barba incipiente, hirsutos y tiesos, contra la suave piel de mi cara.

Sus labios se entreabrieron y su cuerpo se movió contra el mío, su pecho era firme y cálido. Sentí de repente que los dos llevábamos demasiada ropa encima, entrelacé mis dedos con los de la mano que él tenía colgando al costado.

—Nell… —Estábamos tan cerca el uno del otro que nuestros alientos se entremezclaban, el aire salía de mis pulmones y entraba en los suyos—. No puedo hacerlo.

—Ah. —Exhalé decepcionada al ver que se apartaba a toda prisa; el alma se me cayó a los pies.

Se alejó unos pasos y se pasó los dedos por el pelo con movimientos rígidos.

—¿Qué cojones estoy haciendo? —Lo dijo en voz queda, como hablando consigo mismo.

—¿Qué sucede? —Posé la mano en la manga de su chaqueta, pero él me la apartó. Retrocedí un poco, herida en mi orgullo.

Él se volvió hacia mí, pero esquivó mi mirada.

—No puedo hacerlo, y punto. —Lo dijo con sequedad, casi con enfado.

—¿Qué ha pasado? Todo iba bien hasta hace un momento. —Di un paso hacia él, reaccionó retrocediendo uno a su vez.

—Tengo que irme. —Dio media vuelta y echó a andar.

—¿Te llamo por teléfono? —le pregunté en voz alta mientras se alejaba.

—No. No. Solo te pido que… No.

Y se fue sin más, perdiéndose en la oscuridad y dejándome allí, plantada en medio de la acera y sin entender nada.

Mentiría si dijera que no subí directa a mi habitación, que no me metí en una ducha tan caliente que era un peligro para la integridad física y lloré un poco bajo el achicharrante chorro de agua. El corazón es como una serpiente de cascabel en el sentido de que, si lo dejas tranquilo y no lo provocas, no te hará daño. Sigue a su rollo mientras tú sigues al tuyo. Pero, en cuanto detecta algún peligro, empieza a prepararse para defenderse. Recuerda todas las heridas anteriores, las que estuvieron a punto de destruirlo, y sabe que no puede permitir que vuelva a suceder algo así. Yo había provocado de nuevo a mi corazón, le había dado vía libre para que se ilusionara con la infantil idea de que conocer a un hombre en una cafetería sería el inicio de mi historia de cuento de hadas. Pero la vida no funciona de esa forma en el mundo real. Puede que sea así en los estribillos de las baladas de los años ochenta o en el capítulo final de las series de televisión, pero las cosas nunca son tan simples en esta vida.

Alcé el rostro hacia el torrente casi abrasador de agua, dejé que tamborileara contra mi piel. No sabía qué le había hecho cambiar de forma tan súbita. Era como si hubiera tenido una crisis de conciencia, pero yo no tenía ni idea de lo que podía haberla provocado. ¿Por qué se había sentido culpable de repente?

Pulsé el botón de la ducha y el chorro de agua se cortó. Permanecí en aquella caja de cristal durante unos segundos con las gotas bajándome por la piel como si mi cuerpo entero estuviera llorando.

Poco más de veinticuatro horas atrás ni siquiera conocía a Charlie Stone, así que ¿por qué estaba tan afectada?

Salí de la ducha y me envolví en mi toalla de color fucsia. Lo que necesitaba era una buena noche de sueño. Sí, seguro que todo aquello habría quedado en el olvido al llegar la mañana. Eso esperaba al menos.

5

Mis esperanzas no se cumplieron, resulta que unas horas de sueño no sirvieron para animarme lo más mínimo. Me senté en pijama en el sofá después de pasar una noche pésima, apoyé los pies en la mesita auxiliar y mi plato de Cheerios sobre el pecho. Estaba hecha polvo y lo único que quería era quedarme en la cama, pero me había despertado de madrugada y me había limitado a yacer allí, mirando el techo y cabreándome cada vez más por no poder conciliar el sueño.

Con total desgana, pulsé el mando de la tele con la mano izquierda y encontré unos dibujos animados entretenidos y coloridos con los que conseguí entumecer mi cerebro durante veinte minutos.

—Hoy has madrugado.

La voz de Ned entró en la sala uno o dos segundos antes de que él apareciera en la puerta. Le vi por el rabillo del ojo, pero no me giré a mirarlo porque eso habría requerido demasiado esfuerzo. Alcé la mirada cuando se acercó al sofá y vi que estaba observándome expectante.

—Venga, desembucha. Háblame de él. —Llevaba alrededor del cuello una flácida corbata sin anudar de color verde oscuro.

Yo me llevé a la boca una cucharada bien colmada de mis aritos de cereal empapados en leche, y contesté después de masticar y tragar.

—Es una especie de Príncipe Azul, pero en una fase de chico malo en la que se une a una banda y empieza a ir enjoyado.

—Vale, eso ha sonado muy detallado. Y extraño.

—Sí, «extraño» es la palabra perfecta.

—¿Por qué? —Esperó a que contestara, pero permanecí callada porque no sabía cómo explicar lo que había pasado—. Bueno, dime al menos cómo se llama. ¿Qué hicisteis?, ¿cómo terminó la cosa?

No me hizo falta mirarle para saber que acababa de guiñarme el ojo.

—Se llama Charlie y... —Me interrumpí y le miré enfurruñada—. Fuimos a un bar, estuvimos a punto de besarnos y él lo echó todo a perder.

—¿Qué pasó?

—Nada, no pasó nada. Todo iba de maravilla, había muy buena química y tal. Pero de repente se cerró en banda, estaba como cabreado y me dijo que no le llamara.

—Vaya. ¿Y no sabes por qué cambió de opinión? —Al ver que yo negaba con la cabeza, intentó en vano bromear para relajar el ambiente—. ¿Comiste delante de él? Porque eso bastaría para ahuyentar a cualquier hombre.

—¡Cállate! —Logré esbozar una patética sonrisa.

—¿Por qué se cabreó?

—Ni idea. Fue como si se sintiera culpable por haber estado a punto de besarme.

Él ladeó un poco la cabeza y me miró pensativo.

—No está casado, ¿verdad?

Solté un largo suspiro y cerré los ojos.

—¡Mierda! Ni siquiera se me había pasado por la cabeza, ¿cómo puedo ser tan tonta? Claro, eso lo explicaría todo.

—¿Mencionó a una esposa, a alguna novia? —Ned se sentó en el borde del sofá y se puso a juguetear distraído con los extremos de la corbata.

Me estampé la palma de la mano contra la frente.

—No. Pero desvió la conversación en cuanto yo mencioné ese tema.

—Me parece que la has cagado con él, Nell.

—Soy una rompehogares, ¡una zorra quitamaridos! —Gemí con frustración, ¿cómo había podido creer siquiera que un hombre así estaba soltero?

—No te fustigues. Si está casado, es él quien debería sentirse como un idiota.

—No llevaba anillo. —Intenté hacer memoria. En la cafetería, cuando había visto los callos que tenía en las manos… No, estaba casi convencida de que no había visto ningún anillo. Mi esperanza resurgió.

—Yo tampoco llevaba uno, no todo el mundo los lleva —indicó Ned.

Adiós esperanza.

Mis hombros se hundieron.

—En fin, me alegra verte salir otra vez, aunque el tipo en cuestión estuviera casado —añadió él, mientras empezaba a anudarse la corbata—. Ya llevas bastante tiempo haciendo lo que sea que estás haciendo con el idiota de Joel.

No era un secreto ni mucho menos que Ned no tenía muy buena opinión de Joel, sobre todo a raíz de aquellos primeros meses en los que este último se había presentado de improviso en casa. En una de esas ocasiones lanzó piedrecitas contra mi ventana, pero resulta que no era la mía, sino la de Ned, y las piedrecitas en cuestión resultaron ser un pelín grandes y una de ellas terminó en el suelo de Ned rodeada de cristales rotos.

En el pasado me ponía de parte de Joel cuando alguien hablaba mal de él, pero empezaba a darme cuenta poco a poco de que ya no era tarea mía defenderle.

—¿Cuándo se te va a pasar el cabreo por lo de la ventana? —le pregunté—. En cualquier caso, Joel podría haber sido peor aún. No tenía la esposa secreta que seguramente tiene Charlie, ni se largó con otra persona como Connie. —Hizo una pequeña mueca al oírme mencionar a su mujer, pero iba volviéndose más inmune a ese tema con el paso del tiempo—. Joel podría haberme tratado mucho peor de lo que lo hizo.

—Sí, y mucho mejor también. —Suspiró, y estuvo maniobrando con el nudo de la corbata hasta que le quedó perfecto—. Dejémoslo en que tanto a ti como a mí se nos da fatal elegir pareja. —Sacudió la cabeza en un gesto de frustración—. ¿Estarás bien? —Posó una mano en mi hombro y me dio un ligero apretón. Yo contesté chasqueando la lengua—. Bueno, mándame un mensaje de texto si hay alguna novedad. No te olvides de la reunión que tenemos a las dos con el gestor de proyectos.

—¡Claro que no! —La había olvidado por completo.

Se dirigió hacia la puerta, pero justo cuando acababa de salir asomó la cabeza de nuevo y agarró el marco con ambas manos.

—Por cierto, ¿tendremos sesión de pelis malas esta noche?

Yo me giré a mirarlo por encima del hombro.

—No tengo otros planes, mi novio está ocupado con su mujer.

Suspiré y seguí haraganeando en el sofá. En la pantalla de la tele, varios perros digitales vestidos con uniformes de distintos oficios saltaban torpemente de acá para allá. Suspiré al oír que la puerta principal se cerraba. Sola de nuevo. Me metí otra cucharada de cereales en la boca y mastiqué enfurruñada.

Nadie que me viera trabajando ese día habría sospechado siquiera que estaba totalmente distraída pensando en la noche anterior, pero al terminar mi turno estaba exhausta después de haber pasado la jornada entera fingiendo y poniendo buena cara. Ned y yo salimos juntos del trabajo esa tarde y fuimos a un Tesco a comprar la cena y a echar un vistazo a la sección de DVDs rebajados para nuestra tradicional sesión de peli mala, cerveza y pizza de los viernes por la noche. Había dos normas establecidas: la peli tenía que valer menos de cinco libras, y la pizza tenía que llevar ajo y salsa de especias; aparte de eso, éramos bastante flexibles.

Yo estaba leyendo la sinopsis de una película de miedo de comienzos del siglo XXI que tenía en la portada a una mujer medio desnuda manchada de sangre cuando noté que el móvil me vibraba en el bolsillo. Lo saqué y, al ver la sonriente cara de mamá en la pantalla, acepté la videollamada y sostuve el teléfono en alto.

—*Guten abend*—me dijo sonriendo, tan guapa como siempre.

Su cabellera rubia estaba peinada a la perfección, sus ojos verdes brillaban bajo la suave luz. Tenía el móvil apoyado en un prístino mantel blanco, así que pude ver la envidiable escena al completo: estaba cómodamente sentada en un rincón cálidamente iluminado de un concurrido restaurante.

—Buenas tardes, mamá. —Metí la película en mi cesta—. ¿Qué tal te va por Alemania?

Me habría gustado ser más concreta, pero mi madre siempre estaba viajando de acá para allá y sin avisar apenas, así que se me habría olvidado por completo dónde estaba si no me hubiera saludado en alemán. Antes no me molestaba demasiado verla en todos esos países a los que yo jamás me había acercado ni por asomo, porque siempre había dado por hecho que tendría mi propia aventura llegado el momento. Creía que mi profundo miedo a volar terminaría por desvanecerse tarde o temprano y que entonces sería capaz de subirme a un avión cuando me viniera en gana, pero había ido pasado el tiempo y todavía no había pisado ningún suelo demasiado alejado del Reino Unido. Así que ahora, cada vez que mi madre me llamaba desde Alemania o China o Dinamarca, sentía una punzada en el estómago que me descolocaba por un instante, una especie de temor a que mi momento de hacer todas esas cosas no fuera a llegar jamás.

—Hace frío —contestó ella—, no tengo ninguna novedad interesante. Estamos a punto de terminar este proyecto y el mes que viene tendré algo de tiempo libre, ¿te parece bien que vaya a verte y me quede unos días en tu casa?

Me pasé la lengua por los dientes mientras fingía estar pensándomelo y al final negué con la cabeza.

—No va a poder ser, lo siento.

—Vaya, entonces tendré que dormir en alguna zanja.

Compartimos unas risas y oí el sonido de una copa de vino llenándose.

—Parece que te lo estás pasando bien. —Giré al llegar al final del pasillo y puse rumbo a la sección de las pizzas, donde Ned estaría sin duda enfrentándose al mismo dilema de todas las semanas: cuatro quesos o jamón con champiñones.

—He salido a tomar unas copas con unos compañeros de trabajo.

Alzó el teléfono y lo giró para mostrarme a las cinco personas que charlaban animadamente alrededor de la mesa. Entre ellas estaba Piero, un hombre al que mi madre había conocido varios años atrás durante un proyecto de trabajo en Italia y con el que mantenía una relación amorosa informal desde entonces. Yo no lo conocía en persona y no creía que llegara a hacerlo. Mi madre le tenía afecto, pero su amor verdadero era el trabajo, ningún hombre podría interponerse jamás entre ellos. Volvió a dejar el teléfono sobre la mesa y se reclinó en su silla. Llevaba puesto un vestido de seda color crema que se ceñía a sus curvas, no era justo que una mujer que jamás pisaba un gimnasio tuviera semejante cuerpo.

—¿Qué tal te va a ti? ¿Cómo está Ned? —Se llevó a los labios una copa de vino tinto y tomó un sorbito.

—Está bien, estamos comprando la cena. —No añadí nada más, pero debió de ver algo en mi expresión que me delató.

—Estás callándote algo. Desembucha.

Suspiré y bajé un poco la voz al contestar.

—Hice algo que estuvo mal por mi parte.

—¡Ay, Dios! Por favor, dime que no es lo que estoy pensando. ¡Dime que no lo hiciste con Ned! —Me miró con verdadero temor y apoyó la frente en la mano. Tenía cara de asco—. Nelly, ¡no puede ser!

—¡No es eso, mamá! —No sé por qué, pero la primera reacción de todo el mundo era pensar que me había acostado con

Ned—. No tiene nada que ver con Ned. Tuve una cita con un hombre al que conocí por teléfono en el trabajo.

Estuvo a punto de atragantarse con su segundo trago de vino.

—¿Que hiciste qué? ¡Por el amor de Dios, Nelly!

Mi madre era la única persona sobre la faz de la tierra a la que permitía que me llamara así, y solo porque había pasado por la agonía de darme a luz. En el colegio no se metieron demasiado conmigo, creo que solo me llamaron Elefanta Nelly unas veinte mil veces desde los cinco hasta los dieciséis años.

—Es una larga historia que no fue a ninguna parte, así que te lo contaré cuando vengas. ¿Qué día llegas?

—Te avisaré en cuanto sepa las fechas exactas. —Me miró con conmiseración—. ¿Te gustaba ese hombre, el de la cita?

Hice un puchero y admití con voz quejicosa:

—¡Sí!

—Lamento que las cosas no salieran como tú querías, pero me alegra saber que vuelves a salir y a relacionarte.

—¡Madre mía! Todo el mundo está esperando con el aliento contenido a que vuelva a salir con alguien, ¡no lo entiendo!

Todos actuaban como si acabara de renunciar a un voto de castidad. Vale, ella no tenía ni idea de que Joel y yo habíamos reactivado la parte física de las cosas, pero, en cualquier caso, tampoco hacía tanto tiempo desde que había quedado por Tinder con el radiólogo aquel tan tocón que chasqueaba la lengua cada vez que se me olvidaba usar mi posavasos. Aunque quizás fuera preferible que nadie se acordara de ese error de juicio en concreto.

—Han pasado dos años, Nelly. Te falta poco para cumplir los treinta y no quiero que termines por quedarte sola, eso es todo.

—A ti no te importa estar sola y a mí tampoco.

—Claro que me importa, y mucho. Lo que pasa es que mi trabajo y los continuos viajes son incompatibles con ese tipo de cosas. —Tomó otro sorbo de vino y se colocó el pelo detrás de la oreja con elegancia—. En fin, te avisaré cuando sepa la fecha de mi llegada. Y no estés triste por ese hombre, Nelly. Es un idiota si no se enamoró de ti, pero puede que esto solo fuera el comienzo de tu salida de la crisálida en la que has estado metida.

—¿Qué crisálida? ¿De dónde has sacado eso? —Enfilé por el pasillo de las pizzas y, tal y como esperaba, encontré a Ned contemplando dos de ellas como si su vida dependiera de la elección que tenía que hacer. Me acerqué y me detuve junto a él—. Quizás tengas razón, a lo mejor debería volver a Tinder para ver los especímenes que hay disponibles.

—¡Ni se te ocurra! —intervino Ned, sin apartar la mirada de las pizzas—. Terminarás con otro radiólogo sobón. —Mierda, supongo que no todo el mundo había olvidado lo ocurrido—. Te iría mucho mejor en Bumble.

—Ned tiene razón, hazle caso —me aconsejó mamá por el móvil.

Él alzó la mirada al oírla hablar, se me acercó un poco más para que se le viera y la saludó con la mano con entusiasmo.

—¡Hola, Cassie!

Ella alzó una mano a su vez para devolverle el saludo.

—Qué vestido tan bonito llevas —añadió él.

Yo le lancé una mirada de advertencia y me centré de nuevo en ella.

—Mira, intentaré estar felizmente emparejada para cuando vengas, pero no te hagas muchas ilusiones. —La conversación empezaba a exasperarme.

—¿Significa eso que va a venir de visita? —me preguntó Ned, antes de volverse de nuevo hacia el teléfono—. ¿Vendrás a pasar unos días en casa?

—Sí, nos vemos pronto. Si te parece bien tenerme de huésped, claro.

—¡Me parece más que bien! —afirmó él con entusiasmo.

Yo apreté el teléfono contra mi pecho y cubrí el micrófono.

—A ver, campeón, córtate un poco. No olvides que es mi madre —le dije con severidad.

Él sonrió con picardía y volvió a su dilema con las pizzas mientras yo retomaba la conversación con mi madre.

—Mamá, tengo que colgar antes de que a Ned le dé un ataque de nervios intentando elegir una pizza. Disfruta de la velada y saluda a Piero de mi parte. —Esto último lo añadí para molestar a Ned.

—¡De acuerdo! Adiós, cielo. —Me lanzó un beso y colgó.

—Piero, qué horror —dijo Ned. Volvió a dejar la pizza de cuatro quesos en la nevera y metió en la cesta la de jamón con champiñones.

Esa noche, mientras veíamos la película (sabíamos que era mala, pero superó nuestras expectativas), pensé en lo extraño que era lo que había ocurrido en aquellos dos últimos días. Sí, había sido decepcionante que mi momento en plan peli romántica no saliera como esperaba, pero más que nada estaba decepcionada por el hecho de que Charlie se hubiera largado sin más, sin ninguna explicación. ¿Tendría razón Ned al decir que estaba casado? Aunque también cabía la posibilidad de que, justo en el momento en que me había acercado más a él, se hubiera dado cuenta de que no valía la pena perder el tiempo conmigo.

Agarré mi móvil y le escribí un mensaje: *Hola, ¿cómo estás?*

Lo borré al cabo de un momento.

Sacudí la cabeza y me hundí un poco más en el sofá mientras intentaba volver a meterme en la película. Giré la cabeza al notar un peso en el hombro y vi que Ned había posado allí una mano. Me dio unas palmaditas de consuelo antes de apartarla de nuevo para agarrar su cerveza.

—Anímate, muchachita. —Señaló con un gesto a la mujer medio desnuda de la pantalla, cuyo cuerpo había sido mejorado a base de cirugía. Estaban persiguiéndola por un oscuro pasillo y sus enormes pechos se bamboleaban en la penumbra—. Tengo la clara impresión de que a esta idiota se la van a cargar de un momento a otro.

6

—Pues resulta que la mujer se interna en la hoguera y crees que no va a salir viva de esta. Me dio pena, lo admito. Pero entonces el fuego se apaga y ahí está, sentada en medio de las cenizas con tres dragoncitos aferrados a ella.

—Por lo que dices, es una serie emocionante —contesté yo, fingiendo que no había visto varios años atrás lo que Jackson estaba contándome con entusiasmo a través de los auriculares.

—Vale la pena verla.

Yo opté por centrar la conversación en él de nuevo.

—Bueno, aparte de ver dos temporadas de *Juego de Tronos* desde que hablamos la última vez, ¿qué tal ha ido todo lo demás?

Suspiró de forma audible y el entusiasmo de su voz se apagó.

—Estoy bien cuando hay algo que me distrae de… lo otro. Es al quedarme a solas con mis propios pensamientos cuando las cosas se ponen feas.

—La gente dice que tener un pasatiempo ayuda mucho a aquietar la mente, algo como tejer o leer. Escribir también sería una buena opción, estoy segura de que te iría muy bien anotar tus propios pensamientos.

—No sé si lo de tejer está hecho para mí, aunque me quedan un montón de ovillos de lana de mamá. —Su tono de voz cambió al hablar de ella.

—A mí tampoco se me da bien. Mi madre intentó enseñarme

una vez, pero, como ella es zurda y yo no, al final me quedó una bufanda que parecía obra de una niña de cuatro años.

Él se echó a reír.

—Pero me gusta la idea de escribir —afirmó—. Quién sabe, a lo mejor escribo la próxima obra maestra de la literatura.

—Nunca se sabe.

—En fin, gracias por la charla, Nell. Volveré a llamar pronto.

—Hasta la próxima, Jackson. —Me quité los auriculares.

Mi jornada había terminado. Solté un profundo suspiro para liberar la tensión que había ido acumulándose a lo largo de las últimas ocho horas, una tensión que me había dejado de regalito un persistente dolor de cabeza. Era como si tuviera una apretada goma elástica alrededor de la frente.

—¿Todo bien, Nell? —me preguntó Barry, quien acababa de emerger por la puerta de cristal de su despacho y se acercaba a mi mesa con paso relajado.

—Sí, ya he terminado por hoy. ¿Y tú?

—He tenido una llamada dura esta mañana. —Bajó la mirada al suelo.

Yo exhalé un suspiro comprensivo, pero que no ayudaba lo más mínimo. No podía hacer nada para ayudarle, nadie podía.

—Seguro que hiciste un trabajo brillante, como siempre. —Me mordisqueé el labio y esbocé una sonrisa mientras le veía acercarse. Cuando llegó a mi mesa, me levanté de la silla y le puse una mano en el hombro en un gesto de apoyo—. ¿Quieres hablar del tema?

Por un momento, me dio la impresión de que podría aceptar mi ofrecimiento, pero al final negó con la cabeza.

—Vale —me limité a decir. Hay veces en las que hablar de ello solo sirve para acrecentar la sensación de que cometiste algún error, o para darte cuenta de que podrías haber hecho más—. Si cambias de opinión, seguro que Ned se apuntaría a tomar una copa luego.

Era el día libre de mi amigo, pero era una persona que jamás le decía que no a alguien que necesitaba descargar sus más hondas emociones.

—Vale. Gracias, Nell.

Su boca esbozó un atisbo de sonrisa a modo de despedida y yo di media vuelta y me dirigí al guardarropa.

Llegué a casa cuando el cielo iba tiñéndose de los colores del anochecer, las farolas cobraban vida a mi paso por la carretera. La cálida luz del vestíbulo me dio la bienvenida cuando metí la llave en la cerradura y empujé con el hombro la puerta, que se resistió un poco. Era algo que solía pasar en invierno porque la madera se hinchaba ligeramente debido a los cambios de temperatura, pero bastaba con darle unos cuantos empujones fuertes a modo de ariete humano para que se abriera con un pequeño chirrido.

Me quité el abrigo y lo colgué en la balaustrada antes de dejar mi bolso en el suelo, sobre las baldosas victorianas que seguramente llevaban allí desde la construcción de la casa. Era un edificio que siempre estaba muy silencioso, incluso cuando tanto Ned como yo estábamos allí. Tenía paredes gruesas y techos altos, las habitaciones eran tan amplias que caldearlas en pleno invierno para mantenerlas a una temperatura agradable era una batalla perdida; había también un gran jardín trasero bastante descuidado, y una gran cocina que a menudo me daba lástima porque estaba equipada según elevados estándares culinarios para un uso que jamás se le daba.

Ned había vivido en aquella casa con Connie, la exmujer a la que llevaba seis años intentando reconquistar y que, en mi humilde opinión, era un asco de ser humano y debería avergonzarse de cómo lo había tratado. Se había largado con un compañero de trabajo, un tal Richard, después de mantener una aventura en secreto con él durante dieciocho meses, pero había manejado a Ned como toda una virtuosa y había procurado sacarle todo el dinero posible. Ned procedía de una familia adinerada, había tenido una fortuna considerable en el pasado, pero sus bolsillos ya no estaban tan llenos.

La verdad es que la casa era demasiado grande para dos personas. El verano pasado, durante una velada en la que estuvimos bebiendo en el jardín trasero y conversando sobre nuestras respectivas vidas, me confesó que le habría encantado tener hijos, pero que sentía que a esas alturas de su vida ya era muy tarde para eso. Al oír aquellas palabras, llegué a la conclusión de que mi amigo necesitaba tener algo de lo que pudiera hacerse cargo. Era una de esas personas que necesitan dar afecto y cuidar de los demás, necesitaba algo en lo que poder centrar ese afecto y esos cuidados. Yo no contaba porque era capaz de cuidarme sola, tener una mascota era una responsabilidad muy grande y no me parecía correcto encasquetarle esa carga a alguien de buenas a primeras. Así que un día llevé a casa a Lola, y Ned se inició en el mundo de las plantas suculentas. Lola llevaba seis meses con nosotros, bien plantadita en su tiesto amarillo, e incluso tenía un estante propio que Ned le había colocado en la cocina, por encima del hervidor de agua. Alguna que otra mañana le oía hablar con ella.

Me parecía de lo más injusto que un buen hombre como él hubiera acabado por perder buena parte de su dinero, que viviera en una casa vacía y tuviera que centrar todos sus instintos paternales en una planta mientras que Connie, la mismísima amante de Belcebú, había conseguido todo cuanto quería. Yo había intentado darle algo de alegría a la casa y hacerla más acogedora: además de llevar a Lola, había comprado ropa de cama de colores alegres y jabón para preparar baños de espuma con olor a lavanda. Cuando me fui a vivir allí, la casa resultaba bastante deprimente porque Connie se había llevado todo lo que le había dado la gana y había dejado a Ned viviendo como un monje que había hecho voto de pobreza. Mi cruzada para conseguir que la casa fuera más acogedora todavía estaba en marcha, pero iba haciendo los cambios poco a poco porque no quería que pareciera que estaba intentando imponer mi propia decoración. En nuestra línea de trabajo, los momentos oscuros y difíciles eran algo cotidiano, así que tenía sentido que nuestra vida hogareña estuviera llena de color.

Llegaron a mis oídos los tenues acordes de un suave rock de los ochenta y seguí el sonido hasta la cocina, donde encontré a Ned sentado a la mesa. Sostenía en una mano un bizcochito de chocolate que mantenía suspendido sobre una humeante taza de té, y leía absorto la edición de ese mes de su adorada revista *History Today* mientras los aterciopelados acordes de *I Want to Know What Love Is* emergían del altavoz situado junto al hervidor de agua.

—¿Qué pasa?, ¿te sientes emocionalmente vulnerable? —le pregunté, antes de sentarme frente a él en una silla.

Él alzó la mirada de su artículo sobre los aztecas y, en ese preciso momento, la empapada parte del bizcochito se desintegró y fue a parar al té con leche, en cuyas profundidades desapareció.

—Estaba de maravilla hasta que he perdido mi bizcocho —afirmó mohíno.

Sacó la desmoronada masa con una cuchara y la contempló decepcionado. La colocó en el plato de bizcochitos que tenía a su lado y yo me apresuré a hacerme con uno de ellos antes de que se mojaran.

—Hoy voy a salir —añadió entonces. No se le veía demasiado entusiasmado.

—¿En serio? ¿Tienes una cita? —Me comí el bizcochito en dos bocados y me dieron ganas de comerme otro al instante, pero me resistí.

—Uy, sí, una de lo más candente con un tal Barry.

—Qué excitante —bromeé—. La verdad es que ha tenido un día muy duro.

No puede decirse que Barry y él fueran amigos, los describiría más bien como compañeros de trabajo que tenían una buena conexión debido al amor que ambos sentían por el trabajo que desempeñaban. Barry era tan soso como unas gachas de leche de almendra sin endulzar y casi nunca abría la boca para hablar, pero tenían por costumbre salir una vez al mes. No tengo ni idea de lo que hacían o dejaban de hacer en esas salidas. Yo me los imaginaba sentados con actitud estoica en uno de esos *pubs* para hombres mayores, sin intercambiar ni una sola palabra hasta el momento de la despedida. Pero también es posible que los dos reservaran su lado alocado para cuando estaban juntos y que se dedicaran a ir a carreras callejeras y a karaokes.

Estaba absorta imaginándomelos cantando a dúo *Don't Go Breaking My Heart* cuando la voz de Ned me sacó de mi ensoñación.

—Ah, te han traído eso de ahí. Estaba en el porche cuando he vuelto de hacer la compra. —Señaló con el pulgar por encima del hombro hacia la encimera, donde había un ramo de flores en una caja de cartón con forma de florero.

—¿Para mí? ¿De parte de quién?

—No he abierto la tarjeta, pero huelen un montón. No tardarán en desencadenar mi alergia al polen.

Me levanté de la silla y me acerqué a ellas, emocionada y expectante. El aroma me llegó cuando todavía estaba a más de un metro de distancia, al ir acercándome más alcancé a ver las hojas de eucalipto que asomaban entre amarillos tulipanes y jacintos de color violeta. Me dio la impresión de que era un ramo caro que no procedía de alguno de esos grandes cubos negros de Aldi, sino de una floristería propiamente dicha. En el borde tenía una funda de plástico que contenía un sobrecito, lo saqué y extraje una tarjeta. Habían escrito un mensaje tan largo en ella que tuve que entornar los ojos para poder leerla.

Nell:

Lamento cómo quedaron las cosas entre nosotros la otra noche, soy consciente de que fui un grosero antes de irme.

Quería mandarte algo a modo de disculpa, y para poder decirte que mis actos de esa noche no son un reflejo de la persona que soy en realidad.

Espero que te gusten las flores. Es la primera vez que voy a una floristería, así que no tenía ni idea de lo que hacía. Debieron de pensar que soy un idiota.

La florista me dijo que las de color violeta sirven para pedir perdón y me parece que las amarillas las puso para darle colorido al ramo.

En fin, si no quieres venir lo comprendo totalmente, pero esta noche estaré en nuestra cafetería… ya sabes, donde nos conocimos. Te esperaré hasta que cierren, pero, por si acaso no vienes, aprovecho para darte las gracias por todo.

Espero verte pronto.

Besos,

Charlie

Tenía el corazón desbocado, la tarjeta me temblaba en las manos mientras volvía a leerla. Cuando terminé me la llevé al pecho y la apreté con fuerza contra el esternón, como si pudiera absorberla para que formara parte de mi ser. Era la primera vez que alguien me regalaba flores.

—Son de Charlie, dice que quiere volver a verme.

Regresé a la silla con las flores y las deposité sobre la mesa. Ned dejó de leer de nuevo su revista y alzó la mirada hacia ellas.

—¿El casado? —Se echó hacia atrás en su silla y contempló casi temeroso el ramo, consciente de la inevitable congestión nasal que se avecinaba.

—¡No sabemos si está casado! —le espeté yo, aferrándome a mi última brizna de esperanza.

—¿Piensas quedar con él? —Lo preguntó con voz nasal mientras se frotaba la nariz con la palma de la mano.

—No lo sé. ¿Qué me aconsejas que haga?

—Ni idea.

—¡Ned! ¿De qué me sirve vivir con un orientador si no obtengo ningún beneficio?

Él se echó hacia delante en la silla y adoptó su postura de terapeuta con las manos entrelazadas sobre la mesa.

—Sí, tienes bastante que perder respecto a lo mucho que veo que estás implicándote con este tipo desde un punto de vista emocional, pero ¿cuáles son tus alternativas para esta tarde? ¿Venir al *pub* con Barry y conmigo?

—Ay, Dios, ¡ni hablar! —La mera idea me horrorizó—. Estaba

pensando en ir a comprar unos cojines sueltos para darle algo de vida a la sala de estar.

—No digas chorradas, Nell. ¿Te gusta ese hombre?

—Sí.

—¿Crees que está casado?

—La posibilidad existe.

—¿Te supone eso un problema?

—Sí, creo que sí.

—Pero no sabemos todavía si ese es el caso.

—No, no lo sabemos.

—¿Estás dispuesta entonces a correr riesgos?

Lo miré con suspicacia.

—Ned, ¿acabas de usar la letra de una canción de Céline Dion para aconsejarme sobre mi vida amorosa?

—Pues sí, Nell, así es. Sean cuales sean los problemas a los que estés enfrentándote, te garantizo que Céline siempre tendrá un consejo para ti. Y en las contadas ocasiones en las que ella no pueda ayudarte, siempre te quedará Michael Bolton.

Yo solté un sonoro suspiro y me hundí pesarosa en la silla.

—¿Así manejas tus llamadas? ¿Te limitas a recitar letras de canciones de cantantes icónicos de baladas?

—Es una técnica que siempre me ha funcionado hasta ahora. —Enarcó las cejas y me miró expectante, a la espera de que me decidiera.

Yo me tomé unos segundos para repasar mentalmente mis opciones y finalmente me enderecé en la silla.

—¿Me prestas tu coche? —le pregunté.

Estaba parada a unos pasos de la puerta de la cafetería, sin saber aún si iba a cruzarla. No me había asomado a comprobar que él estuviera dentro y, según el pizarrón que había junto a la puerta, cerraban en media hora. El extraño rechazo de Charlie me escocía aún y me impulsaba a largarme de allí antes de que él me viera; por otro lado, las dichosas mariposas y aquellos engañosos brincos que me daba el corazón me hicieron dar un paso adelante, pero la voz de mi madre resonó de nuevo en mi mente y me detuvo en seco.

«No permitas nunca que alguien te haga esforzarte por algo que te haga sentir menos de lo que tú vales». Esas habían sido sus palabras desde Dinamarca varios años atrás. Aquella noche, su voz había recorrido más de mil cien kilómetros a través de la línea telefónica hasta llegar a mi teléfono, que estaba salpicado de lágrimas después de una velada con Joel que me había destruido mentalmente.

Charlie tenía algo que me ponía nerviosa. ¿Por qué había decidido mandarme esas flores y reavivar algo que podría haber caído fácilmente en el olvido? Me acerqué un pasito más, titubeante, y al mirar a través de los cristales de la ventana mis ojos encontraron de inmediato los encorvados hombros de Charlie Stone. Estaba sentado en el mismo lugar que ocupaba cuando yo le tiré mi sándwich encima y había desencadenado todo aquello.

Me pregunté si Ned me habría alentado tanto a que saliera con Charlie, a que corriera aquel riesgo, si estuviera enterado de todo. ¿Me habría alentado si supiera que había quedado con Charlie después de que este llamara a la línea de ayuda? No, probablemente no, pero no merecía la pena preocuparse por eso en aquel momento. Era mi oportunidad. Lo que estaba por verse era si en un par de días me arrepentiría de haberla aprovechado, o si sería esa oportunidad única que se te presenta en la vida y que termina por valer la pena.

Céline Dion me vino a la mente de nuevo y, aunque me fastidiaba tener que darle la razón a Ned, no pude por menos que admitir que aquella mujer daba buenos consejos.

Abrí la puerta con un ligero empujón, la palma se me heló en cuestión de segundos contra el cristal oscurecido por la condensación.

Al entrar saludé con nerviosismo al encargado con un asentimiento de cabeza y él alzó su tatuado brazo y me saludó a su vez con la mano.

—Puedes tomarte algo, pero falta poco para cerrar —me dijo en voz alta para hacerse oír por encima del empleado nuevo, quien había sobrevivido milagrosamente a su primer día de trabajo y estaba cacharreando con unas jarras de metal.

—No te preocupes, es que he quedado aquí con alguien.

Le lancé una amistosa sonrisa antes de centrarme de nuevo en Charlie, quien se había girado en su silla y estaba mirándome con cara de sorpresa y alegría. Carraspeé con suavidad y me acerqué a la mesa con la mirada puesta en el suelo; cuando la levanté por fin en el último segundo, me prometí a mí misma que no iba a dejarme encandilar por sus ojos azules y su encanto irlandés. Era una mujer adulta y no iba a permitir que mis muros protectores se desmoronaran tan fácilmente.

—¡Has venido! —Lo dijo con voz suave, claramente sorprendido.

—Para darte las gracias por las flores, nada más. —Se lo espeté con firmeza, aunque no era cierto del todo.

—Me alegra que te gustaran. —Se le veía nervioso, indicó con la mano la silla situada junto a él—. ¿Quieres sentarte?

—No.

—Vale. —Estaba claro que mi respuesta le había decepcionado.

Yo permanecí allí de pie durante unos segundos más en los que la tensión fue en aumento y entonces enarqué las cejas y procuré mantener aquella cara impertérrita mientras procedía a sentarme. Mis llaves tintinearon cuando las dejé caer sobre la mesa.

Él se inclinó hacia delante, cruzó los brazos y los apoyó en el borde de la mesa, pero los recolocó varias veces con nerviosismo hasta que terminó por rendirse y bajó sus inquietas manos a su regazo.

—Nell, quería decirte que… en fin, que siento haberme marchado de esa forma tan abrupta la otra noche. —Me miró a la espera de una respuesta que no le di—. La cerveza se me subió a la cabeza y se me cruzaron los cables. No fue por ti, no hiciste nada malo. Perdona que fuera tan borde, no era mi intención ofenderte.

—¿Estás casado? —Lo solté de buenas a primeras.

La pregunta lo dejó pasmado, sus ojos se desenfocaron por un momento.

—No, no lo estoy.

—¿Estás seguro?

—Yo creo que estaría enterado de algo así.

—¿No me estás mintiendo? ¿No tienes ningún vínculo amoroso preexistente que impediría que pudiéramos ser… amigos?

—No, ninguno en absoluto; de hecho, eres la primera mujer con la que he hablado en… No sé cuánto tiempo ha pasado, la verdad.

Yo me limité a observarlo con cautela y él se movió con incomodidad en su asiento al ver que permanecía callada.

—Lo eché a perder todo, ¿verdad? —añadió.

La forma en que me miró en ese momento fue como pura kryptonita para mi férrea determinación. Sentí que el cemento que compactaba los ladrillos de mi muro empezaba a desmoronarse y a caer.

—Puede ser. —Quise alargar un poco su incertidumbre—. Pero, como suele decirse, hay que saber aprender de los errores.

—Fui un completo idiota, eso es innegable. ¿Estarías dispuesta a empezar de cero? —Al ver que no contestaba, agachó la cabeza como un cachorrillo que sabe que ha hecho algo malo y me miró mohíno—. Fue genial tener una amiga.

Intenté evitar que las comisuras de mi boca se alzaran, pero una sonrisa traidora asomó a mis labios. ¡Mierda! El efecto que aquel acento irlandés tenía en mí me recordó a la flauta que encanta a una serpiente con su suave melodía.

Hice una mueca y ¡zas! De buenas a primeras, el muro se desmoronó y no quedó ni rastro de él.

—Eres un incordio, no sé si lo sabes.

—Sí, claro que lo sé. Es lo único que he tenido claro en toda mi vida. Mi madre me lo decía a menudo de niño. —Ladeó la cabeza con teatralidad, puso cara pensativa—. De hecho, sigue diciéndomelo hoy en día.

—Está claro que es una mujer inteligente.

—Pues sí. Bueno, al menos he conseguido sacarte una sonrisa.

Yo ensanché dicha sonrisa aún más.

—¿Cuál es?, ¿la postiza o la que parece un rayo de sol?

—¿Qué?

—Eso fue lo que me dijiste, que mi sonrisa de verdad es como un rayo de sol. —Estaba disfrutando al máximo de su incomodidad.

—¡Ay, Dios! ¿En serio dije eso? ¿Como un rayo de sol? No me dejes beber nunca más, no estoy hecho para ponerme en plan poético.

No pude evitar reírme a pesar de todo y bajé la mirada hacia la mesa, me cabreaba ser tan blandengue. Me creía dura como el granito, pero al final había resultado ser como la plastilina.

Él apretó los dientes, me lanzó una sonrisa de oreja a oreja que combinó con unas cejas enarcadas y una cara esperanzada, y me dio un pequeño codazo.

Yo sacudí la cabeza y, después de exhalar con fuerza, me recliné en mi asiento y recogí las llaves de la mesa con una mano que bajé entonces a mi regazo. El personal de la cafetería empezó a pulular a nuestro alrededor, colocando sillas sobre mesas y arrastrando escobas salpicadas de migajas por el suelo. Las indirectas para que nos marcháramos empezaban a ser más directas.

—¿Qué piensas hacer ahora?

Él se encogió de hombros y esbozó una sonrisa ladeada de niñito travieso.

—Charlar con una chica guapa, ¿y tú?

Lo miré con cara de «no me vengas con tonterías» y contesté con firmeza:

—Irme de compras.

—Ah, vale. —Bajó la mirada hacia sus manos, que seguían posadas en su regazo.

—Aunque, si te apetece acompañarme, me vendría bien que me echaras una mano.

Él alzó la mirada, en sus ojos se había encendido de nuevo un brillo de esperanza.

—Ah, ¡estaba deseando que dijeras eso!

7

Los distantes acordes de *Islands in the Stream* sonaban a través de los altavoces, que estaban suspendidos del elevado techo de chapa metálica ondulada del almacén de decoración y menaje del hogar. Charlie y yo estábamos parados frente a una sección de cojines sueltos tan grande que abarcaba de un extremo al otro del almacén. Los había de todas las formas, tamaños y colores que un ser humano pudiera llegar a necesitar.

—Bueno, está claro que has venido al lugar adecuado para comprar cojines —comentó él. Agarró uno de terciopelo azul marino y empezó a acariciarlo de forma inconsciente.

—Vale, nos sirve cualquiera que tenga colores vivos. —Tomé uno amarillo y lo lancé al carrito que teníamos detrás.

—¿Cuántos quieres? —Alzó el de terciopelo azul como pidiendo permiso y lo metió también en el carrito cuando yo asentí con la cabeza.

—No sé. Por ahora centrémonos en elegir los que nos gusten, ya iremos descartando después.

Avanzó un poco por el pasillo, sacó uno de un vistoso tono naranja y lo sostuvo ante sí con el brazo extendido como quien observa una obra de arte. Yo agarré uno rectangular de color violeta del estante inferior y lo usé a modo de bate para darle un golpecito juguetón en las corvas. Perdió el equilibrio y se agarró a mi brazo.

—Ni sueñes que voy a tener una pelea de almohadas contigo en medio de esta tienda, y mucho menos en ropa interior —afirmó.

—Lamento tener que ser yo quien te diga esto, pero no es cierto que las mujeres hagamos ese tipo de cosas.

—¡No me digas que era mentira! —Bajó los brazos a los costados y fingió estar de lo más decepcionado—. En fin, otro sueño más que queda hecho trizas. Qué se le va a hacer.

—Lo siento, pero alguien tenía que decírtelo tarde o temprano.

Se volvió de nuevo hacia el estante y dejó el cojín naranja en su sitio.

Me llevé un pequeño susto cuando la cifra apareció en la pantalla de la caja (terriblemente desfasada, por cierto) y la cajera nos indicó que ya podíamos pagar con la tarjeta. Nos habíamos excedido un poco, tan solo habíamos sido capaces de descartar unos cuantos. Habíamos pasado una hora larga en la tienda, recorriendo los pasillos con nuestro carrito repleto de cojines mientras hablábamos de naderías, y durante todo ese tiempo había luchado por reprimir la excitación que se negaba a dejarme en paz cada vez que tenía a Charlie en mi campo de visión (o fuera de él, la verdad).

En un momento dado, le había dado por perdido en la sección de caramelos variados. Se incorporó junto a mí a la cola después de pasar no sé cuánto tiempo metiendo paladas de caramelos en una bolsa transparente de plástico. Bajé la mirada y vi que la bolsa en cuestión tan solo contenía ositos de gominola, cientos de ellos, que apretaban sus rechonchas patitas contra la bolsa como suplicando que les sacaran de allí.

La cajera me miró de soslayo, preguntándose sin duda para qué querrían dos personas diecisiete cojines y un kilo de ositos de gominola; a juzgar por la cara de desconcierto que tenía cuando nos fuimos, me parece que no se le había ocurrido ninguna respuesta plausible.

Nos dirigimos al coche, donde procedimos a llenar hasta el más mínimo espacio disponible con la compra. Hicimos una carrera hasta la marquesina donde se dejaban los carritos y, para cuando nos dejamos caer en los asientos del coche, estábamos sin aliento.

Me recliné contra el reposacabezas y orienté la cara hacia el parabrisas, aunque estaba observándole por el rabillo del ojo. Estaba sentado en el lado del acompañante y de sus labios salían pequeñas bocanadas de vaho condensado mientras respiraba jadeante; se pasó una mano por su desgreñado pelo oscuro. Sus labios dibujaban una medio sonrisa a pesar de que su mandíbula parecía estar tensa, como si estuviera preocupado por algo.

—Después volví. —Lo solté de buenas a primeras y él me miró con ojos interrogantes—. Cuando nos conocimos en la cafetería, después de que me fuera. Hice el camino de vuelta hasta el trabajo enterito antes de dar media vuelta y volver, pero ya no estabas.

—Vaya. ¿Por qué lo hiciste?

Supe por su expresión traviesa que sabía perfectamente bien el porqué.

—Porque quería volver a verte y pensé que sería imposible si no conseguía tu número de teléfono.

—¿En serio? —Estaba sonriendo y, como cabía esperar, si él sonreía… yo también lo hacía.

—Verás, es que en el mismo momento en que te vi supe que… —hice una teatral pausa— serías la única persona con la que querría ir a comprar cojines.

Él se echó a reír y, después de ponerse el cinturón de seguridad, se echó un poco hacia delante y dio una palmada.

—Bueno, ¿a dónde vamos ahora? —preguntó.

—A casa. —Me enderecé en mi asiento y metí la llave en el arranque—. ¿Quieres que te lleve a la tuya?

—Puedo ayudarte a sacar todo esto del coche, si quieres. —Señaló por encima del hombro hacia la montaña de cojines—. Mucha gente no sabe lo pesados que son los cojines, no me gustaría que te lesionaras al cargar con tanto peso.

—Ah, claro. Y tú eres un hombretón fuerte que puede echarme una mano, ¿verdad?

—Exacto. Oye, no estoy diciendo que no tengas una buena musculatura, yo me limito a ofrecerte algo de ayuda.

—Vale. —Esbocé una gran sonrisa y me abroché el cinturón. Él pulsó el botón de la radio, que no se encendió—. No funciona. Se estropeó hace años, cuando Ned llevó a su exmujer al Safari Park y un macaco especialmente vengativo arrancó la antena.

Se me quedó mirando en silencio a la espera de que yo le dijera que era broma, pero era la pura verdad.

—Quizás haya algún CD ahí dentro. —Indiqué la guantera con la mano y él se inclinó para abrirla.

—El interior de una guantera dice mucho de una persona. —Se dobló en el asiento para poder llegar hasta el fondo.

—Es de Ned, así que no vas a averiguar nada sobre mí rebuscando ahí dentro.

Sacó un decrépito manual de instrucciones, unos guantes de lana que tenían pinta de haber sido roídos por las polillas, un paquete de pañuelos de papel y tres CDs que estaban adheridos mediante una sustancia pegajosa que resultó ser un caramelo derretido que debía de llevar diez años allí.

—Qué bien —dijo él con ironía. Tironeó de las cajas hasta que logró separarlas con un sonido que me recordó al de las bandas de cera cuando te depilas las piernas—. Venga ya, no puede ser. —Se volvió a mirarme con expresión interrogante.

—¿Qué pasa?

—Tu amigo tiene una radio que no funciona, la única alternativa es el reproductor de CDs y ¿esto es lo único que se le ocurre tener a mano?

Alzó las opciones para mostrármelas. Un descolorido audiolibro de *El hobbit*, la banda sonora de *El fantasma de la ópera* y una recopilación de grandes éxitos de Michael Bolton.

—Eh, ¡ni se te ocurra criticar a Michael Bolton! —le advertí.

85

Le quité el CD de la mano y le di la vuelta para ver las canciones que contenía.

—Como me digas que te gusta, tendré que replantearme nuestra amistad.

Me giré en el asiento hasta que estuvimos cara a cara y alcé el CD para que viera bien la imagen de aquel Michael Bolton de los noventa en pleno apogeo (aunque la cara quedaba un poco tapada por el caramelo rojo deshecho).

—La voz de este hombre combina la pura fuerza masculina de un luchador de los ochenta con una suave y acaramelada tersura. No hay nadie como él.

—¿Estás diciendo que su voz es como Hulk Hogan cubierto de sirope?

—No, de caramelo. ¿Le has oído cantar alguna vez o es como cuando alguien dice que no le gusta un tipo de comida que no ha probado nunca?

—Es el que canta *Lean on Me*, ¿no?

Yo solté una carcajada y le miré con una sonrisita de suficiencia.

—Ay, Charlie… Charlie, Charlie, Charlie. No tienes ni idea, eso no es nada.

Abrí la caja, saqué el ligeramente pegajoso CD, lo inserté en el reproductor y las conmovedoras primeras notas de *Time, Love and Tenderness* sonaron en el coche. Cerré un puño y lo bajé poco a poco frente a mi rostro mientras cantaba, me metí tanto en la canción que poco menos que me olvidé de la presencia de Charlie. Cuando abrí los ojos de nuevo vi que había apoyado la espalda en el interior de la puerta y que estaba observándome en silencio con las cejas enarcadas.

—Perdón —me apresuré a decir mientras recuperaba la compostura. Bajé un poco el volumen y posé las manos en el volante—. No se me puede responsabilizar por nada de lo que haga cuando canta este hombre de cabello dorado y voz rasposa.

—Sí, eso está claro. —Una pequeña sonrisa asomaba a sus labios—. Te pido disculpas, le había juzgado mal.

—Y que lo digas —me limité a decir. Lancé una mirada para comprobar que tenía el camino despejado y procedí a sacar el coche del aparcamiento.

Las luces del coche iluminaron cegadoras la pared de la casa cuando enfilé por el inclinado camino de entrada, y apagué el motor justo cuando empezaban a sonar las primeras notas de *How Am I Supposed to Live Without You*. Me volví hacia Charlie, que seguía mirándome con cautela, y exhalé un suspiro preñado de esa satisfacción que solo puede darte la nostalgia que provoca la música. Me crie escuchando a Bolton, sus canciones me moldearon. Me pasaba como con Bane (solo que con Bolton era más probable que te sedujeran, no que te mataran).

—A ver, dime, ¿he cambiado tu opinión sobre este grande entre los grandes?

—Es imposible resistirse ante semejante entusiasmo —comentó con una carcajada, antes de abrir la puerta del coche.

Fuimos apilando todos los cojines en el suelo de la sala de estar, entre el sofá y la chimenea (que apenas se usaba), y la zona se convirtió en un arcoíris de retazos variados. Mientras estaba allí, parada en medio de aquel océano de cojines con Charlie picando de la bolsa de ositos de gominola junto a mí con actitud relajada, pensé para mis adentros que me había excedido un poco; de hecho, ni siquiera tenía claro si teníamos dónde ponerlos todos.

—Bueno, ahora tan solo se puede hacer una cosa —dijo él.

Cerró la bolsa de gominolas, dio media vuelta, se tumbó sobre los cojines y, después de moverse un poco para acomodarse bien, soltó un largo suspiro de satisfacción y cerró los ojos con los brazos abiertos de par en par.

—Venga, Nell, ¿no te vas a meter en el agua? ¡Se está de maravilla!

Yo me puse de rodillas, gateé hasta un punto situado a una distancia aceptable de él y procedí entonces a darme la vuelta y a tumbarme. Los cojines se alzaron entre nosotros, se escurrieron y salieron de debajo de mi cuerpo como cuando la colchoneta resbala bajo tus pies cuando intentas ponerte de pie en ella. Formaron entre nosotros una pequeña barricada que agradecí, porque aquella separación física serviría para absorber, un poco al menos, la atracción sexual que sentía hacia él. Muchas veces me costaba apartar la mirada de él, una vorágine de sentimientos me inundaba el pecho cuando me atrapaba con aquella intensa mirada azul.

La sala tenía ese frío húmedo tan típico de las casas viejas. La calefacción se había puesto por la tarde y se notaba el sutil calorcillo, pero no alcanzaba a eliminar del todo la sensación de frío. En el elevado techo había pequeñas grietas, fruto también del paso del tiempo, que lo recorrían de una punta a otra y desaparecían tras los ornamentados rosetones de yeso.

—¿Lo echas de menos? —Mi voz sonó suave en la enorme sala.

—¿El qué? —La suya sonaba adormilada, relajada.

—Tu hogar. Irlanda. Tu familia.

—Sí y no. Echo de menos el lugar, por supuesto. Es una belleza. ¿Has estado allí alguna vez?

—No, pero felicidades por ese intento tan sutil de desviar la conversación. Apenas se ha notado. ¿Echas de menos a tu familia?

—*Touché*. Pues a algunos de ellos sí, aunque dudo que el sentimiento sea mutuo.

Decidí insistir un poco más, aunque no sabía si estaría tentando demasiado a la suerte.

—¿Por qué?

Él suspiró antes de admitir:

—Cometí un error muy grande hace un par de años.

Yo cambié un poco de postura y la cremallera de uno de los cojines se me clavó en el costado.

—¿Qué hiciste?

—Técnicamente, fue más bien lo que no hice. —Hizo una pausa, su voz estaba cargada de una emoción que no alcancé a descifrar.

—¿Quieres hablar del tema?

—No. Ya te lo contaré, pero no es el momento.

Estuvimos unos minutos tumbados allí en silencio, con el ambiente preñado de nuestros respectivos pensamientos. Ninguno de los dos hizo sonido alguno durante un rato, y lo que terminó por romper el silencio fue el susurro de una bolsa de plástico; al cabo de unos segundos, por encima de la barricada de tela apareció una mano con un puñado de ositos de gominola.

Alcé la mía y le toqué con delicadeza, su puño se abrió y un arcoíris de ositos cayó en mi palma abierta.

—Gracias.

—De nada —susurró con voz abstraída, antes de retirar el brazo.

Me metí uno en la boca sin fijarme en el color (todos los ositos me sabían igual), pero me dio la impresión de que hacía mucho ruido al masticar y terminé por embutírmelos todos en la boca para deshacerme de ellos de una tacada.

Me llevé la mano a la espalda al notar que uno de los cojines se me clavaba un poco, lo saqué y resultó ser uno azul con un estampado de mapamundis amarronados. Deslicé los dedos por la tersa superficie y fui contando mentalmente los lugares que mamá había visitado o en los que había vivido. Tantos sitios distintos, repletos de otras gentes y de nuevas culturas. ¿Y yo qué?, ¿dónde había estado? Pues acobardada en un rincón, inventando excusas para no tener que visitarla porque me daba miedo volar.

Capté movimiento por encima del cojín de color vino tinto de la barricada y vi que los dedos de Charlie empezaban a colocar una hilera de ositos de gominola que miraban hacia mi sección. Los observé con mayor detenimiento y vi que no solo estaban alineados como un grupo de soldados que se disponen a iniciar la marcha, sino que les habían arrancado la cabeza y la habían sustituido por otra de distinto color.

Me apoyé en los codos y los contemplé horrorizada.

—Oye, ¿qué estás haciendo ahí? ¿Te ha dado por hacerles un trasplante de cabeza a los ositos de gominola?

Él colocó otro más en la fila, este era rojo con la cabeza verde.

—Sí, a este he querido darle un festivo aire navideño.

Su cara seguía oculta tras los cojines. Yo tan solo alcanzaba a ver su hombro derecho, lo tenía apoyado en el cojín de terciopelo azul que él mismo había elegido.

—¿No se supone que el primer indicador de que alguien es un asesino en serie es que empiece a matar a pobres animales indefensos? —le pregunté.

—Me parece que los ositos de gominola no cuentan.

Se me escapó una especie de carcajada por la nariz y lancé uno de ellos hacia su sección con un capirotazo.

—¡Oye! ¿Cómo puedes tratar así al joven Frankenstein? —Parecía indignado de verdad. Al cabo de un momento, sus dedos volvieron a colocarlo con delicadeza en la fila.

—Perdona, no sabía que estuvieras tan unido a ellos.

Su oscuro cabello asomaba de vez en cuando por encima de la partición mientras seguía construyendo aquellas pobres y desafortunadas monstruosidades.

—Supongo que sabrás que el monstruo no se llamaba Frankenstein en realidad, ¿no? —No sé por qué solté de buenas a primeras ese dato que no servía para nada.

—Claro que se llamaba así —contestó él mientras colocaba su octava creación, una de cabeza transparente y cuerpo amarillo, en la fila.

—No. El doctor se llamaba Victor Frankenstein, la criatura no tenía nombre. En un momento dado se le llama Adán porque es el primero de su especie, pero no es su nombre oficial.

—¿Es en serio? —Se sentó y apareció finalmente a la vista—. ¿Me estás diciendo que llevo toda la vida equivocado? —Me miró boquiabierto con el ceño fruncido y expresión interrogante.

—El tema principal del libro es el abandono y el hecho de que se niegue a darle un nombre a la criatura lo refleja. —Era algo que mi madre me había explicado en una ocasión.

—¿Dónde la almacenas? —Se le veía impresionado.

—¿El qué? ¿La información innecesaria? Pues en los espacios reservados para los conocimientos que sí que sirven para algo, como dónde está la isla de Man o cómo cambiar un fusible.

La lámpara del techo emitía una luz cálida que convertía en sombras los mechones de su oscuro cabello, unos mechones desmadejados que le caían sobre los ojos y sobre el recto puente de la nariz.

Al ver que agarraba el osito de gominola «festivo» y se lo llevaba a la boca, solté una teatral exclamación de horror y exclamé:

—¡No! ¡No serás capaz!

—Uy, claro que sí. Espera y verás. —Abrió la boca y lo mantuvo suspendido justo dentro.

—Pero tú has sido su creador, ¡la persona que los ha traído a este mundo!

Lo dejó caer sobre su lengua, cerró la boca y empezó a masticar.

—¡Eres un monstruo!

De sus labios emergió una teatral risa malvada.

—¡Jajajaaaa! —Agarró todos los demás, se los embutió en la boca y, sin más ni más, terminó con sus creaciones.

Nos echamos a reír y me embargó esa misma dicha embriagadora y sencilla de la adolescencia, esa que sientes cuando estás haciendo alguna idiotez con alguien que te gusta.

—¿Qué hora es? —preguntó de repente.

Yo miré mi móvil y me quedé atónita al ver lo tarde que se había hecho.

—Las nueve menos cuarto.

—Mierda, será mejor que me vaya.

Algo en mi interior se desinfló al oír aquello. Se levantó y yo seguí su ejemplo, mis pies enfundados en calcetines resbalaban mientras caminaba como un pato por encima de los mullidos cojines. Cuando ambos nos reencontramos al llegar a tierra firme, me di cuenta de que mi holgado jersey se me había levantado un poco en lugares estratégicos y procedí a ponérmelo bien.

—Eh, ¿qué es eso? —Señaló hacia la parte superior de mi omóplato, donde las pequeñas aspas de color negro grisáceo de una turbina eólica asomaban por debajo de la ropa.

Me eché el pelo sobre el otro hombro, me bajé ligeramente el jersey por atrás y me puse un poco de lado para poder mostrárselo mejor. Tenía el tamaño aproximado de una moneda de cincuenta peniques, la parte inferior desaparecía bajo unas olas.

—Siempre quise hacerme un tatuaje, pero no se me ocurría ningún diseño concreto. Hasta que un día, cuando mi madre regresó de uno de sus viajes, fuimos juntas a hacernos el mismo. Así siempre estaremos unidas, por muy lejos que estemos la una de la otra.

Miré por encima del hombro justo cuando él alzó una mano y deslizó los dedos por la piel de mi tatuaje. Cerré los ojos y exhalé un trémulo suspiro mientras su pulgar trazaba círculos con delicadeza, sentí que se me erizaba hasta el último milímetro de piel.

—¿Tú…? ¿Tú tienes alguno?

—¿Qué? —Lo dijo con voz queda, claramente distraído.

—Ta… tatuajes. ¿Tienes alguno?

—No. —Su voz sonaba muy lejana—. Me alegro de que volvamos a ser… amigos.

—Yo también.

Pero no éramos amigos. No me pasaba las noches en vela pensando en mis amigos, tal y como me pasaba con Charlie; no repasaba todas y cada una de las palabras que les había dicho, ni golpeaba mi almohada con frustración al recordar algún momento concreto en el que había actuado como una tonta. Mi respiración se aceleró cuando me giré hacia él y contemplé aquellos labios rodeados de lo que estaba a punto de ser una barba propiamente dicha. Se acercó un poco más a mí. Lo tenía tan cerca que percibía el dulce olor de las gominolas de su aliento, me pregunté si notaría ese sabor en su boca cuando sus labios tocaran por fin los míos. Se acercó un poquito más, el calor que irradiaba su cuerpo me llegaba a través del despiadadamente frío aire de aquella enorme casa antigua. Su mano subió hasta mi cara, deslizó un dedo con ternura a lo largo de mi mandíbula. Cerré los ojos al sentir aquella caricia que estuvo a punto de estremecerme, y al abrirlos de nuevo descubrí que él estaba incluso más cerca que antes.

Me preparé para un beso que yo imaginaba que sería como el del final de las pelis: ese besazo con música orquestal de fondo que va *in crescendo*, con palomas alzando el vuelo y volando en círculo sobre nosotros mientras la cámara hace un lento paneo antes de un fundido en negro que da paso a los créditos, donde una alegre canción pop toma el relevo de la orquesta y los nombres van pasando por la pantalla. Me parecía oír ya al director de orquesta preparándolo todo mientras Charlie bajaba la mirada hacia mis labios.

Ya está, ese era el momento de la verdad. Él había echado a perder la ocasión anterior, pero ahí tenía una segunda oportunidad.

Se me acercó más, sus labios estaban a un suspiro de distancia de los míos y en ese preciso momento, justo cuando mis ojos estaban cerrándose, se detuvo.

—Eh… —Carraspeó un poco y se alejó, se alejó mucho de mí.

El director que tenía en mi mente lanzó la batuta al suelo con frustración, la decepcionada orquesta bajó los instrumentos. Charlie retrocedió, agarró los zapatos que había dejado junto a la puerta y se marchó, esfumándose sin más otra vez.

8

A mi madre siempre le han gustado esas adaptaciones televisivas de novelas de asesinatos y misterios que dan durante la época navideña, esas en las que te pasas la peli entera intentando adivinar quién asesinó al viejo vizconde Mulberry con el cianuro en la sala de estar. Yo nunca fui muy aficionada a ellas, la verdad, porque no tengo la paciencia que requieren. Así las cosas, el misterio andante (aunque no muy parlante) y de carne y hueso, más conocido como Charlie Stone, estaba resultando ser una de las personas más frustrantes a las que había intentado entender en toda mi vida. Habían pasado trece días, dos semanas casi completas, desde aquella tarde en la que él y yo habíamos compartido un momento de pura tensión sexual de alto grado erótico seguido de una apresurada despedida en la que no había mediado palabra alguna. Sí, hacía casi dos semanas que Charlie había tenido su segunda oportunidad y la había usado para frustrarme sexualmente una vez más mediante besos que no habían llegado a materializarse en el último momento, y en todo ese tiempo no había vuelto a saber nada de él.

Yo había ido pasando por toda una gama de emociones en el transcurso de esas dos semanas. Negación: después de que él se fuera, había estado esperando una o dos horas para ver si volvía y me daba una explicación; enfado: tumbada en la cama con la mirada puesta en el techo, con la sangre hirviéndome con una furia concentrada que hacía años que no sentía; comprensión: en el trabajo, entre llamada y llamada, le daba vueltas a la situación y pensaba que quizás podría tener algún motivo para salir huyendo. Y era ahí donde estaba atorada en ese momento, no dejaba dc imaginar un sinfín de excusas y de motivos que pudieran servir de explicación. A lo mejor se había sentido indispuesto de repente o había recordado que se había dejado un fogón encendido en la cocina. ¿Y si había pasado algo con Carrick y había tenido que regresar a Irlanda de improviso? Me preocupaba que se hubiera equivocado al anotar mi número de teléfono, que al hacerlo se hubiera saltado alguna de las cifras o que hubiera algún problema con los repetidores, pero en el trabajo solían avisarnos si había problemas con las líneas y no habíamos oído nada al respecto.

Volví entonces a la teoría de que estaba casado, lo cual era mucho más creíble. No se me ocurría ninguna razón más plausible para la cara de culpa que había puesto después de nuestros dos besos frustrados. Que él me hubiera dicho que no estaba casado no significaba que fuera cierto. En el transcurso de las dos últimas semanas, había vivido varios momentos en los que no podía dejar de imaginármelo con su familia. En mi mente se sucedían un sinfín de instantáneas en las que lo veía con su mujer (que sería un bellezón en plan modelo de Victoria's Secret y que se llamaría Cara o algo parecido) y en compañía de los dos retoños de ambos, que estarían jugando en la alfombra mientras el perro labrador descansaba junto a la chimenea. Lo imaginaba sonriente, sacando un asado del horno y colocándolo en una lustrosa mesa de roble perfectamente dispuesta.

También podría estar muerto, esa era otra opción. Quizás le hubiera pasado algo en el camino de vuelta a su casa aquella noche de ositos de gominola masacrados y caricias tentativas, a lo mejor yacía en algún depósito de cadáveres de vete tú a saber dónde y estaba destinado a pasar años allí, sin ser identificado, metido en un congelador donde aquellas densas pestañas oscuras se perlarían de hielo. Se trataba de teorías plausibles, aunque puede que no fueran muy probables; en cualquier caso, todas ellas tenían un único propósito: el de impedirme pensar en la explicación más probable. A lo mejor no quería hablar conmigo, tan simple como eso. Le había buscado en Facebook al ver que habían pasado cuatro días y seguía sin recibir noticias suyas, pero su perfil era privado y, si realmente me estaba rehuyendo, no quería que se diera cuenta de que su actitud me afectaba. Era una cuestión de amor propio.

Su foto de perfil era una en la que estaba de pie en una colina bajo la luz del sol, donde se le veía muy distinto. Estaba un poco más grueso y, en vez de tener una barba incipiente y el pelo largo, se le veía bien afeitado y con un cuidado corte de pelo. Miraba a cámara con una amplia sonrisa y con un brillo de insolente entusiasmo en los ojos, uno que no había visto en él ni una sola vez desde que le conocía (aunque tampoco le conocía desde hacía mucho, la verdad). Había otra foto, una donde salía acompañado de un grupo de amigos que parecían los típicos banqueros yupis (ostentosos y enormes relojes, pies desnudos enfundados en unos mocasines) y, aunque a Charlie se le veía un poco fuera de lugar, daba la impresión de que lo estaba pasando bien. Estaba muy sonriente y le brillaban los ojos, era como observar a un desconocido.

—¿Qué opción eliges tú? ¿Muerto, casado o me está rehuyendo? —le pregunté a mi madre.

Me puse un jersey de cuello alto, pasé la cabeza por el agujero como si estuviera naciendo de nuevo y, al sacar el pelo del interior del cuello, la electricidad estática me lo dejó con ese encrespamiento del que es imposible deshacerse después. Usé la cámara de mi móvil para mirarme y comprobar la magnitud del destrozo.

—La verdad es que no sé qué decirte, Nell —me dijo ella a través de la pantalla—. No sé cuál de esas opciones preferirías que eligiera. —Estaba en su despacho, tecleando algo en el ordenador con dedos veloces y sin mirar siquiera el teclado.

—La que tú consideres que es la acertada. —Lo dije con cierta irritación.

Ella suspiró, pero no dejó de teclear.

—Mira, cielo, para serte sincera, yo creo que es posible que sea un capullo. Uno de esos… ¿Cómo los llamáis la juventud de hoy en día? Folladores. Eso es.

—¡Mamá!

—¿Qué pasa? Me has pedido mi opinión y te la he dado. Yo creo que probó suerte contigo y, al ver que en la primera noche no le dabas lo que quería y en la segunda tampoco, se rindió sin más. Y estoy orgullosa de ti por tu comportamiento, las Coleman no somos unas facilonas. —Dejó de teclear y frunció la nariz—. Bueno, sin contar aquella única, puntual y solitaria noche en la que fuiste concebida. Aparte de eso, somos mujeres castas.

—Las cosas no fueron así, mamá.

—Bueno, pues entonces es posible que esté un poco chalado, ¿no? Al fin y al cabo, le conociste a través de una línea telefónica de ayuda psicológica.

—Eso no quiere decir que esté loco, mamá. Que una persona se sienta abrumada a veces no significa que esté sentada en la esquina de una habitación, balanceándose de acá para allá, embutida en una camisa de fuerza. En cualquier caso, no llamó para hablar sobre sí mismo, sino sobre su tío.

Ella soltó un suspiro.

—Mira, le diste una oportunidad e incluso dos. Yo daría el tema por zanjado.

—Pero es que me gustaba de verdad —protesté mohína—, lo que pasa es que es un pelín excéntrico. Me dijo que me mandaría un mensaje de texto, lo prometió. Han pasado dos semanas.

—¿Has intentado contactar con él? Estamos en el siglo XXI, las mujeres ya no tenemos por qué esperar a que los hombres den el primer paso.

—Le he mandado tres mensajes de texto y unos cuantos memes, y los ha ignorado por completo. Los ha leído, eso se ve, pero no se molesta en responder.

Ella chasqueó la lengua y se tomó unos segundos para reflexionar antes de contestar.

—Bueno, supongo que dos semanas no son tanto tiempo después de todo.

—Sí que lo son cuando no tienes trabajo y ya te habías esfumado en una ocasión anterior —afirmé yo—. Que te rehúyan y pasen de tus intentos de contactar tiene efectos perjudiciales en la psique, hay artículos sobre el tema.

—¿No tiene trabajo?

—Ahora mismo está haciendo un paréntesis antes de buscar otro. —Aparté los ojos de la cámara para rehuir su mirada fulminante. Ni yo misma me entendía, ¿por qué defendía a Charlie?

—¿A qué se dedica? —Se cruzó de brazos y se reclinó en su silla.

—Es maquillador.

—¿Como los de las tiendas de MAC Cosmetics? Porque ya sabes que esos suelen ser casi siempre…

—No es gay, mamá, pero qué forma de estereotipar la tuya. Y tampoco es un maquillador de esos. Él es de los que hacen narices falsas de silicona o te caracterizan para que parezca que te han arrancado un brazo.

Tomé el peine que tenía sobre mi improvisado tocador, que consistía en un tablero sobrante de madera laminada colocado sobre libros que actuaban de soporte a ambos extremos, y me lo pasé con cuidado por el pelo para intentar deshacer el daño provocado por el jersey cargado de electricidad estática.

—Qué trabajo tan agradable. —Las aletas de la nariz se le dilataron ligeramente—. ¿Se le da bien?

—Ni idea. Que yo lo supiera implicaría que él ha divulgado algo de información personal, y eso es algo que parece ser incapaz de hacer. —Fui acelerándome al hablar mientras seguía peinándome, empecé a aplicar tanta fuerza que me dolió el cuero cabelludo—. Es que no le entiendo, de verdad que no. Me dice que necesita amigos con desesperación y que yo soy su amiga y que quiere conocerme mejor y entonces me mira con esos ojazos que me dicen que quiere besarme y entonces ¡zas! Se esfuma otra vez.

Notaba cómo el peine se abría paso sin miramientos cuando las cerdas encontraban algún pequeño nudo, pero era incapaz de detenerme. El dolor que me causaba estaba siendo catártico.

—Cariño, por favor, te vas a quedar sin pelo. —Alzó una mano para pedirme que parara—. Ya sabes que a tu abuela le costaba lo suyo conservar su pelo, no hace falta que ayudemos a los genes.

Dejé caer el peine sobre aquella especie de mesa como si se hubiera puesto al rojo vivo y comprobé cuántos pelos había entre las cerdas. No eran muchos, así que no iba a quedarme calva todavía.

—Mira, yo creo que esto te está afectando y que te conviene más hacerle caso a Ned y abrirte una cuenta en Bumble. —Se puso a teclear de nuevo, aunque en esa ocasión cada letra era como un martillazo que sonaba más fuerte que antes.

—Lo de Bumble lo descarto, pero tienes razón en lo de que me está afectando. Voy a darle un día más, tiene de tiempo hasta las campanadas de medianoche para mandarme un mensaje. Si no tengo noticias suyas, pues supongo que volverá a convertirse en calabaza.

—Es un buen plan, Nelly. Ya me contarás qué tal ha ido. Todavía no sé cuándo volveré, pero será pronto. Te lo prometo. —Tomó el teléfono y lo alzó a la altura de su rostro.

—Sí, claro. Cuánta gente se dedica a hacerme promesas últimamente. —Suspiré con resignación.

—Soy tu madre, Nelly. Si no puedes confiar en que cumpla una promesa, apaga y vámonos.

Me lanzó un beso a través de la cámara, lo atrapé con la mano y le lancé uno también antes de colgar.

Me volví entonces hacia el espejo. Ese día llevaba el pelo liso y con la raya en medio, en plan *hippy* de los años setenta. Me puse un poco de aceite capilar en la palma de la mano y me lo pasé por los rebeldes mechones en un último intento desesperado de rebajar el encrespamiento. De momento, había sido una jornada muy poco productiva; de hecho, mi único objetivo concreto era ir al centro a comprar una peli y unas pizzas para la cena de esa noche con Ned.

Se me había pasado por la cabeza llamar a alguno de mis amigos, que cada día eran más escasos, pero al final había llegado a la conclusión de que prefería con mucho deambular sola por la ciudad. Total, que estaba siendo una de esas jornadas vacías y aburridas en las que estás deseando que llegue la noche para tener una excusa para poder sentarte y vaguear.

Tomé un autobús para ir al centro debido a un súbito chubasco que desapareció tan abruptamente como había llegado, pero que lo dio todo en ese breve espacio de tiempo. Prometí regresar a casa a pie e intentar al menos que el podómetro alcanzara los cuatro dígitos.

Intenté despejar la mente y disfrutar del día, pero dentro de mí había una burbujeante furia subyacente que convertía incluso el más pequeño de mis actos en una expresión de frustración. Al subir al autobús, el conductor se había sobresaltado un poco debido a la fuerza con la que había pasado mi tarjeta de crédito por el lector. Era consciente de que la parte cabreada y orgullosa de mi ser, aquella que había oído relatos sobre Boudica y Pocahontas desde niña, quería ser fuerte y cortar por lo sano con Charlie Stone de inmediato. Quería hacerlo antes de que aquel traicionero calorcillo que sentía en el pecho se intensificara y se convirtiera en algo que acarrearía por el resto de la vida, algo que se manifestaría a través de distintos tipos de comportamiento dañino. Era una mujer fuerte y competente, no necesitaba que ningún hombre me completara. Por otro lado, me gustaría tener a alguien junto a mí en la cama por las noches, alguien a quien besar al salir del trabajo. Ned satisfacía mis necesidades platónicas, pero sería agradable que las amorosas también estuvieran cubiertas.

Entré en un HMV y compré a precio de ganga un drama romántico que tenía a una pareja abrazada en la carátula. A Ned le pirraban ese tipo de películas, estaría encantado de recostarse en nuestra montaña de cojines y de usar uno de ellos para ocultar sus ojos llorosos cuando aparecieran los créditos en la pantalla. Que Dios nos librara de una lacrimógena repetición de la debacle que tuvimos en el 2019 con *Un paseo para recordar*.

Compré también dos pizzas y un par de *packs* de cuatro Peronis, y decidí regresar ya a casa. Se tardaba unos veinte minutos a pie, eso me daría tiempo suficiente para reflexionar un poco más sobre lo de Charlie antes de dejar a un lado el tema. Debían de ser alrededor de las cinco de la tarde, así que él disponía de siete horas para mandarme un mensaje de texto. Si no recibía noticias suyas, haría lo que debería haber hecho una semana atrás: dar el asunto por terminado.

El trayecto de vuelta a casa se me hizo arduo y largo y me planteé dar media vuelta y poner rumbo a la parada del autobús, pero me había hecho la promesa de hacer un poco de ejercicio al menos. Lo que necesitaba era cafeína, un pequeño empujón que me ayudara a seguir.

Me volví y me dirigí hacia mi fuente de cafeína: la cafetería Cool Beans. Crucé tan pancha la puerta de cristal, que estaba empañada por la condensación, y lo busqué con la mirada tal y como había hecho cada vez que había ido allí a comer en las últimas dos semanas, pero no había ni rastro de él. Me acerqué al mostrador y le pedí un café para llevar al empleado novato mientras seguía escudriñando el lugar con ojos en los que cada vez se reflejaba más frustración.

—Tu americano —me dijo el chico al entregarme el vaso.

Yo le di las gracias y, cuando me disponía ya a dar media vuelta, me volví de nuevo hacia él y leí su nombre en la placa que llevaba puesta.

—Perdona, eh... Russel. —Se giró a mirarme con cara de preocupación, debía de creer que se había equivocado con mi pedido—. Me gustaría saber si el irlandés de pelo oscuro ha venido últimamente.

Una mujer de labios color magenta que estaba en la cola chasqueó la lengua con impaciencia. Me había convertido en lo que más detestaba: una persona que pierde tiempo y entorpece la cola.

—Ah, ¿el tipo del té frío? —Me miró alarmado por un momento y lanzó una rápida ojeada por encima del hombro para asegurarse de que nadie le oía—. Perdón, se supone que no podemos referirnos a los clientes habituales por su apodo.

—No sabía que pusierais apodos, ¿yo también tengo uno?

Esbozó una gran sonrisa.

—Sí, eres la chica sonriente. —Se inclinó sobre el mostrador y susurró—: Pero nadie puede enterarse de que te lo he dicho. —Se enderezó de nuevo y carraspeó—. ¿Te refieres a ese tipo? ¿El que siempre se deja el té?

—Sí, exacto.

—Pues sí, ha venido hace poco.

—¿Te refieres a hoy mismo?

—Sí, hace unos cinco minutos que estuvo aquí. Se ha llevado un té y una ración de bizcocho de plátano. —Se le veía terriblemente orgulloso de sí mismo por haber sido capaz de acordarse de lo que había pedido un cliente.

—¿Has visto hacia dónde ha ido? —le pregunté, a pesar de que era consciente de que todas y cada una de las personas que esperaban en la cola estaban taladrándome impacientemente con la mirada.

Él arrugó la cara como si no tuviera más información que aportar y negó con la cabeza, pero de repente puso cara de sorpresa.

—¿No es ese de ahí fuera? —La cafetería tenía varias mesas en la calle para fumadores y él señalaba hacia una de ellas.

Y allí, en una de aquellas frías sillas mojadas por la lluvia, vi la melancólica silueta de Charlie Stone.

Me volví hacia Russel para darle las gracias, me saqué del bolsillo todas las monedas sueltas que tenía (unas tres libras, más o menos) y las metí en la jarra de las propinas.

—Gracias. Lo estás haciendo muy bien aquí, Russ. Sigue así.

Se irguió un poco, henchido de orgullo, y yo procedí a dar media vuelta y a pasar junto a aquella cola de gente, que me siguió ceñuda con la mirada mientras me dirigía a la puerta.

Salí a la calle sin tener claro lo que se suponía que debía hacer con lo que acababa de averiguar. Quién sabe si Charlie había perdido el teléfono, a lo mejor le pasaba como a Drew Barrymore en *Cincuenta primeras citas* y tenía una especie de amnesia diaria. Sí, era poco probable, pero no se podía descartar la posibilidad.

Aunque había una explicación mucho más plausible y descorazonadora: que la persona que me gustaba estuviera rehuyéndome, ni más ni menos. No era nada fuera de lo común.

Respiré hondo, intenté calmar mi corazón para que recuperara lo que podría considerarse un ritmo normal en un ser humano y me volví hacia él.

Sobre la mesa había una solitaria bolsa de papel marrón salpicada de lluvia sobre la que caían goterones procedentes del toldo; los restos de su bizcocho de plátano estaban diseminados por la mesa en forma de migajas, y también vi una servilleta de papel sin usar. Alzó la cabeza, distraído, cuando yo estaba a unos pasos de distancia, y su mirada me pasó por encima. Pero entonces se giró de nuevo hacia mí con cara de sorpresa y me miró horrorizado.

—¡Nell! Eh… ¿qué tal estás?

—De maravilla. —Lo dije con un entusiasmo un pelín excesivo y con una perceptible furia contenida—. ¿Has estado ocupado?

—No, la verdad es que no. ¿Y tú?

Aquella respuesta indiferente avivó aún más mi enfado, ¿eso era lo único que tenía que decir? Temí soltar algo demasiado revelador, algo que fuera excesivo para aquella fase de la… iba a decir «relación», pero supongo que aquello no podía considerarse como tal.

—¿Han podido arreglarte el teléfono? —Ladeé la cabeza con una actitud pasivo-agresiva.

—¿A qué te refieres? No se ha ro… ah. Ya te entiendo.

—¿Estás herido?, ¿has sufrido algún percance? ¿Te uniste a algún circo itinerante? ¿Te atropelló un coche y moriste en una cuneta?, ¿estoy hablando con tu fantasma ahora mismo?

—Perdona que no te contestara.

Ignoré por completo su disculpa, estaba demasiado cabreada.

Supongo que tendría que haber intentado calmarme, pero la Nell racional se había perdido bajo la Nell que se sentía herida.

—Lo único que yo quería era conocerte un poco más, ayudarte y ser esa amiga que dices necesitar con tanta desesperación. Pero, por lo que parece, eres incapaz de decidir qué es lo que quieres en realidad. ¡Incluso llegué a pesar por un momento que me gustabas!

—Sí, ya sé que decir que me gustaba era quedarse muy corta.

—Sí que quiero ser tu amigo. —Se levantó de la mesa, agarró el té que seguramente no había ni tocado y rodeó el vaso de cartón con las manos para aprovechar el calorcito—. Lo que pasa es que he tenido una semana muy ajetreada, eso es todo.

—¡Pues acabas de decir que no has estado ocupado! —Procuré mostrarme muy segura de mí misma mientras me llevaba el café a los labios y tomaba un sorbo por la ranura de la tapa de plástico. Estaba ardiendo y me quemé, pero no reaccioné porque no estaba dispuesta a que él viera la más mínima debilidad en mí.

—Mira, Nell, he…

Yo alcé una mano para interrumpirle.

—No hace falta, lo entiendo a la perfección. —Le miré a los ojos con frialdad y procurando poner cara de póquer. Me ofreció la mano y yo se la estreché con fuerza mientras intentaba ignorar la punzada que sentía en el pecho, tenía la impresión de que iba a implosionar de un momento a otro—. Ha sido un placer conocerte, Charlie Stone. Espero que el resto de tu vida sea un camino de rosas.

—Nell, no ha sido mi intención…

—No te preocupes. —Esbocé una sonrisa claramente falsa, bajé la mano y di media vuelta—. Hasta la vista —añadí por encima del hombro.

Me alejé a paso rápido, tan rápido que debía de parecer ridícula.

Tenía ganas de llorar, pero no quería darle esa satisfacción. Yo solo lloraba por cosas que realmente lo merecían: vídeos de Instagram sobre perros abandonados, por ejemplo, o episodios de *Acordes del corazón*, la serie de Netflix basada en las canciones de Dolly

Parton. Charlie Stone no me importaba lo más mínimo, así que no iba a llorar por él. ¿Por qué habría de importarme que ni siquiera se dignara a mandarme un mensaje de texto después de todo lo que había hecho por él? No, no iba a dedicar ni un segundo más a pensar en melancólicos irlandeses.

Recordé lo sentimentaloide que me había puesto con aquel primer encuentro en la cafetería (la cafetería que siempre me había encantado, pero que en adelante estaría asociada en mi mente a Charlie Stone), lo emocionada que me había sentido, mis esperanzas de que eso tan solo fuera el comienzo de una larga historia. Pero resulta que dicha historia no había sido un tomo grueso. Podría describirse quizás como un relato breve o un haiku, aunque puede que en ese caso fuera más apropiado decir que había sido como uno de esos jocosos poemas cortos tan típicos de Irlanda.

Doblé a la izquierda y enfilé por la empinada calle rumbo a casa, iba con el piloto automático puesto mientras me bombardeaba mentalmente con un sinfín de insultos que rebotaban de acá para allá en mi cerebro como dolorosas pelotitas de *squash*. Había tomado el camino más corto de forma instintiva, el del Ayuntamiento, y al pasar por delante del largo edificio victoriano alcé la mirara hacia el reloj de la torre que lo coronaba. Ned ya debía de estar en casa, pero me dolían las manos por el peso de las bolsas y me acerqué al monumento al soldado caído.

La estatua de bronce seguía rodeada de las guirnaldas de rojas amapolas de plástico que se habían depositado allí en noviembre, me senté con cansancio contra el muro que la rodeaba y dejé las bolsas en el suelo. Me saqué el móvil del bolsillo y vi que tenía dos mensajes, uno de Charlie y otro de Joel. Genial, el día cada vez iba a mejor. No me molesté en leerlos, a esas alturas me daba igual lo que dijera tanto el uno como el otro. Los borré de la pantalla de un plumazo.

No sé cuánto tiempo permanecí allí sentada, pero, para cuando me levanté y eché a caminar rumbo a casa, empezaba a oscurecer. La curiosidad me pudo durante el trayecto y abrí el mensaje de Joel.

Eran las mismas palabras del último centenar de mensajes que me había enviado, solo que en distinto orden.

Hola, ¿qué tal te va? De verdad que creo que deberíamos hablar, poner en orden nuestros sentimientos y tal. ¿Puedo ir a verte un día de estos? J Bs.
P. D.: *Encontré una caja con cosas tuyas, aprovecharía para llevártela.*

Eso de «encontré por casualidad algunas cosas tuyas» era una de las excusas preferidas de Joel. Yo creo que en realidad había encontrado todas mis pertenencias en cuestión de semanas tras nuestra ruptura, pero las había dividido en montoncitos que iba trayéndome de forma sistemática con cuentagotas.

En ese momento, no podía lidiar con él ni con lo que quisiera decirme, fuera lo que fuera, así que volví a meter el móvil en el bolsillo e intenté olvidar a los dos hombres que tantos quebraderos de cabeza me daban.

Cuando llegué finalmente a casa, lo primero que oí al abrir la puerta fue el suave sonido de la radio procedente de la cocina. Las asas de las bolsas se me habían empezado a clavar en la carnosa base de los dedos y estaba deseando soltarlas, tomé nota mental de que sería mejor ir andando al centro y volver en autobús de allí en adelante. Al llegar a la cocina dejé las bolsas en la encimera y suspiré aliviada cuando mis manos quedaron libres.

—Hola, me preguntaba dónde estarías —me dijo Ned.

—Me he visto atrapada en la farsa en la que se ha convertido mi vida amorosa, pero ya estoy de vuelta y traigo pizza de pollo y champiñones y a Channing Tatum. —Me giré para mostrarle el DVD y me sorprendí al ver que abría mucho los ojos y ponía una cara rara—. ¿Qué pasa? —Lo dije con cierta altivez.

—Estoy preparando té para nosotros dos, ¿te apuntas?

Fruncí el ceño, desconcertada. Él me sostuvo la mirada y empleó las pupilas para señalar hacia la mesa. Miré hacia allí y vi lo que se me había pasado por alto al entrar: Charlie, sentado a la mesa y con cara de circunstancias. Asomaba desde detrás de lo que quedaba de las flores que él mismo me había enviado, por eso no me había percatado de su presencia en un primer momento. Las hojas de eucalipto todavía aguantaban bastante bien, pero los tulipanes se habían marchitado días atrás y habían ido a parar a la basura. Ned no soportaba el olor y estaba desesperado por deshacerse de lo que quedaba, pero, a pesar de que me hervía la sangre en las venas solo con pensar en lo que aquel ramo representaba, me sentía incapaz de tirarlo por el momento. No sería justo condenar a las flores a una tumba temprana por el mero hecho de que la persona que me las había enviado fuera un capullo insensible. Exhalé un suspiro de frustración al ver aquella dichosa mirada extraña y cargada de tristeza en los ojos de Charlie. Madre de Dios, ya estábamos con lo mismo otra vez.

—No, no me apunto… al té. Gracias, Ned. Hay algo un poco más fuerte en las bolsas y me parece que voy a necesitarlo en breve. —Mantuve la mirada fija en Charlie al decir aquellas palabras.

—Le he dicho a Charlie que se quede a cenar pizza y a ver una peli, ¿te parece bien? —me preguntó Ned, a quien le encantaba entrometerse en mis asuntos.

—¿Cómo se te ocurre hacer eso? —Solté un suspiro y chasqueé la lengua con irritación antes de girarme de nuevo hacia Charlie. Supongo que estaba fulminándole con la mirada, porque puso cara de miedo—. Charlie, ¿podría hablar un momento contigo en la sala de estar?

—Eh… sí, claro.

Se levantó con semblante preocupado y miró a Ned como si creyera que iba a tener que pedir refuerzos de un momento a otro. Su vestimenta era tan moderna y atractiva como siempre: llevaba los mismos pantalones negros rasgados de todas las ocasiones anteriores, unos zapatos de puntera ligeramente pronunciada y un jersey de punto remangado. Después de darle un repaso visual (esperaba no haberle dedicado un tiempo excesivo a la tarea), di media vuelta con brusquedad y me dirigí a la sala de estar. Encendí la luz con un manotazo excesivamente agresivo, me dirigí a la pared del fondo cual soldado marchando, me giré con la destreza de una nadadora olímpica y, para cuando acababa de cruzarme de brazos, él estaba entrando titubeante por la puerta.

—¿Qué parte de nuestra conversación anterior te ha parecido una invitación a tomar el té en mi casa? —le pregunté.

Él se detuvo y permaneció allí plantado un momento, se le veía indeciso, abrió y cerró la boca un par de veces. Y entonces, de buenas a primeras, se acercó a mí y me abrazó. Su barbilla se acomodó en la curva de mi cuello, su aliento cálido me agitó el cabello. Las palabras que pensaba decirle, fueran cuales fueran, se convirtieron en un sonido inarticulado que fue expelido de mis pulmones mientras él me apretaba con fuerza. Mis brazos se desdoblaron como por voluntad propia y logré sacarlos a los costados, donde colgaron sin fueras mientras Charlie seguía abrazándome. Noté que mi corazón trastabillaba un poco y me horroricé ante mi propio comportamiento: ¿Cómo era posible que le perdonara con tanta facilidad? ¿Qué tenía aquel hombre para que me fuera tan fácil hacerlo?

—Charlie…

—¿Qué?

—Eh… ¿podrías quitarte de encima, por favor?

—Claro, por supuesto. —Se tomó su tiempo para soltarme y retroceder unos pasos—. No contesté a tus mensajes porque he estado lidiando con una serie de cosas. Ya sé que eso no es excusa y que no estuvo bien que te ignorara, sobre todo después de la forma en que… quedó la cosa entre nosotros. Pero te aseguro que quiero que seamos amigos. Lo siento.

—¿Carrick está bien?

—Sí. —Pero en sus ojos volvió a relampaguear ese brillo de culpa que yo ya había visto antes en ellos.

—Todo esto ha sido según tus propios términos —le dije, sorprendida por lo airada que sonaba mi voz—. Mira, Charlie, la amistad no funciona así. —Me crucé de brazos—. Podría haberme metido en un buen lío en el trabajo, un trabajo que adoro, por quedar contigo después de que llamaras. Charlamos, flirteamos, te aseguras de que vuelva a casa sana y salva. Y entonces intentas besarme, pero en vez de eso me gritas. Terminas por volver y pienso que esa ha sido la metedura de pata inexcusable que una puede dejar pasar; de hecho, me alegro en cierto modo porque pienso que así te la has quitado de encima pronto. Pero entonces vas y me rehúyes, ignoras mis mensajes. Otra vez. ¿Cómo es posible que no te dignaras ni a contestar con un simple emoji?

—Ya lo sé, tienes razón. Soy un idiota.

—Me falta poco para cumplir los treinta, no tengo tiempo para estas chorradas de colegiales. Vienes y actúas como si… —me interrumpí, no sabía cómo explicarlo con palabras—. Actúas como si estuvieras interesado en mí, en tenerme como amiga… y, a veces, como mucho más que eso. Pero, cuando da la más mínima impresión de que va a pasar algo entre nosotros, vas y te conviertes en el mismísimo Houdini.

—Mira, Nell, la verdad es que no tengo ni la más mínima idea de lo que estoy haciendo en este momento. La vida se me está yendo un poco de las manos, y conocerte ha hecho que me plantee lo que debería hacer.

Sus ojos se encontraron con los míos y su azul intensidad me impactó de lleno una vez más.

—¿Qué quieres decir?

—Que estaba haciendo cambios en mi vida. Dejé el trabajo, tracé un plan y pensé que lo tenía todo claro y entonces te conocí y… digamos que me hiciste ver las cosas a través de otro prisma.

Yo fruncí el ceño, no entendía nada.

—Mira, Charlie, soy consciente de que estás lidiando con una situación difícil con tu tío y quiero ayudarte con eso, pero no puedo hacerlo si no te abres un poco conmigo.

—Sí, ya lo sé. Ya lo sé y quiero contártelo, pero es que… tengo claro que he sido un capullo y no quiero que pienses mal de mí.

—Eso ya lo hago. Soy una persona, tengo sentimientos. Y da la impresión de que a ti te importan un rábano.

Hizo una mueca, como si supiera que estaba hablando con una pringada.

—¡Claro que me importan!

—¿Meto las pizzas en el horno? —preguntó Ned desde la cocina.

—¡Sí! —grité yo.

—Nell… —protestó Charlie.

Yo alcé una mano para interrumpirle.

—Mi madre siempre me dijo que perdonara, pero que solo olvidara si tenía la certeza de que la persona en cuestión no terminaría por pedirme perdón una y otra vez. Y tú ya has tenido que hacerlo dos veces de momento.

—¿Quieres una cerveza, Charlie? —preguntó Ned.

—¡Ned! —exclamé yo con exasperación—, ¿no ves que estamos discutiendo?

—¡Perdón! —Se oyó el suave chasquido de la puerta de la cocina al cerrarse.

—Si no quieres perdonarme, te pido por favor que no lo hagas. Es lo que merezco. Pero me gustaría quedarme a cenar pizza si te parece bien.

Me odié a mí misma por querer que se quedara.

—Vale. Pero eres un invitado de Ned, no mío.

La puerta de la cocina chirrió un poco y supe que mi amigo estaba escuchándonos a hurtadillas incluso antes de que apareciera en la sala de estar. Alzó las manos como en son de paz al internarse en aquel campo de batalla.

—Perdón, ya sé que no tendría que haber estado escuchando, pero no estabais susurrando precisamente. —Se detuvo entre ambos.

—¿Qué es lo que quieres, Ned? —le espeté con sequedad.

Él me miró, suspiró y dirigió entonces la mirada hacia Charlie. Se comunicaron sin palabras y tuve la impresión de que llegaban a alguna clase de entendimiento mudo. Era como si... no.

—Un momento, ¿vosotros ya os conocíais? —Los miré con suspicacia.

Ned miró a Charlie con las cejas enarcadas y asintió con una sonrisa tranquilizadora.

—Creo que deberías decírselo, Charlie.

El aludido puso cara de pánico. Me miró por un momento antes de dirigir de nuevo la mirada hacia Ned, se le veía nervioso e indeciso.

—Mira, Charlie, conozco a Nell y, como no le des una explicación ahora mismo, jamás conseguirás ganarte su confianza, y te aseguro que no va a parar de hacerte preguntas hasta enterarse de todo.

Yo di un paso al frente, la frustración avivaba aún más mi enfado.

—¿Os conocéis? —Lo pregunté con un poco más de firmeza.

—Sí, así es. —Charlie movió las manos con nerviosismo, como si no supiera qué hacer con ellas ni dónde colocarlas.

—¿De qué?

Miré a Charlie, pero fue Ned quien contestó.

—¿Te acuerdas de la llamada dura que atendí hace dos años en mi cumpleaños? ¿La del hombre que quería saltar?

—Sí, claro que sí. Estuviste fatal durante semanas.

—No sabía si la persona que había llamado había saltado, porque colgó antes de que consiguiera convencerla de que bajara de la torre. Estuve atento a las necrológicas y a las noticias, pero tenía muy pocos datos. Ni siquiera sabía su nombre. Lo único que sabía era que se trataba de un hombre de Birmingham y que era irlandés.

Las palabras de Ned tardaron un momento en cobrar sentido, fue como un líquido que va filtrándose lentamente en la arena. Se me escapó una exclamación ahogada y me cubrí la boca con la mano.

—¿Eras tú? —le pregunté a Charlie.

Él tenía la mirada puesta en el suelo, parecía sentirse avergonzado.

—¿Quisiste suicidarte? —Me entró el pánico al imaginar un mundo en el que no existiera Charlie.

Él alzó la mirada, tenía los ojos enrojecidos y humedecidos por las lágrimas.

—Sí.

—¿Por qué?

—Vayamos paso a paso —intervino Ned, alzando una mano en un gesto protector.

—No podía soportarlo. Había pasado algo muy malo y no sabía cómo salir de ese túnel. Lo último que recuerdo que se me pasó por la cabeza fue que, si no podía dejar de tener todos esos sentimientos horribles, la única solución sería no volver a sentir nada nunca más. Por eso subí a la torre del reloj dispuesto a saltar, pero en el último momento me acobardé y me eché hacia atrás. Terminé en el suelo y fue ahí donde vi la pegatina.

—¿La torre del reloj del Ayuntamiento? ¿Qué pegatina? —Respiré hondo, me ardían los pulmones.

—Sí. Arriba de todo hay una pegatina con el número de teléfono de la línea de ayuda, lo interpreté como una señal y llamé y así fue como conocí a Ned.

—No tenía ni idea de que fuera él hasta que ha mencionado la línea de ayuda cuando estábamos charlando en la cocina y he atado cabos —afirmó el aludido.

—Entonces, ¿no era tu tío el de los problemas? —le pregunté a Charlie. Al verle negar con la cabeza, di un paso hacia él—. Y cuando me llamaste, ¿estabas pensando en intentarlo por segunda vez?

Me miró a los ojos y asintió lentamente. Se secó los ojos con la manga del jersey y se sorbió las lágrimas.

—Supongo que ahora piensas que soy un chalado, ¿no? ¿Quieres que me vaya?

Mi respiración entraba y salía por mi nariz a toda velocidad, el corazón me latía tan rápido que sonaba como un cohete espacial a punto de despegar. Mis pies estaban avanzando incluso antes de que pensara en moverlos y, en cuestión de un segundo, estuve frente a él y mis brazos le rodearon y lo atrajeron hacia mi pecho.

Noté cómo sollozaba una o dos veces antes de controlarse, era como si le diera miedo mostrar tantas emociones.

—Por eso he sido tan impredecible. Siento haberte metido en todo esto. —Se sorbió las lágrimas contra la curva de mi cuello—. Había dejado todos mis asuntos en orden, lo había aceptado. Estaba seguro en un noventa y nueve por ciento de que eso era lo que quería, pero entonces te conocí y sentí algo que creía que no volvería a sentir jamás. Supongo que me dio esperanza, pero después no lo tenía tan claro.

—¿Por qué no me lo dijiste?

—No es que sea un tema de conversación ideal para una cita, Nell. Nadie habla de ese tipo de cosas hasta que ya han sucedido y no quería que pensaras que estoy loco.

—Charlie. —Me eché un poco hacia atrás, le agarré los brazos y lo miré a los ojos—. Eso no significa que estés loco. Estar triste no te convierte en un loco. Trabajo en una organización benéfica dedicada a la salud mental, pedazo de idiota. No podrías haber elegido a nadie más comprensivo.

Él se echó a reír, aunque seguían cayéndole las lágrimas.

—El hecho de que no se hable del tema no significa que debiera ser así —afirmó.

—¿Lo ves? Te he dicho que Nell lo entendería.

La voz de Ned me sobresaltó, se me había olvidado que estaba presente en medio de todo aquel drama.

De pronto, entendí el comportamiento nervioso de Charlie, sus súbitos cambios de humor, el hecho de que se esfumara sin más.

—¿Cómo te encuentras ahora? —le pregunté con nerviosismo.

—No te preocupes, no voy a meter la cabeza en tu horno ni a asfixiarme con cojines.

—Me alegra saberlo. —Volví a atraerlo hacia mí para otro fuerte abrazo. Quería tenerlo muy cerca, rodearlo con mis brazos para mantenerlo sano y salvo.

Él carraspeó para intentar aclarar la emoción que le constreñía la garganta, el sonido repercutió con fuerza en el oído.

—Ned me dijo una cosa cuando llamé hace un par de años que se me quedó grabada en la cabeza.

Noté que mi amigo se henchía de orgullo junto a mí.

—¿En serio? ¿Cuál fue esa perla de sabiduría? —le pregunté a Charlie.

—Me dijo: «Justo en el momento en que crees que no puedes, es cuando te das cuenta de que sí que puedes». Y ahora mismo siento que sí que puedo.

Noté el peso de un brazo sobre mi hombro cuando Ned se sumó al abrazo.

—Ned…

—¿Qué?

—Eso no habrá salido de alguna canción de Céline Dion, ¿verdad?

—Pues sí, Nell. La verdad es que sí.

Cerré el horno y apoyé la espalda en la encimera, me tomé un momento para hacer una pausa mientras mi cerebro intentaba asimilarlo todo.

La mera idea era horrible, pero no podía evitar pensar en lo distintas que habrían sido las cosas si aquel día, en vez de ir a la cafetería, me hubiera llevado la comida de casa, o si Caleb no se hubiera retrasado y yo hubiera salido puntual del trabajo en vez de tener que quedarme un poco más para suplir su ausencia.

Supongo que resultaba halagador saber que alguien había decidido seguir vivo después de pasar veinte minutos hablando conmigo, porque le había dado una esperanza más allá de su tristeza. Pero, por otro lado, sentía una opresión en el pecho. Temía no estar a la altura de esa esperanza, temía aburrir a Charlie y que él decidiera que lanzarse de cabeza al suelo de hormigón desde una gran altura era preferible a seguir hablando conmigo.

Temía estar posponiendo lo inevitable, estar emprendiendo un camino que me llevaría a sufrir como nunca. Lo único que tenía claro era que, de allí en adelante, iba a ser el equivalente de unos padres sobreprotectores, solo que en calidad de novia. Aunque ni siquiera era su novia, claro. Ay, Dios, todo aquello era de lo más confuso y yo ya estaba nerviosa teniéndolo en la sala de al lado.

El timbre de la puerta interrumpió mis pensamientos.

—¡Ned! ¿Puedes abrir tú? —pregunté en voz alta.

Abrí mi segunda botella de Peroni y dos más para ellos, lancé las chapas a la basura y logré encestar una. Las otras cayeron al suelo con un sonido metálico justo cuando el timbre sonaba de nuevo. Suspiré con exasperación, agarré las cervezas y fui a abrir.

Con las frías botellas tintineándome en las manos, salí de la cocina justo a tiempo de ver que Charlie estaba en la puerta con la mano en el pomo, la cerradura Yale ya estaba abierta. Miré hacia el panel de cristal esmerilado y se me cayó el alma a los pies al reconocer la silueta de la persona que estaba al otro lado.

—¡Charlie, espera! —No habría sabido decir si fue un grito o un susurro, tuve la impresión de que avanzaba a cámara lenta hacia él.

Pero no me oyó y, cuando tan solo me había dado tiempo de dar tres pasos, la puerta ya estaba abierta y los dos estaban mirándose sin saber cómo reaccionar.

Oí el gemido quedo que emergió de mi garganta. No había escapatoria posible, estaba a plena vista, así que esbocé una sonrisa de lo más falsa y fingí que no estaba a punto de vivir la situación más incómoda del mundo.

—Hola, Joel. —Obligué a mis pies a que avanzaran hacia él, aunque mi cuerpo entero me pedía a gritos que diera media vuelta y echara a correr en dirección contraria. Podría escalar la valla de atrás si hacía falta, ¿no?

—Hola —contestó con un hilo de voz. Se había quedado pasmado, su mirada viajó de mí a Charlie antes de bajar hacia la caja que tenía en las manos.

Hubo un momento de silencio, un silencio tenso y agónico en el que ninguno de los tres participantes de aquella especie de duelo a la mexicana supo qué hacer, y fue Charlie quien lo rompió finalmente.

—Hola, soy Charlie. —Le ofreció la mano a Joel.

Había adoptado con rapidez esa jovialidad postiza que yo había visto tantas veces antes, solo que en esa ocasión fui capaz de ver más allá de la superficie. Joel contempló por un momento la mano que le ofrecía como si temiera que pudiera estar cargada de explosivos, pero terminó por estrechársela con firmeza.

—Joel.

No sé por qué actuaban con tanta formalidad, cualquiera diría que estaban en una entrevista de trabajo.

—Encantado de conocerte —dijo Charlie.

—Lo mismo digo —masculló Joel en un tono de voz no muy convincente, antes de mirarme con ojos llenos de indignación—. Eh… —titubeó con aquella incomodidad agresiva tan propia en él y entonces dio un paso hacia mí y me alargó la caja.

Estaba abierta, pude ver el lamentable batiburrillo de cosas inservibles que contenía: un viejo peine cuyas cerdas estaban hechas polvo; la batería recargable de una cámara de la que ya me había deshecho; un colorete de un tono rosa chillón pasado de moda que debía de llevar cinco años caducado y una foto estratégicamente colocada en la que salíamos los dos en una barbacoa familiar celebrada en casa de sus padres. Aquella era, con mucho, la caja menos potente que me había traído. A aquellas alturas apenas debían de quedar cosas con las que poder llenarlas.

—No sé si todavía necesitarás algo de todo esto, pero pensé que querrías tenerlo.

—Gracias. —Le pasé las cervezas a Charlie y agarré la caja de manos de Joel, cuya piel rozó la mía digamos que de forma «accidentalmente deliberada».

Dejé la caja en el suelo del pasillo y conseguí disimular la oleada de nostalgia que me golpeó como un tsunami al contemplar aquella fotografía nuestra que había en su interior. Recordaba a la perfección aquel día, era uno de mis recuerdos favoritos de Joel.

—¿Qué tal te va? —le pregunté al volverme a mirarlo de nuevo.

—Bien, bien. Me va bien. —Nos miró dolido a uno y otro—. De maravilla, diría yo.

Era obvio que estaba mintiendo.

«No lo hagas, Nell», me dije para mis adentros. «No te atrevas a decirlo. Mantén la boca cerrada y no permitas que las palabras que tienes en el cerebro salgan por tu boca».

—Puedes pasar si quieres. —¡Me daban ganas de darme cabezazos contra la pared!

Di que no, por favor. Por favor, por favor, di que no.

—No, no creo que sea una buena idea para nadie. —Miró a Charlie con un odio alimentado por los celos.

—Vale. En fin, gracias por la caja —le dije yo.

—De nada. Disfrutad de la velada. —Lo masculló entre dientes, y después de lanzarle a Charlie una última y larga mirada, dio media vuelta y se fue.

Mientras veía desaparecer su silueta, la misma que en otros tiempos había hecho que se me acelerara el corazón de emoción cada vez que venía hacia mí, sentí que un gran abismo de tristeza se abría en mi interior. Qué fácil es en realidad que dos personas inseparables se separaren, que una pareja se distancie hasta convertirse en un par de extraños y terminen por no ser nada el uno para el otro.

Estaba sentada en el sofá junto a Ned, Charlie se había acomodado en el suelo sobre un montoncito de cojines y tenía el hombro apoyado en mi pierna. Se le veía inmerso en la película, pero huelga decir que yo apenas prestaba atención a lo que pasaba en la pantalla. Es difícil hacerlo cuando, menos de un mes atrás, el hombre que te gusta tenía pensado suicidarse.

La idea de que Charlie no estuviera allí, de no haber llegado a conocerle, me dolía demasiado como para planteármela siquiera, y eso avivaba aún más el miedo de que lo que le había superado en dos ocasiones anteriores, fuera lo que fuera, pudiera volver a hacerlo.

Ya llevábamos más de media película cuando sentí sus dedos internándose bajo el dobladillo de mis vaqueros. No se aventuró a ir muy lejos, pero el cálido contacto de su piel contra la mía, por muy pequeño que fuera, bastó para dejarme sin aliento. Sus dedos se movían en círculo, trazando un rastro de piel erizada a su paso, y me pregunté cómo sería sentirlos por todo el cuerpo y que me erizaran la piel de pies a cabeza.

Ya eran cerca de las diez y media de la noche cuando Charlie y yo nos despedimos en el umbral. Estábamos parados a un lado y otro de la puerta, recordé que quizás sería aconsejable empezar a hacer algo respecto a los pelillos de mis piernas al notar cómo se alzaban bajo el aire helado que entraba de fuera.

—Gracias —me dijo. Tenía las manos metidas en los bolsillos para protegerlas del frío, pero yo sospechaba que también era por nervios. Ahora había quedado totalmente expuesto ante mí, su dolor era una herida abierta ante mis ojos y lo único que yo quería era ayudarle a sanar.

La Nell impaciente que había en mí me suplicaba que abriera la boca para formular la pregunta que mi cerebro estaba haciendo a gritos: ¿qué fue lo que te llevó a sentirte así?, ¿puedo ayudarte? Pero sabía que no debía presionarle.

—De nada —contesté, con una sonrisa tranquilizadora —. Gracias por contarme… lo que me has contado. Sé que no debe de haber sido nada fácil.

—Ya era hora de que lo hiciera. Teniendo en cuenta tu profesión, tendría que haber imaginado que no me juzgarías por ello.

—Si necesitas hablar, o incluso si solo necesitas que alguien te entretenga, ya sabes dónde estoy.

Bajó la mirada hacia sus pies y le dio una patadita al suelo con la puntera de su desgastada bota negra.

—Eres una buena amiga, Nell.

La palabra «amiga» me dolió un pelín después de todo lo sucedido. Tenía bastante claro que los amigos no se dedican a acariciarse los tobillos mientras ven una película, pero no era el momento de incidir en eso.

—Puedes quedarte a dormir si quieres, tenemos una habitación libre. —«Y eres más que bienvenido en mi cama», añadí, pero solo para mis adentros. Además de: «No quiero despedirme de ti. Me da miedo que esta sea la última vez que te digo adiós».

—No hace falta, gracias. No tendré ningún problema. —Alzó la mirada y la ligera tensión que vi en su entrecejo me reveló que se sentía avergonzado cuando no tenía por qué estarlo. Pero entonces añadió, imbuido por una especie de súbito entusiasmo—: Por cierto, ¿qué piensas hacer ahora?

—Pues seguramente vaya a algún fiestón desenfrenado, tome algo de droga, puede que participe en alguna que otra orgía. Ya sabes, lo típico de un viernes por la noche.

—Vaya. —Suspiró con exagerado dramatismo, siguiéndome la broma—. Entonces supongo que no estarás interesada en venir a dar un pequeño paseo conmigo.

—¿Ahora mismo?

—Sí, quiero mostrarte algo.

9

El halo de polución lumínica flotaba como una nube radioactiva sobre la ciudad que lo creaba; desde lo alto de la torre del reloj, las farolas y las ventanas cálidamente iluminadas no eran más que puntitos de luz. Habíamos entrado por una puerta trasera gracias a Charlie, quien tenía una llave porque en una ocasión había trabajado en un espectáculo que se había celebrado allí y «había olvidado» devolverla. Él me había asegurado que solo me había llevado a aquel lugar para mostrarme algo, pero, aun así, me tenía en tensión el hecho de subir hasta lo alto de la torre de la que él había tenido intención de no volver con vida.

Los escalones metálicos que conducían a la zona superior se me habían hecho interminables, los sonidos y la luz del mecanismo del reloj zumbaban por encima de nuestras cabezas y creaban la atmósfera perfecta para la escena de un asesinato en una peli de miedo. No las había tenido todas conmigo a la hora de entrar con él en un edificio oscuro con el que no estaba familiarizada, así que le había mandado un mensaje de texto a Ned para decirle dónde estaba y me reconfortaba un poco saber que, en el improbable caso de que Charlie resultara ser un asesino en serie, podría contar con la maestría en taekwondo que me otorgaba mi cinturón violeta. En una ocasión me robaron el bolso al salir del trabajo y mamá decidió pagarme unas clases de artes marciales como regalo de cumpleaños, pero, afortunadamente, no había tenido que poner en práctica mis conocimientos hasta el momento.

Al llegar a lo alto de la torre, Charlie había cruzado el tenuemente iluminado suelo de piedra, que estaba salpicado de cacas de pájaro y rodeado por un muro bajo, y se había agachado en un rincón al que no llegaba la difusa luz de la esfera del reloj. Después de permanecer agachado unos segundos bajo mi mirada alerta, se había enderezado al fin con una botella de whisky en la mano y vi que era la que había recibido una patadita mía bajo la mesa el día en que nos conocimos en la cafetería.

—Supongo que nadie más sube aquí arriba, ¿no? —Me rodeé con mis propios brazos.

—En contadas ocasiones viene alguien de mantenimiento; aparte de eso, soy el único.

Se dirigió hacia el filo y se sentó en el muro bajo. Me dio un vuelco el corazón al verle tan cerca del borde, pero se limitó a abrir la botella.

—Ven a sentarte, toma un trago —añadió.

Yo respiré hondo para intentar calmarme y me acerqué a él. Mi miedo a volar no era más que una consecuencia de mi acrofobia y, al bajar la mirada hacia el distante pavimento, la cabeza empezó a darme vueltas, las rodillas me ardieron y creí que las piernas iban a fallarme de un momento a otro.

—Eh… aquí estoy bien, gracias.

—¿Te dan miedo las alturas?

—Un poquito.

—Ven, no dejaré que te caigas.

—En serio, estoy bien aquí de pie.

Se echó a reír y me alargó la botella. Yo no había bebido whisky a morro en mi vida. Quienes salían por la tele haciéndolo exudaban una especie de insolente desparpajo y se les veía muy desenvueltos, pero yo intenté tomar un trago demasiado grande y el resultado fue que regueros de whisky me bajaron por las mejillas y el cuello antes de desaparecer bajo el cuello de mi camisa.

—Eso sí que es habilidad —comentó Charlie en tono de broma, antes de agarrar la botella. Se la llevó a los labios y tomó un trago limpiamente—. Bueno, ¿qué te parece? Impresiona, ¿verdad? —Indicó con un gesto de la cabeza el reloj.

La verdad es que era extraño verlo tan de cerca. El impresionante tamaño, sumado al sonido de los engranajes internos, le daban un aire ominoso, era como si estuvieras viendo pasar tu vida ante tus ojos con el avance de las agujas.

—Vengo aquí cuando necesito un poco de quietud, apartarme de todo el ruido que hay ahí abajo. —Miró por encima del hombro hacia la ciudad, que se extendía bajo nuestros pies.

—Se está bien. Se estaría mejor si estuviera un poco más bajo.

Se puso de pie y vino hacia mí; la tensión que me atenazaba el pecho fue aliviándose más y más con cada paso que iba alejándole del borde.

Noté una súbita y delicada calidez en la mano, sus dedos se entrelazaron con los míos. Me volví a mirarlo, pero la oleada de hormonas no logró que el mundo dejara de girar a mi alrededor.

—No voy a dejar que te caigas, yo te sujeto. —Lo dijo con una sonrisa triste.

Mi corazón aleteó jubiloso en mi pecho mientras sus ojos me transmitían calma y seguridad y, de buenas a primeras, dejé de sentir tanto miedo.

—A ver, quiero que te imagines la escena —me dijo él. Su voz sonaba serena y lejana—. Este es el lugar al que vengo a pensar, a alejarme de todo. Y un día, cuando todo se vuelve demasiado ruidoso allí abajo y sucede algo malo que cambia mi vida para siempre, subo esos escalones y… en fin, ya sabes lo que pensaba hacer. No hace falta que te dé detalles.

Se metió la mano libre en el bolsillo y sacó la canica naranja con la que le había visto juguetear en la cafetería el día en que nos conocimos. Solo que al verla mejor me di cuenta de que en realidad no era una canica. Estaba opaco, se había deformado hasta adquirir una forma casi ovalada y parecía más bien un guijarro de cristal. Él no lo mencionó, se limitó a pasárselo de un dedo a otro a modo de *kombolói*. Me habría gustado preguntarle al respecto, pero no quería interrumpir su relato.

—Estuve aquí sentado durante horas, tenía los dedos entumecidos por el frío, y al final decidí que había llegado el momento. Pero fui incapaz de hacerlo, tenía demasiado miedo, así que me lancé hacia atrás y fui a parar al suelo, justo ahí. —Señaló hacia el punto concreto—. Me quedé tumbado un tiempo, intentando decidir qué hacer a partir de ahí, y estaba en esas cuando una paloma se posó en el muro. Giré la cabeza para mirarla y fue entonces cuando vi esto.

Soltó mi mano, caminó de nuevo hacia el borde, se puso en cuclillas e indicó con la mano el lugar donde había estado sentado momentos antes. Yo me acerqué y, tras arrodillarme junto a él, dirigí la mirada hacia donde señalaba el dedo: un punto situado justo por debajo del borde superior del muro. Hasta ese momento ni siquiera me había dado cuenta de que estaba allí, pero al estar arrodillada pude verla con claridad. Era una pegatina de la línea de ayuda, naranja y blanca, las inclemencias del tiempo habían desgastado algunas zonas por donde asomaban los ladrillos del muro. La leí y vi que había una errata: *Cuidamos de tu salud* mentar.

Alguien había escrito algo con un rotulador de punta fina a lo largo de los bordes. Las letras no se habían borrado del todo, pero costaba leerlas.

—«Porque mañana saldrá el sol, ¿quién sabe lo que traerá la marea?» —dijo Charlie con voz ensoñadora.

—Qué frase tan bonita, ¿es de un poema?

—No, de Tom Hanks. Lo dice en *Náufrago*, mi película favorita. Total, que estoy aquí tumbado, mirando una pegatina de una línea de ayuda para gente con problemas de salud mental, una pegatina que no había visto nunca a pesar de que he estado pasando mucho tiempo aquí arriba, y que resulta que tiene escrita alrededor del borde una frase de mi película favorita. Qué curioso, ¿verdad?

—Parece cosa de… —No quise terminar la frase por miedo a parecer una idiota.

—¿Del destino?

—Sí, es como si el destino quisiera asegurarse de que te quedaras en este mundo.

—¿Tienes idea de quién pudo ponerla ahí? Ya estaba bastante desgastada cuando la vi hace dos años, así que debe de llevar bastante tiempo aquí arriba.

—No, no sabía que hubiéramos usado pegatinas como esta.

—Qué pena. —Sus hombros se hundieron ligeramente por la decepción.

Charlie volvió a entrar en la torre, y trasteó con un interruptor situado en la pared hasta que la luz de detrás de la esfera del reloj se apagó. Regresó entonces con una manta viejísima que sacudió y extendió en el suelo.

—¿Por qué has apagado la luz? —le pregunté.

—Para que podamos ver las estrellas, es imposible con esa cosa encendida.

Se tumbó en la manta y dobló los brazos por detrás de la cabeza. Yo me senté junto a él, me tumbé y adopté la misma postura. Él tenía razón al decir que aquel era un lugar donde había quietud, un lugar apartado. Las luces de la ciudad se veían más apagadas, los sonidos quedaban sofocados y no resultaban molestos. El frío no tardó en calarme hasta los huesos y, al verme tiritar, Charlie se acercó más a mí y apretó su costado contra el mío para compartir su calor corporal. Más y más estrellas iban haciéndose visibles conforme mis ojos iban acostumbrándose a la oscuridad; poco después, el cielo estaba plagado de miles de puntitos brillantes.

Fui yo quien rompió finalmente el silencio. Giré la cabeza hacia él y retomé la conversación.

—Así que esa pegatina no solo te condujo hasta Ned, que fue quien habló contigo la primera vez, sino también hasta mí, la persona que te ayudó la segunda vez. Y resulta que él y yo vivimos juntos.

—Exacto. —Giró la cabeza hacia mí—. Parece improbable, ¿verdad?

—Lo que me parece es que eres realmente importante para alguien que está ahí arriba, Charlie Stone. —Todavía estaba intentando asimilar todo aquello.

Él dirigió la vista al cielo de nuevo y tragó con fuerza, como si tuviera un nudo en la garganta.

—Y también lo eres para alguien que está aquí abajo —añadí.

A sus labios asomó una breve sonrisa y depositó su mano en la mía. El contacto con su piel hizo que un montón de mariposas (no, eran más grandes, debían de ser albatros como mínimo) alzaran el vuelo en el interior de mi estómago.

—Me alegra saberlo —afirmó él con voz suave.

Tuve la sensación de que ese era el momento, el momento crucial en el que podría incorporarme y besarle. Todo había salido a la luz, todos los secretos habían sido revelados, y esperaba que él no tuviera ningún impedimento más. Pero, justo cuando estaba planteándome pasar a la acción, un sonido tan fuerte que me reverberó hasta en los huesos me dio un susto de muerte e hizo que me sentara como un resorte.

Tardé un par de segundos en darme cuenta de que la policía no había aparecido de repente para arrestarnos por colarnos en la torre ni había explotado una bomba, sino que, simplemente, el reloj estaba anunciando la llegada de la medianoche a nuestra espalda.

Las carcajadas de Charlie se oían durante las pausas entre campanada y campanada. Seguía tumbado en la manta, retorciéndose de risa junto a mí.

—¡Sabías lo que iba a pasar, cabrón! —le grité por encima de todo aquel jaleo.

Él se sentó cuando se le hubo pasado el ataque de risa y posó una mano en mi cara.

—Perdona, te lo iba a advertir. —Me miró a los ojos mientras su pulgar se deslizaba por la tersa piel de mi pómulo, yo todavía no me había recuperado del susto—. Qué olvido tan tonto.

Se le escapó otra risita y, en cuestión de segundos, los dos estábamos riéndonos con ganas.

10

Hay momentos en la vida en los que te paras por un segundo y tienes que hacerte a ti misma una sencilla pregunta: «¿Cómo leches he terminado yo aquí?». Pues estaba sentada en la incómoda silla de cine, con mi nariz postiza de látex despegándose poco a poco de mi piel y colgando precariamente por encima del cubo de palomitas variadas que sostenía sobre mi regazo, cuando decidí que aquel era sin duda uno de esos momentos.

En Worcester se celebraba el Día del Maratón, una jornada de cine en la que se proyectaban todas las películas de zombis de George Romero. La idea no me había hecho ninguna gracia. Además de tratarse de pelis de zombis, eran de las antiguas, esas que tienen nichos específicos de seguidores en plan secta. Estamos hablando de tipos con la cara cubierta de un descontrolado vello facial, que se alimentan principalmente a base de Mountain Dew y ganchitos, y que siguen viviendo en el sótano de sus padres a los cuarenta y cinco años. Pero yo había aceptado ir a pesar de todo y por una razón muy simple: para poder pasar unas horas en compañía de Charlie. Pero, mira tú por dónde, resulta que él esperó a que me comprometiera a ir para informarme de un dato bastante importante.

Agarré una palomita y la lancé en la dirección aproximada de mi boca con una mano que parecía estar en proceso de descomposición. Él lanzó una carcajada por lo bajinis desde la silla de al lado y le fulminé con la mirada. Había accedido a que viniera a casa con varias horas de antelación para que pudiera transformarme en una muerta viviente, pero porque él me había asegurado que todo el mundo iba a disfrazarse y que habría un premio para la mejor caracterización.

Al principio, me había mostrado reacia, pero él me había mirado con carita implorante y yo había llegado a la conclusión de que, al fin y al cabo, el dichoso maratón de cine se celebraba en Worcester y allí no me conocía nadie. Tampoco era para tanto, bastaría con tomar las rutas secundarias hasta la autopista para evitar cruzarme con algún conocido (aunque nadie me reconocería con aquellos ojos ennegrecidos y media cara putrefacta, la verdad).

Total, que me había sentado en una silla de la cocina y había dejado que Charlie diera rienda suelta a su imaginación. Él había apoyado la muñeca en mi mejilla con delicadeza y se había puesto a trabajar con cuidado y esmero, se le veía totalmente concentrado, y yo había tardado unos segundos en darme cuenta de que, mientras él me maquillaba, tenía la excusa perfecta para cumplir un anhelo que tenía desde el día que le conocí: podía contemplarle a placer desde cerca, pero sin parecer una obsesa. Mientras iba pasando el tiempo y él creaba con delicadeza salpicaduras de sangre por encima de mi labio superior, contemplé las finas arruguitas que habían empezado a instalarse de forma permanente en la piel de alrededor de los ojos, los pelillos de un intenso tono rojizo que aparecían aquí y allá en la oscura barba incipiente de su barbilla, y las sutiles cicatrices que tenía por las mejillas y que supuse vestigios de acné juvenil.

Yo tenía el pelo recogido hacia atrás para mantenerlo apartado de las sustancias pringosas que se me estaban aplicando en la cara, pero un mechón rebelde se había soltado del clip y temblaba con cada fuerte latido de mi corazón. Charlie tenía buen aspecto. Estaba concentrado en crear, estaba poniendo en práctica sus conocimientos. Yo me había preguntado, en aquellos minutos en los que le había tenido a un suspiro de distancia de mí, qué pasaría si me echaba un poco hacia delante y le besaba. ¿Me devolvería el beso o daría media vuelta y se largaría de nuevo a toda velocidad? Me lo había planteado seriamente y al final había llegado a la conclusión de que, teniendo en cuenta que a él no le iba eso de la necrofilia (al menos, que yo supiera), seguramente no le excitaría demasiado que yo intentara estamparle un beso caracterizada de zombi.

«Estás más bella que nunca». Eso fue lo que me dijo al terminar de maquillarme y, aunque yo sabía que estaba bromeando, los albatros habían vuelto a levantar el vuelo en mi estómago.

Tres horas y media después, el pegamento que Charlie había usado para adherir mi putrefacta nariz postiza a la de verdad (que no estaba putrefacta, afortunadamente) empezaba a picar y yo estaba haciendo uso de toda mi fuerza de voluntad para reprimir las ganas de arrancármela de la piel y lanzarla al otro extremo de la abarrotada sala. Las filas estaban ocupadas por gente de todas las edades y de todos los estratos sociales, pero no era el tipo de gente que yo esperaba ver; en todo caso, fueran quienes fueran, ninguna de aquellas personas (sí, ni una sola) estaba caracterizada de zombi y, en cuanto me di cuenta de ello, estuve a punto de volver al coche y regresar a casa sin Charlie. Él no había hecho ni caso a las miradas de extrañeza y diversión que nos dirigió la gente al vernos llegar, cualquiera diría que le daba igual tener un «agujero» en la mejilla por el que asomaban unos dientes postizos ennegrecidos.

Mientras nos abríamos paso entre la gente para acercarnos a la pantalla, vi un cartel en la pared con el programa detallado de la jornada y, aunque se me cayó el alma a los pies al ver la cantidad de películas que iban a proyectarse, Charlie me aseguró que solo íbamos a quedarnos a ver las tres primeras (según él, eran las únicas que valían la pena) y que, en cualquier caso, podíamos irnos si me aburría.

La primera de ellas se me pasó de un plumazo entre palomitas y gritos, la verdad es que lo pasé mejor de lo que esperaba (aunque eso no iba a admitirlo abiertamente ante Charlie). Teníamos unas dos filas por detrás a una mujer, una verdadera cotorra que no había dejado de hablar «en voz baja» durante toda la peli. Me dieron ganas de aconsejarle que recalibrara su volumen de voz, porque oí todos y cada uno de los comentarios pasivo-agresivos que fue haciéndole a su marido. Y sabía que era su marido porque en un momento dado, con un vaso de plástico de vino rosado en la mano, masculló en voz supuestamente baja: «¿Quién me mandaría a mí casarme con un fan de esta mierda?».

A ver, no es que yo fuera una seguidora acérrima del mundo zombi ni nada parecido, pero habría preferido añadir tres películas más a aquel maratón que tener que aguantar un segundo más los comentarios quejicosos y rezongones de aquella mujer sobre lo extremadamente superiores que eran los efectos especiales de *The Walking Dead*.

Las luces de la sala se encendieron tras los últimos granulosos fotogramas en blanco y negro de la película, y yo me sentí un poco incómoda y expuesta y me hundí un poco más en mi silla. Agarré otro puñado de palomitas de mi cubo, que parecía inagotable, y me las embutí en mi boca zombi de labios negros.

Charlie suspiró con satisfacción. Estaba tan pancho en su silla, relajado y sonriente, y soltó una carcajada cuando se volvió a mirarme y me vio hundida en la mía.

—Dios mío, Nell, ¿aún te da vergüenza? ¿Cómo va a reconocerte alguien con todo eso en la cara? —Alargó la mano para agarrar un puñado de palomitas—. Venga, estoy seguro de que esa sonrisa tuya sigue estando por ahí debajo.

—No sé, con la suerte que tengo, seguro que ahora que estoy aquí con pinta de idiota me encuentro con alguien a quien no veía en años.

—Oye, de idiota nada. El maquillaje que llevas puesto cuesta unas cincuenta libras. Podrías hacer de mala en una película. —Lo dijo con orgullo—. ¿Te ha gustado al menos la película?

—Pues… no ha estado mal. —Al ver que enarcaba las cejas con teatralidad, fingiendo estar terriblemente decepcionado, añadí—: Nunca he dicho que sea una aficionada a los zombis ni que me gusten esta clase de cosas. Pero aquí estoy, con una pinta increíble de friki, con un picor que no veas en la cara por culpa de todo este maquillaje, y dispuesta a soportar un maratón de seis horas de películas de zombis. Y todo para hacerte feliz a ti.

—Y te doy las gracias por ello —dijo con una risita. Se rascó su propia nariz de zombi y el postizo entero se movió con cada inútil movimiento de la uña—. ¿Has sabido algo de tu galán desde la otra noche? —preguntó de repente.

—¡No es mi galán! Es un colega. Bueno, tampoco lo llamaría así. «Colega» no le describe bien, no es que le mire y piense: «Mira, ahí está mi colega». —Hizo una mueca al verme parlotear sin sentido y esperó a que respondiera en condiciones a su pregunta—. No, no ha contactado conmigo. ¿Por qué lo preguntas?

Él se encogió de hombros de forma casi imperceptible.

—Por saber si está bien, nada más. No debió de ser fácil para él abrir la puerta y ver a un apuesto hombretón con su chica.

—No te preocupes, no es la primera vez que ve a Ned —bromeé yo.

—Qué graciosa eres, ¡me parto de risa! —contestó con sarcasmo. Soltó entonces una pequeña carcajada y se puso a recoger los restos de palomitas que tenía diseminados por la ropa.

Me sentía mal por la forma en que habían quedado las cosas con Joel, no había sabido cómo manejar la situación al verle aparecer de improviso en casa. No sabía qué hacer, ¿se suponía que debía ignorarle? Esa sería quizás la opción más compasiva: que él interpretara como le diera la gana la información que tenía; además, suponiendo que le mandara un mensaje de texto, ¿qué iba a decirle? ¿Que lo lamentaba?

La cuestión es que yo no lamentaba haber dado por terminado lo nuestro. Había llegado el momento de hacerlo y era agotador tener que cargar en todo momento con el cadáver de diez toneladas de nuestra relación. Tampoco lamentaba haber conocido a Charlie. Sí, no podía decirse que esta fuera la persona menos complicada del mundo con la que darle una segunda oportunidad al amor, pero estaba sintiendo algo de nuevo y no iba a disculparme por ello.

A los seis meses de relación más o menos, me había dado cuenta de que Joel me amaba más de lo que yo podría llegar a amarle jamás, pero mis sentimientos habían sido sinceros y sí, sí que le había querido.

—Él todavía sigue enamorado de ti, eso está claro —afirmó Charlie.

—Sí, ya lo sé. —Suspiré y me recliné con pesadez en la silla—. Pero tiene que centrarse, tiene que decidir lo que quiere hacer con su vida y llevarlo a cabo. Si completara una sola cosa en toda su puñetera vida, sería un milagro. Él alegaba que Da Vinci jamás terminaba nada, pero yo siempre creí que, cuando el italiano decidía no continuar con algo, no era porque prefiriera pasarse el día sentado en el sofá viendo *¿Quién da más?*, con unos gayumbos que no se había cambiado en cinco días y bebiendo sopa en una taza.

—Todos tenemos momentos en la vida en los que perdemos de vista lo que importa de verdad. Es más fácil si te da igual todo, pero a la larga es imposible mantener esa indiferencia.

—¿Lo dices por experiencia?

—Un poquito, quizás. —Soltó una carcajada—. ¿Estarías dispuesta a volver a intentarlo con Joel?

—No, no me gustaba la persona que era estando con él.

—Te entiendo. —Se le veía un poco nervioso, la piel de alrededor de los ojos se arrugó y formó pequeñas patas de gallo que quedaron impresas en su maquillaje y no se borraron ni cuando relajó el rostro—. La persona que fui hasta hace relativamente poco, un par de años… no sé si te habría gustado.

—¿Por qué? —Se lo pregunté con preocupación, ¿tan diferente había sido?

Mi cerebro comenzó a imaginar al instante montones de terribles posibilidades en las que era un drogadicto que se pinchaba en callejones aledaños a clubs nocturnos, o una especie de mujeriego obsesionado con el sexo que tenía su propio columpio sexual y que probablemente se aburriría a más no poder con todo cuanto pudiera ofrecerle yo.

—Era un poco falso. Arrogante, seguro de mí mismo. Ahora que lo pienso, era igualito a mi tío, pero sin ese encanto adorable suyo.

—¿Que tú no tenías encanto? Venga ya, no finjas que esa posibilidad existe siquiera. Eres el ejemplo personificado del protagonista taciturno y lleno de encanto de las pelis románticas. No puedes evitarlo, así eres.

Me miró de reojo y esbozó una sonrisa que dejó al descubierto unos dientes blancos y que hizo que, bajo todo aquel maquillaje gris, asomaran a sus mejillas las medialunas de sus hoyuelos.

—Piensas demasiado bien del prójimo —afirmó, mientras los demás espectadores se preparaban para la siguiente película a nuestro alrededor.

—Soy una optimista. Veo lo mejor de cada persona, aunque algunas de ellas sean reacias a mostrar sus buenas cualidades.

Él me miró con un brillo travieso en la mirada.

—No estoy diciendo que me dedicara a patear a cachorrillos ni a parlotear en el cine. —Esto último lo dijo en voz un poco más alta y en dirección a la cotorra que estaba sentada dos filas más atrás.

Yo respondí en un tono igual de alto y sarcástico.

—Me alegro, porque en el infierno hay un sitio reservado para ese tipo de gente.

Me pareció oír un pequeño bufido procedente de la mujer, pero la cosa terminó ahí.

—Lo que pasa es que estaba un poco subidito y no era muy buena persona. Era uno de esos hombres que tienen mucha labia y que ven de lo más normal emplear el tiempo en pasar doce horas seguidas jugando a *Call of Duty*. Siempre llevaba lo último en móviles y relojes, pero solo me los ponía para fardar. Bebía en los bares más sofisticados y siempre era el primero en pagar una ronda para darles a todos una impresión exagerada de mi situación económica. En una ocasión, me gasté en una sola noche el sueldo de todo un mes para que la gente no supiera que últimamente no estaba consiguiendo ningún trabajo. Tuve que solicitar un préstamo que me tuvo asfixiado un par de meses, y que al final me lo pagó Carrick.

»Solía mirar por encima del hombro a la gente que seguía viviendo en Westport, los que echaban raíces allí y no se mudaban a otro sitio. Les consideraba una panda de perdedores catetos que estaban perdiéndose el tipo de vida que yo creía importante, pero ahora todos ellos viven felices y yo no. Así que resulté ser yo quien estaba equivocado».

—Pues yo creo que una mala persona no estaría aquí sentada, confesándome todo esto con la esperanza de ser absuelta —afirmé yo—. Sí, por lo que dices da la impresión de que estabas muy subidito, pero creo que todos nos arrepentimos de la persona que hemos sido en algún momento dado de nuestra vida. La presión social puede superarnos a veces y hacer que nos convirtamos en alguien que jamás pensamos que podríamos llegar a ser, alguien que no nos gusta ni a nosotros mismos.

—Apuesto a que tú no te has dejado manejar nunca por la presión social —comentó sonriente.

La mirada cargada de afecto de sus ojos fue como una caricia en el rostro. Se me hizo un nudo en la garganta, y al tragar para deshacerlo oí el sonoro sonido de la saliva al bajar.

—Pues podría contarte cosas que te sorprenderían —afirmé.

Recordé todas las veces que había terminado por subirme a alguna atracción por insistencia de mis amigos en un parque temático, aquellas veces durante la adolescencia en las que salía de noche y, aunque me apetecía volver a casa a determinada hora, seguía de fiesta para complacer a alguien; las veces en que, por miedo a ser considerada una puritana, había permitido que las manos de un chico me incomodaran al llegar más lejos de lo que me apetecía; aquella primera y única vez que fumé un cigarro y acabé vomitando en un arbusto cercano porque era como si acabara de lamer una barbacoa. Y pensé en Joel y en cuántas veces me había dejado presionar por él y había tomado ciertas decisiones, había invertido dinero en su negocio, me había quedado a su lado más tiempo del debido, había reavivado llamas que se habían apagado mucho tiempo atrás y que tendrían que haber seguido siendo cenizas.

—No creo. —Su mirada se posó en mis labios por un instante fugaz antes de volver a alzarse hacia mis ojos—. Te considero la persona más real que he conocido en toda mi vida.

—El cerebro de mi madre es como una especie de cueva de Aladino repleta de datos inútiles y metáforas dignas de imanes de nevera y una vez, cuando yo tenía unos doce años, me encontró en mi habitación embadurnándome la cara de maquillaje y llorando porque unas compañeras de colegio me habían llamado fea. Fue a por una toalla, me ayudó a limpiar aquel desastre y me dijo que fingir ser alguien que no eres es como ponerte una de esas grandes caretas de plástico de Halloween. Puedes ocultarte tras ella todo el tiempo que quieras, pero tarde o temprano empezará a molestarte y necesitarás un respiro y, para poder respirar, no tendrás más remedio que quitártela. No sé qué diría si me viera ahora. —Indiqué mi cara putrefacta.

—La echas mucho de menos, ¿verdad?

—Sí. —Lo admití con voz queda, un poco descolocada por la profunda tristeza que me invadía al pensar en ella. Era algo que me sucedía con frecuencia creciente últimamente.

—Por lo que cuentas de ella, parece una de esas mujeres sabias. Una de esas personas que imparten consejos y tal, no sé si me explico… —Frunció el ceño, creo que no sabía cómo expresar lo que quería decir; al cabo de un momento, puso cara de haber dado con lo que buscaba—. ¡Como Rafiki!

Me eché a reír.

—¿El mandril de *El rey león*?

—¿No es un babuino?

—Mucha gente los confunde, pero ese es un dato inútil que dejaremos para otro día. —Retomé el tema—. Charlie, solo te pido que me prometas una cosa. —Posé la mano en su brazo, que descansaba relajado en nuestro reposabrazos compartido—. Si valoras tu vida, ni se te ocurra decirle a mi madre a la cara que te recuerda a Rafiki.

Él soltó una carcajada.

—¡Tomo nota! Oye, ¿significa eso que voy a seguir formando parte de tu vida y llegaré a conocerla?

Yo me ruboricé, pero no desvié la mirada y contesté sonriente:

—Siempre y cuando te portes bien.

Y otra vez apareció en sus ojos aquella dichosa mirada intensa que me hacía sentir como si acabara de tragarme cientos de gusanitos que no dejaban de cosquillearme en el estómago. Enamorarse de alguien era tan loco y absurdo, tenía tan poco sentido iba tan en contra de los instintos de supervivencia de una persona, que no era de extrañar que tanta gente cantara sobre el amor y lo convirtiera en el epicentro de su vida.

Me pregunté si él sentía lo mismo que yo... El torrente de sangre que te atrona en los oídos y te palpita en las sienes, el hormigueo de excitación que te recorre la piel.

Había intentado oponer resistencia y no dejarme arrastrar, pero no había podido hacer nada al respecto. Tan simple como eso. Mi corazón estaba actuando con independencia de mi cabeza, la lógica ya no tenía potestad para decidir si podía evitar enamorarme de Charlie Stone. Se me pasó por la mente tomar la iniciativa y besarle, averiguar por fin lo que se sentía al compartir esa cercanía con él después de tantas oportunidades perdidas. Pero, justo cuando estaba intentando decidirme, la expresión tentadora de su cara desapareció y me miró como si le hiciera gracia algo.

—¿Qué pasa? —le pregunté desconcertada. Sentí que me faltaba un poco el aliento.

—Nada, es que... tu nariz. —Soltó una risita.

Alcé ceñuda el móvil y lo puse en modo retrato para que la cámara captara mi cara.

—¡Madre mía! —Levanté la mano al instante para ocultar el hecho de que la nariz de látex se estaba despegando—. ¿Puedes arreglarla?

—Espera, déjame ver... —Reprimió a duras penas otra carcajada.

Yo aparté la mano, y al hacerlo se oyó un sonido sordo. El pegamento había cedido por completo y la nariz postiza había ido a parar al cubo de palomitas que tenía en mi regazo.

Apreté los labios con fuerza antes de alzar la mirada hacia Charlie, que estaba tapándose la boca con los dedos. Alcé la mano y me toqué mi nariz, tan sudorosa y necesitada de aire, cubierta de hilillos de pegamento seco, una nariz humana de la que emergió un sonoro resoplido de risa antes de que pudiera reprimirlo. Charlie tampoco pudo contenerse, se rio con tantas ganas que los ojos se le llenaron de lágrimas. Yo, mientras tanto, rescaté la nariz postiza e intenté ponérmela de nuevo, pero el pegamento estaba demasiado seco.

—Esto es una señal del universo para decirnos que eres demasiado guapa como para esconderte detrás de todo ese maquillaje —afirmó él entre carcajadas. Alargó una mano hacia mi rostro, apoyó las yemas de los dedos en mi mejilla y deslizó el pulgar por mi nariz para quitarme el pegamento con delicadeza—. Era un crimen ocultarte bajo todo esto —añadió con voz suave mientras seguía acariciándome la nariz a pesar de que ya no debía de quedar ni rastro de pegamento—. *Álainn*.

Esto último lo dijo en voz tan baja que apenas pude oírle, pero, antes de que pudiera preguntarle por el significado de la palabra, las luces se apagaron, la sala quedó sumida en la oscuridad y empezó a sonar la ominosa música de *El amanecer de los muertos*. Él me lanzó una última mirada elocuente y, después de reclinarse en su asiento hasta quedar poco menos que tumbado, agarró un puñado de palomitas y las apiló sobre su pecho para ir tomándolas una a una como un pajarillo picoteando.

La aparición en la pantalla de una mujer dormida que parecía estar sufriendo una pesadilla marcó el inicio de la segunda parte de aquel maratón de cine. Me giré un poco hacia el lado del pasillo y me saqué el móvil del bolsillo, lo oculté junto a mi muslo y le quité brillo a la pantalla. Intenté buscar en Google lo que él acababa de decir, pero no tenía ni idea de cómo se escribía y, después de que el hombre que estaba sentado al otro lado del pasillo chasqueara la lengua con desaprobación, opté por guardar de nuevo el teléfono.

El pequeño zombi cabezón de plástico se bamboleaba de acá para allá en el salpicadero cuando detuve el coche al llegar a casa de Charlie. Me había pedido que le dejara a la vuelta de la esquina porque había varias calles de un solo sentido y podía resultar un poco lioso circular por allí, así que en realidad no llegué a ver el apartamento donde vivía y solo pude hacerme una idea general de la zona, que no estaba nada mal. No era tan buena como la de Ned y mía, pero tampoco se acercaba ni por asomo a la decrepitud de mi viejo cuchitril con olor a kebab.

—Gracias por venir conmigo al maratón de cine, siempre quise ir a uno —me dijo él, con una mano puesta ya en la puerta del lado del acompañante.

Tenía una pinta muy graciosa bajo la luz de la farola que entraba por el parabrisas salpicado de lluvia. Para cuando había terminado la segunda película, él también se había hartado del picor de su nariz postiza y se la había quitado como en aquella famosa escena de *Poltergeist*, en la que un hombre se arranca la cara frente al espejo del baño. Lo había hecho deliberadamente a plena vista de la mujer parlanchina que estaba sentada dos filas atrás, quien había puesto semejante cara de horror que no me extrañaría que acudiera a terapia en breve. La nariz real de Charlie asomaba a través del destrozado maquillaje, era agradable verla y tener la seguridad de que su apuesto rostro seguía existiendo bajo todo aquello.

—No olvides tu premio —le dije, antes de alargar la mano hacia el muñeco cabezón con la intención de dárselo.

La verdad es que el premio en sí no compensaba el esfuerzo invertido por Charlie, pero había cierto encanto en su mediocridad. Nos lo había entregado sin mayor ceremonia un acomodador que saltaba a la vista que pasaba de todo aquello y que tenía más pinta de zombi que nosotros. Habíamos decidido que el muñeco se llamaría

George en honor al maratón de George Romero, y los dos le habíamos tomado un cariño absurdo con rapidez.

—¿Puedes quedártelo tú por ahora? —Le dio un pequeño golpecito en la cabeza, que se bamboleó sobre el muelle.

—Por supuesto que sí, mis abogados contactarán con los tuyos para el tema de la custodia —contesté yo en tono de broma, antes de volver a colocar a George en el salpicadero. Me volví de nuevo hacia él cuando estaba abriendo ya la puerta—. ¿Volveremos a vernos pronto? —Era una pregunta que iba mucho más allá de lo que expresaban las palabras en sí.

—No te preocupes, Nell, no voy a irme a ninguna parte. Lo juro por George.

Se inclinó por encima del freno de mano, sus labios se posaron en mi mejilla y permanecieron allí uno o dos segundos. Entonces se echó hacia atrás y, después de lanzarme una última sonrisa, salió del coche.

Yo le seguí con la mirada hasta que me dijo adiós con la mano una última vez, y sentí una punzada en el estómago cuando desapareció al doblar la esquina.

¿Por qué cada vez que le veía alejarse me daba la impresión de que era un adiós definitivo, como si no fuera a volver a verle?

11

Febrero dio paso a marzo con el gorjeo de los pájaros, un sonido que no se había oído el día anterior. Era como si las aves hubieran estado esperando a que pasaran los gélidos vientos de febrero antes de salir y revolotear frente a las ventanas de la oficina, alborozados ante la calidez de la primavera.

—Charlie me cae bien —dijo Ned.

Estaba apoyado en la esquina de su mesa de trabajo con los tobillos cruzados, comiendo un sándwich de pollo especiado con la elegancia de un camión de basura (y para que yo, precisamente yo, haga algún comentario sobre lo guarrindongo que es alguien comiendo, tenemos que estar hablando de algo muy fuera de lo normal). Consciente de los chorretones de salsa amarilla que terminarían por caerle en el pecho, se había preparado de antemano para evitar mancharse: había cortado la bolsa de basura que tenía en su papelera y se la había colocado entre el sándwich y la camisa. Huelga decir que la imagen no era demasiado elegante.

—Yo creo que eres una influencia positiva para él, y viceversa —añadió.

—¿En serio? —esbocé una gran sonrisa de alegría.

—Yo creo que nunca te había visto sonreír tanto como en estas últimas semanas. Bueno, menos cuando él estaba desquiciándote al principio, pero, aparte de eso, siempre estás con esa sonrisota en la cara.

Le di un bocado a mi propio sándwich después de quitarle el envoltorio con tanto cuidado como si se tratara de un gatito herido. Me lo había traído unos veinte minutos atrás un voluntario al que no conocía y que, al no tener ni idea de quién era yo, había optado por gritar mi nombre desde la puerta de la oficina hasta que mi cabeza había emergido de mi cubículo, como el juego ese en el que asoman unos topos de plástico y hay que atizarles con un mazo. El chico me había entregado un vaso de café caliente junto con una bolsa de papel que contenía un sándwich de hummus y pimientos rojos de la cafetería Cool Beans. En la bolsa había escrito un mensaje:

Intenta no lanzarle este a ningún irlandés desprevenido.
¿Cenamos juntos hoy? Ya me dirás algo. Si te apetece, paso a buscarte por el trabajo.
Pero, hasta entonces, aquí tienes esto para que no pases hambre.
Charlie

Me había puesto roja como un tomate al leer el mensaje, y el rubor había alcanzado un nivel radioactivo cuando Ned había exclamado desde su cubículo, con voz bien chillona: «¡Uy! ¡Nell ha recibido un mensajito de amor!». La oficina en pleno se había vuelto a mirarme y yo me había apresurado a sentarme en mi silla antes de que la vergüenza me hiciera estallar en llamas.

—Como no dejes de sonreír, la cara se te va a partir en dos —me advirtió Ned con la boca llena.

—Cierra el pico, vejete —contesté en tono de broma.

Él suspiró con teatralidad.

—Ay, ¡el amor de juventud! ¡Qué bonito!

—Lo que pasa es que estás celoso porque has tenido que prepararte tu propio sándwich. —Le di un bocado excesivamente grande al mío y por poco me atraganto.

Las horas fueron pasando con una lentitud tan increíble que me pregunté en un momento dado si Ned habría reiniciado el reloj de mi pantalla para tomarme el pelo; cuanto más larga se me hacía la espera, más nerviosa me ponía. Le di un capirotazo a George, el zombi cabezón, y los muelles del interior de su cabeza chirriaron con suavidad. Lo tenía sobre mi ordenador durante cada turno desde que nos lo habían dado de premio, aunque siempre volvía a meterlo en mi bolso cuando me iba a casa al terminar la jornada porque la idea de dejarlo allí solo durante la noche me resultaba inconcebible.

No era la primera vez que quedaba con Charlie, pero el mensaje romántico y la inesperada invitación a cenar convertían aquella ocasión en la primera que parecía una cita de verdad. Recibí una breve pero positiva llamada de Jackson en la que, después de contarme que había logrado ver *Juego de tronos* al completo desde la última vez que habíamos hablado, procedió a quejarse durante un cuarto de hora sobre el final y a explicarme el que él habría preferido. Me alegraba volver a oírle hablar con tanto entusiasmo de algo. La medicación que le había recetado el médico estaba funcionando mejor que todas las que había probado antes, y tenía la esperanza de que su ansiedad remitiera en breve lo suficiente como para poder invitar a salir a la compañera del trabajo a la que le había echado el ojo. Era un gran paso para él. Cuando se habían iniciado nuestras conversaciones telefónicas, apenas era capaz de hablar con el cartero, y en ese momento estaba planteándose tener una cita.

Cerré mi sesión en el ordenador sintiendo que Jackson iba a lograr salir adelante y eso me levantó aún más el ánimo. Son muchas las personas que consideran que tomar antidepresivos y ansiolíticos es ceder ante la debilidad, pero nada más lejos de la realidad. Tener agallas para pedir ayuda requiere una valentía de la que mucha gente carece, la estigmatización por parte de la sociedad de la ansiedad, la depresión y otros problemas de salud mental les arrebata a muchas personas esa pizca final de valentía que les hace falta para pedir la ayuda que necesitan.

* * *

Una vez finalizaron nuestros respectivos turnos de trabajo, Ned bajó por la escalera junto a mí con el entusiasmo de alguien que sabe que le esperan en casa una tarrina llena de helado de Ben and Jerry's y un *pack* recién comprado de *Casos sin resolver*. Últimamente estábamos intentando ser más osados a la hora de elegir los sabores de helado, habíamos pasado del Chocolate Fudge Brownie y el Cherry Garcia al de sabor a tarta de cumpleaños, que era el que estaba esperando a Ned en casa en ese momento. Estaba por verse si le gustaba o no, pero, en cualquier caso, la experiencia me había enseñado que la tarrina entera se esfumaría en menos de media hora y yo no alcanzaría ni a olerla.

En mi caso, el entusiasmo que me ponía alas en los pies mientras bajaba a su lado se debía a un motivo muy distinto. Alargué el cuello al llegar al último rellano y le busqué con la mirada a través de las puertas de cristal, pero no vi ni rastro de su silueta taciturna. Había hecho una fugaz parada en el baño antes de salir para peinarme un poco y aplicarme una revitalizante capa de rímel, y entonces me había mirado con detenimiento en el espejo salpicado de agua y me había dado ánimos.

—A ver, no tienes por qué ponerte nerviosa —me había dicho a mí misma, con semblante serio—. No hay ningún problema. Masticarás la comida con cuidado y no pedirás ensalada bajo ningún concepto, porque todo el mundo sabe que no hay forma humana de comerse una con elegancia. Que la comida no sea un factor en tu contra. Te lo pensarás dos veces antes de decir algo, y te contendrás para que él pueda meter baza de vez en cuando. ¿Está claro, Nell Coleman?

Y había sido entonces cuando oí que alguien tiraba de la cadena, se abrió la puerta de uno de los retretes y salió una mujer que llevaba una placa identificativa de la organización benéfica situada al otro lado del pasillo. Noté que mis mejillas empezaban a irradiar calor suficiente como para provocarle insolación a alguien. Intenté recoger mi maquillaje y mi peine a toda prisa, pero lo único que logré fue empujarlos y alejarlos de mí. Me sobresalté cuando alcé la mirada y vi que la chica estaba mirándome a través del espejo.

—Lo vas a hacer genial, tengo fe en ti —me dijo—. Y tienes razón, es imposible comerse una ensalada con elegancia.

—Gra… gracias… —bajé la mirada hacia la placa— Kathy.

—De nada. —Y salió al pasillo sin más.

Ned estaba quejándose de algo que la nueva voluntaria, Maddie, había dicho mientras él esperaba a que el café de filtro terminara de llenar la jarra del personal. Pero yo apenas le oía, estaba imbuida de una inédita y contagiosa seguridad en mí misma mientras cruzábamos las puertas automáticas. El aire seguía siendo tan frío como en enero, el ambiente primaveral se había enfriado bajo el gélido envite de un invierno que aún coleaba. Justo al lado de la puerta, con un hombro apoyado en el directorio donde aparecía el nombre de Mentes Sanas junto con el resto de las empresas que compartían el edificio, estaba la silueta que esperaba ver. Reconocí esa taciturna inclinación de los hombros y la actitud relajada con la que, con una pierna cruzada por detrás de la otra, se apoyaba en la suela de una de sus pesadas botas negras como una especie de flamenco roquero. Tenía una mano junto al rostro para sostener el móvil contra el oído y yo alcanzaba a escuchar desde donde estaba la fina voz de la otra persona, la conexión no era muy buena y no entendí lo que decía. Me llevé un dedo a los labios para pedirle a Ned que no dijera nada, le indiqué a Charlie con un gesto antes de acercarme con sigilo por detrás.

—¡Bu! —le grité al oído.

—¡Hostia! —Charlie se llevó una mano al pecho y se giró hacia mí de golpe.

—No seas malhablado —le dije en tono de broma.

Bajó la mano con la que sostenía el móvil, la pantalla quedó a la vista y la voz del otro lado de la línea dijo algo que sonó distorsionado e ininteligible. Alcancé a ver que el número no estaba guardado en el teléfono antes de que él cortara la llamada rápidamente y se lo metiera en el bolsillo.

—¿Estás intentando matarme, mujer? Porque, si es así, me habría venido bien tenerte a mano hace un par de años. —Fingió estar enfurruñado, pero vi la sonrisa que intentaba abrirse paso en su ceñudo semblante.

—¡No tiene gracia! —La información todavía era demasiado nueva para mí como para poder tomármela con ligereza.

—Qué lástima, con lo mucho que Nell y yo nos hemos esforzado en planear tu muerte —contestó Ned, siguiéndole la broma.

Se saludaron con un apretón de manos, me pareció un gesto muy formal tratándose de dos personas que, menos de una semana atrás, habían llorado juntos por Channing Tatum.

—¿Has decidido dónde quieres cenar? Las damas eligen —me dijo Charlie, antes de meter las manos cerradas en los deshilachados bolsillos de su chaqueta vaquera. El gorro de lana que llevaba puesto le aplastaba el pelo por encima de los ojos, parecía que lo tuviera más largo por cómo asomaba bajo el tejido.

—Me da igual el sitio, aunque me apetece mucho un poco de pan de ajo.

—Entonces está decidido, vamos a un italiano. —Una sonrisa iluminó sus ojos, cuyo color azul parecía volverse más y más intenso cada vez que le miraba—. Tú también puedes venir si quieres, Ned.

Me volví hacia mi amigo con unos ojos abiertos de par en par que hablaban sin necesidad de palabras. «Ni te atrevas. Esta es mi oportunidad, Ned. Mi oportunidad de ser algo más que una consejera para este pedazo de hombre. Ve a casa, cómete el helado y ponte la tele para ver cómo se resolvieron crímenes de hace algunas décadas».

Ned, por su parte, me miró como diciendo: «¿Tú crees que me apetece ir para ver cómo le desnudas con la imaginación durante toda la cena? ¡Ni hablar!».

—Gracias, pero tengo una cita con una cuchara y dos hombres —contestó en voz alta—. Además, la he visto comer espaguetis y todavía no me he recuperado del trauma. —Se inclinó y me besó la sien.

Nuestras miradas se encontraron y me guiñó un ojo antes de despedirse y marcharse.

—¿Dos hombres y una cuchara? —me preguntó Charlie cuando Ned se había alejado ya un buen trecho.

—Ben y Jerry.

—Uf, ¡menos mal! Pensé por un momento que estaría metido en alguna especie de porno raro.

Le vimos internarse en la oscuridad mientras ese nerviosismo que se crea al principio de una cita empezaba a enrarecer el ambiente.

Fue Charlie quien rompió finalmente el silencio que se había creado.

—Vas a tener que guiarme —me dijo, con una pequeña sonrisa en los labios—. Hace tanto que no salgo a comer a un restaurante propiamente dicho que ni siquiera sé dónde están.

Yo señalé con la mano en la dirección aproximada del Giorgio's, el único restaurante italiano de la zona, y nos dirigimos hacia allí sin prisa. Me metí también las manos en los bolsillos del abrigo, emulando su postura. Me habría gustado saber de antemano que iríamos a cenar para vestirme de otra forma esa mañana, quizás habría optado por algo un poco más atrevido en vez de aquella ropa de oficina. Al lado de Charlie, se me podría confundir por su contable o por su agente de la condicional.

—¿Has superado ya lo de Channing Tatum? —le pregunté. Me parecía un tema de conversación neutro.

—A ese hombre no hay quien lo supere. —Se acercó un poco más a mí y me ofreció su brazo.

No supe qué hacer durante un instante ante aquella inesperada invitación a establecer un contacto físico, pero terminé por deslizar la mano en su brazo. El roce de la tosca tela de la manga contra el material de mi abrigo creaba un suave sonido al caminar.

—Charlie, hay algo que creo que debo decirte. —Alcé la mirada hacia él con semblante grave, frunció el ceño con preocupación—. En los extras del DVD hay un final alternativo, anoche pillé a Ned viéndolo cuando llegué a casa. Así que me parece que vamos a tener que volver a ver la película, pero poniendo ese final.

Su cara de preocupación se esfumó y sonrió de nuevo.

—No sé si mi corazón podrá soportarlo —dijo en tono de broma.

De repente, se tensó un poco y se llevó la mano al bolsillo trasero de los pantalones, sacó su móvil y frunció el ceño al ver el mismo número de teléfono de antes.

—¿Estás evitando a alguien?

Volvió a embargarme aquella inquietud que sentía tan a menudo estando con él. Me pregunté si la persistente persona que le llamaba tendría algo que ver con las cosas que me había explicado o si se trataba de otro asunto peliagudo que no había salido a la luz todavía.

Él frunció la nariz y negó con la cabeza.

—No es nada importante. —Se guardó el teléfono en el bolsillo y me miró con una sonrisa forzada—. Ahora mismo solo quiero pensar en cuánto vas a pringarte comiendo espagueti. Me imagino algo así como los Ood de *Doctor Who*, con aquella boca llena de tentáculos.

—Sé quiénes son, no eres el único friki que hay aquí. Y cuidado con dejar volar la imaginación, porque me han dicho más de una vez que el parecido es asombroso.

—¡Genial! —exclamó, con teatral entusiasmo—. Los Ood siempre me parecieron los más sexis de toda la serie.

Cuando nos acomodamos en una mesa del restaurante Giorgio's situada junto a la ventana y un sonriente camarero nos llenó los vasos con agua, empecé a pensar que quizás tendría que haber elegido un lugar un poco más informal. Había vides que bajaban desde el techo enroscadas alrededor de grandes columnas (estaba claro que eran artificiales, pero creaban un efecto estético precioso), y reproducciones de frescos decoraban las paredes de falso aspecto avejentado.

Aferré mi menú con nerviosismo mientras Charlie se quitaba el gorro y se pasaba una mano por su cabello rebelde.

De los altavoces emergía una suave música de violín y la luz tenue era perfecta para las parejas. El camarero se sacó un mechero del bolsillo y procedió a encender la vela que había en el centro de la mesa con una sonrisa desquiciada, como si escuchar la misma música de violín una y otra vez a lo largo de los años le hubiera llevado al borde de la locura. Charlie, por su parte, parecía no inmutarse ante semejante nivel de romanticismo y, después de echarle otro vistazo a su móvil con toda naturalidad, lo metió bajo su gorro, que descansaba sobre la mesa junto a un molinillo de pimienta innecesariamente grande.

A lo mejor era el tipo de ambiente que él tenía en mente cuando me había pedido que eligiera yo el restaurante, quién sabe. O estaba siendo cortés y no quería que la pareja de la mesa de al lado, que estaba compartiendo unas fresas bañadas en chocolate como un par de tortolitos, notara nuestra incomodidad. La mujer agarró uno de los tenedores de la *fondue*, pinchó un cuadradito de bizcocho y lo metió en la burbujeante fuente de chocolate antes de alzarlo hacia la boca de su pareja, quien no logró atraparlo a tiempo. Los dos soltaron unas risitas al ver que un reguero de chocolate le bajaba por la barbilla e iba a parar a la servilleta que tenía preparada sobre el regazo; él se limpió la barbilla con un dedo que procedió a ofrecerle a ella con actitud juguetona. Ante mi horrorizada mirada, la mujer se llevó el dedo de su pareja a los labios, se lo metió en la boca y chupó el chocolate.

Me giré hacia Charlie, pero él no había visto nada. Me pregunté si nosotros llegaríamos a esos niveles vergonzantes y trillados en los que ya no te importa lo más mínimo ser un estereotipo andante por culpa del embriagador efecto de las endorfinas.

Miré de nuevo a Charlie y vi que estaba contemplando ceñudo el menú como si este acabara de insultarle. Llevaba puesta una camisa roja a cuadros en plan leñador, la tenía abierta y por debajo asomaba una camiseta de *La noche de los muertos vivientes*, la misma que llevaba puesta el día en que nos conocimos. Aquel encanto juvenil suyo me hizo sonreír y mi sonrisa se ensanchó aún más cuando me vino a la mente la imagen de los dos sentados en el cine, caracterizados de zombis y rodeados de gente de aspecto normal.

—¿Estás bien? —Se lo pregunté porque esa noche notaba en él cierto nerviosismo, su aura vibraba con una palpable ansiedad.

Él alzó la mirada del menú, pero apenas mantuvo contacto visual conmigo durante unos segundos antes de volver a bajarla.

—Genial. ¿Y tú?

Su respuesta no me convenció en absoluto.

—También. Bueno, dime a qué ha venido esta inesperada invitación.

Él alzó la mirada de nuevo y se reclinó en la silla.

—He pensado que, teniendo en cuenta que hasta el momento he sido la causa de que incumplieras las normas en tu trabajo, me he portado como un cabrón, ignoré tus mensajes y te solté de buenas a primeras lo de mi salud mental, estaría bien hacer algo bueno por ti para variar. —Bebió un poco de agua y masticó un cubito de hielo como si tal cosa. Estaba claro que tenía unos dientes resistentes al frío—. Te mereces algo como esto después de lo que haces cada día por todos los demás.

Yo estaba sonriendo de oreja a oreja cuando el camarero se acercó a tomarnos nota.

Pedí una copa de vino tinto que Charlie cambió por una botella entera. Pedimos también unas aceitunas para ir abriendo el apetito. Él se decidió finalmente por una pizza de pepperoni y yo me decanté por unos raviolis porque me pareció lo más fácil de comer de toda la carta. Aunque al leer *sabrosa salsa de tomate* bajé la mirada hacia mi camisa de color azul claro y me disculpé mentalmente con mi yo del futuro inmediato, la Nell que iba a tener que limpiar las manchas con un cepillo de uñas y un bote de Oxi Action. Pedí también el pan de ajo que tanto me apetecía.

El camarero nos felicitó con exagerado entusiasmo y se alejó entonando por lo bajo una cancioncilla. Regresó casi de inmediato con un platito de aceitunas con mondadientes enfundados, colocados en círculo alrededor.

—Yo pago lo mío —dije de repente.

Siempre me sentía incómoda cuando alguien me pagaba algo. Supongo que se debía a que Joel no invitaba jamás de los jamases; de hecho, podía contar con los dedos de una mano las veces que me había invitado a ir a comer a algún sitio y se había encargado de pagar en los siete años y medio de relación. Pero habían sido miles las veces en que había olvidado supuestamente la cartera o su tarjeta había sido rechazada «inesperadamente», y al final me había tocado a mí pagar la cuenta.

—Si eso es lo que quieres, me parece bien, no quiero ofenderte, pero he sido yo quien te ha propuesto salir a cenar y me encantaría invitarte. Considéralo como una muestra de agradecimiento por las horas extra que has tenido que hacer conmigo. —Alargó la mano hacia el platito de aceitunas, le quitó la funda a uno de los mondadientes y se puso a juguetear con él.

—Disfruto haciéndolo. Mi trabajo. No siento que se me deba nada por ayudar a la gente.

—Y justo por eso eres mucho mejor persona que el resto de nosotros. —Sonrió y se pasó una mano por el pelo—. Tienes la paciencia de diez personas, eres de buena cepa.

Eso no me sonó demasiado sexi.

—Hay un hombre que llama a la línea de ayuda, llevo años hablando con él. Solo quiere que le atienda yo.

—No me extraña.

Me lanzó una sutil sonrisa y una mirada con esos intensos ojos azules, y me dio un brinco el corazón. El cuello de la camisa se le había agrandado de tanto usarla, le caía en una amplia curva hasta un poco más abajo de lo normal y dejaba al descubierto el vello oscuro del pecho. Tuve que tomarme unos segundos para recuperar el control de mis pensamientos, sacarlos del peligroso camino que habían tomado y redirigirlos hacia la conversación.

—De todas las personas a las que atiendo por teléfono, él es mi preferido —admití cuando recobré por fin la voz.

—Intentaré no sentirme ofendido por lo que acabas de decir.

—Exceptuando a la presente compañía, por supuesto.

—¿Crees que seguirás dedicándote a lo mismo toda tu vida o piensas buscar otra cosa a su debido momento?

—Nunca tuve intención de permanecer allí tanto tiempo. Me siento con ganas de hacer muchas otras cosas, pero me preocupa lo que pasaría si me fuera.

—¿A qué te refieres? —Se inclinó hacia delante y cruzó los brazos sobre el borde de la mesa.

Yo tomé también un mondadientes, le quité la funda y pinché una aceituna verde. Las negras me sabían como a rancio.

—Lo que quería era trabajar con gente, no a través de una línea telefónica. Es como con Jac... —Me interrumpí al darme cuenta justo a tiempo de que estaba a punto de violar la confidencialidad de Jackson—. Como con ese hombre que siempre quiere hablar conmigo y se ha convertido en mi favorito. Le conozco tan íntimamente que incluso podría decirse que somos amigos, pero no en persona. Le he ayudado tanto a lo largo de los años desde el otro extremo de una línea de teléfono... Imagina lo que podría haber hecho si hubiera podido hablar en persona con él.

Él asintió con actitud comprensiva.

—Y la verdad es que, últimamente... —me interrumpí y bajé la mirada hacia mis manos, no sabía si lo que estaba a punto de decir iba a sonar a idiotez— he estado planteándome volver a la universidad y terminar los estudios que comencé.

—Me parece una gran idea, ¿por qué abandonaste?

Me encogí ante la palabra «abandonaste», sonaba demasiado definitiva.

—Creo que no estaba preparada, no tenía ni idea de lo que hacía. Veía a los que habían sido mis compañeros de instituto viviendo la típica experiencia universitaria, cuando en mi caso no era así. Pero creo que ahora que soy mayor no tendría esa presión de salir de juerga y beber y actuar como una idiota; de hecho, creo que me gustaría volver a estudiar. La cuestión es que no sé si puedo dejar mi trabajo.

—¿Por qué no?

—¿Qué será de la gente que me llama?, ¿qué pasará con Ned?

—Él es mayor, se las arreglará bien solito. En cuanto a esa gente, es verdad que la situación es difícil. ¿No podrías mantenerte en contacto con ellos?

—Las normas no lo permiten, aunque no puede decirse que no las haya incumplido jamás. —Esbocé una sonrisa, me llevé la aceituna a la boca y jugueteé con ella con la lengua—. En fin, no hablemos más de trabajo. Cambia de chip, Nell. —Lo dije con la aceituna sujeta aún entre las muelas.

El camarero regresó con nuestra botella de vino y dos copas. Me sirvió un poco, se detuvo y me miró expectante. Yo miré con preocupación a Charlie, alcé la copa, tomé un sorbito y miré al vigilante camarero con una pizca de pánico.

—Pues sí, es vino —le dije, con un gesto de asentimiento.

—*Eccellente.* —Soltó una pequeña carcajada.

Me pregunté si sería italiano de verdad o si formaba parte de su trabajo fingir que lo era. ¿Realmente era Luca de Sicilia, tal y como indicaba su placa? Quizás fuera alguien más corriente, en plan «Kyle, de Small Heath».

En fin, la cuestión es que el supuesto Luca sonrió de oreja a oreja y me llenó la copa hasta arriba. Procedió después a hacer lo propio con la de Charlie y se marchó con paso brioso rumbo a la cocina.

—¿Por qué brindamos? —le pregunté a Charlie, antes de alzar mi copa con ceremonia.

Él me miró pensativo un momento y entonces alzó también la suya.

—Por la persona que puso esa pegatina en la torre del reloj, quienquiera que fuese.

Sentí una punzada en el corazón al pensar en lo que habría

pasado si aquella pegatina no hubiera estado allí, si él no hubiera tenido acceso fácil a nuestro número de teléfono. La verdad es que era un milagro que estuviera allí pegada, la persona que la había puesto era quien había salvado la vida de Charlie realmente.

—¡Por el misterioso estampador de pegatinas!

Hicimos chinchín. Charlie se llevó la copa a los labios y tomó un largo trago, alzó los ojos hacia el techo como si estuviera nervioso.

—¿Estás bien? —le pregunté, antes de tomar también un traguito. El vino me quitó el ligero regusto amargo que me había dejado la aceituna.

—Ajá. —Depositó la copa sobre la mesa, pero siguió sosteniéndola con delicadeza. Su nerviosismo era obvio.

—¿Qué es lo que pasa? —insistí yo. Me eché un poco hacia delante en la silla.

—Mira, si quería invitarte a cenar hoy era en parte para contarte lo que quieres saber... por qué fui a la torre aquella noche y la vez anterior. Pero ahora me siento fatal porque estamos pasando un buen rato y este sitio es muy agradable y no quiero que de aquí en adelante lo recuerdes como el lugar donde te dije que mi mujer murió. —Sentí como si acabaran de darme un mazazo—. ¡Mierda!

—¿Estabas casado y tu mujer...? —Fue lo único que alcancé a decir antes de que me fallara la voz.

—Murió, sí.

—Pero... ¿cuándo fue?

—El sábado que viene se cumplen dos años. —Se llevó a la boca una aceituna negra bañada en aceite y especias, la sacó del palillo con los dientes.

—Ay, Charlie, ¡cuánto lo siento!

Él hizo una mueca y alzó la mano para interrumpirme.

—Por favor, nada de compasión. —Tragó y me miró a los ojos de nuevo, su mirada se había endurecido—. Cuando... cuando sucedió, eso era lo único que me decía la gente. Al cabo de una o dos semanas, tanta compasión se volvió insoportable.

Yo todavía estaba tan impactada que no sabía qué decir. Todo lo que había aprendido a lo largo de los años sobre cómo hablar con alguien que sufría por la pérdida de un ser querido se me borró de la mente, no me sentí capacitada para afrontar aquella conversación.

—Antes tenía un montón de amigos, pero fueron esfumándose la mar de rápido cuando vieron que no era tan divertido como antes. Al parecer, la preocupación de la gente por lo que estás pasando tiene fecha de caducidad. —Pinchó otra aceituna, pero esta vez con un poco de rabia, y se la comió también—. Todo el mundo decía cosas tipo «el tiempo lo cura todo» y «ahora está en un lugar mejor», menuda sarta de gilipolleces. El tiempo no ha curado nada y, aunque nunca le diré esto a mi madre, la verdad es que no creo en todo eso del cielo y tal.

—Seguro que su intención era darte consuelo, hacerte sentir mejor.

—Pues no me sirvió de nada. —Tomó su copa y bebió un buen trago.

—¿Qué fue lo que pasó? —Me di cuenta de que estaba inclinada sobre la mesa, esperando con el aliento contenido sus explicaciones.

—No me siento capaz todavía.

—Vale, no hay prisa. Pero ¿puedo preguntarte cómo se llamaba?

Él carraspeó con fuerza antes de contestar.

—Abi.

—Abi —repetí yo.

Se sentó hacia delante en la silla, apoyó los codos sobre la mesa.

—No quiero que pienses que mendigo compasión ni nada parecido, solo quiero que sepas por qué me sentía como una mierda el día que te llamé.

—Sé que ha debido de ser muy duro. Gracias por decírmelo. ¿Cuánto tiempo estuvisteis juntos?

Él puso cara pensativa mientras intentaba calcularlo mentalmente, las familiares arruguitas aparecieron en su ceño.

—Doce años casados, veintiuno en total.

—¡Vaya! ¡Eso es mucho tiempo! Debisteis de empezar la relación siendo muy jóvenes.

—A los catorce años. Ella solía bromear diciendo que estábamos juntos porque vivíamos en un pueblecito pequeño y no había otras alternativas a mano, pero la verdad no era esa. —Esbozó una sonrisa triste y tomó otro trago de vino.

A mí me costaba imaginar eso de amar a alguien durante tanto tiempo. Siete años y medio me habían parecido una eternidad, pero supongo que se debía a que Joel y yo no estábamos hechos el uno para el otro. Quizás habíamos tenido un amor como ese, pero no había sido longevo.

—Cuando… Si quieres hablar del tema, cuenta conmigo.

Sus dedos dejaron de juguetear con nerviosismo con el fino tallo de la copa de vino.

—¿No sería raro para ti? —me preguntó.

—No, ¿por qué habría de serlo? —A pesar de mis palabras, estaba claro que sería raro estar ahí, sentada, oyéndole relatar lo enamorado que había estado de otra mujer y cuánto seguía amándola.

—Por nada. —Me lanzó una mirada elocuente.

—Es a lo que me dedico y, aparte de eso, la verdad es que… eres una persona importante para mí. Si puedo ayudarte con ello, por supuesto que te escucharé.

Cenamos al son de otro tema de conversación, pero toda aquella información nueva era un caótico remolino que daba vueltas y más vueltas en mi mente. Los platos se vaciaron con rapidez, las copas más rápido aún, y Charlie pidió una segunda botella.

—No sé cómo lo haces —le dije, después de que Luca nos trajera la cuenta en una bandeja que contenía también un platito de gominolas.

—¿El qué?

—Mantener una conversación normal y cenar como si nada, después de contarme algo así.

Él se tomó un momento para pensar en ello y dejó su tarjeta de crédito sobre la cuenta.

—Estoy bien la mayor parte del tiempo. El dolor está ahí y lo siento, pero es tan constante que casi puedo olvidarme de él. Pero entonces pasa algo, y puede ser una pequeñez insignificante como un cojín suelto de color naranja que me recuerda al olor del pelo de Abi, o el olor a beicon que me recuerda a los domingos por la mañana, y el dolor se reaviva de golpe.

»Y detesto ese dolor, pero es lo único que ella me dejó y llevo tanto tiempo sintiéndolo que me siento casi vacío cuando no lo siento. Así que a veces lo activo de forma deliberada, como cuando te tocas un diente cariado, para poder volver a sentirlo. No siempre está presente, pero, cuando lo está, es como si todo el oxígeno de la habitación hubiera sido reemplazado por gas ardiente.

—Ah. —No supe qué decir después de eso, porque conocía la sensación que estaba describiendo. No hasta ese extremo, pero la conocía.

Charlie pagó la cuenta a pesar de que yo me ofrecí varias veces a hacerlo y, cuando salimos del restaurante, Luca se despidió de nosotros con un sonoro «*Ciao!*» desde la puerta. Caminamos sin rumbo fijo por la calle, en mi bolso llevaba la botella medio llena de vino que nos había sobrado.

—Lo que pasa con las películas de zombis de hoy en día es que no tienen en cuenta lo que se supone que los zombis en cuestión representaban en su día.

Él llevaba un rato hablando de zombis, como si no fuera tortura bastante aguantar un maratón entero de películas de ese género. Resulta que era un verdadero apasionado del tema.

—¿El qué? —Tenía la cabeza un poco abotargada después de la cantidad de Montepulciano D'Abruzzo que acababa de meterme en el cuerpo.

—Los zombis son lentos. No corren, caminan, porque simbolizan la muerte siguiéndote. La idea es que, por muy poco a poco que vaya tras de ti, siempre terminará por alcanzarte.

Me pregunté si era así como él se sentía. Como si aquellas dos noches en la torre del reloj estuvieran siempre ahí, en la niebla del horizonte, avanzando hacia él para atraparle.

Exhalé un suspiro somnoliento y apoyé la cabeza en su hombro mientras él seguía diciendo no sé qué sobre los zombis. Intenté seguir el hilo de la conversación, pero mi cerebro estaba echando un sueñecito y se me caían los párpados. No sé cuánto tiempo pasé así, apoyada en su hombro y medio dormida mientras mis piernas funcionaban con el piloto automático, pero me despertó la estridente sirena de una ambulancia que pasaba cerca de allí, y al abrir los ojos no reconocí el lugar donde estábamos.

—¿Dónde estamos? —Parpadeé mientras intentaba despejar la cabeza.

Él se detuvo y alzó la mirada como si tampoco tuviera ni idea.

—Perdona, estaba tan centrado en lo que decía que he venido a mi casa en vez de dirigirme a la tuya.

—Ah. —Retrocedí un paso, me llevé las manos a las caderas y dije en tono de broma—: Si querías que viniera a tu casa, solo tenías que pedírmelo.

—Uy, eso ya lo sé. —Dio un paso hacia mí, sus ojos también estaban a medio mástil por el alcohol—. No hay mujer (ni hombre, de hecho) capaz de resistirse a un adorable viudo desempleado y con problemas emocionales como este. —Se señaló a sí mismo y asintió con teatral petulancia.

Me eché a reír con suavidad y me acerqué un poco más a él. Tenía el cuello de la camisa mal puesto, estaba doblado hacia fuera y se superponía al de la chaqueta. Alargué una mano para colocárselo bien y dejé los dedos unos segundos de más sobre aquella tela que conservaba la calidez de su piel.

—No te infravalores. Tienes un montón de cualidades muy atractivas que a una chica… una como yo, aunque no estoy hablando específicamente de mí, claro… en fin, que le resultarían atractivas.

—¿En serio? ¿Y puede saberse cuáles son esas cualidades de las que hablas? —Posó una mano en mi brazo y no supe si lo hizo como un gesto de afecto o porque estaba achispado y quiso evitar caerse de bruces al suelo.

—Bueno, no eres feo ni mucho menos y tienes un acento bastante atractivo que les resultará incluso sexi a algunas personas. Aunque ese no es mi caso, claro, porque yo prefiero con mucho el melodioso acento de Birmingham.

—¿Ah, sí? —Me miró con una sonrisa coqueta—. Adelante, sigue enumerándolas.

—Mmm… a ver… bueno, tienes conocimientos y destreza en un campo determinado, lo que ya es más de lo que puede decirse de la mayoría de la población, y tienes casa propia. Todo eso son puntos a tu favor.

—Bueno, no creo que mi casa sea como para echar cohetes.

Alcé la mirada hacia el edificio de viviendas que no había podido ver cuando le llevé hasta allí en mi coche la noche anterior. Intenté recordar cómo había regresado a mi casa después, pero mi abotargado cerebro ya tenía bastante con intentar mantenerme en pie y no estaba en condiciones de orientarme. Entrecerré los ojos hasta que mi visión empezó a cooperar con mi cabeza. No es que fuera un edificio de postín ni mucho menos, pero tampoco era una de esas horribles construcciones de hormigón. Ni era excesivamente alto, consistía en tres plantas de ladrillo rojo y, por lo que alcanzaba a ver, cada uno de los apartamentos tenía unas puertas acristaladas provistas de una barandilla que iba de una punta a otra de las ventanas. Seguro que en los folletos los publicitaban como «balcones», pero eran lo menos parecido a uno que pudieras imaginarte aun cuando usaras esa palabra para describirlos.

—¿Por qué no? —le pregunté.

—Pues porque está hecha un asco y me da vergüenza admitir que vivo allí. Lo más probable es que mueras al entrar por inhalación de esporas, yo solo he podido sobrevivir porque me he vuelto inmune con el paso del tiempo.

—Venga ya, seguro que no está tan mal. Además, no me molestan las casas desordenadas ni la gente que también lo es.

—Ah, eso explica por qué te caigo bien. —Alzó la mirada hacia una ventana que deduje que era suya y, cuando me miró de nuevo, noté cierta aprensión en su rostro—. La verdad es que es una verdadera pocilga.

—Me da igual, Charlie.

Suspiró melodramáticamente y echó a andar hacia el edificio a paso lento.

—Vale, pero no te atrevas a juzgarme —se limitó a decir.

El apartamento de Charlie estaba en la segunda planta, así que subimos la escalera con la pesada lentitud de dos personas que tienen demasiado vino corriéndoles por las venas. Al pasar por la puerta del número 2 me llegó un olor a especias y curry, dudé entre llamar y pedir una bolsita de las que se usan para recoger las cacas de perro o vomitar directamente en el alto ficus de plástico situado junto a la puerta. Quienquiera que viviese en el número 3, estaba claro que había tenido una buena velada, porque el aroma de unas velas con olor a rosas se colaba por debajo de la puerta, y el murmullo amortiguado de una sensual y sexi canción de D'Angelo sonaba a través de las paredes. Charlie iba un poco por delante de mí, ignorando por completo todos esos pequeños detalles que estaban llamándome la atención, y subió un último tramo de escalera antes de detenerse en la última planta junto a una puerta de color azul claro con un número 6 en un tono plateado mate.

Cuando me detuve a su lado, me miró con pánico reprimido en los ojos y me advirtió:

—Acuérdate de lo que has prometido, no me juzgues.

—¡Promesa de *scout*! —Alcé tres dedos y entrechoqué los talones.

Él sacudió la cabeza, pero vi su sonrisa antes de que pudiera disimularla. Se volvió entonces hacia la puerta, metió la llave, dio un pequeño empujón y la puerta se abrió con un pequeño chirrido (no le habría venido mal un poco de WD-40) antes de detenerse prematuramente al golpear algo que tenía detrás. Charlie alargó la mano y encendió la luz antes de entrar en el apartamento con los hombros rígidos por la tensión y los nervios.

Entré tras él e intenté con todas mis fuerzas reprimir el impulso de enarcar las cejas al echar un vistazo alrededor. Me vino a la mente la voz en off de uno de los documentales sobre crímenes reales que Ned y yo solíamos ver. Aquella escena no distaba mucho de los fotogramas granulosos y oscurecidos que aparecían al principio de cada capítulo, antes de que alguien encuentre un cuerpo desmembrado en la bañera.

Las paredes del apartamento eran azules, al igual que la puerta de entrada, solo que en este caso se había optado por una tonalidad un poco más oscura en el salón y la cocina integrada. Cerré la puerta tras de mí e intenté no mirar horrorizada las cartas sin abrir que estaban apiladas sobre la alfombrilla y que se alzaban cual solitario ventisquero contra el rodapié. Cazos y sartenes llenaban el fregadero hasta arriba y había un montón de ropa apilada en el suelo frente a la lavadora, cuyo tambor estaba lleno de prendas húmedas que empezaban a oler a moho. La mesita auxiliar situada entre un sofá y la enorme televisión que colgaba de la pared estaba cubierta de libros y de un incomprensible batiburrillo de controles remotos y de mandos de videoconsolas, y la almohada y el edredón que estaban tirados con descuido sobre el sofá revelaban que Charlie había dormido allí recientemente.

Había una botella de whisky vacía tirada junto al sofá, al lado de un cerimán cuyas mustias hojas colgaban tristonas hacia la alfombra de color gris plomizo.

—Vale, no estabas exagerando. —Más que nada, estaba impresionada por el hecho de que fuera capaz de vivir así.

—Gracias. Mantenerlo en estas condiciones no es tarea fácil —contestó él en tono de broma—, ¿sabes lo difícil que es apilar tantos cazos? —Recogió un par de cosas y las sostuvo con nerviosismo mientras buscaba con la mirada dónde ponerlas—. Ya no suelo tener visitas. Desde que… ya sabes.

Dirigió la mirada hacia una puerta entreabierta que conectaba con la sala de estar. Titubeó por un momento, en el que le vi realmente incómodo, y entonces se volvió hacia el fregadero y se puso a escurrir los cazos.

Descuido personal. La pérdida progresiva del interés por la higiene personal y/o la limpieza de los espacios donde uno vive. Había sido el tema de uno de los pocos trabajos que hice en mi primer año de universidad. Todo nace de la idea de que la persona se ve a sí misma como alguien que no tiene importancia ni valía, por lo que peinarse o fregar los platos no parece necesario. Es extraño la forma en que el cerebro humano puede sabotearse a sí mismo a veces. Si Charlie no me hubiera contado lo de su depresión, esperaba haber sido capaz de deducirlo por mí misma al entrar en aquella casa; aunque, por otra parte, hasta el momento no se me había dado demasiado bien captar indirectas.

—Por mí no hace falta que limpies —le dije, antes de acercarme al sofá donde estaba la ropa de cama.

En la pared que tenía a mi izquierda vi unos ocho o nueve pequeños marcos de colores distintos y de un estilo barroco que podría haber resultado cutre, pero que quedaba bien en aquel lugar. Todos ellos estaban vacíos, en el lugar que tendrían que haber ocupado las fotografías tan solo se veía la pared que había detrás; me pregunté si se trataría de una opción decorativa deliberada o si Charlie habría quitado las fotos tras la muerte de Abi. Me pregunté también qué pensaría ella sobre mi presencia allí, o sobre mí en general. Resulta difícil imaginar cómo te sentirás respecto a la persona que vendrá después de ti. ¿Se alegraría de que él empezara a pasar página al fin o querría intentar regresar del más allá con el único propósito de arrancarme los ojos con sus manos fantasmales? ¿Qué iba a sentir yo respecto a la siguiente pareja de Joel? Eso solo se sabría con el tiempo.

Aparté a un lado un paquete de caramelos vacío y me senté en el sofá de pana gris.

—¿Tienes algún vaso limpio? —le pregunté, antes de sacar de mi bolso la botella medio llena de vino.

—Lo más probable es que no, pero a ver si me acuerdo de cómo se lavan.

Eché la cabeza hacia atrás y me concedí el lujo de cerrar los ojos unos segundos, Morfeo me invitaba a caer en sus brazos… noté que Charlie se sentaba junto a mí y mi momento de somnolencia llegó a su fin.

Vi que estaba sentado incómodamente rígido y que miraba al frente, hacia la taza de plástico que había sobre la mesa junto a otra de esas tan enormes de Sports Direct.

—¿Estás bien? —Me enderecé hasta quedar sentada de una forma más aceptable, aunque menos cómoda. Deposité la botella de vino sobre la mesa.

—Lo estaré. Es que es un poco raro, solo eso. —Daba la impresión de que le costaba mirarme a los ojos—. En este apartamento no ha entrado ninguna mujer después de ella.

—Lo comprendo —afirmé, a pesar de que no era del todo cierto.

—¿Nos la terminamos? —Indicó la botella y se echó un poco hacia delante en el sofá. Vertió el vino que quedaba en las dos jarras y me dio la de Sports Direct—. *Sláinte*.

Supuse que la palabra significaba «salud» en irlandés y la repetí mientras chocaba mi taza con la suya. Él la apuró prácticamente hasta el fondo y la dejó sobre la mesa, junto a un montón de libros.

Sentí una extraña agitación en el estómago a la que no supe darle nombre. Era como cuando te comes un helado y después te tomas un vaso de refresco de cola y notas cómo se te va agriando dentro.

—¿Ha habido alguien más desde lo de Abi? —Lo pregunté sin pensar.

Él se encogió un poco como si acabara de recibir un golpe y me miró por el rabillo del ojo.

—La verdad es que no. —Sus ojos se desenfocaron ligeramente cuando un recuerdo acudió a su mente—. Hará cosa de un año, la mayoría de mis amigos ya se habían esfumado, pero a Jamie todavía se le veía el pelo de vez en cuando en aquel entonces. Vino a

162

buscarme para que saliéramos a divertirnos. —Soltó una seca carcajada y bajó la mirada hacia sus manos, las tenía fuertemente entrelazadas y las retorcía con nerviosismo—. Había un paquete de carne picada en el fondo de la nevera, no había tenido energía ni ganas de tirarlo a la basura y debía de llevar… ¿qué?, ¿unas cuatro semanas caducado? Pero me planteé seriamente comerme aquella carne cruda para librarme de tener que salir. Una intoxicación alimentaria me apetecía más que salir con Jamie y sus amigos, cuyos cerebros habían dejado de madurar a los catorce años. Jamie estaba casado con una de las mejores amigas de Abi, Una, así que podría decirse que a nosotros dos nos habían hecho amigos a la fuerza. Al final, no intenté intoxicarme y salí con ellos. Éramos unos diez en total, eran unos gallitos engreídos y salidos del primero al último. Fuimos a ese club del centro, el que tiene el enorme letrero dorado. ¿Lo conoces? —Me miró con ojos interrogantes.

Yo asentí y fruncí la nariz.

—Fui una vez a los dieciocho años.

—En fin, estoy en el club ese y lo estoy pasando fatal. Las luces son demasiado brillantes, la música ensordecedora y la gente… Dios santo. Tengo que decirle a mi madre que deje de rezar por la juventud de hoy en día, porque es una batalla perdida. En fin, resulta que Jamie me envía a una chica, una que debía de tener unos veinte años como mucho y que había salido de casa sin el noventa por ciento de la ropa. Yo no quería hablar con ella, dudo que hubiera podido oírla con todo aquel ruido, pero alargué el brazo para estrecharle la mano y la saludé. Y ella va y me agarra la mano, se la lleva sin más a su teta, y entonces me atrae hacia sí y me besa.

Una punzada en mi pecho. La sensación de helado agriado en el estómago se intensificó un poco.

—Intento apartarla, pero se aferra a mí como una lapa —siguió relatando él—. Así que al final opto por seguirle el juego, intento fingir que es Abi. Pero no era como ninguno de los besos que me había dado con ella. Cuando estás con alguien a quien amas, los besos están llenos de emoción, son íntimos… en fin, ya sabes. Pero ese beso fue… no era más que sexo, daba la impresión de que la chica estaba intentando comprobar con la lengua si yo todavía tenía las amígdalas. Al final, me la quité de encima y fui al baño, donde terminé sintiéndome tan frustrado conmigo mismo que le di un puñetazo a mi reflejo del espejo y me corté la mano. —Me la mostró y vi de nuevo aquellas finas cicatrices que noté el día en que le conocí, las que discurrían por sus puños como pequeños fractales de hielo—. Me la envolví en papel de váter y salí en busca de Jamie para decirle que era mejor que me fuera antes de que me echaran, y ¿con qué me encuentro?

—No quiero ni imaginarlo.

—Me encuentro a Jamie en la zona para fumadores, con una chica contra la pared. —Apretó los dientes y sacudió la cabeza—. Ahí estaba yo, intentando pasar «un buen rato» para intentar olvidar que mi mujer estaba muerta y ahí estaba él, engañando a la suya con la primera que encontraba.

—Madre de Dios. ¿Qué hiciste? —Estaba horrorizada.

—Me puse a vociferar. Jamie tenía las pupilas del tamaño de pelotas de golf y me repetía una y otra vez que me calmara. Huelga decir que no lo hice. Terminó por pegarme un puñetazo en la cabeza cuando le dije que tenía que mostrar algo de respeto hacia Una y contarle lo que había hecho, así que le devolví el golpe. La cosa pareció diez veces peor de lo que fue en realidad por la sangre del espejo, pero me echaron del club de todas formas y jamás volví a dirigirle la palabra a Jamie. —Respiró hondo—. Y eso fue lo que pasó con la única persona que he tenido relativamente cerca desde la muerte de Abi, así fue como me gané estar vetado de por vida en ese club.

Hubo un incómodo silencio que se alargó durante varios segundos.

—No sabía que fueras un malhechor —dije al fin en tono de broma, para intentar rebajar la tensión.

—Después de eso, me resigné a llevar una vida monacal. De hecho, ni siquiera sé si la maquinaria de ahí abajo sigue funcionando bien.

«¿Quieres que lo compruebe?». Las palabras me pasaron por la cabeza y me sentí fatal al instante.

—No creí que me volviera a pasar —añadió él.

—¿El qué?

—Sentir algo por alguien. Creía que no volvería a vivir algo así... —se volvió hacia mí y me miró a los ojos— hasta que tú me lanzaste un sándwich.

Hubo una pausa tensa. Apenas me atrevía a parpadear, no sabía si apartar o no la mirada.

—No es la primera vez que oigo eso —dije, con el único propósito de llenar el silencio—. Les parezco irresistible a casi todos los hombres, sobre todo por esa forma de comer mía que recuerda a la de un perro hambriento. Es una especie de fetiche.

—¡Eso es! —Alzó un dedo entre los dos—. ¡A eso me recordabas durante la cena!

Nos echamos a reír.

—Nell...

Alcé la mirada al oírle decir mi nombre con voz queda y, antes de que mi cerebro pudiera registrar que tenía su dedo bajo la barbilla y que su rostro iba acercándose, él ya había posado sus labios contra los míos y yo estaba conteniendo sobresaltada el aliento.

Él tenía unos labios cálidos y suaves que contrastaban con los pelillos de su barba incipiente, que me raspaban la piel mientras me besaba. Unos nudillos recorrieron con delicadeza el contorno de mi mandíbula, sus dedos se abrieron y se internaron en mi pelo mientras él me acercaba un poco más a su cuerpo. La sangre me atronaba en los oídos y me impedía oír mi propia respiración acelerada, el roce de labio contra labio.

No sabía si estaba obrando bien, si era correcto que estuviera pasando aquello justo cuando él acababa de contarme lo de Abi o si había sido esa la última información que se había guardado, el obstáculo final que debía superar antes de permitirse a sí mismo dar ese paso.

La verdad es que nunca había tenido claro si creía o no en la existencia de algo más allá de la muerte, pero, si realmente había algo y los fantasmas existían, ¿qué tendría que decir Abi respecto a todo aquello?

A pesar de que no tenía ni idea de cómo era ella, podía imaginármela allí, una desdibujada figura sin rostro parada a un lado que me fulminaba con la mirada mientras yo me liaba con su marido, y que diría: «Vaya, pues parece ser que la maquinaria de ahí abajo sí que sigue funcionando bien» o algún comentario cortante similar.

Creo que Charlie y yo pensamos de igual modo al mismo tiempo, porque, justo cuando estaba a punto de apartarme, él interrumpió el beso y se echó hacia atrás. Nos quedamos mirando el uno al otro por un momento, con los labios fruncidos aún como si estuviéramos en pleno beso.

Finalmente, carraspeé y alcancé a decir:

—Gracias. —Fue lo único que se me ocurrió.

—De nada. —Lo dijo con formalidad, y colocó las manos sobre su propio regazo—. Yo también te lo agradezco.

Tomó su taza, apuró la última gota de vino que quedaba y empezó a mover las piernas con nerviosismo.

—Eh… —Yo también estaba nerviosa, intenté buscar las palabras adecuadas—. ¿Cómo funciona algo como esto?

—Dímelo tú, eres la que sabe dar consejos.

—Me he quedado en blanco en este caso. Aunque no sé si será aconsejable besar a alguien poco después de hablarle de su esposa muerta.

—No sé, me ha servido para olvidar por unos segundos.

Me habría gustado saber qué me aconsejaría Ned en esas circunstancias (o, mejor dicho, Céline Dion a través de mi amigo).

—A veces es como si todo hubiera pasado hace diez minutos, pero a veces es como si no me hubiera pasado a mí. Voy a necesitar algo de tiempo para acostumbrarme a la idea de hacer algo con otra persona que no sea ella.

—Lo entiendo. —El ambiente romántico se esfumó de la habitación, se creó una especie de incomodidad que flotaba en el aire como el extraño olor procedente del fregadero—. Será mejor que me vaya. —Saqué mi móvil del bolso para pedir un Uber.

—No hace falta, puedes dormir en el sofá si quieres. Seguro que estás cansada.

Él tenía razón en eso, estaba cansadísima e incluso la mera idea de ir al baño me parecía demasiado esfuerzo.

—¿Estás seguro?

—Sí. Ahí tienes una almohada y un edredón.

—Vale.

Se levantó del sofá y se dirigió hacia una de las dos puertas que conectaban con la sala.

—Yo me encargo de apagarte la luz.

Esperó a que me acomodara en el sofá bajo el edredón.

—Ya está, ¡estoy lista para dormir!

Me sonrió y apagó la luz.

—Buenas noches, Nell.

—Buenas noches. —Ya se me estaban cerrando los ojos.

Estaba tan cansada que sentí que me hundía al instante en un profundo sopor, pero la habitación daba vueltas a mi alrededor. Mi único consuelo era que al día siguiente no tendría que ir a trabajar con resaca y podría pasarlo reviviendo poco a poco, a mi propio ritmo.

Todavía me hormigueaban los labios por el contacto con los suyos, su vello facial me había dejado un poco enrojecida la piel circundante. Esperaba que las cosas no fueran distintas al llegar la mañana, que no hubiera incomodidad. Ese beso en un sofá estando achispados no iba a echarlo todo a perder.

Se trataba de una situación delicada. Charlie estaba frágil en ese momento y, de hecho, lo mismo podía decirse de mí hasta cierto punto. No me había sentido vulnerable ni cuando era consciente de que estaba enamorada de Joel, como si mi corazón no corriera ningún riesgo al entregárselo. Aunque es posible que eso fuera porque nunca había llegado a entregárselo del todo, quién sabe.

12

Desperté con la sensación de que alguien me había aparcado un tanque en la cabeza. El vino no me sentaba nada bien, ¿cuántas veces iba a tener que infligirme aquel castigo a mí misma para aprender la lección?

Abrí los ojos con esfuerzo, uno a uno, y me sorprendió que no se oyera un sonido similar a cuando abres un velcro. Tardé un segundo en darme cuenta de dónde estaba y, cuando lo hice, sentí una agitación en el estómago que más bien parecía un zapato dando vueltas en una lavadora. Charlie no estaba en la sala, pero imágenes de lo que había ocurrido la noche anterior en aquel sofá (un beso compartido impulsado por una curiosidad impregnada de vino) hicieron que el corazón empezara a martillearme en los oídos. Me apoyé en los codos y se me escapó un gemido al incorporarme un poco, era como si hasta el último centímetro de mi cuerpo pesara diez veces más que cuando me había quedado dormida. Me pasé una mano por la cara y la palma se me manchó de maquillaje.

Gemí de nuevo al enderezar las piernas, que parecían haber quedado fosilizadas, pero al hacerlo noté un peso sobre el estómago. Bajé la mirada y me encontré con dos ojazos amarillentos. Tras un breve momento de pasmo en el que una pequeña exclamación de sorpresa escapó de mis labios, alargué la mano y acaricié tentativamente la cabeza del peludo gato anaranjado que se había acomodado sobre mí. Era uno de esos que hay que cepillar casi a diario porque tienen un pelo largo y fino donde tienden a formarse nudos, pero saltaba a la vista que Charlie no se había encargado de la tarea últimamente. Suponiendo que el animal fuera de él, claro, y no un pilluelo callejero que se había colado en el apartamento. Su naricilla achatada y su mohín perpetuo hacían que pudieras imaginártelo viviendo en uno de los cubos de basura de *Barrio Sésamo*.

—¡Hola!

El gato respondió abriendo la boca y soltando un sonido suave y agudo que deduje que era un saludo. Procedió entonces a enroscarse de nuevo sobre sí mismo y perdí su cara de vista.

Me quedé allí sentada un rato, sopesando los pros y los contras de moverme. La vejiga me ardía, pero, como bien sabe todo el que ha sido elegido por un gato como colchón para echar una siestecita, molestarles en ese momento parece ser lo peor que puedes llegar a hacer en toda tu vida. Pero al final no pude aguantar más y bajé aquella masa de pelo naranja al suelo con delicadeza antes de ir apresuradamente al baño. Había dos puertas y vi que una de ellas daba a un dormitorio indescriptiblemente desordenado, el edredón colgaba de un lado de la cama y las almohadas estaban tiradas sobre el colchón. Busqué a Charlie con la mirada, pero no había ni rastro de él. Lo que sí vi fueron unos finos trocitos de cristal esparcidos por el suelo, a escasa distancia de la puerta, antes de volverme hacia la otra puerta que conectaba con la sala y descubrir que, afortunadamente, se trataba del baño.

Entré a toda prisa, usé el retrete y, cuando me disponía a lavarme las manos, oí una suave respiración procedente de algún punto cercano. Miré alrededor desconcertada en busca del asesino en serie que debía de estar acechando en algún rincón, a la espera de que viera su aterrador reflejo en el espejo, pero no lo encontré. Dirigí la mirada hacia la bañera, aparté un poco la cortina y allí estaba Charlie, durmiendo tan tranquilo entre un montón de mantas y toallas. Si había terminado durmiendo allí con una cama en la habitación de al lado, estaba claro que la noche anterior estaba más borracho de lo que yo pensaba.

Salí con sigilo y cerré la puerta tras de mí. Titubeé por un momento sin saber qué hacer, ¿esperaba a que Charlie despertara o me escabullía de allí a toda prisa? No, aquello no era una sórdida aventurilla de una noche ni mucho menos, así que iba a quedarme y a preparar café para darle los buenos días con una reconfortante taza calentita. Suponiendo que lograra encontrar el café en medio de semejante desorden, claro.

Me dirigí a la cocina y me puse a buscar algo que pudiera considerarse como tal. Encontré un bote de Nescafé en el armario y procedí a acometer el siguiente obstáculo que se interponía entre una buena dosis de cafeína y yo: las tazas.

Me dispuse a lavar dos en el fregadero, pero una cosa llevó a la otra y terminé por fregar todos los cacharros; de hecho, incluso llevé a cabo una búsqueda para recoger los vasos y las tazas que estaban diseminados encima de las mesas y por detrás de las cortinas.

El gato se subió a la encimera de un salto y observó con atención cada uno de movimientos, como si estuviera recabando información que podría servirle de utilidad más adelante.

Me saqué el móvil del bolsillo y vi que tenía dos mensajes de texto de Ned, ambos de la noche anterior. En uno de ellos me preguntaba si pensaba volver a casa, en el segundo me decía que esperaba que estuviera bien y que no hubiera terminado muerta y enterrada en alguna remota granja. A esas horas ya debía de haberse levantado para ir a trabajar, así que le contesté pidiéndole disculpas por haberle ignorado y le aseguré que sí, que estaba vivita y coleando (aunque todavía me sentía más muerta que viva, la verdad). Me preparé un café en la gigantesca taza de Sports Direct, me lo bebí en tiempo récord y fui notando cómo la cafeína iba ganándole terreno a mi resaca; una vez que la sensación de que iba a desplomarme de un momento a otro fue desvaneciéndose, decidí ordenar un poco el apartamento. No tenía nada que hacer, así que no estaba de más aprovechar el tiempo para hacer algo útil.

Coloqué bien los montones de libros, regué el cerimán (me lo imaginé suspirando aliviado al recibir por fin algo de líquido), despejé la mesita auxiliar y, tras encender el hervidor de agua para tomar otra dosis de cafeína, me centré en las cartas que había junto a la puerta principal. Me senté en la alfombrilla y fui ordenándolas en función de si daban más o menos miedo: las marrones de la oficina de impuestos encima de todo, los folletos publicitarios abajo. Fui apilando aparte las que tenían la dirección escrita a mano, que eran muchas. Algunas de ellas iban en sencillos sobres de color marrón con un sello azul que indicaba que se habían enviado por correo aéreo, otras en sobres con rayas azules y rojas alrededor del borde, pero la letra parecía la misma en todas ellas y las junté antes de dejarlas apiladas junto a la panera vacía que había sobre la encimera. Se trataba de una letra desgarbada y poco clara, pero resultaba legible y en la parte superior izquierda de cada sobre estaba escrito tanto la dirección del remitente como su nombre: *Carrick Stone*.

El tío de Charlie, el que este había usado cuando nos conocimos para inventar una historia falsa. ¿Por qué estaría mandándole cartas a su sobrino en vez de mensajes de texto o correos electrónicos? Más aún, ¿por qué tantas? Debía de haber unas diez más o menos, todas enviadas por él, todas sin abrir, y había visto algunas más metidas con dejadez en un cajón de la cocina cuando estaba limpiando. Lo abrí de nuevo, las saqué de entre toda la porquería que había dentro y vi que eran cuatro.

Me disponía a volver a cerrar el cajón cuando, bajo una carta del casero que no tenía pinta de contener nada bueno, vi asomar una fotografía lustrosa con las cuatro esquinas dobladas. La saqué de entre el revoltijo de papeles y la sostuve con cuidado por una de las esquinas, tal y como me habían enseñado, y vi a Charlie junto a una mujer que debía de ser Abi. En la foto estaban sentados el uno junto al otro en un reservado de un local que tenía pinta de ser un bar y los dos iban vestidos con ropa de calle, pero ella llevaba puesta una diadema de plástico de la que colgaba un pequeño velo de mentirijilla y una banda cruzada al pecho donde ponía *Recién casada*. Charlie la miraba como si no pudiera creer que aquella fuera su chica y la tenía abrazada por la cintura, ella miraba a cámara sacando la lengua y guiñando el ojo derecho como una niñita. Era esbelta y alta, su piel era tan pálida como la de Charlie, tenía una cinturita pequeña y pecas bajo los ojos y en el puente de la nariz; su pelo, largo y liso con la raya en medio, era del color rojizo de las hojas otoñales; era delicada y de aspecto etéreo, podías imaginarla danzando con más duendecillos alrededor de una hoguera con ropa elaborada con pétalos.

«Vale, Nancy Drew, ya basta de husmear». Las súbitas palabras resonaron en mi mente con tanta nitidez que me sobresalté.

Ahí estaba de nuevo, al igual que la noche anterior, solo que ahora ya podía ponerle cara a la voz de mi conciencia disfrazada de Abi. Pude imaginármela con toda claridad allí, apoyada en la encimera con los brazos cruzados y actitud insolente. Volví a meter la fotografía bajo las cartas y cerré el cajón. Regresé junto a mi leal taza de Sports Direct, eché tres cucharadas de café soluble y la llené de agua caliente hasta la mitad.

«Vaya, parece que alguien se siente como en casa, ¿no? ¡Si hasta has elegido ya tu taza preferida!».

—Cállate. —Me lo dije a mí misma en voz baja y me di cuenta de que, si alguien estuviera viéndome en ese momento (aparte de un gato pasivo-agresivo, claro), me habría tomado por loca.

Fui a sentarme en el sofá, dejé el café a un lado para que se enfriara un poco, y el gato se me acercó de nuevo y se me subió a las rodillas. Agarré un mando, encendí la tele y bajé el volumen. Empecé a acariciar la suave cabeza del gato, que comenzó a ronronear con suavidad mientras se me cerraban los ojos. No tenía intención de dormir, tan solo iba a descansar un momento.

Me despertó alguien al sentarse junto a mí en el sofá.

—Vaya, esto sí que es un milagro.

La voz de Charlie me sobresaltó, me giré adormilada de golpe y un pequeño gemido de horror brotó de mis labios al verle junto a mí. Dirigí la mirada hacia la tele y vi que estaban dando las noticias de las diez de la mañana.

—¿El qué? —le pregunté, mientras me aseguraba a toda prisa de no tener baba en la barbilla y me pasaba una mano por el pelo.

—Que Magnus se te haya sentado encima y esté siendo tan amable, a mí no me trata así.

—¿Quién es Magnus? —Todavía no estaba despierta del todo.

—El gato. —Indicó lo que parecía ser una masa fundida de pelo anaranjado acomodado sobre mi regazo y frunció el ceño—. Era de Abi, el muy bribonzuelo me detesta. Yo creo que es sexista. —Tomó un trago de café y me indicó otra humeante taza que había sobre la mesa—. Te he preparado otro, el que tenías se había enfriado. Por cierto, gracias por poner un poco de orden, no hacía falta que lo hicieras. Me sabe un poco mal, la verdad.

—No te preocupes. En un principio, solo iba a fregar los platos, pero me ha venido bien para la resaca centrarme en algo que me hiciera olvidar las ganas de vomitar. Y después me he dejado llevar un poco, la verdad.

—Tendría que haber hecho algo al respecto hace mucho, pero era una tarea tan abrumadora que no sabía por dónde empezar —admitió él.

Yo alargué la mano hacia mi taza, tomé un sorbito y noté el efecto de la cafeína prácticamente al instante. Suspiré con satisfacción antes de reclinarme de nuevo contra el mullido cojín del sofá y le lancé una mirada de soslayo. Él intentó acariciarle la cabeza a Magnus, pero, antes de que alcanzara a tocarlo siquiera, el gato alzó la mirada, le bufó con fuerza, soltó un amenazante zarpazo con aquellas uñas tan afiladas y se quedó mirándolo desafiante hasta que Charlie bajó la mano.

—¿Lo ves? Tal y como te he dicho —afirmó.

—Ah, antes de que se me olvide, en el suelo del dormitorio hay unos cristales rotos. Iba a barrerlos, pero no he encontrado ninguna escoba.

—Ah, sí, ya lo sé. No te preocupes por eso. —Bajó la mirada

hacia la taza que tenía en las manos y recorrió el borde con la yema del pulgar.

—¿Se rompió algún jarrón?

—Cristal marino.

Se llevó la mano al bolsillo de los pantalones, que estaban arrugadísimos después de que pasara la noche durmiendo apretujado en la bañera, y sacó el pequeño trocito redondeado de cristal naranja. Tenía una forma extraña, parecía una pompa de jabón que todavía no se ha soltado del todo de la varita.

—Ella los coleccionaba. —Sacudió la cabeza y suspiró—. No sé cuántas horas habré perdido recorriendo playas en busca de estos cabroncetes.

Lo depositó en la palma de mi mano, apenas pesaba. Lo sostuve entre el índice y el pulgar y lo alcé a la luz, donde se encendió como una brasa ardiente.

—Es la primera vez que veo uno naranja —comenté, pensando en todas las veces que mi madre y yo habíamos ido a la playa a buscar caracolas y cristalitos como aquellos a lo largo de los años. Los había visto verdes y transparentes, había encontrado alguno que otro marrón, pero jamás había visto uno anaranjado.

—Son muy escasos. Encontró también algunos de color rojo, y también turquesa. Llenaba tarros con ellos para que refractaran la luz que entraba por la ventana.

Se lo devolví y volvió a metérselo en el bolsillo. En la pantalla de la tele, las noticias dieron paso al hombre del tiempo, Nathaniel Croome, un hombre de dentadura perfecta enfundado en los pantalones más ajustados del mundo, que se había convertido en una especie de celebridad local, un galán por el que suspiraban las mamás de la región de West Midlands.

—¿Quién crees que habrá engendrado más hijos, el hombre del tiempo ese o Michael Bolton? —me preguntó él, cambiando por completo el tema de conversación.

—Él, por supuesto. —Señalé con un gesto a Croome, quien le hacía el amor a la cámara con cada mirada—. El año pasado le vi desde lejos en la inauguración del Mercado Alemán y estoy convencida de que todas las mujeres que estuvieron a menos de dos metros de él quedaron embarazadas ese día solo con mirarlo. Ahora bien, si lo hubieras comparado con la cantidad de niños que han sido concebidos escuchando alguna canción de Michael Bolton, mi respuesta habría sido distinta. No creo que haya ni un solo hombre sobre la faz de la tierra capaz de batir ese récord.

Me giré hacia él y vi que estaba mirándome con una ceja enarcada.

—A veces me pregunto si estás bien, Nell.

—Yo también, Charlie. Yo también. —Me eché a reír.

Él me observó durante un largo momento y entonces alargó una mano y la posó en mi rodilla (la que no estaba custodiada por Magnus) y me dio un afectuoso apretón.

—¿Te encuentras bien? —le pregunté.

—Sí, aunque tengo un poco de resaca.

—¿Vomitaste? ¿Por eso dormiste en el cuarto de baño?

—No. —Apartó la mano de mi rodilla y la posó de nuevo en su taza. Respiró hondo como para tranquilizarse y se mordió con fuerza el labio inferior—. Creo que estoy listo. —Se aferró las rodillas con tanta fuerza que los nudillos se le pusieron blanquecinos.

—¿Para qué?

—Para contarte lo que pasó. Si quieres saberlo, claro. —Se encogió de hombros, de repente se le veía nervioso.

—Claro que sí. —Me giré en el sofá para que estuviéramos cara a cara—. ¿Seguro que estás listo?

Él asintió con firmeza y entonces se levantó y alargó la mano hacia mí.

—Ven.

Su intensa mirada hizo que me olvidara hasta de respirar. Tomé su mano y tiró con suavidad de mí para que me levantara también del sofá. Magnus saltó al suelo enfurruñado.

Charlie me miró, tragó con dificultad y, sin dejar de sostenerme la mirada, me condujo hacia la puerta del dormitorio.

13

Estaba parada junto a la cama deshecha con los brazos caídos a los costados, estaba nerviosa y no sabía ni dónde poner las manos. Charlie estaba inmóvil al otro lado de la puerta, como si le diera miedo cruzar el umbral.

—Nunca le he contado esto a nadie, así que te pido que tengas paciencia conmigo. —Exhaló con pesadez, se mordió el labio superior por un segundo y empezó a relatármelo con la mirada gacha—. Un día, cuando yo tenía catorce años, mamá volvió después de pasar un rato con su grupo de costura y me dijo que las demás habían estado comentando que Siobhan Murphy necesitaba ayuda. Su marido había fallecido unos seis meses atrás y ella no tenía tiempo de encargarse del jardín, así que mamá propuso que yo fuera a echar una mano. A mí no me hizo ninguna gracia. Era un adolescente y me fastidiaba que un trabajo me quitara parte del tiempo que tenía para practicar con mi grupo de música, pero mamá me dijo que tenía que portarme como un buen chico católico y ayudar a aquella pobre viuda. Patrick, su marido, había sufrido un ataque al corazón. Había entrado en casa después de cortar el césped del jardín y se había sentado en su silla con un vaso de cerveza que había ido calentándose junto a él sobre la mesa. Había muerto de repente.

»Después de eso, Siobhan apenas salía de casa y los chavales habían empezado a cuchichear sobre ella. Decían que era una bruja, que era una loca. Yo no participaba en nada de eso, pero debo admitir que la idea de ir a aquella casa me ponía un poco nervioso. Cuando abrió la puerta, pensé que me había equivocado de casa. La señora Murphy siempre había sido una belleza, mi tío solía decirlo, y le miraba el culo cuando la veía por el pueblo. Pero, en los seis meses que habían pasado desde la muerte de su marido, había envejecido unos diez años de golpe. Antes tenía el pelo de un tono rojo encendido que recordaba a las llamas de una hoguera, que se había vuelto canoso, y se cubría con chales y bufandas como si fueran una especie de vendajes con los que intentaba mantenerse de una pieza.

»Ella se esforzó por comportarse con naturalidad conmigo, pero me di cuenta de que su mente estaba muy lejos de aquella cocina. Me dijo dónde estaba el cortacésped y las demás herramientas de jardinería de Patrick, y se puso llorosa al mencionarle. No soporto ver llorar a alguien, se me saltan las lágrimas y tengo que ocuparme con otra cosa si no quiero ponerme a llorar también a moco tendido, así que salí al jardín y me dirigí al cobertizo a través de una maleza que me llegaba a las rodillas. Las briznas eran tan pesadas que habían ido doblándose bajo su propio peso y formaban terrones apelmazados con toda la hierba muerta que había debajo. Yo no sabía ni por dónde empezar, no tenía ni idea de jardinería y parecía estar iniciándome mediante un bautismo de fuego.

»En el cobertizo encontré una desbrozadora, fue una de las pocas cosas que reconocí. La saqué junto con un alargador y me puse a cortar hierba. Al principio, fue una tarea bastante fácil, pero las matas eran tan densas que la máquina empezó a ralentizarse y, para cuando llevaba una cuarta parte del jardín como mucho, apenas avanzaba. Recuerdo que me senté en el montón de hierba que acababa de cortar y suspiré. Estaba empapado de sudor y apestaba que no veas, y de repente voy y oigo una voz que no sé de dónde sale:

»—No tienes ni idea de lo que estás haciendo, ¿verdad?

»—¿Cómo te has dado cuenta? —contesté yo al aire. Noté movimiento en la copa del enorme sicomoro que había en la otra punta del jardín, y al cabo de un momento vi una figura sentada entre sus ramas.

»—Porque estás destrozando el jardín de mi padre, Charlie Stone.

»Yo entrecerré los ojos para protegerlos del sol, la figura no era más que una sombra con silueta humana. Aguardé en silencio mientras ella se ponía algo en la cintura, agarraba la rama, se colgaba de ella y se dejaba caer al suelo. El sol me cegaba y no pude verla hasta que se sentó en el montón de hierba junto a mí.

»—¿Qué propones que haga entonces, Abigale Murphy?

»Estaba enfadado y avergonzado porque ella había presenciado mi frustrada intentona. Abigale Murphy, la hija mayor de Siobhan, iba un curso por debajo de mí en el colegio, pero era tan bella como lo había sido su madre. El mismo cabello pelirrojo, las mismas pecas salpicándole la nariz.

»—Pues, para empezar, que uses la herramienta correcta. Lo que necesitas es una guadaña.

»—¿Como la de la Parca?

»Ella sonrió de oreja a oreja y enarcó aquellas cejas pobladas suyas antes de dar una voltereta hacia atrás. Echó a correr hacia el cobertizo y emergió de allí segundos después con un rastrillo y una guadaña, que parecía absurdamente grande en comparación con lo menudita que era ella.

»—Yo me encargo de cortarlas y tú las recoges. —Me lanzó un paquete de bolsas de basura, se sacó un libro que llevaba en la cintura y lo dejó con cuidado en el alféizar de la ventana del cobertizo. Era uno muy ajado que no me sonaba de nada, tenía la portada desgastada y doblada como si lo hubieran leído cientos de veces—. Venga, ¡manos a la obra!

»Y se puso a cortar la hierba con la guadaña como el tipo descamisado de la serie esa de época, era una estampa graciosísima. Hétela allí, la pequeña y flacucha Abi Murphy, cortando aquella hierba como si fuera mantequilla. Yo fui recogiéndola con el rastrillo y metiéndola en bolsas de basura, hasta que quedó todo despejado y la capa inferior de hierba muerta estuvo expuesta al sol para que pudiera intentar rebrotar. Abi me pasó un paquete de semillas y las esparcimos en silencio, regué con la manguera y terminamos enzarzados en una guerra de agua sobre la hierba. Estoy casi seguro de que ahí fue cuando me enamoré de ella, de aquella muchachita pelirroja y pecosa con la cara sucia.

»Poco después de que los dos nos empapáramos con el agua de la manguera, su madre se puso a llamarla desde dentro de la casa porque su hermana la necesitaba para algo. Es que la señora Murphy había tenido otra hija unos tres años atrás, se llamaba Kenna. Había sido un embarazo no planeado y la mujer apenas podía acordarse de cuidar a aquella niñita que tenía a su cargo, así que era Abi quien asumía casi toda esa responsabilidad. Me dijo que ya podía irme y que volviera el sábado para quitar las zarzas de la valla de atrás. Total, que regresé a casa y, a partir de ese momento, Abi ocupó prácticamente todos mis pensamientos.

Charlie carraspeó ligeramente y me miró como si se hubiera olvidado de mi existencia.

—¿Quieres que siga? —me preguntó—. Ya sé que estoy yéndome por las ramas.

—Adelante, sigue.

—Vale. Ese verano fui a su casa todos los sábados y algunos domingos. Ella me leía a veces fragmentos de sus libros mientras merendábamos sobre la hierba que había crecido como nueva. Siempre estaba cubierta de arañazos y moratones, magulladuras y cortes de los que nunca se quejaba; al final terminé por comprar una caja de tiritas todos los sábados por la mañana de cara a las inevitables heridas que iba a hacerse. Ella siempre decía que no le dolían, pero yo me daba cuenta cuando no era cierto.

»Aquel último sábado, cuando el verano llegó a su fin y el jardín estaba tan bonito como si lo hubiera cuidado el señor Murphy en persona, me besó en la puerta lateral y me dijo que estaba casi segura de que estaba enamorada de mí.

»Empezamos a salir juntos a partir de ahí; todo iba bien. Cuando terminé los estudios, me quedé en el pueblo un año más para esperarla y poder emprender juntos el camino que quisiéramos tomar. Ella solicitó plaza en un curso de Ilustración de la Universidad de Dublín y yo pensé que todo iría bien y que buscaría trabajo en la ciudad para formarme en mi campo. Todo fue según lo previsto hasta que nos enteramos de que no la habían aceptado allí y tenía plaza en Galway, en la Universidad Nacional de Irlanda. Yo ya había encontrado un lugar donde vivir y, además, Galway no tiene la tradición teatral de Dublín. Allí no había nada para mí.

»Quisimos convencernos a nosotros mismos de que podríamos llevar bien la situación, pero nos separaban más de doscientos kilómetros y ella no tardó en romper conmigo. Yo me quedé con el corazón destrozado y manejé fatal la situación, me volví bastante capullo y tomé alguna que otra decisión pésima con gente nada recomendable. Ella y yo no volvimos a hablar en dos años hasta que un día, al salir del teatro donde trabajaba, me topé con ella literalmente. Los dos quedamos igual de sorprendidos y no dijimos ni una palabra, nos quedamos mirándonos con unas sonrisas radiantes en la cara. Fuimos a un bar, charlamos sobre los viejos tiempos, y antes de que acabara la noche volvíamos a estar tan profundamente enamorados que nos casamos tan pronto como pudimos. No se lo dijimos a nadie porque queríamos algo muy íntimo.

»Nuestras familias no se lo tomaron nada bien cuando se enteraron, nos llevaron de vuelta a casa poco menos que a rastras y nos obligaron a volver a casarnos "como manda la fe católica", en palabras de mamá. Abi se vino a vivir conmigo a Dublín al salir de la universidad, pero después consiguió un trabajo en Londres y nos mudamos allí. Vivimos en Londres durante bastante tiempo, pero al final nos dimos cuenta de que nos saldría más barato ir y venir del trabajo desde Birmingham. Y así fue como vinimos a parar aquí».

—¿Seguiste trabajando en Londres?

—Sí, durante un tiempo. Pero es una industria muy dura.

—Qué historia tan bonita.

Se me había olvidado casi que ya conocía cómo iba a terminar

180

todo, y me dieron ganas de pedirle que dejara ahí el relato. Si él no seguía hablando, yo podría fingir que la desgarbada Abigale Murphy y el joven y tontorrón Charlie Stone habían tenido su final feliz.

—Podemos parar aquí si quieres, dejar el resto para más adelante —le propuse.

Pero él negó con la cabeza y vi que ya tenía los ojos llorosos.

—No pasa nada, quiero terminar de contártelo. —Tragó con dificultad de forma audible e inhaló profundamente por la nariz—. Abi tenía unos bultos en los pechos. Nos dieron un susto de muerte cuando le salieron, pero fue a hacerse una revisión y el médico le dijo que no eran más que nódulos de tejido calcificado y que no corría ningún riesgo. No es que tuviera los pechos... pues eso, muy grandes, y uno de los bultos se veía a simple vista. A mí eso me traía sin cuidado, pero ella quería quitárselos y decidió operarse.

»Todo salió bien y esa tarde la traje de vuelta a casa en el coche y la metí en la cama. Le habían dado una especie de mallas largas y ajustadas para que se las pusiera, pero dijo que se veía ridícula con ellas y se negó a ponérselas. Cuando a Abi se le metía una cosa en la cabeza, no había forma de hacerle cambiar de opinión. Estaba irascible por culpa de la anestesia y tuvimos una discusión de camino a casa. —Su semblante cambió conforme el relato iba acercándose al desenlace final, después lo hizo su voz—. Me besó en la mejilla cuando la ayudé a sentarse en la cama contra todas esas almohadas. —Indicó la cama, la miró casi con miedo—. Se disculpó y me pidió que le diera otro de esos calmantes con los que la habían mandado a casa y que le preparara un té. Recuerdo que le dije: "Vaya, ¿Abigail Murphy necesita un calmante? ¡Los años no perdonan!".

»Ella hizo una mueca y me contestó: "Anda, cierra el pico y prepárame mi té". Y eso fue lo que hice. Encendí el hervidor de agua y, mientras esperaba a que se calentara, me distraje con algo que estaban diciendo en las noticias y terminé quedándome en la sala de estar. Para cuando me acordé del té y de los calmantes, pensé que Abi iba a matarme, pero se los llevé a la habitación y la encontré dormida, reclinada contra las almohadas. Dejé el té en la mesita de noche junto con la pastilla y volví a la sala de estar para ver una película. No quería molestarla, pensé que era mejor dejarla tranquila.

»Me quedé dormido en el sofá y para cuando desperté de nuevo, eran las tres de la madrugada pasadas. No quise encender la luz para no despertarla, así que regresé a tientas al dormitorio y me metí en la cama. Me incliné hacia ella para besarla en la frente, algo andaba mal. Ella todavía seguía en la misma posición que cuando le había llevado el té, reclinada contra esas almohadas. No se había movido lo más mínimo. Le di un empujoncito para despertarla. —Se le quebró un poco la voz, una lágrima pendía de sus párpados—. Estaba tan fría, pero la habitación estaba caldeada... No comprendí lo que pasaba, no lo comprendí hasta que alcé la mirada hacia su cara. Siempre había tenido un semblante tan animado, incluso dormida, pero en ese momento estaba... inexpresiva.

»Llamé a una ambulancia, pero todos sabíamos que estaba muerta aunque nadie lo dijera. La colocaron en una camilla y se la llevaron de aquí y esa fue la última vez que la vi. Uno de ellos, maniobrando al salir, chocó con uno de los tarros, que cayó al suelo y se hizo añicos. Más tarde me dijeron que había muerto debido a un gran coágulo de sangre que se le había formado en el pulmón debido a la operación, y que para cuando fueron a buscarla llevaba horas muerta. Eso significa que ya lo estaba cuando le llevé el té. Por lo que me explicaron, cuanto más rápido se actúa en los casos de embolias pulmonares, más probabilidades hay de que la persona se salve. Yo podría haberla salvado si no me hubiera distraído con las noticias».

—Charlie, yo... —Titubeé, ¿qué podía decirse en semejante situación?

—Volví a entrar en esta habitación para recoger algo de ropa y un par de cosas más; no he vuelto a pisarla desde entonces. El único que entra es el gato, yo creo que le gusta estar aquí porque todavía huele a ella. —Respiró hondo mientras las lágrimas le bajaban por el rostro, donde se reflejaba un rictus de un sufrimiento inimaginablemente profundo—. Ahora ya lo sabes, ese fue el motivo de que te llamara aquella noche. Está muerta porque le preocupaba lo sexi que me parecería con esos bultos en el pecho y porque yo estaba atareado viendo la tele.

—No fue culpa tuya. —Me acerqué a él y le rodeé el cuello con los brazos, se apoyó en mí y noté cómo se humedecía el hombro de mi camisa con su llanto.

De modo que por eso había dormido en la bañera, porque no quería hacerlo en la cama donde había ocurrido lo peor que le había pasado en su vida.

—Cuando me alejé de ti aquella primera noche, y aquellas veces posteriores en las que me esfumé… fue porque, si me permito a mí mismo sufrir, ella sigue viva en cierta forma. Pero si tengo estos sentimientos y me dejo llevar por ellos, aunque sea por un segundo, es como admitir que está muerta.

Justo cuando estaba sollozando contra mi cuello, alguien llamó a la puerta con tres sonoros golpes que nos sobresaltaron. Interrumpimos el abrazo y Charlie se secó las lágrimas mientras intentaba adoptar una actitud de hombretón fuerte. Pero tenía el rostro abotargado, enrojecido y había una insondable tristeza en su mirada.

—Ya voy yo a abrir. —Le di un tranquilizador apretón en el brazo y crucé la sala de estar. Quité el cerrojo y dejé que la puerta se abriera, lo que resultó mucho más fácil ahora que el montón de cartas no estaba ya en el suelo.

El hombre que estaba de pie al otro lado de la puerta debía de estar cerca de cumplir los cincuenta, su cabello era una masa de rizos canosos, tenía un vello facial que me recordó al Zorro y llevaba puesta una bufanda de un tono turquesa casi cegador.

—Eh… hola —le saludé.

Él se bajó unas gafas de sol nada apropiadas para el tiempo que hacía y me miró como si acabara de abrir la puerta desnuda.

—¿Quién diablos eres? —Lo dijo con un acento igualito al de Charlie y, por si no bastara con eso para deducir que estaba emparentado con él, tenía unos ojos azules como el aciano que despejaban cualquier posible duda.

—Soy Nell, y supongo que tú eres Carrick.

Esbozó una gran sonrisa ladeada y abrió los brazos de par en par, como ofreciéndose ante mí.

—¡El mismo que viste y calza! —Dio la impresión de que se sentía halagado al ver que yo sabía quién era—. Nell, qué nombre tan bonito. Significa «luz brillante», ¿verdad? ¿Lo sabías? ¿Está Charlie en casa?

—Eh…

—¡Charlie, muchacho! ¿Estás ahí? Anda, ¡sal a darle un buen beso a tu tío favorito! —Lo gritó a pleno pulmón. Vi que tenía junto a él una maleta, pequeña y de un chillón color fucsia.

Charlie apareció tras de mí en ese momento y le preguntó, sin mucha amabilidad que digamos:

—¿Qué haces aquí?

—He venido a llevarte de vuelta a casa.

—Uy, no, de eso nada.

—Uy, sí, me temo que no tienes elección.

—No, Carrick. ¿Cuántas veces tengo que decirte que no pienso regresar por nada del mundo? —protestó Charlie.

—Estaría dispuesto a seguir hablando contigo del tema si me dejaras cruzar la puerta en vez de tenerme aquí fuera, me siento como una prostituta en el pasillo de un hotel.

—Uf, menos mal que no lo eres. Tendrías muy pocos clientes —contestó Charlie. Dio media vuelta sin más y volvió a la sala de estar.

Carrick se inclinó un poco hacia mí y me preguntó en voz baja:

—¿Crees que eso significa que puedo pasar?

—No tengo ni idea —admití, antes de hacerme a un lado.

Él asintió con aprobación y pasó junto a mí tirando de su vistosa maleta con ruedas.

—¡Me cae bien esta chica! —anunció de repente, sin dirigirse a nadie en particular.

14

Estaba esperando de pie en el interior de la primera cafetería que había encontrado tras salir del apartamento de Charlie, era una de esas del montón perteneciente a una cadena donde ponían una música genérica que apenas se oía por encima del sonido de los vaporizadores y los molinillos de café. Todo apuntaba a que la conversación entre tío y sobrino no iba a ser agradable, me había parecido mejor salir un rato para que hablaran tranquilamente sin tenerme a mí de espectadora en un rincón. No tenía claro si Carrick me caía bien o si era una persona que me crisparía los nervios con rapidez, lo uno era tan potencialmente posible como lo otro.

Esperé mientras el camarero que había preparado mis bebidas colocaba los tres vasos de cartón en un portavasos reciclable y venía hacia mí. Leyó el pedido en voz alta:

—Un americano, un *flat white* y un... chocolate caliente con un toque de chai y de sirope de caramelo. —Al leer esto último, hizo una mueca que me pareció comprensible.

Avancé un paso, tomé las bebidas e inicié el corto trayecto de regreso a casa de Charlie.

El tiempo estaba cambiando perceptiblemente, cada vez era más agradable conforme los últimos ecos del invierno iban apagándose, pero el aire todavía era un poco frío. Me arrebujé bien en la ancha sudadera y mantuve la parte superior bien cerrada con una mano. Cuando me disponía a salir del apartamento, había descubierto que

Magnus estaba dormido sobre mi abrigo. Como no quería despertarle por segunda vez en una mañana, le había preguntado a Charlie si podía prestarme algo, y él me había lanzado la sudadera más limpia que había encontrado. Yo me la había puesto sin pensármelo dos veces, pero en ese momento me llevé el cuello de la prenda a la nariz y pensé en lo íntimo que es ponerte la ropa de otra persona. El olor de Charlie impregnaba la tela, aquel olor único que no tenía ninguna otra persona en todo el planeta. Era el mismo que había inhalado mientras le besaba la noche anterior, el que jamás querría olvidar.

«Estás disfrutando de lo lindo olisqueando esa sudadera, ¿eh?».

Mierda, ¿otra vez ella? No me lo podía creer, ¿qué era lo que me estaba pasando? No habría sabido decir si no era más que la materialización de mi conciencia culpable o si estaba sufriendo una crisis emocional.

«Uy, yo creo que esto es cosa de tu conciencia culpable».

—No tengo por qué sentirme culpable. —En cuanto las palabras salieron de mi boca, me pregunté incrédula qué diantre acababa de pasar. ¿Acababa de dirigirme a alguien que sabía perfectamente bien que no estaba allí?

«Sí, claro, lo que tú digas. Dos años, dos jodidos años. Ni siquiera eres capaz de terminar la uni en dos años, pero resulta que es tiempo más que suficiente para que él pase página y se busque una zorrita».

Un cartero emergió de un portal y me dio los buenos días con un gesto de la cabeza, iba enfundado en unos pantalones cortos de color rojo y llevaba unas cuantas cartas bajo el brazo. Yo le devolví el saludo antes de volverme de nuevo hacia la aparición que estaba junto a mí, fuera lo que fuera.

—¡No soy una zorrita! —Mi intención era susurrarlo, pero me salió en voz más alta de lo que habría deseado y el cartero me lanzó una mirada de desconcierto por encima del hombro justo cuando doblé la esquina de la calle de Charlie.

«Uy, no, claro que no lo eres. Pululas con desesperación alrededor de un viudo que está pasando por un duro momento emocional y, al mismo tiempo, le das esperanzas al novio con el que no vas a volver jamás a pesar de saber perfectamente bien que vas a romperle el corazón cuando tengas por fin las pelotas de cerrarle las puertas de forma definitiva».

—¡Cállate! —Había ido acelerando el paso hasta echar a correr casi, podría decirse que estaba huyendo de mis problemas.

Las bebidas rebosaban por las ranuras de las tapas de plástico, pero me daba igual. Tenía que regresar cuanto antes junto a gente real, de carne y hueso. Llegué al edificio de Charlie y llamé al interfono, miré jadeante tras de mí. Se había esfumado, no había ni rastro de ella.

Una vez que estuve de vuelta en el apartamento, repartí las bebidas y me senté en el sofá junto a Charlie. Carrick optó por sentarse en el borde de la mesita auxiliar y apoyó los codos sobre sus delgaduchas rodillas.

—Bueno, ¿qué está pasando aquí? —Intenté actuar con naturalidad, como si no percibiera la tensión que hacía que el ambiente se volviera denso como la gelatina.

Carrick contestó con actitud mohína.

—Nada en especial. El joven Charlie, aquí presente, estaba portándose como un zopenco terco y el gato acaba de darme un zarpazo en los tobillos. Qué gran recibimiento.

Miré a Charlie, me sentía rígida de pies a cabeza debido a lo incómoda que era la situación. Él mantuvo la mirada gacha y se limitó a presionar rítmicamente la tapa de plástico de su vaso, creando así un incesante chasquido que empezó a crisparme los nervios.

Clic, clic, clic. Sonaba como el tictac de un reloj, supongo que en cierto aspecto encajaba en aquella situación.

—En fin, Carrick, ¿qué te trae por aquí? ¿Piensas quedarte? —le pregunté.

—He venido para llevarme el paliducho e insubordinado culo de Charlie de vuelta a Westport, porque tiene que aclarar un par de cosas.

—¿El qué? —Noté que Charlie se movía con nerviosismo en su asiento y me di cuenta de que todavía no me había contado la historia al completo.

—¿No podemos dejar las cosas así?

A Carrick no le sentó nada bien la pregunta de su sobrino. Su rostro enrojeció por un segundo y una intensa furia relampagueó en sus ojos azules.

—Mira, muchacho, no olvides que me hiciste una promesa. Queda poco tiempo y, cuando sabes que el plazo va agotándose… —se interrumpió y me miró con suspicacia, dio la impresión de que su enfado se apagaba un poco y daba paso a cierta reserva— no puedes dejar nada pendiente ni a nadie sin explicaciones, por muy duras que estas sean.

—No te preocupes, Nell está enterada de todo —le espetó Charlie con exasperación.

Clic, clic, clic.

—Menos mal —dijo Carrick, aliviado—. Mira, en Westport hay un montón de gente que necesita dejar esto atrás, y solo queda una persona que puede ayudarles a hacerlo: tú. Mierda, a lo mejor te sirve de ayuda a ti también cuando veas que, a diferencia de ti, todos los demás están pasando página y sanando.

Eso quería decir que Carrick también había recibido una llamada aquella noche. Me pregunté si la suya había sido anterior o posterior a la que había recibido Ned.

Puede que aquello resultara ser bueno para Charlie. Había pasado dos años huyendo de todo lo relacionado con Abi, se había refugiado bajo el manto de su dolor, pero regresar a casa podría servirle quizás como impulso para intentar lidiar con ese dolor, para intentar enfrentarse a él en vez de fingir que no existía.

Me volví en el sofá hacia él y me miró con cara de preocupación.

—Puede que volver a casa no sea tan mala idea —le dije, con voz serena y sin ánimo de discutir.

—¡No empieces tú también, Nell! —Suspiró con exasperación.

—¿Cuánto tiempo calculabas que tendría que pasar allí? —le pregunté a Carrick.

—Un par de días, el tiempo justo para que asista a las exequias y para que vea a su pobre madre.

—Yo creo que está claro lo que tienes que hacer, Charlie. No puedes decidir no ir a las exequias fúnebres de tu propia mujer, eso sería horrible.

—Sí, claro —dijo Carrick en tono burlón, antes de soltar una carcajada carente de humor—. No apareció por el funeral, estaría bien que fuera al menos a unas exequias que se celebran dos años después.

Me volví hacia Charlie y le pregunté, atónita y desconcertada:

—¿No fuiste al funeral de Abi?

Clic, clic, clic, clic, clic.

Él bajó la mirada hacia su café de nuevo, los incesantes chasquidos iban acelerándose como una especie de cuenta atrás que iba llegando a su punto culminante.

—No pude —admitió con voz queda—. Lo intenté, pero ni siquiera logré subir al avión.

—Claro, y nos dejaste todo el peso a los demás, ¿verdad? —le espetó Carrick con aspereza.

Alcé una mano con educación a la par que con firmeza.

—Eh, un momento. Atacarle no va a ayudar en nada. —Era consciente de que las palabras de Carrick habían hecho que Charlie se cerrara en banda. Me tomé un momento para centrarme y pensar en la mejor forma de acometer aquella situación—. Yo creo que esto te vendría bien —dije al fin con voz suave, tranquilizadora—. Estoy segura de que tienes ganas de volver a ver el hogar donde creciste, y solo serán un par de días. A estas alturas de la semana que viene, habrás vuelto de sobra.

Él me miró, su pulgar se detuvo sobre la parte suelta de la tapa y los chasquidos pararon al fin. Tenía los ojos vidriosos, húmedos y fijos.

—Nadie puede obligarte a nada, Charlie, pero creo sinceramente que es una buena idea. —Posé una mano en su muñeca en un gesto tranquilizador.

Él se sorbió las lágrimas con fuerza antes de contestar.

—Iré.

—¡Aleluya! —Carrick suspiró aliviado.

—Pero con una condición. Que tú vengas conmigo, Nell.

—¿Qué? —Sentí una punzada de pánico—. ¿Vais a ir en ferry?

Fue Carrick quien contestó.

—No, es más sencillo ir en avión hasta Knock que navegar hasta Dublín y después ir en coche desde allí.

Yo tragué con dificultad mientras intentaba encontrar alguna excusa a la desesperada.

—Tengo que trabajar.

—Pues no voy. —Charlie lo dijo de forma categórica.

Carrick se llevó una mano a la frente y exhaló con los labios fruncidos.

—Eres más que bienvenida, Nell, pero tengo que saber si vienes para reservar los billetes. Será divertido, los irlandeses celebramos unas despedidas incomparables.

Eso de que sería «divertido» me desconcertó; al fin y al cabo, estaba refiriéndose a unas exequias fúnebres, ¿no?

—Esperad, esperad un momento. A ver qué puedo hacer. —Saqué el móvil del bolsillo, busqué el número de Barry y preparé mentalmente lo que iba a decir.

Charlie tenía que regresar a casa y, si para ello era necesario que yo viajara en avión, pues no me quedaba más remedio que hacerlo, ¿verdad?

15

Estaba sentada a la mesa de la cocina, con un vaso de cola perlado de gotitas que creaba un cerco oscuro frente a mí en la superficie de la mesa de roble. Junto a él tenía mi plato de chili con carne a medio comer y camino de enfriarse del todo. Mi estómago se negaba a dejar espacio para la comida entre toda la preocupación que se apelotonaba allí. Había decidido por fin oficializar la muerte de las flores, que estaban ya en la basura. Las ramas menos flácidas de eucalipto asomaban por la parte superior del cubo, como lanzándome una última llamada de auxilio mientras iban hundiéndose poco a poco, yendo directas a su perdición. Ned estaba encantadísimo, porque su voz no tardaría en perder ese congestionado tono nasal ahora que el aire de la cocina ya no estaba cargado de polen y podía entrar a prepararse un té sin temor a ser atacado. Él y yo nos sentamos a conversar allí cuando llegué a casa procedente del apartamento de Charlie, le hablé de Carrick y le conté hasta el último y doloroso detalle de lo sucedido.

—Pobrecillo —comentó.

—Sí, ha sufrido mucho.

Yo ya le había llamado antes, en cuanto Barry dio el visto bueno para que me tomara unos días libres, para preguntarle si le parecía bien que Carrick y Charlie pasaran la noche en casa. Así podríamos partir juntos hacia el aeropuerto por la mañana. Era lo más práctico teniendo en cuenta que nuestra casa estaba más cerca y teníamos una habitación libre, una donde sí se podía dormir y que no era un cuadro donde el dolor y el sufrimiento estaban plasmados en forma de cama de matrimonio.

Ned entrelazó las manos y las posó sobre la mesa, adoptando así su postura de terapeuta.

—¿Cómo te sientes con todo esto? —me preguntó.

Yo me tomé unos segundos para reflexionar antes de contestar.

—Aterrada, completamente fuera de lugar e irracionalmente celosa. ¿Tienes bastante con eso para empezar a obrar tu magia de terapeuta?

—Es normal que sientas todo eso.

Muchas veces me sonaba como un desconocido cuando hablaba así porque aquella seria actitud profesional contrastaba con el otro Ned, mi peculiar amigo. Pero supongo que precisamente por eso, porque estaba hecho para ese tipo de trabajo, llevaba tantos años desempeñándolo.

—Sí, ya sé que lo de viajar en avión te da pánico, pero se trata de un vuelo muy corto. Será perfecto para que vayas perdiendo el miedo. Además, hay una probabilidad entre cinco millones de que el avión se estrelle y la palmes.

Yo tragué con nerviosismo.

—Gracias, Ned. Cuánto me reconfortan tus palabras.

Él me ignoró y siguió como si tal cosa.

—En cuanto a Charlie, conoces bien los indicadores de conducta. Si empieza a sentirse fuera de control de nuevo, te darás cuenta. Ahora estáis en sintonía y tú, enterada de todo, así que no temas que vaya a intentarlo de nuevo. Y es normal que sientas que no sabes lo que estás haciendo. Se trata de un terreno desconocido para ti, para la mayoría de la gente, por donde hay que pisar con mucho tiento, pero tu función aquí no es recomponer a Charlie, sino hacerle entender que puede volver a ser feliz. Respecto a los celos, son innecesarios porque no estás compitiendo con Abi. Él no tiene una libretita con vuestros nombres en un par de columnas donde va marcando las categorías donde una es mejor que la otra.

—Alargó una mano y la posó sobre la mía—. Estaba claro desde el principio que esto no iba a ser fácil, Nell. Pero estás más que capacitada para lidiar con la situación.

Lo miré en silencio durante un largo rato, presa de una tensión nerviosa que me provocaba ganas de romper a llorar. Me tragué las lágrimas y le apreté los dedos con afecto.

—Joder, qué bien se te da esto. No sé si lo sabes.

Él rio con suavidad y retrajo la mano.

—Eres una chica dura, Nell. No pienses ni por un segundo que no puedes con esto.

Tomé de nuevo la cuchara y removí mis fríos chilis con carne. Mi boca era reacia a dejar salir la frase que estaba tomando forma en mi cerebro.

—¿Qué pasa? Está claro que hay algo más, desembucha —me dijo Ned.

Yo alcé la mirada de nuevo y nuestros ojos se encontraron.

—No es nada. Es que el otro día recibí una llamada y me gustaría saber tu opinión, es la primera vez que me encuentro con un caso así.

—No sé si podré servirte de mucha ayuda, pero sí, claro, cuéntame. —Se reclinó en su silla, cruzó los brazos y me escuchó con interés.

—Pues resulta que esta persona se sentía culpable por algo y había empezado a ver... cosas.

—¿Qué tipo de cosas?

En la silla situada junto a él apareció de repente Abigale Murphy, que me fulminó con la mirada. Su elegante peinado alcanzaba unas cotas de glamour absurdas, tenía unos labios tersos y lustrosos en los que se dibujó un mohín. Apoyó la barbilla en una mano y me preguntó con actitud burlona: «Sí, Nell, ¿a qué te refieres?».

Respiré hondo y volví a centrarme en Ned, quien se había girado a mirar la silla de marras con cara de preocupación.

—Personas que... pues que en realidad no estaban allí. —Bajé la mirada hacia mis chilis y empujé una alubia roja especialmente grandota con la cuchara.

Él suspiró y estuvo estrujándose el cerebro durante un rato antes de contestar.

—No sé qué decirte, la verdad. Es posible que esas… alucinaciones, por llamarlas de alguna forma, sean una manifestación del sentimiento de culpa que tiene esa persona. Podrían ser una manera de lidiar con todo lo que siente, porque no sabe cómo combatir esos sentimientos. Este tipo de fenómenos suelen deberse a un trastorno delirante o a una psicosis.

«Genial», pensé para mis adentros. Lancé una mirada fugaz a Abi, quien estaba sonriéndome de oreja a oreja con cara de desquiciada.

—Sí, claro. Eso pensé.

—La mente humana es un espacio complejo, jamás dejará de sorprenderte. —Se levantó de la silla y fue a enjuagar su plato en el fregadero.

Yo respiré hondo, cerré los ojos con fuerza y procedí entonces a mirar de nuevo hacia la silla con la esperanza de que estuviera vacía. Pero ella seguía estando allí, observándome con malicioso regocijo, y se echó a reír. «¡No podrás deshacerte de mí tan fácilmente!».

A las siete y cuarto de la tarde, cuando oí que llamaban a la puerta, me embargó un extraño nerviosismo. Fui a abrir y mi mirada se encontró con la de Charlie, quien tenía los párpados a medio mástil y una expresión de pura exasperación en el rostro. Llevaba una mochila negra, la chillona maleta fucsia de Carrick y un voluminoso transportín que contenía lo que parecía ser una caja de plástico.

—Hola. ¿Dónde está Carrick? —Miré alrededor con disimulo en busca de indeseadas apariciones de esposas fallecidas, y me sentí aliviada al no ver ninguna.

—Ahora viene ese idiota, está sacando al gato de debajo del asiento del coche. —Entró en el vestíbulo y dejó el equipaje en el suelo.

—Perdona, no sé si te he oído bien. ¿El gato?

Dirigí la mirada más allá del camino de entrada de la casa, hacia el taxi que estaba parado junto al bordillo. El taxista gesticulaba airado mientras Carrick parecía estar batallando con algo en el asiento de atrás. Contemplé con pasmo la escena hasta que Carrick emergió al fin después de unos segundos, sosteniendo a Magnus con los brazos extendidos para mantenerlo a cierta distancia (teniendo en cuenta la cara de cabreo del gato, parecía lo más prudente). Le gritó un último insulto al taxista, quien respondió a su vez pasándose el dorso de la mano bajo la barbilla y, tras el insultante gesto, procedió a marcharse en su vehículo.

—¡Victoria! —vociferó Carrick mientras se acercaba a paso brioso por el camino de entrada. Todavía mantenía al gato a distancia, como si de una granada inestable se tratara. Cruzó el umbral de la puerta justo cuando Ned estaba saliendo al vestíbulo y sonrió al verlo—. Ah, ¡hola! ¡Tú debes de ser Ned!

—Pues sí —contestó mi amigo, con cierta cautela—. Carrick, ¿verdad? —Bajó la mirada hacia el gato y puso cara de preocupación.

—¡Exacto! —Carrick le ofreció a Magnus, al que seguía sosteniendo con los brazos bien apartados del cuerpo—. Ten, ocúpate tú de él antes de que me arranque un dedo.

Ned, tan obediente como siempre, hizo lo que le pedían y sostuvo contra su pecho a Magnus, que se tranquilizó de inmediato. Al cabo de un momento, subió hasta sus hombros y se quedó allí, enroscado alrededor de su cuello, ronroneando de lo más relajado.

—¿Estás viendo eso, muchacho? —Carrick se volvió a mirar a Charlie, que parecía indignado—. Hemos encontrado al único hombre del mundo que le cae bien a este cabroncete. —Tomó de manos de su sobrino el transportín que contenía la caja de plástico y se lo entregó a Ned—. Aquí dentro hay algo de comida y una bandeja sanitaria, además de arena para gatos limpita y sin estrenar. No digas que no te tratamos bien. —Le guiñó el ojo antes de acercarse a Charlie, al que le dio una afectuosa palmada en el hombro—. Bueno, lo del gato ya está solucionado. ¿Dónde dormimos nosotros?

16

El miedo a hacer el ridículo frente a Charlie era lo único que evitaba que me pusiera a hiperventilar mientras miraba por la ventanilla del avión. Una punzada de pánico me dio de lleno en el pecho al ver el mundo moteado de nubes a tanta distancia bajo mis pies, pero respiré hondo y me recordé a mí misma que no faltaba mucho para volver a tocar tierra. Aunque la verdad es que intenté no pensar en el aterrizaje, porque esa parte la detestaba. Una vez que el avión estaba en el aire, la cosa iba bien. Eran el ascenso y el descenso los que hacían que me entraran ganas de llorar como Ned al recibir un *pack* de pelis de Bridget Jones.

Todavía tenía los nudillos un poco doloridos después de aferrar la mano de Charlie contra el reposabrazos con tanta fuerza que se le había puesto azulada. Todo había ido sorprendentemente bien aquella mañana, la verdad. Yo creía que Charlie podría echarse atrás de repente, pero no había sido así; en cuanto a Carrick, no había amanecido tan resacoso como yo esperaba después de encontrármelo en la cocina con Ned pasada la medianoche, con tres botellas de vino vacías sobre la mesa y jugando una partida de Jenga con una actitud especialmente competitiva. Durante dicha partida, Carrick había terminado sin camisa (vete tú a saber cómo) y con el pecho salpicado de gotas resecas de vino, y de forma periódica se le había oído gritar desde la cocina comentarios tales como «¡Chúpate esa, inglesito!».

Me eché un poco hacia delante en el asiento y miré más allá de Charlie, que estaba dormitando, para ver qué tal estaba Carrick. Este había optado por el asiento del pasillo porque, según sus propias poéticas palabras, «la altitud me jode la vejiga». En ese momento, estaba durmiendo la mona con la cabeza reclinada en el asiento y con las gafas de sol protegiéndole de la luz. Yo no quería sentarme junto a la ventana, pero Charlie había insistido en que sería bueno para mí y que, dado que estaba impulsándolo a enfrentarse a sus miedos, era justo que me enfrentara también a algunos de los míos.

—No te preocupes por él, pasa el mismo tiempo de resaca que con los pantalones puestos.

La voz de Charlie me sobresaltó.

—Pues espero que eso quiera decir que es a menudo, lo digo por la gente de Westport.

Él se echó a reír con suavidad y abrió los ojos.

—¿Cómo lo llevas? —me preguntó, mientras me daba un pequeño apretón en la mano.

—Bien. Aunque te aconsejo que mantengas las manos alejadas de mí durante el aterrizaje, a menos que quieras que vuelva a pulverizarte los dedos.

—Tomo nota. —Se giró un poco en su asiento para tomar de la bandejita plegable su taza de té. La había dejado allí hacía rato y se le había enfriado, lo que no era una sorpresa tratándose de él.

Pero entonces recordé la taza junto a la cama donde había fallecido Abi y una pieza del rompecabezas encajó de repente.

Té. Era lo último que Charlie había hecho por ella. Le había preparado una taza de té, una taza que ella no había llegado a tomarse. Por eso no bebía jamás la suya, pues ¿por qué habría de permitírsele hacerlo cuando Abi no había tenido esa oportunidad? Me pregunté si se compraba un té tras otro que no se bebía porque esa era su pequeña manera de castigarse a sí mismo, de asegurarse de no volver a cometer jamás el error de dejarse distraer.

—¿Qué tal le estará yendo a Ned con el gato?

Su comentario me arrancó de mis pensamientos.

—Uy, no creo que debas preocuparte por eso. Saltaba a la vista que están hechos el uno para el otro.

Ya no debía de faltar mucho para que iniciáramos el descenso, y cuanto más se acercaba el momento, más nerviosa me ponía. ¿Qué pensaría la gente al ver aparecer a Charlie con una inglesa desconocida del brazo? ¿Creerían que se presentaba en las exequias de su mujer con una cita? Porque yo solo había ido para darle apoyo moral, no es que fuéramos a enrollarnos sobre la mesa del bufé después de la misa (ni en ningún otro momento, de hecho).

—Oye, Nell —se volvió hacia mí todo lo que pudo en su asiento—, aquella vez que desaparecí...

—¿A cuál te refieres? ¿A la primera o a la segunda, cuando me ignoraste durante dos semanas? —Sonreí para restarle aspereza a mis palabras.

—Ja, ja, qué graciosa. A la segunda. No fue porque sí, tuve una razón. Fue por... por miedo.

—¿Miedo a qué?

—A ti.

Le miré sorprendida, la mera idea me parecía absurda.

—¿En qué sentido? Ya sé que tengo bastante genio, pero no me considero una persona especialmente atemorizante.

—No era miedo a ti como persona, sino a lo que sentía... por ti.

Noté como si mi pecho estuviera sometido a una enorme presión, como un globo al que va aplastando la suela de un zapato.

—Mis sentimientos iban mucho más allá de lo que creía que sería capaz de volver a sentir, y me sentí culpable. Quiero que entiendas que no es que Abi y yo rompiéramos, que no dejamos de amarnos ni terminamos por detestarnos. Ella desapareció de mi vida de un plumazo y yo no tenía... mejor dicho, sigo sin tener ni idea de qué hacer con todo lo que siento por ella. Así que, cuando empecé a notar ese hormigueo en el estómago y el impulso de inclinarme y besarte, cuando toqué ese tatuaje que tienes en el hombro y me dieron ganas de subir contigo a tu habitación... En fin, sentí que era infiel, como si al llegar a casa fuera a encontrarme a Abi furibunda, acompañada de un detective privado.

»No fue porque no me gustaras, Nell, sino porque me gustabas demasiado. Y siempre tuve intención de ir a verte para hablar contigo, para darte una explicación. Lo que pasa es que te me adelantaste. —Posó la mano sobre la mía, sus dedos se entrelazaron con los míos.

Desde el momento en que le conocí, Charlie había despertado sentimientos en mí que yo no había experimentado jamás por ningún otro ser humano. Era una especie de íntima cercanía más real, más estrecha que cualquier vínculo que había tenido con otras personas. Y esa íntima cercanía hacía que todo entre nosotros, incluso aquellos nuevos y tímidos contactos, parecieran algo natural, inevitable.

—Lo entiendo. —Mi voz era poco más que un susurro—. No puedo ni imaginar lo duro que ha sido todo esto para ti, y no quiero que creas que estoy intentando reemplazarla ni presionarte para que vayas más rápido. Esto puede ir al ritmo que tú marques.

Echó la cabeza hacia delante poco a poco hasta apoyar su frente en la mía y exhaló un suspiro de alivio.

—Cuánto me alegro de haberte conocido, Nell.

Lo dijo con voz queda, su rostro estaba tan cerca del mío que sus ojos se combinaron en uno solo en el centro de su frente. Pero era un cíclope de lo más apuesto.

Pensé en lo que habría sucedido si no nos hubiéramos conocido.

Un espacio libre más en la mesa de la cafetería; una llamada menos en la lista de espera; el sonido de unas sirenas en la distancia, sin saber cuál es la emergencia; una calle acordonada que añadiría un par de minutos a mi trayecto en coche; un par de deprimentes mañanas más despertando junto a Joel. Soledad.

Alcé un poco el rostro y presioné los labios contra los suyos con delicadeza, los dejé allí un momento antes de apartarme de nuevo.

—Lo mismo digo, Charlie.

17

A lo largo de mi vida había visto muchas cosas que habían hecho que me preguntara a quién diablos se le habría ocurrido hacer algo así, pero lo que tenía ante mis ojos en ese momento se llevaba la palma. Me encontraba en lo que parecía ser un aparcamiento lleno de puestos de UPVC, contemplando asombrada lo que solo podía describirse como una Virgen María en un tarro lleno de agua, que se vendía como un supuesto globo de nieve. María estaba situada en el centro, rodeada de árboles y de un pueblecito a los que superaba con mucho en tamaño, y de forma periódica les caía una lluvia de purpurina y nieve falsa.

—Quince euros —dijo la vendedora, una señora menudita y arrugada como una pasa que tenía pinta de tener tantos años como la propia María.

—¡¿Cuánto?! —Era un precio desorbitado, pero ya me había comprometido a comprarlo.

Ned me había pedido específicamente que le llevara un precioso recuerdo del viaje, y yo estaba decidida a interpretar ese adjetivo lo más sarcásticamente posible. La mujer enarcó las cejas… bueno, eso creo al menos, porque dichas cejas tenían tan pocos pelillos que no sé si se las podía considerar como tales.

—Quince euros. Es agua bendita, de verdad que sí.

Lo dijo como si eso sirviera de algún consuelo cuando tenías que gastarte trece libras en un tarro de agua que contenía una figurita y algo de purpurina. Me sostuvo la mirada con ojitos dulces de quien no ha roto un plato y, antes de que me diera cuenta de lo que estaba sucediendo, pasé mi tarjeta por el lector y ella me dio las gracias con una amable sonrisa.

—¿Quieres una bolsita?

Quise sacarle el máximo rendimiento al dinero que acababa de gastar, de modo que asentí y ella procedió a envolver a María en una hoja de periódico antes de meterla en la bolsa. Y digo «bolsa» porque tenía un tamaño bastante grande, no tenía nada de «bolsita». Total, que me alejé del puesto sin tener ni idea de cómo se las había ingeniado aquella mujer para engatusarme con su encanto irlandés y sus cejas inexistentes.

Volví a salir al… supongo que podría considerarse un mercadillo, y encontré a Charlie en el sitio exacto donde le había dejado. Estaba esperando, con semblante taciturno y el equipaje en el suelo, junto a un puesto donde vendían unas grandes botellas de plástico que llenaban de agua bendita para poder llevártela a casa. Carrick tenía el coche en la plaza de aparcamiento de un amigo suyo y había ido a buscarlo, con lo que Charlie y yo disponíamos de unos minutos para ver los productos que había a la venta.

Estaba apoyado en un poste de la luz con el ceño ligeramente fruncido mientras se mordisqueaba el labio inferior, tenía tan perfeccionada esa actitud taciturna que muchas veces me costaba discernir si estaba enfadado o no. ¿Tenía la sangre bulléndole a fuego medio en las venas o, simplemente, su rostro había olvidado cómo mostrar otras expresiones? Quién sabe.

—¿Qué has comprado? —me preguntó.

—Una cosita para Ned, le dije que le llevaría algún recuerdo.

—Tenía la impresión de que ninguno de los dos erais muy religiosos. —Señaló la bolsa con un ademán de la cabeza.

—¿Cómo sabes que es algo relacionado con la religión? —Metí la mano en la bolsa y saqué el bote de mermelada envuelto en papel de periódico.

—Estamos en Knock, Nell. Todo tiene que ver con la religión. Lo desenvolví y se lo mostré.

Abrió los ojos de par en par al verlo. Deduje que sentía unos celos tremendos al ver que era poseedora de un objeto de semejante belleza.

—Ah, ya veo que has optado por algo de buen gusto en vez de comprar alguna cutrez. Qué bien. —Lo tomó de mi mano y lo agitó varias veces, hizo una mueca al ver el patético espectáculo de la nieve con purpurina—. ¿Cuánto te han robado por esto?

—Quince euros.

—¿¡Qué!? —Se echó a reír a carcajadas mientras agitaba el bote con fruición.

—¡Eh! ¡Devuélvemelo! —Me puse de puntillas y se lo arrebaté de las manos—. ¡Esto es agua bendita, caballero!

—Vaya, perdón entonces.

—Estás celoso, ¿verdad? —Sonreí de oreja a oreja—. Anda, ¡admítelo!

—Uy, sí, estoy celosísimo ante semejante obra de artesanía. Qué belleza, qué… ay, madre mía.

Tomó mi muñeca y me hizo alzarla un poco hacia su rostro para poder ver mejor el bote. Yo me fijé con mayor detenimiento y vi los ojos de la Virgen María observándome con desaprobación a través del cristal. Bueno, cuando digo «ojos» me refiero a las brillantes circonitas de color azul cielo que ocupaban su lugar.

—No le falta ni un detalle —afirmó Charlie con una carcajada.

El rugido de uno de esos potentes deportivos típicos de los aficionados a la velocidad quebró el tranquilo ambiente del lugar y llamó la atención de los turistas que recorrían el mercadillo.

Lo del narcisismo puro y duro materializado en coches de motores ruidosos y vistosos alerones era algo que yo no había podido entender jamás. A mí solo me parecía una señal de un ego más grande de lo normal y de un pene por debajo de la media. Hice una mueca burlona y vi que Charlie se llevaba una mano a la frente y se la masajeaba con pequeños movimientos circulares para calmarse. Justo cuando estaba girándome en dirección al rugido, un BMW de un chillón color naranja dobló la esquina a toda velocidad y, en cuestión de segundos, se detuvo con un sonoro frenazo, tan brusco que las ruedas rebotaron contra el bordillo y el coche retrocedió varios centímetros. Solté un bufido despectivo y miré a Charlie, que parecía estar pasando una vergüenza aplastante. La ventanilla del conductor se abrió y apareció el sonriente rostro de Carrick.

—Venga, chicos, ¡subid! —nos dijo.

—¿Te dejan circular con tu coche? —le preguntó Charlie, mientras recogía el equipaje y lanzaba sonrisas de disculpa a los turistas que nos observaban con desaprobación.

—Sí, ¡con la condición de que le ponga un silenciador! —exclamó Carrick, con una sonrisa de lo más ufana. Parecía un perro labrador con la cabeza sacada por la ventanilla.

—Ah. ¿Cuándo piensas hacerlo?

—Si alguien lo pregunta, hay que decir que ahora mismo vamos de camino al taller.

—¿Te mareas? —Me preguntó Charlie por encima del bajo capó del coche cuando yo me disponía a abrir la puerta de atrás. Yo negué con la cabeza—. Vale. Pero hay una bolsa detrás del asiento de Carrick, úsala si la necesitas. Más de uno ha terminado vomitando por su forma de conducir.

—Qué bien —murmuré, antes de ocupar mi asiento.

Charlie se sentó junto a mí, Carrick echó un poco hacia delante el asiento del copiloto para que pudiera acomodar bien las piernas.

—¿No te sientas delante? —le pregunté yo.

—No, aquí detrás estaré más seguro. Bueno, eso creo.

—¿Estáis listos? —preguntó Carrick. Esperó hasta que yo me puse el cinturón de seguridad a toda prisa y le di el visto bueno con el pulgar a través del retrovisor—. Vale, ¡allá vamos!

El coche salió tan disparado que fue como estar de nuevo en el avión, aplastada contra el asiento por la fuerza del acelerón. Nos fuimos en un abrir y cerrar de ojos, dejando una estela de polución acústica y de olor a goma quemada a nuestro paso, pero no me dio ni tiempo de sentirme avergonzada al ver la cara de horror que ponían los transeúntes porque Carrick dobló una esquina como si de un piloto de carreras se tratara y nos esfumamos de allí. Mi cuerpo se deslizó por el asiento de cuero, mi hombro colisionó contra el interior de la puerta, y fue en ese momento cuando me di cuenta de que no me había despedido de mi madre ni de Ned. Les había prometido que les llamaría al bajar del avión, pero no lo había hecho. Esperaba no morir en aquel coche, pero decidí mandarle un mensaje de texto a cada uno por si acaso.

Apenas pude ver el paisaje porque viajábamos a una velocidad de vértigo. Y no es que Carrick fuera un mal conductor; de hecho, a juzgar por cómo manejaba el coche a tanta velocidad, yo diría que era mejor que la media. Pero cualquiera diría que estaba decidido a incumplir la mayor cantidad de normas de tráfico posible en un único trayecto.

Pasamos junto a un cartel marrón que no alcancé a leer porque no fue más que un borrón amarronado y blanco, pero supuse que era el indicador de Westport al ver que Charlie empezaba a dar muestras de nerviosismo y bajaba la mirada hacia su regazo.

El ambiente que se respiraba en el coche iba volviéndose más y más tenso conforme íbamos acercándonos a casa de sus padres. Yo sentía curiosidad por ver cómo eran; a juzgar por lo que había oído hasta el momento, no daba la impresión de que fueran de esas personas con las que congenias de inmediato, pero a lo mejor me llevaba una grata sorpresa.

—¡Atención, turistas! —exclamó Carrick. Se aclaró la garganta antes de continuar—: Si miráis a vuestra derecha, veréis la pintoresca bahía de Clew y sus magníficos *drumlins* sumergidos. Y ¿qué es un *drumlin*?, os estaréis preguntando. Pues yo os lo digo. La palabra procede de *drumin*, que significa «colina» en gaélico. Total, que son esas pequeñas colinas de ahí que asoman del agua como pechos en una bañera.

—¿Alguna vez has visto unos pechos en una bañera? —le preguntó Charlie.

—Uy, he visto tantos que he perdido la cuenta, muchacho. Pero te puedo decir el número exacto de *drumlins* que hay en la bahía: trescientos sesenta y cinco, uno para cada día del año.

—¿Consigues mucho trabajo como guía? —le pregunté con sarcasmo.

Él me lanzó un guiño a través del espejo retrovisor y procedió a explicarme que la bahía había sido la base de la marinera familia O'Malley, en especial de Grace O'Malley, la famosa reina pirata que controlaba aquella zona y que había sido el azote de los marineros que iban y venían de Galway durante el reinado de Isabel I. Tal y como solía pasar con él, no estaba claro cuánto de todo aquello era real y cuánto inventado, pero agradecí el relato porque sirvió al menos para distraerme y que dejara de preocuparme por si íbamos a estrellarnos.

Justo cuando estaba llegando al final del relato, Carrick aminoró la marcha y detuvo el coche junto al bordillo. Estábamos en una parada de autobús y la parte trasera del coche sobresalía a la carretera, alguien tocó un claxon con indignación y varias ancianas que esperaban en la parada nos miraron con desaprobación mientras rezongaban por lo bajinis. Todas ellas llevaban su correspondiente gorro de plástico para la lluvia, atado con una cinta blanca bajo barbillas que me recordaron a la de un pavo.

—¡Y aquí termina esta parte del recorrido! —dijo Carrick—. Perdonadme un momento, tengo que recoger algo. —Se desabrochó el cinturón de seguridad y bajó a toda prisa del coche.

En cuanto la puerta se cerró tras su tío, Charlie se volvió hacia mí y suspiró.

—Te pido mil disculpas. Te aseguro que conduce muy bien cuando quiere.

—No te preocupes, solo me he dado por muerta tres veces.

—¿Tan pocas? Vaya, entonces no tenía de qué preocuparme.

La bahía era preciosa, uno de esos paisajes pintorescos típicos dc las postales y de las latas de caramelos que se venden como recuerdo.

—¿Cómo te sientes ahora que has vuelto? —le pregunté, mientras las ancianas seguían cuchicheando sin quitarnos los ojos de encima.

—Uy, de maravilla. —Intentó esbozar una sonrisa, pero no había ninguna sinceridad en ella—. ¿Te he parecido convincente?

—Vas a tener que practicar más.

Unas largas uñas que se asemejaban a unas garras, endurecidas y amarillentas por la edad, golpetearon en ese momento la ventanilla de Charlie.

—Madre de Dios —susurró él, antes de estampar una sonrisa en el rostro y bajar la ventanilla.

—¿Qué ven mis ojos? Charlie Stone, ¿eres tú? —dijo la mujer, con cierta coquetería.

Él contraatacó con una buena dosis de encanto.

—Hola, señora Kelly. ¿Qué tal está?

—¡Nada de «señora»! Llámame Roisin, ya no eres un crío. —La mujer soltó una risita.

—Me alegra verte, Roisin. Tienes muy buen aspecto.

Vi que el semblante de la mujer se ensombrecía y me preparé para lo que sabía que se avecinaba.

—Qué terrible fue lo que pasó con tu Abi. —Sacudió la cabeza y se persignó, le miró con una compasión que Charlie iba a aborrecer sin duda—. Por eso no habías vuelto por aquí, ¿verdad?

Junto a ella apareció otro rostro, uno igual de arrugado y avejentado, coronado con su correspondiente gorro de plástico.

—Charlie Stone, cada vez que te veo más buen mozo estás hecho. Deja de acaparar tanta guapura, que no vas a dejar nada para los demás. —La mujer se llevó una mano al corazón mientras reía con coquetería; sus ojos se dirigieron entonces hacia mí—. ¿Vienes acompañado?

207

Me convertí de repente en el centro de todas las miradas, y me apreté aún más contra el interior de la puerta con la esperanza de desafiar a la ciencia, atravesar el metal y emerger por el otro lado.

—Os presento a Nell, una amiga de Inglaterra.

—Ah, ya. ¿Una amiga? —La primera mujer enarcó las cejas con escepticismo.

—Yo la veo demasiado guapa como para ser una amiga sin más —afirmó la segunda.

—Tienes mucha razón, Agnes.

«Nadie les ha pedido su opinión, señoras. Lárguense ya», pensé yo para mis adentros.

Carrick reapareció en ese momento con una funda de ropa en la mano y les lanzó un silbido seductor a las señoras al pasar.

—Buenas tardes, guapetonas.

Las dos mujeres se enderezaron y rieron como un par de ruborosas colegialas.

—¿Qué llevas ahí? ¿El traje para las exequias? —le preguntó Agnes.

—Has acertado.

—Nos veremos allí. ¿Verdad que sí, Agnes?

—Sí, claro.

—Encantado de volver a veros —dijo Charlie. Tenía el dedo puesto en el interruptor de la ventana, listo para poner fin al encuentro.

—Ha sido un placer verte y conocer a tu nueva amiga. —Agnes me guiñó el ojo y se sentaron de nuevo en la parada de autobús.

Carrick se sentó al volante y dejó la funda de ropa en el asiento del pasajero.

—¿Qué es eso? —le pregunté.

Él se volvió a mirarme como si hubiera estado esperando a que alguien le hiciera esa precisa pregunta.

—Mi traje para mañana. —Lo alzó con orgullo, bajó la cremallera y apartó a un lado la funda.

Me tapé la boca con la mano para ahogar la exclamación de sorpresa que brotó de mis labios y me volví a mirar a Charlie, que gritó airado:

—¿Estás chalado? ¿Qué diantres es eso?

—Mi traje —Carrick frunció el ceño, como extrañado ante semejante reacción.

Charlie se volvió hacia mí y suspiró con exasperación.

—¿Estás viendo eso? ¡Qué ridiculez!

—No te me pongas gallito, muchacho. No es una decisión tomada a la ligera, he invertido mucho dinero en esto. Pensé que sería buena idea intentar animar un poco la cosa. Ya celebramos el funeral y la misa por el aniversario de su muerte, y ahora es el momento de empezar a recordarla con alegría en vez de con tristeza.

Yo titubeé por un momento, no sabía qué decir.

—¿De qué…? ¿De qué color es? —pregunté al fin.

—Creo recordar que la chica que me atendió lo llamó «cartujo». Me lo han hecho a medida. ¿A ti qué te parece, Nell?

—Pues muy… llamativo.

Él se hinchió de orgullo al oír mi respuesta.

—¿Lo ves, muchacho? ¡Así se supone que debes reaccionar cuando tu tío se esfuerza en algo! —Cerró la cremallera y, con la frente bien alta, volvió a echar la funda sobre el asiento.

—No hace falta que le rías las gracias, ya es bastante idiota de por sí —me susurró Charlie.

—Tú también —le contesté yo, justo cuando el motor cobraba vida de nuevo con un sonoro rugido—. Solo está esforzándose por hacer algo positivo. Además, si alguien puede ponerse un traje así con soltura, ese es él.

—¡Bien dicho, Nell! —Carrick se volvió en su asiento y me miró son semblante serio—. Bueno, ¿estás preparada? Porque ha llegado el momento de la verdad.

—Preparadísima. Además, tampoco creo que vaya a ser para tanto, ¿no?

Empecé a preocuparme un poco al ver que se mordía el labio

superior y nos miraba con una expresión enigmática que no alcancé a descifrar. Me volví hacia Charlie y le miré con ojos interrogantes.

Carrick me dio unas tranquilizadoras palmaditas en la rodilla y se limitó a añadir:

—Eh… solo te aconsejo que te vayas preparando.

18

—Yo creo que, para lidiar con esto, lo mejor es hacerlo como si fuera una banda de cera depilatoria —afirmó Carrick al salir del coche. Se oyó el agradable crujido de la grava cuando sus pies se posaron en el camino de entrada de la casa de los Stone—. Va a doler un montón lo hagas como lo hagas, pero las cosas se suavizarán al final.

Yo asentí, impresionada con el símil que acababa de inventarse, y procedí a bajar del coche. Pero Charlie permaneció en el asiento de atrás, contemplando la casa a través de la ventana como si temiera que fueran a liquidarle en cuanto cruzara la puerta principal, y debo admitir que en ese momento yo no tenía claro hasta qué punto era probable que eso sucediera.

—Saben que yo vengo, ¿verdad? —le pregunté a Carrick.

—Sí. —En sus ojos entreví una preocupación velada que hizo que se me encogiera el estómago—. Son un poco más... ¿cómo lo digo...? Son un poco más estrictos que yo con las normas, las de la Biblia. Así que no les va a hacer mucha gracia que estéis «viviendo en pecado». —Entrecomilló con los dedos esta última parte de sus preocupantes palabras.

—Eh... no estamos... Charlie y yo no hemos...

—Ya, estás diciendo que no lo habéis hecho aún. —Carrick hizo una mueca burlona.

Yo me moría de vergüenza con aquella conversación, estaba

incluso más nerviosa que antes. Me pregunté si estarían esperando junto a la puerta con horcas y antorchas, listos para estamparme una A escarlata en el pecho, y decidí que solo había una forma de averiguarlo.

Me volví hacia el coche para ver qué tal lo llevaba Charlie. Se había quitado el cinturón de seguridad, pero no había avanzado más allá. Abrí la puerta del coche y me asomé.

—¿Cómo estás? —le pregunté.

—Genial, aterrado y con algo de pánico, lo tengo controlado, dame un momento para tranquilizarme y ahora salgo —farfulló él con voz atropellada.

—Vale. —Cerré de nuevo la puerta y dejé que se macerara en su propio pánico hasta que no tuviera más remedio que salir. Di media vuelta y me acerqué un poco más a la casa para ver con detenimiento el lugar donde él había crecido.

Era una casa normal en cuanto al tamaño y a todo lo demás. Era corriente, agradable a la vista, pero no iba a ganar ningún premio por tener un estilo original e imaginativo. Estaba pintada en un luminoso tono blanco que contrastaba cegadoramente con el gris plomizo del cielo; estaba rodeada de plantas cuidadas con esmero y adornadas con los primeros brotes primaverales; la puerta principal, situada en un porche de UPVC, tenía un vívido color rojo; cerca de donde estábamos había un Land Rover aparcado en el camino de grava, junto a un garaje independiente desde cuya puerta abierta salía una suave música clásica.

Me llevé un buen sobresalto cuando Carrick vociferó de buenas a primeras:

—¡Eoin! ¡Sal, querido hermanito! ¡Te traigo invitados!

Dejó de oírse la música y, al cabo de un momento, un hombre fornido que tenía pinta de ser bastante mayor que Carrick salió del garaje limpiándose las manos con un trapo manchado de aceite. Se detuvo un instante al vernos, como si estuviera deseando poder mantenerse oculto en su refugio, pero finalmente se acercó renuente mientras nos observaba con consternación.

Cuando el hombre estuvo lo bastante cerca, tan cerca que yo alcanzaba a ver ya aquellos ojos azules como el aciano que parecían tener todos los varones de la familia y el cabello casi negro de sienes canosas, Carrick se encargó de las presentaciones de rigor.

—Nell, te presento a mi hermano, Eoin. Eoin, ella es Nell, la amiga inglesa de Charlie.

El hombre me observó en silencio durante unos segundos que se me hicieron eternos antes de ofrecerme su grasienta mano.

—Bienvenida, Nell. ¿Habéis tenido un buen vuelo?

—Sí, gracias. Encantada de conocerle —le dije con timidez.

—Lo mismo digo, lo mismo digo. —Exhaló un suspiro por la nariz y siguió limpiándose las manos.

Yo flexioné los dedos contra la palma de la mano y noté el residuo grasiento que me había transferido durante el apretón. Él miró hacia el coche durante un milisegundo antes de bajar los ojos hacia el trapo. Me llevé otro sobresalto más cuando gritó en voz bien fuerte:

—¡Sal de ahí, muchacho! Deja que tu padre vea cómo estás.

El ambiente estaba cargado de una tensión palpable mientras la puerta del coche se abría por fin poco a poco, de forma titubeante. Pasaron veinte segundos largos hasta que Charlie emergió finalmente del vehículo, mantenía los ojos en el suelo y se le veía avergonzado.

—Acércate —le dijo Eoin, empleando un tono de voz más suave en esa ocasión—. Mis ojos ya no son los de antes.

Yo me volví hacia Eoin y permanecí allí con el aliento contenido, la tensión se intensificó aún más mientras esperaba a que dejara de oírse el crujido de la grava; cuando Charlie se detuvo junto a mí, bajé la mirada hacia mis pies porque me sentía incapaz de mirar a nadie.

—Te has quedado muy delgaducho —comentó Eoin.

—Tú no —contestó Charlie.

—Ya, bueno, es que tu madre me llena la barriga a reventar. Cualquiera diría que está intentando acabar conmigo. ¿Sabe que has venido?

Se hizo un largo silencio, fue Carrick quien lo rompió al fin.

—No, todavía no hemos agitado ese avispero en particular.

Eoin inhaló aire de forma audible, claramente preocupado, y entonces se apartó de su hijo y echó a andar hacia la casa.

—Bueno, pues vamos allá —se limitó a decir.

Ava Stone, la madre de Charlie, parecía tan amable y maternal a simple vista que, en un primer momento, me pregunté si los demás habrían estado exagerando al hablar de ella. Pero tardé muy poco en darme cuenta de que aquella primera impresión no era más que una treta para crear en mí una falsa sensación de seguridad y que me confiara. Era un poco más bajita que yo y tenía unos rasgos finos y delicados que te hacían creer que era un alma cándida y buena; tenía los ojos de un tono marrón muy oscuro, casi negro, que era idéntico al de la gruesa melena de pelo hirsuto que le caía hasta los omóplatos. La ropa que vestía podría definirse como «suave», tanto en textura como en color: una esponjosa rebeca azul claro que solo tenía abrochado el botón superior y que quedaba abierta sobre un vestido de punto color crema que le llegaba por debajo de las rodillas, y cuyo cuello redondo había sacado pulcramente de debajo de la rebeca antes de doblarlo por encima de un collar de perlas.

Me había dado la bienvenida con una actitud reservada y ligeramente crítica; a partir de ese momento, con cada mirada suya me había sentido como una rata enjaulada a la que analizan con detenimiento. No me habría extrañado que sacara una libretita de repente y se pusiera a tomar notas. Aquella mujer hacía emerger sentimientos de terror reprimidos de algún rincón recóndito de mi cerebro, sentimientos que había olvidado tiempo atrás, generados por atemorizantes profesores y jefes autoritarios. Yo creo que no estaba conociéndola en las mejores circunstancias que digamos y que lo mismo podía decirse en cuanto a su marido, Eoin. El aire estaba preñado de una tensión dirigida a Charlie, y yo estaba en medio de aquel fuego cruzado, ni más ni menos.

Salimos a sentarnos al jardín. Ava se puso a parlotear sin cesar sobre las plantas que rodeaban la zona central de césped, empleaba palabras que yo no solía oír a menudo como «caducifolia» y «perenne». Yo albergaba la esperanza de que se pusiera a llover para que tuviéramos que volver a entrar en la casa, pero el cielo plomizo se resistió a dejar caer las gotas porque debía de estar muy interesado en lo que estaba contando ella (parece ser que en los últimos tiempos había empezado a usar hojas de té para abonar el suelo). Después de pasar cerca de una hora oyéndola hablar sobre cosas inconsecuentes sin pararse a respirar apenas, necesitaba con urgencia media horita de relajación en alguna sala oscura. Ella no se interesó en mí en ningún momento. No me hizo ni una sola pregunta, ni sobre el porqué de mi presencia allí ni sobre mi vida, no me preguntó si realmente estaba viviendo «en pecado» con su no tan adorado niñito; de hecho, después de las presentaciones iniciales, apenas me había dirigido la palabra más allá de para ofrecerme una taza de té.

Eran las doce del mediodía recién tocadas cuando cruzamos la puerta principal y nos sentamos alrededor de una mesa de caoba. La madera estaba tan abrillantada que en su superficie se veía reflejada la anticuada lámpara cobriza con plafón de vidrio esmerilado.

Entrar en aquella casa era como retroceder en el tiempo a un hogar más propio de unos abuelos que de unos padres. En todas las estancias (incluso en el baño de la primera planta) había un crucifijo u otro tipo de adorno religioso; la calefacción estaba tan anticuada que cualquiera diría que estábamos en alguna zona remota de Australia; por toda la casa había figuritas de porcelana que abarcaban una amplia gama desde las feas sin más, hasta las que daban un miedo atroz. Había una pastorcilla en particular que me observaba con los dos puntitos negros que tenía a modo de ojos, alzaba el cayado por encima de la cabeza y tenía a sus pies tres o cuatro ovejas que parecían haber sido diseñadas por alguien que no había visto jamás una.

En la casa reinaba un silencio un poco inquietante mientras Ava, cual sirvienta del medievo, caminaba alrededor de la mesa sosteniendo con el brazo una avejentada vasija de barro. Junto a Carrick había un puesto vacío y, aunque eso no tenía nada de raro porque era una mesa con seis sillas y nosotros éramos cinco, lo que me pareció curioso fue que Ava hubiera puesto cubiertos para seis comensales. ¿Esperaba acaso que viniera alguien más? ¿Le habría reservado ese puesto en la mesa a Abi como muestra de respeto? O quizás no soportaba la falta de simetría que se creaba al haber un asiento vacío, tan simple como eso. La observé en silencio mientras se colocaba tras Carrick, le servía un cucharón de una especie de estofado de un tono marrón claro y procedía entonces a acercarse a Eoin, quien ocupaba la cabecera de la mesa. El parecido familiar de los Stone saltaba a la vista: los tres hombres tenían el mismo rostro de aspecto cincelado, como si fueran bustos de bronce que habían cobrado vida.

A mí me costaba creer que Carrick y Eoin fueran hermanos a pesar del innegable parecido físico; mientras que el primero era cómicamente exagerado, extravagante y bullicioso, el segundo era una persona callada y estoica. Charlie no me había explicado gran cosa sobre la vida de uno y otro, pero, a juzgar por lo que veía, estaba claro que habían tenido experiencias muy distintas. Eoin permanecía inexpresivo, con la espalda erguida con rigidez contra el respaldo de la silla y apático; Carrick, por su parte, estaba sentado con una amplia sonrisa en el rostro dirigida al vacío, golpeteando el borde de la mesa con los dedos y con el extremo de su chillona bufanda de color turquesa colgando peligrosamente cerca de su plato de comida. Me di cuenta de que Eoin había sido el que se había llevado las regañinas y los pescozones, mientras que con Carrick habían sido excesivamente permisivos. Aunque eso era lo que solía pasar con los hermanos pequeños, ¿no? A menudo se les mimaba demasiado. Yo no tenía experiencia de primera mano en ese tema, pero siempre me había dado la impresión de que al pequeño de una familia se le consentía todo.

Llevaba unos veinte minutos batallando contra el impulso de ponerme a hablar, desde que habíamos entrado en la casa y habían terminado las explicaciones sobre flores y arbustos. Mi boca no estaba acostumbrada a aquello. Cuando había un silencio ahí estaba yo, lista para llenarlo. Pero estaba enmudecida por la tensión que flotaba en el ambiente, una tensión generada por palabras que habían quedado en el tintero y cuentas pendientes; por si fuera poco, la gente con la que yo acostumbraba a tratar no te decía ni «Jesús» cuando estornudabas, era la primera vez en mi vida que estaba en compañía de unos devotos católicos de Irlanda y me daba miedo blasfemar sin darme cuenta y empeorar aún más lo que ya era una tarde complicada de por sí.

Ava se acercó a servirme la comida y me miró con una mirada dulce, pero a la que le faltaba sinceridad.

—Te vendrían bien unos kilitos más —comentó, antes de servirme un cucharón de comida que fue a parar a mi plato con un sonoro chof—, come un poco de pan.

Indicó con la cabeza la panera situada en el centro de la mesa y yo obedecí sin rechistar. Se dispuso entonces a servir a Charlie, quien estaba sentado junto a mí y fue poniéndose más y más rígido conforme su madre se acercaba. Ella le sirvió la comida sin decir palabra y fue a ocupar su puesto en la mesa, en el extremo opuesto al de su marido.

—¡Esto huele que alimenta! —dijo Carrick, mientras jugueteaba con nerviosismo con una de las esquinas de su servilleta. Su acento sonaba más marcado ahora que estaba de nuevo con su familia—. Los guisos de Ava son para chuparse los dedos.

Yo creo que esto último lo añadió a modo de apunte informativo para mí. La cuestión es que tomó un trozo de pan y yo deduje que ya se podía empezar a comer y, sin pensármelo dos veces, agarré mi cuchara y la metí en el plato.

Ava carraspeó y noté que la cálida mano de Charlie se posaba en mi rodilla y me daba un ligero apretón de advertencia. Alcé la mirada y vi que Ava tenía una sonrisa en el rostro, aunque cualquiera podría confundirse e interpretar el gesto como una mueca de desaprobación.

—¿Quieres bendecir la mesa, Nell? —me preguntó. A juzgar por la satisfacción que relampagueó en sus ojos oscuros, estaba regodeándose al ver mi primera metedura de pata.

Yo bajé la cuchara, y para cuando recordé que estaba embadurnada de comida, ya había pringado la mesa. Farfullé una disculpa, avergonzada, y Carrick se levantó de su silla con torpeza, se echó la bufanda sobre el hombro y limpió con su propia servilleta de tela el desastre que yo acababa de crear.

—Tranquila, yo lo limpio.

Yo le expresé mi agradecimiento con la mirada antes de admitir con cierto azoro:

—Eh… la verdad es que no sé cómo… —Me sentía como si estuviera de vuelta en el colegio y, de buenas a primeras, la profesora me hubiera elegido para contestar a una pregunta mientras estaba distraída.

Pero Charlie intervino y me rescató del apuro.

—Ya me encargo yo. —Me lanzó una mirada de disculpa antes de bajar la cabeza y unir las manos en actitud de plegaria, todos siguieron su ejemplo y yo me sumé también. Carraspeó ligeramente antes de hablar y pronunció entonces unas palabras que yo sabía que en realidad no sentía de corazón—. Bendícenos, Señor, y bendice estos alimentos que estamos a punto de recibir por tu generosidad por medio de Cristo, nuestro Señor. Amén.

Los Coleman éramos pocos y nunca habíamos sido una familia que se pusiera una careta para dar una falsa imagen. Mi difunto tío era gay, mi madre una feminista adicta al trabajo. Yo había tardado un poco en descubrir mi propia identidad, pero, cuando lo había hecho, se me había aceptado tal y como era. Incluso Joel y su familia aceptaban a los demás sin dudarlo, así que eso de ver a alguien fingiendo era una nueva experiencia para mí. No me parecía correcto que Charlie tuviera que montar aquel numerito para contentar a sus padres, quienes, por otra parte, debían de saber que él no creía demasiado en la fe que se le había inculcado desde pequeño. Pero supongo que cada familia hace las cosas a su manera.

La palabra «amén» resonó alrededor de la mesa y yo la articulé con los labios, pero no la dije en voz alta. Aquella no era mi fe, participar en aquella costumbre no me parecía correcto. Todos hicieron la señal de la cruz menos yo, y al oír que tomaban sus respectivas cucharas deduje que ya podía ponerme a comer sin temor a volver a meter la pata.

Pero Ava dirigió la mirada hacia mí en ese momento y me puse tan nerviosa que fue como tener un espectáculo de fuegos artificiales en el pecho.

—¿Cómo os conocisteis? —me preguntó.

Mierda, no se me había ocurrido inventarme alguna historia de antemano. Charlie y yo no nos habíamos puesto de acuerdo en lo que íbamos a decir ni habíamos ideado una mentira convincente, y yo tenía claro que aquella no era una familia donde se hablara abiertamente de la salud mental. ¿Cómo iba a decirles que había conocido a su hijo cuando este había llamado a una línea de ayuda la noche en que se disponía a acabar con su propia vida? Me metí en la boca una cucharada extragrande de estofado y, con el pretexto de no querer hablar con la boca llena, me disculpé con la mirada.

Charlie acudió a mi rescate de nuevo.

—Nell y yo nos conocimos en una cafetería. Nos pusimos a charlar y hemos sido amigos desde entonces.

—¿Ah, sí? —Ava sonrió, pero seguía juzgándome con la mirada. Aquella mujer era la reina de las expresiones faciales pasivo-agresivas—. Qué amable de tu parte ofrecerle tu… amistad, Nell. Pero seguro que a una chica tan guapa como tú no le faltarán… amigos.

Charlie le lanzó una mirada de advertencia, y entonces me dio otro apretón en la rodilla y dejó allí la mano con actitud tranquilizadora.

Yo también había captado la pullita de su madre y respiré hondo para calmarme. Parece ser que en aquella casa era aceptable llamarte zorra, siempre y cuando se hiciera de forma velada.

Me limité a mirarla con una sonrisa forzada a modo de respuesta. Ella prosiguió como si nada.

—¿Cómo se gana la vida una chica como tú?

Sentí una extraña sensación de congestión en los oídos, como cuando se te queda un poco de agua atrapada dentro después de nadar y... ¡zas! Allí estaba Abi de nuevo, apoyada en la pared y vestida como en la fotografía que yo había encontrado en un cajón revuelto. No le faltaba ni un solo detalle, llevaba hasta la diadema de plástico con el velo de mentirijilla y la banda cruzada al pecho. «Da gusto ver que no soy la única que se pone nerviosa con esa mujer», me dijo, con los brazos cruzados sobre el pecho.

¡Genial! Eso era lo único que me faltaba en ese momento, que una aparición producto de mi propia mente me dificultara aún más aquella dura conversación.

—¿Me has oído, Nell? ¿A qué te dedicas? —insistió Ava.

—¡Perdón!

Intenté ignorar a Abi como buenamente pude y centrarme en la conversación. Me planteé responder que era una puta o la gran sacerdotisa de un culto satánico, pero la tentación de enfurecer a la bestia fue efímera.

—Trabajo en una línea de ayuda para gente con problemas de salud mental. —Lo afirmé con confianza y, por la cara que puso, yo creo que lo de gran sacerdotisa habría sido mejor opción.

«Uy, sí, ¡eso le encantaría!», me dijo Abi con una risita cruel.

—¿Ah, sí? —Ava ladeó la cabeza y se inclinó un poco hacia delante—. Bueno, no debe de ser un trabajo demasiado agradable, pero supongo que alguien tiene que hacerlo.

—De hecho, disfruto mucho con lo que hago. Me resulta gratificante ayudar a la gente a lidiar con cosas que les angustian. Ayudamos a gente que tiene dificultades económicas, problemas emocionales, gente con problemas de salud mental y personas que se plantean suicidarse. —Carraspeé con suavidad al ver que Charlie se tensaba al oír esto último.

Ava inhaló con fuerza y se persignó antes de soltar un bufido burlón.

—Bueno, el Señor debe de haberte bendecido con la paciencia

de una santa si tienes que hablar con todas esas personas sin juzgarlas. No me cabe duda de que muchas de ellas serán drogadictas, indigentes. —Chasqueó la lengua y sacudió la cabeza con desaprobación—. La idea de desperdiciar el regalo de la vida que nos concede el Señor es… en fin, es inexcusable.

Empecé a cabrearme de verdad.

—Eh… ¿qué tal está Siobhan, mamá? —dijo Charlie.

Era obvio que se sentía incómodo y que estaba intentando cambiar de tema, pero yo me negué a seguirle la corriente. Una de las cosas que lograban sacarme de quicio era la gente sin empatía, y Ava había logrado tocarme las narices de tal modo que merecía una respuesta.

—Sí, algunas de esas personas son adictas o están en proceso de recuperación, pero no les juzgamos en absoluto. —La pregunta de Charlie se desvaneció como si jamás hubiera existido—. Hay tantas cosas que pueden provocar una enfermedad mental… las causas pueden ser físicas o psicológicas, pueden estar relacionadas con el ambiente que te rodea. No las consideramos personas inexcusables ni que malgastan lo que tienen. Las vemos como personas que han pasado por cosas que nosotros no hemos vivido, personas a las que podemos ayudar y dar apoyo. —Estaba diciéndole todo aquello con una sonrisa rígida, aunque mis ojos sostenían su mirada con una fuerza que no había sentido en mucho tiempo—. Incluso trabajamos con iglesias de la zona, para ayudar a quienes encuentran solaz y consuelo en su fe.

Estaba claro que Ava Stone estaba acostumbrada a dominar a todos cuantos la rodeaban, pero yo no le tenía miedo y no iba a permitir que ella creyera ni por un segundo que podía avasallarme.

«Vaya, los tienes bien puestos, ¿eh?». Me pareció que Abi estaba un poco impresionada, pero la congestión de mis oídos se esfumó de repente y ella desapareció y regresó al sitio del que volvía cada dos por tres, dondequiera que fuese.

—Siobhan, mamá. ¿Cómo está? —insistió Charlie, con un poco más de énfasis.

Ava me sostuvo la mirada durante unos segundos más. Era obvio que estaba librándose una batalla en su cabeza: por un lado, no quería que diera la impresión de que estaba intentando generar una discusión; por el otro, no quería ser la primera que apartara la mirada. Al final, optó por volverse hacia su hijo y responder a la pregunta. Yo me centré de nuevo en mi comida, pero vi por el rabillo del ojo que Carrick estaba apretando los labios con fuerza para reprimir una sonrisa.

Antes me preguntaba a qué se debía la indiferencia de Charlie al hablar de su familia, pero me había quedado más que claro por qué no había vuelto a casa en tanto tiempo. Él no se mostraba prejuicioso ni malintencionado al hablar, ni actuaba así de forma velada bajo una supuesta actitud pía. Yo no tenía nada en contra de la gente que encontraba consuelo y apoyo en la religión, cada cual es libre de hacer lo que le dé la gana. Pero la incapacidad de ver las cosas desde el punto de vista de los demás y juzgarles, además, por ese punto de vista distinto… eso sí que me suponía un problema. Era increíble que Charlie hubiera salido de una familia semejante con tanta limpieza, con una mente tan abierta de miras.

Supuse que su personalidad cálida y amable se debía a la influencia de otra persona, alguien que le había alejado de sus padres y le había mostrado el ancho mundo. Carrick había tenido algo que ver, eso estaba claro, pero había otra persona que había moldeado sin duda su personalidad hasta convertirle en el hombre que había llegado a ser. Y esa persona era el motivo de que estuviéramos reunidos alrededor de aquella mesa en ese momento.

Todo el mundo alzó la cabeza al oír que la puerta principal se abría y unos pasos se acercaban con determinación al comedor. Dirigí la mirada hacia la cubertería dispuesta en el sitio vacío que había junto a Carrick y me pregunté si el recién llegado sería el invitado que no había hecho acto de presencia. Vi por el rabillo del ojo que Charlie se ponía tenso, su cuchara golpeteó contra el plato y se hundió casi por completo en la superficie del estofado. Se me escapó una exclamación ahogada cuando la mujer apareció por fin y se detuvo en el umbral de la puerta. Durante unos aterradores segundos pensé que era Abi quien estaba allí parada con cara de furia, pero, conforme fui fijándome mejor en aquel rostro perfecto de estrella de cine, en la masa de tirabuzones rojizos que contrastaba con su complexión menudita, me di cuenta de que debía de tratarse de Kenna, la hermana de Abi.

La recién llegada recorrió la sala con ojos chispeantes de furia mientras la observábamos acobardados. A pesar de su corta estatura (debía de medir unos treinta centímetros menos que yo), comandaba el lugar con autoridad. Sus ojos fueron recorriéndonos uno a uno, y permanecieron fijos en mí durante unos segundos de más que me hicieron sentir un poco incómoda antes de posarse en Charlie. Supuse que era a él a quien buscaba, porque, en cuanto lo vio, echó andar con calma en su dirección con aquellos piececitos delicados que parecían los de una niña.

Charlie parecía un conejito ante las amenazantes fauces de un zorro que se relame al verlo, su pecho subía y bajaba al ritmo de su respiración acelerada.

Kenna se detuvo junto a él y de espaldas a Ava, quien le dio una palmadita en el hombro con actitud afectuosa.

—Hola, Ken —la saludó Charlie, con voz frágil y teñida de temor—. ¿Qué tal has esta...?

La delicada mano se alzó con sorprendente velocidad y le asestó un bofetón que interrumpió de golpe la frase. El sonido del golpe resonó en la sala como el último tañido de una campana, la conexión de la palma de la mano con la mejilla se realizó con una precisión tan exquisita que tuve claro que iba a dejarle una marca.

Kenna suspiró, alzó la mirada hacia mí, me sonrió y extendió la mano como si Charlie no existiera.

—Kenna Murphy, encantada de conocerte.

—Lo mismo digo. —Le estreché la mano con miedo—. Nell. O sea, que así me llamo. Nell. Me llamo Nell.

Ella esbozó una sonrisa abierta y sincera antes de rodear la mesa rumbo al asiento vacío. Se sirvió un plato de estofado y, cuando se sentó en la silla, su increíble mata de pelo se movió como si se tratara de una entidad independiente que la acompañaba de acá para allá. Unió las manos en actitud de plegaria, bendijo la comida sin andarse con ceremonias y se llevó a la boca una cucharada bien colmada.

—Mmm… está buenísimo —murmuró con la boca llena.

Me volví hacia Charlie y vi que seguía inmóvil. Él tenía a Kenna justo enfrente y la miraba como si temiera que pudiera abalanzarse hacia él por encima de la mesa de un momento a otro para propinarle otro bofetón.

—Bueno, contadme, ¿cómo os ha ido? —dijo ella con toda naturalidad, como si no hubiera pasado nada.

19

Estaba sentada en el jardín de Ava Stone bajo el sol (bueno, el que cabía esperar en Westport a primeras horas de la tarde), con mi teléfono en la mano y el rocío humedeciendo la tela de mis ajustados pantalones.

Durante la comida, que había resultado ser una de las más incómodas de toda mi vida, había notado que el móvil me vibraba contra la piel bajo la cintura de los pantalones, y había esperado a que todo el mundo terminara de comer y Charlie dejara de contar cuentos sobre lo genial que le iba para escabullirme al jardín y leer el mensaje que había recibido. Charlie no les había contado que había dejado su trabajo en Aldi, pero tampoco tenía mucho sentido que lo hiciera teniendo en cuenta que su familia ni siquiera estaba enterada de que había estado empleado allí. Ellos creían que él seguía trabajando en los teatros de Birmingham, que tanto su vida laboral como la personal seguían bien encarriladas. Pero yo no era la única que sabía que estaba mintiendo, y eso me consolaba en cierta forma. Carrick había visto el estado en que le había dejado la muerte de Abi. Y, aun así, los dos habíamos dejado que contara sus cuentos inventados sobre una vida ficticia de satisfacción y desarrollo profesional, una vida que no podía distar más de la que tenía en realidad.

Bajé la mirada hacia la pantalla de mi teléfono mientras oía de fondo la voz airada de Kenna, quien estaba «hablando» con Charlie en la otra punta del jardín. Tenía los brazos cruzados sobre sus generosos pechos y, aunque estos me parecían demasiado redondeados como para ser naturales, no quería ser yo quien emitiera juicios generalizados. El mensaje de texto que me había llegado era de Joel, una secuela del que había recibido e ignorado el día anterior, que decía lo siguiente:

Supongo que ese tipo tan ridículamente atractivo que estaba en tu casa la otra noche significa que no estás interesada en hablar, ¿no?

En esta ocasión se trataba de un mensaje igual de escueto, breve y carente de dulzura:

Puedes engañarte a ti misma diciéndote que lo nuestro ha terminado, Nell. Puedes pavonearte con ese tipo y tener la crueldad de jactarte de estar con él frente a mí, pero sabes tan bien como yo que siempre terminaremos por volver a estar juntos. Seguimos amándonos y estamos hechos el uno para el otro. Bs.

¿Que yo me pavoneaba?, ¿que me jactaba? Que yo recordara, no había hecho ni lo uno ni lo otro. Sí, vale, a lo mejor había sido un poco cruel de mi parte darle esperanzas, hacerle creer que nuestra relación podría salvarse, pero no había sido cruel en lo referente a Charlie; de hecho, ni siquiera había sido yo quien había abierto la puerta la noche en la que Joel se había presentado de improviso en mi casa. Estaba muy equivocado, no estábamos hechos el uno para el otro. No estábamos destinados a volver a estar siempre juntos, yo no le amaba, no como él quería que lo hiciera. Yo misma me sorprendí con lo que estaba pensando, algo encajó de repente en mi cerebro y sentí una extraña sensación de liberación, como si acabara de abrirse una banda de acero que había estado oprimiéndome el pecho sin que yo me diera cuenta. Sentía que mis pulmones podían expandirse más, que el aire que les entraba era más limpio. Ya no estaba enamorada de Joel. No lo pensaba porque estuviera intentando ser positiva, no estaba limitándome a vocalizar mis deseos. Era total, absoluta y categóricamente cierto que no le amaba.

Pulsé el pequeño icono con forma de teléfono situado en la parte superior de nuestra conversación y me sentí fatal al ver uno de los mensajes que le había enviado para uno de nuestros encuentros esporádicos. No era nada sutil y estaba medio oculto en la parte superior de la pantalla, como si el propio mensaje en sí se sintiera avergonzado por cómo me había comportado en el pasado. Tres tonos de llamada, seguidos de un sonido sordo cuando Joel maniobró para llevarse el teléfono al oído.

—¡Nell! —Me sentí mal al notarle tan entusiasmado—. Cuánto me alegro de que me llames, ¿has recibido mi mensaje? Sabía que recapacitarías.

Le interrumpí antes de que añadiera algo de lo que se arrepentiría en breve.

—Joel. Sí, lo he recibido, pero no te llamo por lo que tú crees.

—Ah. ¿Estás bien?, ¿ha pasado algo? —Lo dijo en un tono de voz mucho más apagado.

—Sí, estoy perfectamente bien. —No era del todo cierto, pero tampoco era mentira—. De hecho, estoy en Irlanda.

Prácticamente pude oír cómo se recolocaba el teléfono contra la oreja con actitud airada para asegurarse de haber escuchado bien.

—¿En Irlanda? ¿Qué…? Eh… ¿qué haces ahí?

—He venido a conocer a los padres de Charlie. —Me salté lo de las exequias de Abi.

Él exhaló de forma audible, trémulamente.

—Estás yendo un poco rápido, ¿no?

—Mira, Joel, te he llamado porque… en fin, porque lo que hemos estado haciendo en estos últimos seis meses está mal y es una estupidez y tendríamos que haber sabido de antemano que esto iba a tener un final doloroso para los dos.

—Pues yo no lo veía así. Yo pensaba que estábamos intentando arreglar algo que los dos sabemos que es lo mejor para ambos.

Oí a través de la línea que paseaba de un lado a otro con pasos bruscos, como siempre que estaba enfadado.

—Siento muchísimo haber contribuido a mantener abierta esta herida, tendríamos que haber dejado que sanara hace mucho, pero ahora estoy haciendo lo que tendría que haber hecho cuando empezó todo esto: decir que no.

—Nell, tómate un momento para pensarlo bien.

—No. —Noté una presión creciente tras los ojos.

—Sabes lo que va a pasar con ese tal Charlie, ¿verdad? Todos los hombres de esa clase son iguales.

—¿A qué clase te refieres? —le pregunté con voz cortante.

—Los guaperas con encanto que van en plan de gallitos, a esos me refiero. Estará encaprichado contigo mientras seas una novedad interesante e incluso le servirá para sentirse bien consigo mismo, para sentirse más íntegro porque eres una persona con los pies en el suelo y divertida y normal. Pero en cuanto las cosas se calmen, empezará a darse cuenta de que se aburre contigo y volverá a salir con tías buenorras, chicas que solo comen kale y que estarán dispuestas a ponerse un liguero para gustarle.

Me llevé la mano al pecho al oír aquellas palabras como puñaladas. Recordé algo que había ocurrido en nuestro tercer año de relación. Aunque en aquel entonces todavía dormíamos juntos, las cosas se habían enfriado un poco, y como regalo de cumpleaños me trajo ropa interior sexi y me pidió que me la pusiera. Y héteme allí, mirándome en el espejo del dormitorio y sintiéndome ridícula, barata. Sabía que había mujeres que se sentían empoderadas al vestir así, pero no era mi caso. Los *millennials* habían crecido creyendo que todas las chicas éramos como las estrellas del porno, y yo sentía que estaban obligándome a convertirme en una.

Total, que me había quitado aquellas prendas de inmediato y me había limitado a salir del dormitorio con la ropa interior de siempre. Él se había puesto furioso, me había gritado que se había gastado un dineral y que no le amaba de verdad porque me negaba a ponerme lo que me había comprado. Ahora, viendo las cosas a posteriori, creo que ese fue el principio del fin. Pero me quedé tanto tiempo después de eso… ¿por qué desperdicié tanto tiempo?

—Bueno, Charlie al menos es capaz de tocarme. Puede mantener una conversación sobre algo que no se centre en su propia persona e incluso le importa cómo me siento. Yo ni siquiera sabía que existieran hombres como él. Pero, claro, en realidad no tengo mucha experiencia con hombres hechos y derechos, ¿verdad?

Él exhaló un suspiro y se le escapó una especie de gruñido gutural.

—¿Sabes qué? Estás cansada, seguro que el vuelo te ha estresado y no sabes lo que dices. Hablaremos cuando vuelvas.

Abrí la boca para decirle que preferiría arrancarme todas las uñas de los pies allí mismo, en aquel césped pulcramente segado, a volver a verle el careto, pero cortó la llamada. Se me escaparon unas cuantas lágrimas que me bajaron por las mejillas, lancé el teléfono al suelo y me cubrí el rostro con las manos.

Cuando estáis juntos os decís el uno al otro que sois grandes amigos, que seguiréis manteniendo el contacto aunque se rompa la relación. Pero me pregunto si eso será posible, teniendo en cuenta lo frágil que es el ego. Tiene gracia. Cuando el estado de tu relación sufre el más pequeño cambio, se pueden abrir las puertas a rasgos de la personalidad que no sabías que existieran en el interior de esa persona a la que creías conocer como la palma de tu mano. Un día, la idea de odiarle te parece tan remota como la posibilidad de que Dwayne Johnson se convierta en la primera bailarina del Ballet Real; pero, de buenas a primeras, empieza a hablar de forma distinta, a tener comportamientos que jamás pensaste que verías en esa persona. Y ¿por qué motivo? Pues porque se siente herido en su orgullo, tan simple como eso.

La puerta de la casa se cerró con un sonoro portazo y deduje que la discusión entre Kenna y Charlie había llegado a su fin.

—¿Estás bien, Nell? ¿Qué te pasa?

La sensación de vacío y de amargura remitió un poquitín en mi interior al oír la voz de Charlie. Me sequé las lágrimas al apartar las manos de la cara y vi que estaba de cuclillas frente a mí.

—He hablado con Joel. —Habría preferido que mi voz no saliera tan quebradiza.

—¿Se ha portado como un capullo?

—Sí.

—¿Qué te ha dicho? —Sus ojos se encendieron de ira, era la primera vez que le veía así.

—Uy, no mucho. Que terminarás por cansarte de mí y volverás a buscarte alguna de esas tías buenorras a las que estás acostumbrado. Que básicamente no soy nada sin él y que no sobreviviré sola en este gran mundo cruel.

—Menudo cabrón —masculló en voz baja—. ¿Quieres que le pegue? Porque lo haré si tú quieres. O también podríamos ir juntos, que cada uno le dé un buen puñetazo.

Yo esbocé una sonrisa triste.

—No, no quiero que le pegues. —Lancé una fugaz mirada alrededor para asegurarme de que nadie nos veía y entonces alcé una mano hacia su rostro y deslicé el pulgar con suavidad por su mejilla, que todavía estaba un poco enrojecida por el bofetón de Kenna—. Pero gracias por el ofrecimiento.

Su mirada se suavizó y me atreví a prolongar unos segundos más el contacto antes de devolver la mano a mi regazo. Él bajó la mirada y, con suma delicadeza, tomó mi mano y volvió a posarla en su rostro. Se echó un poco hacia delante para intensificar el contacto y sentí que mi pecho se alborotaba. ¿Cómo era posible que mi tristeza se hubiera esfumado tan rápido gracias a él?

¿Sería acaso porque yo sabía que Joel estaba equivocado, que aquello no era un simple encaprichamiento pasajero? ¿Sería acaso porque sabía que Charlie y yo éramos mucho más que eso, mucho más de lo que Joel y yo habíamos llegado a ser en todos nuestros años de relación?

Ay, Dios, cuántas ganas tenía de atraerlo hacia mi cuerpo, besarlo y experimentar esa estrecha cercanía que tanto había anhelado sentir con él. Pero no era ni el lugar ni el momento para eso, así que, después de dejar pasar unos segundos más, retiré mi mano y me levanté del césped. Charlie siguió mi ejemplo y echamos a andar sin prisa hacia la casa.

—Bueno, ya hemos hablado de mi discusión. ¿Qué tal ha ido la tuya? —le pregunté al cabo de unos segundos, señalando con la cabeza hacia el lugar donde Kenna y él habían estado gritándose minutos atrás.

—Pues la cosa ha ido bien. Verás, es que así es como nos comunicamos Kenna y yo. Pero nos adoramos.

—Uy, sí, esa es la impresión que me ha dado —comenté con sarcasmo.

El dorso de su mano rozó el mío de forma «accidentalmente deliberada».

—Tiene derecho a estar enfadada conmigo después de lo que hice.

—¿A qué te refieres? —Me detuve y me volví a mirarlo.

Él se detuvo también, se volvió hacia mí y apretó los labios antes de contestar.

—Te lo contaría, pero es una larga historia y ahora mismo tengo que presentarte a *Steve*.

«Más familiares, ¡qué bien!», pensé para mis adentros.

—¿Quién es Steve? —le pregunté.

—Digamos que nos conocemos desde hace mucho.

—¿También va a abofetearte?

—Espero encarecidamente que no. Nos conocimos cuando yo tenía dieciséis años y nos hicimos grandes amigos, aunque la vida siguió su curso y nos distanciamos… hasta hoy, claro. —Se volvió con una sonrisita traviesa en los labios y se dirigió hacia el camino de entrada de la casa. Yo le seguí, tuve que acelerar para mantenerle el paso—. Estaba en un estado bastante deplorable cuando nos conocimos, pero logré que se encarrilara de nuevo con la ayuda de papá.

Descendimos un pequeño tramo de escalones de piedra situados junto a la casa y, tras llegar al camino de grava, Charlie lo siguió hasta entrar en el garaje del que Eoin había emergido horas antes.

—¡Te presento a *Steve*! —anunció de repente, con los brazos abiertos de par en par.

—¿Es una moto? —Era un alivio no tener que conocer a más familiares deseosos de lanzarle a Charlie toda la furia contenida que albergaban contra él.

—No es una simple moto, Nell. Es una Triumph TR6 Trophy. Y sí, ya sé que para una persona irlandesa es hilarantemente problemático decir algo así, pero en todas las grandes historias de amor hay algún obstáculo.

—¿Por qué se llama *Steve*?

—Este es el mismo modelo de motocicleta que se usó en la escena de la persecución de *La gran evasión*.

—Ah, Steve McQueen. Ya lo pillo.

—¡Qué lista eres! —me dijo, con una gran sonrisa.

No tenía claro si eran imaginaciones mías, pero ya me parecía notar cierto cambio en él. Uno pequeñito, pero visible. Regresar a aquel lugar donde Abi y él se habían enamorado debía de haber sido aterrador y terriblemente duro para él, pero estar allí y ver que no todos habían dejado que su mundo se desmoronara por el dolor parecía estar haciéndole entender que la vida podía ir a mejor.

—El ferry de Clare sale a las tres y media, ¿te apetece dar una vuelta con *Steve* y conmigo? —me lo preguntó con una sonrisita de muchacho travieso.

—¿Clare? ¿Ferry? ¿A qué te refieres? —Yo no entendía nada—. A ver, que yo me entere, ¿Clare es una persona u otro medio de transporte?

—Ninguna de las dos cosas. Es una isla. No queda muy lejos, está a poco menos de cinco kilómetros de la costa. Vamos a alojarnos allí, en el hotel de una amiga de Carrick. Qué me dices, ¿te apetece montar en moto? Carrick se encargará de llevar el equipaje.

—Supongo que será más seguro que viajar con él —dije en tono de broma.

Él soltó una carcajada mientras agarraba dos cascos que colgaban de la pared, y procedió a limpiar las telarañas que llevaban una década acumulándose allí.

—¿Por qué vamos a una isla en vez de quedarnos aquí? —le pregunté.

—A Carrick le pareció una buena idea. Abi nunca fue hasta allí, así que le pareció una atmósfera libre de recuerdos dolorosos en la que el pobre y frágil Charlie estará a salvo mientras aguardamos a que se celebren las exequias.

—Qué detalle tan considerado de su parte.

—No creas que es tan desinteresado —me advirtió él, antes de colocar los dos cascos sobre el lustroso asiento de cuero—. Solo es una excusa para ir a ver a Orlagh, la dueña del hotel. —Asintió al verme enarcar las cejas—. Sí, es una larga historia.

Yo le miré con cara de «tengo todo el día», y él dio comienzo al relato.

—¿Has visto una tienda llamada Cornerstone cuando hemos entrado en el pueblo?

—No, estaba demasiado ocupada contemplando las colinas que asoman como pechos en una bañera —contesté yo.

—Ah, vale. Es comprensible. Bueno, pues resulta que mi familia es la dueña de esa tienda y de algunas más que hay por todo el condado. Carrick fue tomando las riendas del negocio de manos de mis abuelos y el primer verano que estuvo trabajando allí conoció a Orlagh McCarthy, quien acababa de conseguir un trabajo para ahorrar algo de dinero antes de ir a la universidad. Él tenía unos... veintiocho, así que yo debía de tener dieciséis. Recuerdo que le tomaba el pelo sin parar porque ella era diez años menor que él, le decía que era un asaltacunas y tal. Pero estaban enamorados, eso era innegable. Estuvieron tres meses juntos hasta que la cosa terminó.

—¿Qué pasó? —Otra de las sagas románticas de los Stone me tenía cautivada de nuevo.

—Que ella se fue a la uni y él se quedó aquí. Tres años después, Orlagh regresó a casa con una licenciatura, pero sin tener ni idea de lo que iba a hacer con ella. Carrick le dio trabajo mientras ella decidía lo que iba a hacer con su vida y, en cuestión de seis meses, se comprometieron y se casaron.

—¿Carrick está casado? —Me parecía inaudito que hubiera logrado encontrar a alguien dispuesto a aguantarle.

—Lo estuvo, tiempo pretérito. Orlagh quería niños y él no. Así que, al final, a pesar de que se amaban de verdad, se divorciaron. Es irónico, la verdad.

—¿Por qué?

—Eres una chica lista, Nell. Seguro que lo entiendes cuando lleguemos. Ella volvió a casarse hará unos diez años. Es un buen tipo. Un poco corto de entendederas, pero es buena persona.

—Pero eso es tristísimo, ¿todavía se aman?

—Eso me temo.

—¿En tu familia no tenéis ninguna historia con final feliz?

—Te contestaré a eso cuando llegue al final de esta. —Me miró con unos ojos que me arrebataron el aliento—. Será mejor que nos pongamos en marcha si queremos llegar a tiempo al ferry. No sé si podemos largarnos sin más o si deberíamos despedirnos antes, ¿tú que opinas?

—Teniendo en cuenta el bofetón que te has llevado antes, yo creo que te conviene más despedirte.

Él asintió con renuencia y regresamos a la casa.

El viento azotaba mi cabello contra mi rostro, mis brazos ceñían el torso de Charlie mientras recorríamos la campiña irlandesa. Rodeados de colinas y árboles y extensiones de agua, nos dirigíamos a toda velocidad hacia el ferry que aguardaba para llevarnos a la isla de Clare. Pero, por muy lejos que nos llevara el camino, el espectral fantasma de Croagh Patrick se cernía sobre nosotros. Aquel lugar era precioso, se correspondía con la Irlanda que siempre había visualizado en mi mente, pero jamás habría podido imaginar las circunstancias que me habían llevado hasta allí.

Me abracé a él un poco más fuerte y noté la vibración de una risa de deleite reverberándole en el pecho.

En ese momento, no existía Joel, no existía Abi, no había tristeza alguna. Tan solo existíamos él y yo, recorriendo la campiña a toda velocidad en una motocicleta llamada *Steve*.

20

—¡Es un faro! —exclamé entusiasmada—. Un faro de verdad, en lo alto de un acantilado, en una isla.

—Sí, tal cual —asintió Carrick. Estábamos parados junto al taxi, frente a la puerta del faro en cuestión—. Si el hotel te parece una preciosidad, espera a conocer a la dueña.

No había podido trasladar su mortífero vehículo naranja en el ferry. A nosotros sí que nos habían permitido llevar a *Steve*, pero solo porque Carrick y el dueño del ferry habían sido compañeros de colegio.

Yo acababa de sacar mi maleta del taxi cuando Charlie, que había ido a dejar a *Steve* bien protegido bajo una marquesina, regresó y posó una mano en la base de mi espalda.

—¿Lista para captar la ironía? —me susurró al oído, mientras Carrick se acercaba a la puerta y llamaba al timbre.

—Mantendré los ojos bien abiertos —contesté en voz igual de baja.

—Tranquila, no hará falta.

Nos dirigimos al faro y llegamos justo cuando la puerta se entreabrió y una mujer se asomó por la rendija. Tenía facciones delicadas y su cabellera dorada estaba recogida hacia atrás y revelaba unos pómulos marcados.

—¡Carrick! —Esbozó una amplia sonrisa y sus ojos de un pálido tono verde se iluminaron. Abrió la puerta del todo, rodeó el cuello de Carrick con sus esbeltos brazos y lo atrajo hacia sí.

—Orlagh. —Carrick suspiró el nombre contra su cuello.

Me sentí un poco incómoda al estar allí, presenciando aquel momento íntimo donde yo no pintaba nada.

—Hacía mucho que no nos veíamos, demasiado —dijo ella con los ojos cerrados. Se aferraba a la parte posterior de la chaqueta de Carrick como si temiera que aquello fuera un sueño y él pudiera desvanecerse de un momento a otro.

Charlie y yo permanecimos allí plantados la mar de incómodos mientras el abrazo se prolongaba mucho más tiempo del que podría considerarse socialmente aceptable. Sentí un interés súbito por una piedrecita que vi en el suelo a escasos centímetros de la puntera de mi zapato.

Cuando se separaron finalmente, la mujer se volvió a mirarnos y Carrick se encargó de las presentaciones.

—Orlagh, esta es Nell, la… amiga de Charlie. Y a este idiota ya lo conoces.

—Me alegra verte de nuevo, Charlie. Bienvenida, Nell. Te he asignado la habitación que tiene las mejores vistas, no quiero desperdiciarla con ninguno de estos dos cretinos. —Frunció la nariz y sonrió, tomó la maleta que yo traía en la mano y dio media vuelta.

Yo no quería ser un engorro y me apresuré a decir, al entrar tras ella en un vestíbulo amplio y espacioso:

—¡Ya la llevo yo!

—Tranquila, no es ninguna molestia. —Hizo un vago gesto por encima del hombro—. Soy más fuerte de lo que parece.

«Menos mal», pensé para mis adentros. Porque tenía unos bracitos delgados que tenían pinta de poder quebrarse con una ligera brisa.

Cruzamos una sala de estar iluminada por varias lámparas altas cuya cálida luz amarilla llenaba la estancia con un alegre brillo, y me sentí como en casa de inmediato.

—Hay huéspedes en la otra habitación, os lo digo para que

sepáis que estarán por aquí —dijo ella. Prácticamente se dirigía exclusivamente a Carrick al hablar.

Se oyó un sonido sordo procedente de algún lugar cercano y una veloz sombra emergió de uno de los sofás de buenas a primeras, dejando tras de sí un libro que resbaló del cojín y fue a parar a la mullida alfombra granate de pelo largo. Al cabo de un instante, noté una pequeña ráfaga de aire en los tobillos cuando algo pasó a toda velocidad y se estrelló contra la pierna de Carrick, quien soltó un teatral grito de fingida agonía y alzó en brazos a la sombra que, ahora que estaba inmóvil y no se movía a mil kilómetros por hora, pude ver que era un niño de unos seis o siete años como mucho.

—¿Quién eres tú? —le preguntó Carrick, sosteniéndolo en alto y observándolo con atención de pies a cabeza.

—¡Soy yo, tío Rick! —exclamó el pequeño, con una risita.

—No, no puede ser, ¡eres demasiado grande!

—Mami a veces me hace kale para cenar. Dice que así me pondré tan fuerte como Popeye.

—¿Que te da kale? A ver, en primer lugar, tu madre debería ver más dibujos animados, porque eran espinacas y no kale. Y, en segundo lugar, voy a llamar ahora mismo al teléfono de protección al menor, porque darle de comer eso a un niño es un crimen. —Le dio un abrazo firme y cargado de afecto.

Charlie se detuvo junto a Carrick y agitó el cabello dorado del niño.

—Estoy de acuerdo, no puedes ser el joven Darlow —afirmó.

—¡Soy yo, Charlie! —El pequeño soltó otra risita y yo no pude evitar sonreír.

Charlie se volvió hacia mí y me miró como preguntándome si me había dado cuenta de algo, pero no entendí a qué se refería.

Carrick bajó al niño al suelo, lo tomó de los hombros y lo instó a girarse hacia mí.

—Darlow, ella es Nell. Dile hola.

Miré al pequeño a los ojos y se me escapó una pequeña exclamación ahogada que pasó desapercibida (bueno, eso esperaba yo al menos).

—Hola, Nell —me saludó, con una tímida sonrisa.

—Buen chico. —Carrick le dio unas palmaditas en el hombro.

—Encantada de conocerte, Darlow. —Le ofrecí mi mano.

Él contempló mis dedos por un momento, se puso rojo como un tomate, se giró para ocultar el rostro contra la pierna de Carrick y rodeó el delgado muslo de este con sus bracitos regordetes.

—Qué predecible eres, te aturullas en cuanto ves una chica guapa —le dijo Carrick en tono de broma. Lo alzó en alto y se lo echó al hombro mientras el niño reía sin parar—. No puedes faltarle el respeto a una dama negándote a estrechar su mano. Oye, Orlagh, ¿me puedes abrir la puerta? Vamos a tener que lanzarlo al mar.

Darlow se puso a chillar entre risas, agitaba las piernas mientras Carrick lo sostenía como si fuera un saco de patatas.

—Lo siento, muchacho, pero tengo que hacerlo.

Mientras los tres jugaban en una algarabía de pura felicidad, me acerqué a Charlie y le dije en voz baja:

—Ya veo lo que querías decir con lo de la ironía.

Carrick y Orlagh se habían divorciado porque el uno no quería tener hijos y la otra sí. Ella había vuelto a casarse, pero en esa ocasión lo había hecho con un hombre que compartía sus aspiraciones y había tenido un hijo. Miré de nuevo al niñito, que volvía a estar en el suelo y correteaba de acá para allá con ojos chispeantes y llenos de júbilo. Unos ojos azules, los ojos de los Stone.

El plomizo cielo gris parecía extenderse *ad aeternum* ante mí. Estaba sentada en una zona de hierba reseca contemplando el océano, que parecía tan infinito como el cielo. Charlie estaba sentado junto a mí con las piernas estiradas, apoyado en los brazos para soportar el envite del implacable viento que castigaba mi cansada piel.

A unos tres mil kilómetros de allí, cruzando en línea recta aquel vasto mar que no tenía fin, estaban Canadá y Estados Unidos y Sudamérica. Lugares a los que siempre había querido ir, pero que jamás había pisado. Lo bueno que tenía la vida prácticamente ermitaña que llevaba junto a Ned era que salía muy barata, así que contaba con suficientes ahorros para viajar y recorrer esos sitios. Pero ¿con quién podría ir? Sí, Ned vendría conmigo, pero él ya había vivido esas experiencias. Siempre me ha parecido un poco triste hacer cosas con gente que ya lo ha visto todo. Te invade una especie de temor irracional, la sensación de que estás perdiéndote algo, y al final te quedas más triste aún y te sientes más excluida que otra cosa.

Joel jamás había querido levantarse del sofá donde había quedado marcada la impronta de su trasero, mamá siempre estaba tan ocupada que solo podría permitirse hacer algún viaje cortito y yo no me sentía capaz de viajar por mi cuenta. Estaría hecha un manojo de nervios al verme sola en una bulliciosa metrópolis como Nueva York. No es que fuera una pueblerina, pero Birmingham no me había dado la escuela y la desenvoltura en las calles que necesitaría para no terminar muy mal en algún callejón de las afueras.

Aparté la mirada del paisaje y me giré hacia Charlie, que contemplaba el mar con una especie de rígida preocupación que me sorprendió. Me pregunté si habría hecho alguna de las cosas que yo quería hacer. Bucear en océanos de aguas cristalinas, recorrer parques nacionales haciendo senderismo, ver en persona monumentos y lugares famosos que no terminaba de creer que pudieran ser reales porque tan solo los había visto a través de una pantalla. Me pregunté si sería mi compañero de aventuras o si esas experiencias no serían más que una repetición de las que ya había vivido con Abi.

Me saqué el móvil del bolsillo para ver qué hora era. Faltaban unos treinta minutos para la hora en que nos habíamos comprometido a volver para ayudar a preparar la cena, pero iba a costarme trabajo despedirme de aquellas vistas. Habíamos salido a dar una vuelta por la isla con *Steve* y habíamos ido haciendo breves paradas aquí y allá, hasta que al final habíamos llegado a lo que en otros tiempos había sido una torre de señalización napoleónica situada en lo alto de un acantilado. Nos habíamos sentado a contemplar el paisaje y no nos habíamos movido de allí. La torre ya no era más que un histórico montón de piedras, la estructura tan solo conservaba unos metros de altura y la parte superior estaba desmoronada.

—¿Dónde está su marido? —Lo pregunté en voz lo bastante alta para hacerme oír por encima del viento.

Charlie apartó la mirada del paisaje y se volvió hacia mí con ojos un poco vacíos.

—Donal trabaja en Dublín, así que no está aquí durante largos periodos de tiempo.

—¿Sabe que Darlow es hijo de Carrick?

—Nunca se lo ha comentado a nadie. Pero es difícil no darse cuenta cuando tienes la prueba ante tus propios ojos. —Exhaló un suspiro—. Si a eso le sumas además que Darlow significa «amor secreto» literalmente, puede decirse que es el secreto más obvio del mundo.

—¿Por qué no le deja y vuelve con Carrick?

—Porque perdería el faro si lo hiciera. Y porque, a diferencia de Donal, Carrick es una persona difícil de amar.

—El tal Donal, ¿es al menos una buena persona?

—Sí, la verdad es que sí. No merece que esto esté pasando a sus espaldas, eso está claro.

—Sí, ese abrazo en la puerta ha dejado muy claro que Carrick no va a dormir en una de las camas para huéspedes esta noche.

—Qué me vas a contar. Les he dicho que tengan cuidado, que llegará el día en que Darlow haga algún comentario y les deje al descubierto. Pero supongo que yo actuaría igual si estuviera en su lugar y esa fuera la única forma de tener a la persona que amo.

Sentí de nuevo ese desagradable resquemor en el estómago, el que no había sido capaz de identificar anteriormente.

«Ay, ¡pobre Nelly! ¿El monstruo de ojos verdes te corroe por dentro?». Oí la voz de Abi a mi espalda, pero no reaccioné ni me inmuté porque había sabido de antemano que ella iba a hacer acto de presencia. La veía cada vez que aquella emoción empezaba a extenderse por mis entrañas, aquellos profundos e irracionales celos mezclados con un sentimiento de inferioridad. Era una emoción generada por la mujer a la que Charlie había amado, la mujer a la que seguía amando, y por todas las cosas que habían hecho juntos y que nosotros dos no íbamos a compartir jamás. Seguro que tenía recuerdos con ella en todos los rincones de su pueblo natal… y en mi propia ciudad también. Seguro que todos y cada uno de los bancos habían presenciado en alguna ocasión un beso tierno, alguna discusión a altas horas de la noche al volver a casa después de pasar una velada en pareja. Para todos los habitantes de aquel pueblo era el Charlie de Abi, no de Nell, y seguramente sería así para siempre.

«Él no tiene la culpa», me dijo Abi. Estaba más cerca, su voz sonó tan fuerte que fue como si tuviera los labios contra mi oreja. «Soy bastante difícil de olvidar».

Tragué saliva con dificultad y me puse en pie.

—Será mejor que nos vayamos ya, hemos dicho que ayudaríamos con la cena.

Charlie dirigió la mirada hacia el mar, suspiró y se levantó también.

—Sí, tienes razón.

Mientras caminábamos hacia *Steve* estuve a punto de preguntarle cómo se sentía por lo que le esperaba al día siguiente, pero opté por guardar silencio. Charlie llevaba aquellos dos últimos años temiendo que llegara aquel día, el día en que iba a llorar la muerte de su esposa, y yo no quería hacer nada que contribuyera a adelantar el dolor que le esperaba.

Carrick estaba amasando pasta de hojaldre cuando llegamos al faro. Orlagh, mientras tanto, estaba friendo algo que olía de maravilla, y de inmediato nos asignó la tarea de montar nata y cortar fresas para la tarta Victoria que estaba preparando.

—Los otros huéspedes no tardarán en llegar, han ido a ver la abadía —nos dijo, mientras rellenaba el hojaldre de los pastelitos salados con lo que tenía en la sartén.

—¿Hay una abadía en la isla? —le pregunté a Charlie, mientras se me hacía la boca agua con el delicioso aroma de la comida.

Fue Carrick quien contestó.

—Sí, una pequeñita. ¿Te acuerdas de la reina pirata de la que te hablé cuando íbamos de camino al pueblo? —Al verme asentir, añadió—: Pues está enterrada allí, y su castillo está cerca del muelle. Charlie puede llevarte a dar una vuelta por allí mañana, antes de que nos vayamos.

Nos giramos al oír voces procedentes del vestíbulo y Orlagh dejó a un lado el papel de chef coqueta y asumió el de anfitriona encantadora. Se limpió las manos en un paño de cocina a cuadros verdes y blancos, salió a recibirlos y se oyó un murmullo de voces mientras intercambiaba saludos con ellos. Cuando regresó al cabo de un momento, venía acompañada de los dos recién llegados, uno de los cuales era una mujer cuyo cabello castaño estaba despeinado por el viento y que esbozó una radiante sonrisa al ver a Carrick.

—Os presento a Carrick, un gran amigo mío, y a su sobrino…

—¡Charlie! —exclamó la desconocida, antes de abalanzarse hacia él y abrazarle con entusiasmo.

Él le devolvió el abrazo con rigidez y le dio unas palmaditas en el hombro, se le veía incómodo, todavía sostenía en la mano el cuchillo con el que había estado cortando fresas.

—¿Cómo demonios estás? —le preguntó ella cuando lo soltó al fin.

Él contestó con una voz que no parecía la suya.

—Bien. Hacía mucho que no te veía, ¿has venido para las exequias?

La mujer asintió y puso cara de confusión al dirigir la mirada hacia mí.

—¡Qué grosera soy! Perdona, no nos han presentado.

—Es Nell —le dijo Charlie.

—Hola, Nell. Soy Una.

Una, ¿de qué me sonaba ese nombre? Más aún, me pareció detectar un ligero acento de Birmingham en su voz.

—¿También eras amiga de Abi? —añadió ella.

—No, no la conocía —dijo Charlie, antes de que yo pudiera contestar.

En otras circunstancias me habría sentido molesta al ver que no me dejaba hablar, pero estaba claro que actuaba así porque estaba intentando evitar decir otra cosa. Yo era una experta en diarreas verbales, así que me daba cuenta a la legua cuando alguien estaba intentando morderse la lengua.

—¿Has traído a las niñas? —le preguntó a la tal Una.

—Qué va, están con mis padres —contestó ella, con una sonrisa que parecía indicar que estaba callándose algo. Y entonces se llevó una mano al vientre—. Decidimos hacer una escapadita juntos mientras todavía estábamos a tiempo.

—¿Estás... otra vez? —le preguntó él.

—Sí. Gemelos de nuevo, ¿te lo puedes creer?

—No, la verdad es que no —contestó él, sin inflexión alguna en la voz.

—Ah. —Era obvio que su falta de entusiasmo la había descolocado un poco—. Jamie se va a llevar una alegría cuando te vea. —Miró por encima del hombro y gritó—: ¡Jamie! ¡Mira quién está aquí!

Jamie, ¿por qué me sonaban tanto aquellos nombres? ¿De qué los conocía...?

Y justo cuando el tal Jamie entró por la puerta, recordé de qué me sonaban. Jamie, el examigo de Charlie que le había obligado a salir aquella noche; y Una, la esposa a la que le habían sido infiel contra la pared de la zona de fumadores de un club.

Me di cuenta de que Charlie se ponía en tensión, su mano apretó con fuerza la empuñadura de aquel cuchillo cuya hoja todavía estaba manchada de un acuoso tono rojizo. Ojalá que no se tiñera de un rojo más oscuro en breve.

Jamie era alto y fornido, te dabas cuenta de que estaba cachas solo con ver cómo se le ajustaba la camisa al cuerpo. Lo más probable es que bajo la ropa fuera una especie de Chris Pratt, solo que uno repugnante, infiel, lascivo y detestable. Era rubio, llevaba el pelo engominado hacia atrás a pesar de que el viento se había esforzado por revolvérselo, y entró con una sonrisita muy ufana en el rostro, como si estuviera disfrutando con la obvia incomodidad de Charlie.

—Intentamos contactar contigo varias veces, pero fue como si te hubieras esfumado del mapa —comentó Una, antes de mirarlo de arriba abajo—. Qué delgaducho estás.

Jamie se detuvo junto a ella, le pasó un brazo por los hombros y le besó la coronilla antes de mirar de nuevo a Charlie.

—Hola, hacía tiempo que no te veía.

Extendió la mano hacia él y, por un momento horriblemente tenso, pensé que Charlie iba a darle la espalda, pero no fue así y respiré aliviada mientras se daban un firme apretón. Al ver que los dedos de Jamie rozaban las finas cicatrices que Charlie tenía en los nudillos, las que se había hecho la noche que estaba causando aquella incomodidad tensa, me pregunté si Una estaría enterada de lo ocurrido, si su marido le habría confesado la verdad y estaban intentando dejarlo atrás o aquella chica del club era una de entre tantas otras que jamás saldrían a la luz.

—Tampoco hace tanto —contestó Charlie, sosteniéndole la mirada con ojos en los que se reflejaba una abyecta repugnancia.

—Bueno, será mejor que vayamos a quitarnos estas botas enlodadas —intervino Una, en un intento de romper la tensión.

—La cena estará lista en breve —dijo Orlagh, sonriente.

—¡Perfecto!

Una tomó a Jamie de la mano y lo condujo hacia la puerta, pero él se volvió hacia Charlie y comentó con tono mordaz:

—Me alegra volver a verte. Se te echó de menos el año pasado, y el anterior también. —Le lanzó una última sonrisita burlona antes de salir.

Charlie sostenía el cuchillo con dedos temblorosos y rígidos, se lo quité con suavidad y lo deposité sobre la encimera antes de tomarle de las manos.

—Venga, vamos a respirar un poco de aire fresco —le dije, antes de conducirle hacia la que supuse que era la puerta trasera.

A juzgar por las desastrosas historias de amor de todos los comensales que estaban sentados alrededor de la mesa, el amor y la vida solían ser incompatibles muy a menudo. Darlow se salvaba de momento, pero estoy segura de que en unos catorce años tendría también un relato que añadir a nuestra lista de amores condenados al fracaso. El amor era la peli Disney de las emociones, los besos tiernos y los bailes al atardecer, el fundido a negro tras el «felices para siempre». Pero ese final de cuento de hadas era una quimera, tan solo existían el «felices por ahora» y el «felices en aquel entonces». El amor no puede durar para siempre. Termina sucumbiendo ante las estocadas de las decisiones desacertadas, la falta de compatibilidad, el egoísmo, la codicia y, finalmente, la muerte.

Con Joel, el amor había sido fugaz y absorbente, pero al volver la vista atrás me daba cuenta de que siempre había habido algo que no terminaba de encajar. Una úlcera que había ido creciendo más y más, consumiendo el amor y convirtiéndolo en odio de forma gradual.

En cuanto a Abi, Charlie seguía amándola aunque hubiera fallecido, así como también seguían queriéndola Carrick y Kenna y tantas otras personas de aquel pueblo que habíamos dejado atrás a lomos de una motocicleta llamada *Steve*. Pero cuando Charlie muriera, su amor moriría con él. Así las cosas, cabe preguntarse si merece la pena enamorarse. Sí, hace que te sientas bien en ese momento, le da un propósito a tus días, tienes a alguien con quien desahogar tus quejas y frustraciones cuando vuelves a casa después de una jornada difícil en el trabajo, pero ese amor terminará por hacer sufrir a alguien tarde o temprano, si es que no lo ha hecho ya. Incluso el más grande de los amores causó dolor. Todo el mundo habla de lo enamorados que estaban Romeo y Julieta, pero ¿qué pasa con Paris? ¿Se acuerda alguien de él? Al pobre le hicieron a un lado y le relegaron al olvido en cuanto otro le hizo tilín a Julieta.

Sí, sabía que Charlie sentía algo por mí, pero ¿qué era ese «algo»? Incluso suponiendo que fuera amor, ¿en qué medida podría compararse al que sentía por Abi? Puede que el amor que me tenía no terminara de llenarle del todo jamás, y que él mismo no supiera decir por qué su corazón no brincaba tan alto, por qué las palmas de sus manos nunca llegaban a ponerse tan sudorosas como antes, cuando era la mano de ella la que sostenían.

Charlie pinchó un trocito de pastel de carne con el tenedor, se lo llevó a la boca y lo masticó mientras Carrick nos relataba una anécdota de cuando Orlagh y él estaban casados. ¿Cómo era posible que estuviera celosa de Abi? De una persona con la que jamás había coincidido, alguien a quien no llegaría a conocer jamás. Una mujer que no era una amenaza para mí ni mucho menos, porque estaba muerta y enterrada. Pero la muerte podía tener un efecto curioso en la mente de las personas. Aunque el fallecido fuera el capullo más inaguantable del mundo entero, siempre había alguien que soltaba la frase que no podía faltar en ningún funeral: «Era una persona muy querida, todos los que le conocíamos le echaremos de menos».

De eso nada, el tipo era una alimaña mezquina que inspiraba odio y rechazo en todos los que le conocían. Pero resulta que ha muerto, así que ahora se le coloca en el pedestal que solo la muerte puede conceder.

No estoy diciendo que Abi fuera una persona horrible. No la conocía de nada, así que no tengo forma de saberlo. Pero su muerte la había canonizado, la había elevado a niveles de divinidad que yo jamás podría soñar siquiera con poder alcanzar estando viva.

21

En un momento dado después de la cena, terminé sentada en lo alto del faro propiamente dicho con Charlie, tomando whisky y escuchando el sonido de las olas que rompían en la distancia. Bajé la mirada y se me encogió el estómago cuando no alcancé a ver el suelo ennegrecido por las sombras al fondo. Dirigí la mirada hacia mis pies, que colgaban a través de los barrotes de la barandilla, y me sentí orgullosa por aquella pequeña victoria a pesar de que la sensación de no estar pisando tierra firme me provocaba algo de vértigo.

—¡Gemelos! —exclamó Charlie, con la voz cargada de una tensa furia—. Dos pares de gemelos.

—Sí, ya lo sé, pero ¿quién necesita tantos niños? —Suspiré—. En cuanto nazcan, Jamie vivirá en un estado constante de privación del sueño y estará embadurnado a todas horas de algún fluido corporal. ¿Realmente quieres una vida así?

Él tomó un trago de la botella de whisky americano que había agarrado al salir de la cocina, había prometido reemplazarla antes de que Donal regresara.

—Bueno, no, admito que cuatro son muchos. Imagínate… cuatro niños de menos de cinco años, lidiar con tanto pañal y tanto moco a la vez. Pero uno estaría bien.

El viento no era tan fuerte allí como en los acantilados, pero era lo bastante frío como para calarme la ropa.

—Lo único que digo es que no entiendo qué cojones estoy haciendo mal —añadió Charlie—. ¿Cómo es posible que alguien como él esté siendo premiado por ser un completo capullo?

—No es que estés haciendo algo mal, lo que pasa es que la vida no es justa.

—¡Y que lo digas! Ese tipo tiene a Una, tiene hijos, una casa exasperantemente bonita y un buen trabajo. ¿Y qué es lo que tengo yo? Nada, eso es lo que tengo.

Ese último comentario me dolió un poco. «Me tienes a mí», pensé para mis adentros.

—No entiendo tu predilección por las torres. —Lo dije para cambiar de tema, el whisky me ardía en la boca.

—Me gustan las alturas. Como a los gatos, pero no el mío, porque es un cabroncete.

—¡Eh! No te metas con Magnus. Lo que pasa es que se le da bien calar a la gente, eso es todo.

—¡Ay! Tus palabras me hieren, Nell Coleman.

Noté que iba relajándose un poco conforme el tema de Jamie iba quedando atrás.

—¿Cómo te sientes de cara a mañana? —le pregunté.

—Estoy intentando no pensar en ello. —Tomó otro buen trago antes de pasarme la botella, que conservaba el calor de su mano—. Me da pánico volver a ver a Siobhan, a lo mejor intenta despellejarme en cuanto me vea.

—No te preocupes, Carrick y yo estaremos allí para protegerte. —La verdad es que no me sentía tan segura como quise aparentar.

—¡Ja! Habla por ti, él no querrá manchar de sangre su precioso traje verde.

Solté una carcajada y tomé un trago a morro.

—¿Por qué crees que Siobhan querría despellejarte?

Él titubeó antes de contestar y yo tomé otro trago antes de volver a pasarle la botella.

—Cuando ocurrió lo que ocurrió, me aislé por completo. No

llamé a nadie para avisar, estaba tirado en el sofá y todas mis energías las empleaba en intentar seguir respirando. Pero un día llamó el forense para preguntar qué íbamos a hacer con el cuerpo. —Sacudió la cabeza, como intentando desprenderse de aquel recuerdo—. Yo era incapaz de hablar de eso, ni siquiera podía soportar la idea de que se refirieran a Abi como «el cuerpo», así que le di el número de teléfono de Siobhan y le dije que ella se encargaría del funeral y de traer a Abi de vuelta a Irlanda. —Se llevó una mano a la sien y sacudió de nuevo la cabeza—. Esa mujer se enteró de que su hija estaba muerta cuando un forense la llamó, dos semanas después del fallecimiento, para preguntarle adónde había que enviar el cuerpo de Abigale Murphy.

—Vaya. —Intenté que mi rostro no reflejara mi opinión al respecto—. ¿Por eso están todos tan cabreados contigo?

—Sí, por eso y porque no vine al funeral ni a la misa que se celebró por el aniversario de su muerte. Ellos creen que no vine porque no quise tomarme la molestia de viajar hasta aquí, pero ese no fue el motivo ni mucho menos.

—Fue porque asistir a esas ceremonias sería como admitir ante ti mismo que ella se había ido realmente y que no podías hacer nada al respecto, ¿verdad?

—Exacto. Y justamente eso es lo que tendré que hacer mañana. —Se le quebró la voz.

Exhaló un trémulo suspiro que sacó a la superficie de repente unas lágrimas que le bajaron por el rostro hasta llegar a su barba incipiente, donde permanecieron como gotas de rocío sobre briznas de hierba.

—¿Qué pasó la primera vez que fuiste a la torre del reloj? —le pregunté.

Él me miró, tenía el rostro blanquecino bajo la estéril luz que emanaba de una luna casi llena. Tomó una trémula y honda inhalación de aire y dirigió de nuevo la mirada hacia el oscuro paisaje.

—La vida se volvió mucho más dura que antes de repente; respirar dejó de ser un acto inconsciente y se convirtió en algo que tenía que hacer de forma deliberada; tenía ataques de pánico si pasaba demasiado tiempo en el apartamento, no podía ni mirar la cama y mucho menos dormir en ella; no soportaba la idea de alojarme en casa de algún amigo porque eso supondría tener que contarle lo que había ocurrido, así que pasé algunas noches durmiendo en bancos a la intemperie; en una ocasión, un hombre me trajo un sándwich y me dejó un billete de diez libras debajo del banco mientras dormía; cuando desperté, le di la comida y el dinero a un sintecho.

Respiró hondo para darse fuerzas, flexionó el cuello y prosiguió con el relato:

—Un mes después más o menos de su muerte, tomé una decisión. Dejé la llave de repuesto en un escondrijo que la señora Finney conocía y le pasé una nota por debajo de la puerta donde le decía que iba a estar fuera una temporada y le pedía que por favor se encargara del gato durante mi ausencia. Le escribí una carta a mi familia y la dejé sobre la mesita auxiliar de la sala de estar y salí en dirección a la torre del reloj. Estuve sentado cuatro horas en aquel muro, tenía tanto frío que me sentía como si estuviera congelado y me hubiera quedado pegado a la piedra. No creo que quisiera estar muerto, lo único que quería era que todo aquello parara de una vez. No quería despertar cada mañana, tener ese instante en el que no recordaba lo que había pasado antes de que la realidad me golpeara y me diera cuenta de que ella se había ido y que yo podría haber hecho algo para evitarlo.

—No puedes culparte de su muerte, Charlie. No se sabe si podrías haberla salvado incluso en el caso de que hubieras comprobado antes cómo estaba.

Me habría gustado tomarle de la mano, pero no sabía si mi gesto sería bien recibido en ese momento. De modo que me limité a posar mi mano en mi propia rodilla y la dejé allí, lista para que él la tomara si así lo quería.

—Pero sí que me culpaba de lo que pasó, sigo haciéndolo —admitió, mientras le bajaban más lágrimas por las mejillas—. De modo que allí estaba yo, de pie sobre el muro que bordea la torre del reloj, con el corazón atronándome en los oídos. Estaba completamente aterrado y, al cabo de un segundo, volví a sentarme en el muro, me deslicé hasta el suelo de la torre y allí me quedé, hecho un ovillo frente a la esfera del reloj, llorando como una nenaza durante Dios sabe cuánto tiempo.

—Llorar no te convierte en una nenaza, Charlie —le reprendí yo, molesta por su actitud de machito—. Para qué crees que tienes los conductos lacrimales, ¿para hacer bonito?

Él respiró hondo de nuevo y prosiguió:

—Vi la pegatina en el muro, llamé y me pasaron a Ned. Estuvimos hablando durante algo más de una hora y me aconsejó que llamara a mi tío.

Sentí que una sofocante oleada de pánico me inundaba el pecho al imaginármelo allí, tan cerca del filo, tan cerca de no llegar a entrar jamás en mi vida.

—¿Por qué esperaste tanto tiempo hasta la segunda vez? —Intenté que mi pánico no se desbordara al pensar en lo reciente que había sido esa segunda vez en la que Charlie había regresado a aquella torre, en la que de nuevo estaba dispuesto a saltar. Sus sentimientos en esa segunda ocasión habían sido tan intensos como en la primera.

Él se aclaró la garganta mientras más lágrimas perlaban aquella espesa línea de pestañas oscuras que le enmarcaba los ojos.

—Seguí el consejo de Ned y llamé a Carrick por teléfono, le conté lo que había estado a punto de hacer. Vino de inmediato y estuvo viviendo un mes conmigo en el apartamento por si volvía a tener ideas suicidas, él dormía en el sofá y yo en el suelo, en un futón plegable de IKEA. Le prohibí terminantemente que les contara a mis padres lo sucedido y él me prometió no hacerlo, pero me pidió a cambio que le concediera un año de esfuerzo, un año en el que tenía que intentar aguantar. Yo accedí. Y al término de ese plazo me pidió otro año más. Me dijo que me lo tomara hora a hora, día a día, año a año hasta que respirar empezara a costarme menos. Así que creé una especie de rutina que me ayudaba a cumplir la promesa que le había hecho. Después del primer año descubrí que, aunque al principio me había parecido una imposibilidad, había logrado sobrevivir sin ella trescientos sesenta y cinco días más tres meses. De modo que accedí a dejar pasar otro año más y me di cuenta de que si no dolía demasiado, si el dolor no era insoportable, podría aguantar en este mundo.

—Entonces, ¿qué fue lo que cambió? ¿Por qué pasaste de poder aguantar a llamarme aquella noche?

Él se inclinó un poco hacia delante, miraba desde allí arriba hacia el lejano suelo y, aunque aquel faro no era tan alto como la torre del reloj, me dio un vuelco el corazón.

—Fue por algo tan insignificante que dicho en voz alta suena absurdo. —Tragó con dificultad y me miró—. Estaba en el trabajo, en Aldi, colocando panes *naan* en un estante, cuando un tipo con el que había trabajado en varias obras de teatro se acercó a saludarme. Habíamos tenido una relación muy buena en otra época, incluso habíamos salido a cenar varias veces con Abi y con June, su mujer. Resulta que él estaba trabajando en el musical de *Shrek* en ese momento y ya estaba contratado para trabajar en *Cats* después de eso. Me cuenta todo eso mientras yo estoy ahí, de pie junto a una cesta de panes congelados a los que hay que estamparles la etiqueta que dice que están a mitad de precio. Y entonces me pregunta por Abi y, no sé por qué, le digo que está bien y que le llamaré pronto para que salgamos a cenar los cuatro como antes.

»Al salir del trabajo, me fui a casa y la cosa había cambiado. Lo veía todo negro porque mi vida profesional era un desastre y acababa de acceder a ir a una cena que jamás podría materializarse porque Abi estaba muerta. Sentí que había retrocedido mil pasos y, de buenas a primeras, respirar ya no era tan fácil de nuevo.

»Supongo que en esa ocasión me sentía en paz con lo que iba a hacer. Le había dado a Carrick el tiempo que me había pedido, así que volví a dejarlo todo dispuesto. Dejé el trabajo, solucioné el tema del gato, me compré una botella de un whisky que siempre había querido probar, pero que no había comprado porque me parecía demasiado caro, y puse rumbo a la torre del reloj. De camino hacia allí sentí que mi determinación se tambaleaba un poco, así que fui a sentarme unos minutos con una taza de té. —Se volvió a mirarme, sus ojos brillaban con lágrimas teñidas de luz de luna—. Y entonces te conocí a ti. —Su mano se posó por fin sobre la mía, mis dedos no perdieron ni un segundo y se entrelazaron con los suyos—. Pero, claro, mi cerebro no podía dejarme ser feliz, ¿no?, empecé a sentirme culpable porque no habían pasado ni dos años y allí estaba yo, flirteando con alguien en una cafetería.

—No tienes por qué sentirte culpable por seguir adelante con tu vida —le dije yo—. Tarde o temprano, vas a tener que permitirte a ti mismo volver a ser feliz. Ya sé que debe de ser increíblemente duro, pero no puedes guardar luto eternamente.

Él me apretó la mano un poco más fuerte y parpadeó para eliminar las últimas lágrimas que quedaban en sus ojos.

—Supongo que tienes razón, ahora siento como si eso no fuera tan imposible después de todo.

Se oyó el sonido de las olas rompiendo contra los acantilados en la oscuridad que teníamos a nuestros pies y me vino una pregunta a la mente.

—¿Qué fue lo que te hizo cambiar de idea aquel día en que nos conocimos en la cafetería?

—Tu felicidad —se limitó a decir—. Irradia de ti a raudales.

—Pues en este momento no creo que esté irradiando mucho.

—Te equivocas. Es algo que no puedes evitar. Sí, tienes un trabajo que a veces es duro y Joel es un capullo de primera, pero, a pesar de todo, tienes una sonrisa en el rostro casi siempre. Cuando te sentaste junto a mí en la cafetería, el mero hecho de estar cerca de ti hizo que, no sé, que absorbiera parte de esa felicidad tuya. —Alzó una mano hacia mi rostro, sus dedos descansaron sobre mi mandíbula mientras su pulgar trazaba el contorno de mis labios—. Hacía tanto que no era feliz que, cuando volví a sentir esa emoción al fin, me quedé impactado. Sentí esa felicidad a pesar de que no era mía y pensé que, si todavía era capaz de sentirla, entonces era posible que, la próxima vez que sucediera, podría ser quizás mi propia felicidad.

22

A la mañana siguiente, desperté confundida y con la cabeza embotada, apenas recordaba dónde estaba. El ferry salía a las ocho, así que me levanté de la cama con un esfuerzo titánico y recogí mis cosas.

Al entrar en la cocina encontré a Charlie sentado a la mesa, empujando desganado los cereales por el cuenco de leche con la cuchara, y le di los buenos días con un entusiasmo forzado que distaba mucho de sentir, teniendo en cuenta mi creciente dolor de cabeza y la sensación general de apatía que inundaba la cocina. Pero ese día debía centrarme en apoyar a Charlie, en hacer que aquello fuera lo menos doloroso posible. Él alzó la cabeza al oírme entrar, pero eludió mi mirada y, después de saludarme con un sonido inarticulado, volvió a bajar los ojos hacia su plato.

Darlow y Orlagh nos acompañaron hasta los muelles y nos dijeron adiós con la mano. Carrick se despidió reacio de ellos; a juzgar por cómo permaneció junto a ellos hasta el último momento y por lo inusualmente callado que se quedó cuando se perdieron de vista en la distancia, estaba claro que anhelaba con toda su alma quedarse allí junto a la mujer que amaba y el hijo para el que nunca podría ser un padre de verdad.

Intenté dar algo de conversación durante el trayecto, pero a nadie le apetecía hablar. Charlie y yo estábamos resacosos por el whisky que habíamos compartido en lo alto del faro, y el temor a la jornada que teníamos por delante nos arrebataba las palabras a todos.

Me sentí poco menos que aliviada cuando llegamos a tierra y nos montamos en *Steve*, ya que me liberé de la presión de intentar llenar el silencio con comentarios banales. Recorrimos los sinuosos caminos en la moto rumbo a Westport, a la casa de Carrick. Durante todo el trayecto me abracé con fuerza a Charlie (ir en moto era la excusa perfecta) y procuré no preocuparme por lo que pudiera depararnos aquella jornada.

La puerta del dormitorio se abrió de golpe justo cuando estaba batallando por abrocharme el vestido. Grité sobresaltada y al volverme vi a Carrick parado allí, mirándome con cara de total desconcierto.

Aparté las manos de mi entrepierna a toda prisa, me alisé el vestido y carraspeé con incomodidad.

—Ni siquiera voy a preguntarte lo que estabas haciendo —dijo él—. ¿Estás lista?

Abrió un poco más la puerta y la luz de la ventana que tenía a mi espalda reveló su traje nuevo.

—Uy, eh… vaya.

Entorné los ojos mientras se acostumbraban a semejante ataque a las córneas. El traje de tres piezas de color cartujo era impactantemente chillón, lo había combinado con una camisa magenta y con unas gafas de sol de montura turquesa que supuse que se había puesto para no quedar cegado por su propia vestimenta.

—Estás preciosa, Nell —me dijo, antes de entrar en la habitación.

—Oye, no tendrás una rebeca para prestarme que no sea demasiado vistosa, ¿verdad? Lo digo por esto. —Di media vuelta y le mostré mi tatuaje.

Posó las manos en mis hombros y me sostuvo con los brazos extendidos.

—Venga ya, ¿de verdad crees que alguien va a fijarse en ti estando yo a tu lado?

—Sí, en eso tienes razón —asentí yo, sonriente.

Bajó las manos y me miré en el espejo. Contemplé pensativa el delicado moño que me había hecho y al final lo deshice y acomodé mi larga melena alrededor de los hombros, de forma que cubriera el tatuaje. Tendría que bastar con eso.

Tomé mi teléfono, me lo embutí en el sujetador y salí de la habitación precedida por Carrick.

—¿Puedes ir a ver cómo está Charlie? —Me lo dijo con una cautela inusual en él—. Me parece que le vendrían bien unas palabras de apoyo.

Yo asentí. Ese día era la animadora personal de Charlie, un impulso para que levantara el ánimo, el hombro en el que apoyarse o cualquier otra cosa que pudiera necesitar. Llamé tres veces a la puerta, esperé unos segundos antes de abrir y lo encontré sentado en el borde de la cama. Llevaba puesto su traje negro, tenía los codos apoyados en las rodillas y las manos al frente mientras jugueteaba con el cristal marino anaranjado que tanto significaba para él.

—Hola. —Entré en la silenciosa habitación y me acerqué a la cama—. ¿Estás listo?

Él no alzó la mirada, pero alrededor de los ojos vi la húmeda huella que revelaba que acababa de secarse a toda prisa las lágrimas.

—Eso creo. —Se metió el cristalito en el bolsillo de la chaqueta y me miró con ojos enrojecidos—. Vaya, qué guapa estás.

Me coloqué el pelo detrás de la oreja y esbocé una sonrisa. Al bajar la mirada hacia mis pies me di cuenta de que no había limpiado los zapatos después del último funeral al que había asistido, estaban un poco manchados de polvo por la grava que había a las puertas del crematorio. Intenté recordar qué funeral había sido, no habría sabido decir si era el de mi tío o el de aquel primo segundo mío de cuyo nombre ni siquiera lograba acordarme en ese momento.

—Me alegro de que estés aquí, no habría podido hacer esto sin ti —añadió él.

—Estaré junto a ti a cada paso del camino. —Me incliné para depositar un suave beso en su mejilla y entonces exclamé, en voz un poco más alta de lo necesario—: ¡Ah!, ¡por poco se me olvida! Espera, no te muevas de aquí. —Alcé un dedo a modo de advertencia.

Fui a toda prisa a mi habitación, rebusqué en mi maleta hasta que logré encontrar lo que buscaba, lo escondí a la espalda y regresé a la suya.

—Pensé que hoy podría venirte bien tener algo de apoyo emocional añadido y, como da la casualidad de que esta semana te toca tenerlo a ti según lo establecido en el acuerdo de custodia compartida... —Le mostré lo que tenía en la mano: era George, el zombi cabezón.

Él esbozó una renuente sonrisa al tomarlo de mi mano. Le dio un toquecito a la cabeza y el muelle del interior vibró mientras esta se bamboleaba de lado a lado.

—A ver, como bien sabes, tiene intolerancia a la lactosa, así que ni se te ocurra darle helado por mucho que te lo pida. Y acuéstalo a eso de las nueve como mucho, no quiero que mi hijo zombi sea un andorrero.

—¿Dudas acaso de mi capacidad de ejercer como padre? —me dijo con una carcajada, antes de guardarse a George en el bolsillo. Su sonrisa se apagó ligeramente de repente, se volvió menos jovial—. Solo te pido que no me dejes llorar demasiado, no quiero hacer el ridículo.

—Mira, Charlie, si quieres llorar, no te cortes. Yo no voy a impedirte que lo hagas. —Le pasé una mano por el hombro de la chaqueta. No lo hice porque tuviera alguna mota de polvo, sino porque era algo que había visto en las películas y me pareció apropiado en ese momento—. ¿Vamos allá?

23

La iglesia de Saint Mary se encontraba en el parque que ocupaba el centro del pueblo. Dicho parque estaba dividido en dos por un río a lo largo de cuyo cauce se habían construido varios puentes bordeados de flores por los que algún que otro coche circulaba sin prisa, como si el tiempo no existiera. La iglesia en sí era un ominoso edificio de piedra con un gran rosetón vidriado que ocupaba con orgullo el centro de la fachada. Desde donde yo estaba, no alcanzaba a ver sus colores ni su diseño, ya que el oscuro interior de la iglesia no le permitía brillar en todo su esplendor.

Ava había llegado a casa de Carrick poco después de que yo dejara a George en manos de Charlie, estaba hecha un manojo de nervios porque le preocupaba que no llegáramos a tiempo de recibir a la primera persona que se presentara en la iglesia. Su marido y ella se habían ofrecido a llevarnos en su coche, pero, después de ver la vestimenta de Carrick, habían aceptado encantados que llegáramos por separado. Charlie no había dicho ni una palabra desde que habíamos salido de la casa, aunque el parloteo incesante de Carrick tampoco le dio oportunidad de meter baza durante el breve recorrido a pie hasta el centro.

Yo no tenía claro si estaba hablando tanto para que nos distrajéramos y no pensáramos en todo lo que ocurría, porque estaba nervioso o porque, tal y como me pasaba a mí, a veces sentía que había demasiadas palabras que debían ser dichas.

El frío empezó a entumecerme los brazos cuando habíamos caminado tres minutos escasos, pero Carrick se apresuró a quitarse su bufanda de color turquesa y me la puso sobre los hombros. La usé para taparme bien los brazos, suspiré aliviada cuando la tersa lana de cachemira cubrió mi erizada piel.

Una vez que llegamos a la iglesia, nos quedamos esperando fuera. Charlie se dedicó a patear guijarros con nerviosismo, de vez en cuando deambulaba hasta el río y regresaba momentos después. Cualquiera habría dicho que estaba intentando cubrir su cuota de pasos diarios. Carrick estaba sentado en los escalones de la iglesia como un niñito impaciente, y destacaba cual pueblerino en Ascot con aquel traje que debía de verse sin duda desde el otro extremo de la calle. Ava y Eoin habían llegado antes que nosotros, pero se mantenían a tanta distancia que nadie hubiera dicho a primera vista que formábamos un solo grupo. Supongo que no querían que se les relacionara conmigo ni con la cegadora visión de color cartujo que estaba sentada tras de mí.

Los escalones de la entrada no tardaron en llenarse de gente cuya mirada buscaba con disimulo al elusivo Charlie, quien permanecía de pie a mi lado frotándose con nerviosismo las manos mientras el inevitable momento iba acercándose. Agnes y Roisin me saludaron con un asentimiento de cabeza al llegar, habían reemplazado los gorros de plástico con sendas bufandas negras idénticas. En cuanto a Una y Jamie, no habían hecho acto de presencia aún, y me pregunté si él se lo habría pensado mejor y había preferido que su mujer no estuviera en las inmediaciones del hombre que poseía la información que podía echar al traste su matrimonio.

—Mierda… —murmuró Charlie.

Seguí la dirección de su mirada y vi a las dos mujeres que se aproximaban. Una de ellas era Kenna, su halo de pelo era inconfundible incluso desde aquella distancia; en cuanto a la otra, deduje que debía de tratarse de aquella a la que Charlie temía tanto encontrarse.

De repente se puso tenso de pies a cabeza, se volvió hacia mí y susurró, con la cabeza gacha y la frente a escasos centímetros de mi hombro:

—No puedo.

—Claro que puedes —contesté con firmeza, sin apartar la mirada de las dos mujeres—. Por eso estamos aquí.

Todo el mundo se volvió a mirar a Kenna, que caminaba cual modelo por una pasarela. Llevaba puestos unos zapatos con una plataforma de unos quince centímetros que, además de alzarla hasta lo que podría considerarse una altura media en un ser humano, acentuaban todos y cada uno de los músculos que tenía bajo la inmaculada y blanca piel de las piernas. Su vestido era ceñido hasta justo por debajo de las rodillas y después se acampanaba, uno de esos de corte sirena con los que el común de los mortales apenas podemos caminar y que ella llevaba con total soltura. La prenda acentuaba aquella cinturita absurdamente pequeña y tenía unas cortas mangas murciélago con las que podría interpretar a Morticia Adams con solo ponerse una peluca negra y aplicarse una buena capa de lápiz de ojos. Su pelo abultaba una barbaridad de nuevo, los tirabuzones parecían tener un tono anaranjado más intenso que el día anterior y alcanzaban una altura que habría enorgullecido hasta a la mismísima Dolly Parton. Estoy segura de que Kenna estaba acostumbrada a ser el centro de todas las miradas allá donde fuera; de hecho, me distrajo tanto mientras la veía acercarse a Ava y a Eoin que me olvidé por completo de la otra mujer hasta que la tuve plantada frente a mí.

—Hola, qué vestido tan bonito. ¿Eres amiga de Abigale? —me preguntó.

Estaba claro que era Siobhan, los genes de las mujeres de la familia Murphy parecían ser tan fuertes como los que compartían los varones de la familia Stone. Su cabellera de un intenso tono pelirrojo estaba surcada de canas y había perdido algo de lustre con la edad, pero todavía conservaba esa chispa de vibrante vitalidad que había tenido en su día. Tanto la nariz pecosa como sus ojos marrones eran idénticos a los de su hija.

—Eh… no, no la conocía. Soy Nell. —Me temblaba un poco la voz.

—Siobhan, encantada de conocerte —me dijo, antes de estrecharme la mano.

El profundo dolor que se reflejaba en sus ojos dejaba patente que los saludos y las sonrisas corteses eran pura fachada, que aquella mujer estaba vacía por dentro.

Oí que Charlie arrastraba ligeramente los pies por el suelo como si se dispusiera a huir de un momento a otro, pero no tenía escapatoria porque yo le tenía atrapado desde un lado, Carrick desde el otro y tenía a Siobhan delante. Su única opción sería dar media vuelta, estamparse contra la fachada de la iglesia y, muy probablemente, quedar noqueado por el golpe, aunque, teniendo en cuenta lo nervioso que estaba, no me habría extrañado que lo hiciera. Charlie tenía que hablar con Siobhan, eso era inevitable, así que tragué saliva y di el primer paso.

—Soy amiga de Charlie. —Me volví a mirarlo, quería hacerle participar en la conversación—. ¿Verdad que sí?

Oí su respiración agitada entrando y saliendo de su nariz mientras permanecía allí plantado, mirando a Siobhan como un niñito temeroso; todo el mundo esperó con el aliento contenido. Vi a Ava observando lo que ocurría desde el otro extremo de los escalones de piedra, se la veía un poco alarmada, ignorando por completo lo que le estaba diciendo Kenna. Resultaba casi insoportable estar esperando a que sucediera algo mientras los segundos iban pasando con una agónica lentitud.

—Hola, Siobhan. Me alegro de verte —dijo Charlie, con una voz frágil y quebradiza que no se parecía en nada a su forma de hablar habitual.

Ella siguió mirándole en silencio durante unos segundos que se me hicieron eternos. A aquellas alturas me daba igual que le gritara, que le abofeteara o que le matara directamente. Yo solo quería que aquella mujer hiciera algo, lo que fuera, con tal de que aquella tensión remitiera al fin.

Pero seguían mirándose en silencio… el uno con aquellos ojos azules como el aciano, la otra con ojos de un vívido marrón.

Fue Siobhan la que rompió el silencio al exhalar con fuerza, su trémulo aliento emergió por la nariz mientras alzaba una mano. Yo pensé que iba a abofetearlo e hice de tripas corazón para ver cómo le agredían por segunda vez. Pero, para mi sorpresa, lo que hizo fue posar aquella mano en el hombro de Charlie y morderse el trémulo labio inferior antes de decir:

—Te has tomado tu buen tiempo para venir a verme. —Intentaba mostrarse fuerte, pero su voz la delataba.

Charlie sacudió la cabeza, las primeras lágrimas inundaron ya sus ojos y murmuró dos palabras:

—Lo siento.

—Nada de disculpas. —Siobhan intentó sonreír—. Me alegra que hayas logrado venir por fin, eso es lo que importa.

Charlie se abrazó a ella como un niñito exhausto sin mediar más palabras y Siobhan acunó la parte posterior de su cabeza con una tranquilizadora mano de dedos finos y surcada de oscuras venas. Los hombros de Charlie se sacudían y me di cuenta de que estaba haciendo algo que había querido evitar a toda costa: llorar sollozante. Por el rostro de Siobhan empezaron a caer también las lágrimas, sus ojos estaban tan acostumbrados al llanto que mostraba una serena tranquilidad ante todo aquello. Supongo que, aparte de Kenna, eran los únicos que podían llegar a comprender en cierta medida el dolor que sentían.

Pasó un largo rato hasta que Charlie retrocedió un poco. Me di cuenta de que Eoin parecía avergonzado al ver a su hijo secarse las lágrimas.

—Ahora recomponte, muchacho. No quiero que ninguno de los dos lloremos más. ¿Entendido? —dijo Siobhan con firmeza, mientras se sorbía las lágrimas y se llevaba una huesuda mano al pelo para atusárselo—. En cuanto a esta chica de aquí —me indicó con un ademán de la cabeza, pero no apartó los ojos de los de Charlie y a mí me dio un brinco el corazón—, ¿es tu novia?

Lo preguntó sin andarse por las ramas y yo miré a mi alrededor con nerviosismo para ver cómo reaccionaba la gente.

—Eh… no he… no hemos… pues… —Charlie me miró como pidiéndome ayuda, pero yo estaba tan perdida como él—. No lo sé.

Siobhan esbozó una sonrisa comprensiva y se volvió hacia mí con la mano extendida. Se la tomé por miedo a lo que podría pasar si no lo hacía y me dio un apretón con una fuerza inesperada.

—Eres una preciosidad de chica.

No supe si se suponía que debía contestar y, de ser así, lo que debía decir. De modo que permanecí callada y ella añadió:

—Tendrás que traerla cuando vuelvas a verme. —Sonrió con tristeza, alargó la otra mano y tomó la de Charlie. Parecíamos dos niños a los que llevan al supermercado—. Venga, entremos ya —nos dijo, mientras nos conducía por la escalera de piedra hacia la puerta—, tenemos que conseguir unos buenos asientos delante de todo. Y por todos los santos del cielo, Carrick Stone, ¿se puede saber qué llevas puesto?

El interior de la iglesia se caracterizaba por unos techos altos y unas lustrosas columnas; visto desde dentro, el rosetón vidriado que me había parecido apagado desde fuera era una vívida explosión de segmentos rojos, azules y amarillos. A este lado estaba mucho más lleno de vida que al otro. Supongo que eso es algo que pasa con casi todo, la perspectiva desde la que lo miras supone una gran diferencia. A lo largo de las paredes había más vitrales en diferentes tonalidades de azul y violeta y, en cuanto al altar, se alzaba orgulloso al frente de todo y estaba ornamentado con brillantes motivos rojos y dorados.

Me sentía rara al estar sentada en la primera fila, no había llegado a conocer a Abi y me daba la impresión de que mi presencia en el edificio donde se iba a honrar su memoria bastaría para hacerla retorcerse en su tumba. Pero Charlie quería que estuviera sentada allí, junto a él, y no hubiera sido la asesora más dedicada del mundo que digamos si hubiera cedido ante el impulso de largarme corriendo. Siobhan estaba sentada al otro lado de Charlie y no apartó la mano de la suya en toda la misa.

Para cuando Charlie terminó de conversar cortésmente con gente a la que no había visto en años y de aceptar todas aquellas condolencias que tanto le irritaban, eran cerca de las dos de la tarde. Evitó a Jamie a toda costa y habló con la gente como si no estuviera de nuevo al borde de las lágrimas, como si no se sintiera como si estuviera muriendo por lo que acababa de suceder.

Caminé hasta el río y me apoyé en el muro. El agua discurría sin prisa, la serenidad de aquel suave murmullo me ayudaba a relajarme después de pasar una hora de conversaciones, música y plegarias.

«Has disfrutado de lo lindo, ¿verdad?».

Mierda, ¿ella otra vez?

Abrí los ojos y hétela allí, sentada en el muro con sus largos brazos cruzados sobre el pecho y la mirada puesta en el gentío que iba dispersándose.

—No, no lo he disfrutado como tú pareces insinuar —contesté con voz queda.

«Bueno, a mi madre le caes bien, quizás podrías invitarla a tu boda. Ya sabes, por los viejos tiempos».

—¿Por qué eres tan borde conmigo?

«No me lo preguntes a mí, cielo. Soy producto de tu propio cerebro».

—No quiero que él te olvide ni reemplazarte, creo que eso lo sabes.

«Si tú sabes algo, yo también. Recuerda que estoy en tu cerebro». Me miró con una sonrisa en la que se reflejaba un poquitín de afecto.

—Lo único que quiero es que él sea feliz. —Cerré los ojos y respiré hondo para saborear el fresco aire primaveral.

Los abrí de nuevo al oír el sonido de pasos que se acercaban y vi que ella ya no estaba allí. Me giré justo cuando Charlie se detuvo junto a mí y se apoyó en el muro recubierto de flores.

—¿Con quién estás hablando? —me preguntó.

—Con nadie, conmigo misma. —No era mentira del todo—. Bueno, ¿ahora qué?

—Ahora van todos al Aughaval, pero he pensado que nosotros dos podríamos ir caminando a casa de Siobhan y así te muestro un poco el pueblo.

—¿Qué es el Aughaval?

—El cementerio, así se llama.

—Ah. En ese caso, ¿no crees que tendríamos que ir también? Él suspiró y dirigió la mirada hacia el río.

—No sé si puedo.

Lancé una mirada tras de mí para asegurarme de que no estuviera mirándonos nadie, y entonces tomé su mano para darle un pequeño apretón.

—Pero para eso hemos venido precisamente, ¿no? Para aceptar la pérdida, para que puedas seguir adelante con tu vida.

—La pérdida ya la he aceptado, tengo claro que está muerta. Pero no quiero ver la hierba bajo la que está su esqueleto, eso es todo.

—No se trata de eso. Estamos hablando de su lugar definitivo de reposo, el lugar donde va a estar por siempre jamás y creo que debes verlo con tus propios ojos. Sí, la viste después de que sucediera todo, pero en ese momento estabas en *shock*, Charlie. Lo más probable es que tu cerebro no haya procesado todavía, procesado de verdad, el hecho de que ella no va a volver jamás, y creo que eso es algo que tienes que hacer antes de poder pasar página.

Él se volvió a mirarme.

—Sé que tienes razón, pero no creo que sea capaz de ir.

Fue Carrick, que apareció en ese momento a nuestra espalda, quien le dijo con firmeza:

—Eres capaz de eso y de más, Charlie. Venga, dejaré que te

sientes junto a mí en la limusina. Esperemos que sea una de esas donde hay champán y luces disco.

—Ah, sí, tengo entendido que para los funerales siempre se alquilan las que tienen una barra de *stripper* —contestó Charlie con sarcasmo.

—Qué bien, estaba pensando en pulir mi técnica —contraatacó Carrick, en tono de broma—. Mis giros dejan bastante que desear, tengo que practicar el bombero.

Nos quedamos mirándolo en silencio mientras traumáticas imágenes mentales se sucedían en nuestra mente. Al final, opté por ignorar todo lo que acababa de decir y miré a Charlie.

—Te propongo algo, a ver qué te parece: vas en el coche con Carrick y, si al llegar allí te sientes capaz de hacerlo, te bajas y pasas un ratito en el cementerio. Y entonces, si ves que lo llevas más o menos bien, pues vas a ver la tumba de Abi. ¿Qué opinas?

Él se tomó unos segundos para pensarlo. Su cuerpo estaba listo para salir huyendo, pero su cabeza sabía que habíamos viajado hasta allí con aquel propósito.

—Vale.

—Es una chica lista, demasiado para ti —comentó Carrick. Lo tomó del brazo y lo condujo hacia el coche sin apresuramientos.

—¿Quieres venir? —me preguntó Charlie.

—No, creo que esto es algo que puedes hacer sin mí.

—¿Qué vas a hacer mientras tanto? —me preguntó con preocupación.

Kenna apareció en ese momento por detrás de Carrick y se detuvo junto a mí.

—Puede venirse conmigo —afirmó—. Yo tampoco voy a ese sitio, no lo soporto. ¿Te apuntas a dar un paseo hasta mi casa?

—¿Lo ves? Voy a dar un paseo, no hay ningún problema —le dije a Charlie, mientras Carrick batallaba por hacerle entrar en el coche.

—Genial —me dijo Kenna, sonriente—. Y de paso me ayudas a preparar las bandejas de las minisalchichas.

Me volví hacia Charlie de nuevo, me encogí de hombros y le dije sonriente:

—¿Cómo puedo rechazar semejante ofrecimiento?

Estar a solas con Kenna no resultó ser tan aterrador como me lo había imaginado, ni mucho menos.

—¿En qué trabajas? —me lo preguntó mientras paseábamos por el pueblo sin prisa, cruzando puentes y pasando frente a tiendas de coloridas fachadas.

—Soy una especie de orientadora, trabajo en una línea de ayuda especializada en salud mental.

—¿En serio? ¡Qué trabajo tan genial!

—¿A qué te dedicas tú? —Lo pregunté cuando doblamos a la izquierda y entramos en una parte más residencial del pueblo.

—Bueno, hago un poco de todo. Trabajo de modelo en Dublín y en Londres, comparto un piso con vistas al río Liffey con varias chicas más.

Su acento era más refinado que el de Charlie, tenía una especie de musicalidad relajante que me hizo pensar que podría haberse dedicado a narrar audiolibros.

—Impresionante —contesté, mientras luchaba por no volver a sentirme intimidada—. ¿Para quién trabajas como modelo?

—Para todas las firmas que quieran contratarme, la verdad. —Soltó un suspiro—. Me solicitan bastante como modelo de pies, los tengo muy bonitos. Casi siempre es para anuncios de calzado, aunque son mi pie y mi pantorrilla los que salen en esas cajas de tiritas para ampollas, las de color morado.

—Muy impresionante.

Bajé la mirada hacia los zapatos de puntera abierta y tacón monstruosamente alto que llevaba puestos. Por lo que alcanzaba a ver, la verdad es que eran unos muy buenos pies, aunque me daba la impresión de que nos encontrábamos a kilómetros de la casa y estaba por verse cómo estarían al llegar allí. En cuanto a mí, los pobres arcos de mis pies no estaban acostumbrados a unos zapatos tan altos (aunque no tenían tanto tacón como los de Kenna ni por asomo), y aquel dolor que con tanto cariño recordaba de cuando, en los últimos años de la adolescencia, me ponía un calzado con el que podía caminar apenas y me veía obligada a pasar buena parte del rato sentada, regresó a mis pies como un viejo amigo al que tienes la esperanza de no volver a ver.

—También hice un trabajo privado para un cliente, lo único que quería eran fotos de mis pies sobre pasteles, crema pastelera y cosas así.

—¿Para qué leches quería eso?

—A veces es mejor no hacer preguntas.

Las dos nos echamos a reír y, después de una breve pausa, añadió:

—Así que estás saliendo con Charlie, ¿no?

—Pues, para serte sincera, la verdad es que no tengo ni idea. —No sabía cómo hablar con ella de aquel tema.

—Charlie Stone es una joya de hombre. Sí, a veces es el idiota más grande del mundo, pero es una buena persona.

Yo bajé la mirada hacia las punteras de mis zapatos y sonreí.

—¿Y tú qué? —le pregunté, deseosa de cambiar de tema—. Seguro que tienes revoloteando alrededor a un montón de moscones obsesionados por los pies.

Ella se echó a reír mientras balanceaba los brazos con actitud relajada.

—Sí, es posible, pero no me interesan; de hecho, no me interesan los hombres en general. En Londres tengo una… compañera, Naomi, pero no es nada serio.

Dobló a la derecha de repente y enfiló por el camino de entrada de una casa cuya puerta principal, una muy grande de color azul, estaba situada bajo un porche revestido de glicinas. Me recordó al color de la del apartamento de Charlie y me pregunté si Abi habría elegido ese tono porque le recordaba a su hogar.

Kenna estaba metiendo la llave en la cerradura cuando le dije con semblante serio:

—Quiero que sepas que lo que ha estado pasando entre Charlie y yo no ha sido nada fácil para él. Sigue sin serlo.

Ella me sonrió con aquella boca roja de pitiminí y sus cálidos ojos marrones.

—Estamos hablando de Charlie Stone. Con él no hay nada que sea fácil. Ven, entra. Esas salchichitas no van a colocarse solas en las bandejas alrededor del kétchup.

24

Estaba sentada en un pequeño tramo de escalones de piedra, contemplando el enorme jardín de Siobhan mientras me imaginaba al Charlie y a la Abi del pasado sentándose en la hierba después de intentar domar por primera vez aquel jardín que en aquel entonces había sido una bestia salvaje, pero que ahora estaba cuidado con esmero. En aquella época no tenían ni idea del impacto que el uno iba a tener en la vida del otro. Supongo que no aparecen de repente cañones de confeti ni bandas de música cuando una persona que va a ser importantísima para ti llega de improviso a tu vida. Dejé mi copa medio vacía de prosecco sobre el muro bajo de piedra que tenía junto a mí y me pregunté cuánto más iban a tardar en llegar Charlie y Carrick. Empezaba a ponerme nerviosa, pero me recordaba a mí misma que él tenía que hacer aquello sin prisa, tomándose su tiempo.

«Has estado en el pueblo y ni siquiera has pasado a saludar».

Suspiré contra la palma de mi mano y la vi allí, sentada con aplomo junto a mí en uno de los escalones. Estaba sacudiendo la cabeza, fingiendo sentirse decepcionada.

—¿Estás aquí de verdad o estoy teniendo una especie de brote psicótico? —Me giré a mirarla cara a cara y la vi con tanta claridad como a los escalones que ella tenía debajo.

«No sé a qué te refieres, la verdad».

—Claro que lo sabes. Tal y como tú misma me recuerdas encantada cada dos por tres, estás en mi cerebro. Así que venga, dime, ¿estoy hablando realmente contigo o me estoy volviendo loca?

Ella soltó un sonoro bufido y dirigió la mirada hacia la amplia extensión del jardín.

«Quién sabe. Lo único que tengo claro es que, en cualquier caso, la gente te mira de forma rara al verte hablar conmigo».

Oí un súbito estrépito de platos y me giré hacia la ventana de la cocina. Siobhan y Kenna estaban allí, de pie junto al fregadero. La primera estaba llorando con el rostro apoyado en el hombro de su hija, su cuerpo entero se sacudía con la fuerza de sus sollozos.

—Pobre mujer —susurré.

«Siempre es la que está de luto, nunca es ella el cadáver. Bien sabe Dios cuánto desea que pudiéramos intercambiarnos la una por la otra». Abi dijo aquellas palabras con voz llena de tristeza.

—Si ella ya ha vuelto, Charlie también debe de estar aquí. —Me dio un pequeño brinco el corazón y me puse de pie. Tomé mi copa de prosecco y me puse a buscarlo con la mirada entre la gente que estaba en el interior de la casa.

«¡Dile a mi marido que agradezco el esfuerzo que ha hecho!».

Sus palabras hicieron que me detuviera y me volviera a mirarla. Seguía contemplando el jardín con los párpados medio caídos, se la veía triste.

«Dile que algún día será capaz de soltarlo y que, cuando así sea, me gustaría que lo dejara conmigo».

Yo fruncí el ceño y me pregunté qué diantres habría querido decir con eso. Ella estaba en mi cabeza, era una manifestación de mi inquieta conciencia. No tendría que estar diciendo cosas que yo no entendía.

Entré de nuevo en la casa y asentí con cortesía a los rostros que me lanzaban sonrisas y saludos, pero ninguno de ellos era el de Charlie.

Entré en la cocina y vi que Siobhan y Kenna seguían junto al fregadero, tomándose un tiempo para estar a solas con la excusa de preparar té para los invitados.

—Hola —dije con nerviosismo.

Siobhan se volvió hacia mí con una sonrisa triste y los ojos enrojecidos, todavía tenía las pestañas inferiores apelotonadas por las lágrimas. Abrí la boca para hacer las preguntas típicas de situaciones como aquella, preguntas tales como «¿Estás bien?» o «¿Cómo ha ido?», pero en ese momento me parecieron absurdas. De modo que me limité a decir:

—¿Carrick y Charlie también han vuelto?

—No, cielo, han decidido venir a pie. Se tarda más de una hora, así que dales algo de tiempo. —Lo dijo con una voz suave y que temblaba ligeramente bajo el peso de las emociones contenidas—. ¿Quieres un té?

—No, gracias. —Le mostré mi copa de prosecco.

—Espera, aquí tienes —me dijo Kenna, antes de llenármela hasta arriba.

Había pasado cerca de hora y media. Sentía como si me clavaran un cuchillo en las entrañas a cada segundo. Pasé el tiempo esperando junto a la ventana, tomando una copa tras otra de prosecco y mordisqueando desganada samosas frías y sándwiches triangulares de jamón; empezaba a sentirme un poco ebria.

Permanecer junto a la mesa del bufé era una buena táctica, porque así estaba justo frente a la ventana que daba a la parte delantera de la casa y vería llegar a Charlie y a Carrick, pero lo malo era que estaba obligada a conversar cada dos por tres con hombres de pelo canoso y barriga prominente que volvían a la mesa cada veinte minutos para rellenar sus platos de papel con más salmón ahumado y pequeños quiches. Las mesas de los bufés siempre huelen igual, ¿por qué será? Ese miasma del pan que va secándose, la margarina y el glaseado de los pasteles que se entremezclan y crean el mismo olor siempre, sin importar si estás en un funeral o en la fiesta de cumpleaños de un niño.

Hacía una hora más o menos que había empezado a temer que hubiera podido pasarle algo a Charlie o, mejor dicho, que el propio Charlie se hubiera hecho algo a sí mismo, pero Carrick estaba con él y eso me tranquilizaba un poco.

Me saqué el teléfono del sujetador y volví a revisar la pantalla una vez más, pero el resultado fue el mismo: no tenía ningún mensaje, seguía sin recibir respuesta al que yo le había enviado. Presa de la frustración, me aclaré la garganta y apuré lo poco que me quedaba en la copa. Me dirigí a la cocina sin prisa, los dedos de los pies cada vez me dolían más por culpa de los zapatos. Estaba a punto de llegar a la cocina cuando oí una voz familiar y de lo más escandalosa, y al volverme en su dirección vi a Carrick en el centro de la sala. Se le veía un poco achispado y estaba rodeado de un grupo de gente que parecía estar riendo por algo que acababa de decir. Vi a Ava y a Eoin en la esquina, parecían avergonzados al verle llamar así la atención.

—Vaya, os habéis tomado vuestro tiempo. ¿Dónde está Charlie? —le pregunté.

—Ni idea, acabo de llegar.

—¿No estabas con él? —Se me cayó el alma a los pies.

—Hemos estado juntos en el cementerio, después hemos vuelto al pueblo y nos hemos parado en el *pub*. Nos hemos tomado una pinta de cerveza negra y yo me he puesto a hablar con alguien; Charlie me ha dicho que se venía ya y que nos veríamos aquí.

—Pues aquí no está.

—Tranquila, ya aparecerá.

Aunque lo dijo como si no pasara nada, vi en sus ojos un atisbo de pánico que no estaba allí momentos antes.

—Sabes dónde le conocí, Carrick. Sabes lo que planeó hacer. —Hablé en voz baja porque era consciente de que había gente aguzando el oído para intentar oírnos; de hecho, Ava y Eoin parecían estar especialmente interesados en nuestra conversación.

—Sí, claro que lo sé. Pero Charlie no haría algo así, hoy no. —Daba la impresión de que estaba intentando convencerse a sí mismo con sus propias palabras.

—¿Por qué hoy no? ¿Porque es el día en que ha visitado por primera vez la tumba de Abi? ¿Porque es el día en que tiene que enfrentarse finalmente a todo aquello de lo que ha estado huyendo? Piénsalo bien, Carrick. Si tuvieras que elegir un día, ¿no sería este precisamente?

—Venga, vamos. —Dejó su bebida sobre una mesa, me tomó de la muñeca y se dirigió hacia la puerta con paso decidido—. Solo hemos estado separados unos… —lanzó una mirada al reloj de pared— treinta y cinco minutos.

—Eso significa que nos lleva una buena delantera.

Dejé mi copa vacía en un aparador que había en el pasillo y salí a toda prisa al jardín de atrás. Intenté recordar de inmediato todos los lugares elevados que había visto al pasar por el pueblo, pero no conocía la zona lo suficientemente bien.

Me llevé la palma de la mano a la frente. Tenía la piel caliente, encendida por el miedo.

—¿A dónde habrá podido ir? —Pulsé frenética la pantalla de mi móvil y le llamé. Carrick también tenía su teléfono en la mano cuando se detuvo junto a mí en el sendero.

—Ni idea. ¿Sabrías volver a la casa si nos separáramos?

—No. —Oí que saltaba el buzón de voz—. Pero tengo Google Maps. —Abrí la aplicación, establecí mi propia ubicación como punto de partida y miré expectante a Carrick—. ¿Hacia dónde me dirijo?

—Eh… tú ve por ahí —señaló a mi espalda— y yo iré por aquí. Llámame si le encuentras.

—Vale, lo mismo te digo. —Eché a correr a toda velocidad… bueno, toda la que me permitían aquellos dichosos zapatos.

Intenté no dejarme arrastrar por el pánico mientras recorría las calles de un pueblo con el que no estaba familiarizada, pero la idea de que Charlie pudiera desaparecer de la faz de la tierra, de no tenerlo en mi vida, hizo que se me llenaran los ojos de lágrimas. El cielo estaba preñado de oscuros nubarrones de tormenta y supe que en breve iba a descargar su ira contra mí.

Marqué el número de Charlie por enésima vez, sostuve el teléfono contra la oreja y volvió a saltar el buzón de voz. Gemí y me puse a escribirle un mensaje de texto: *Charlie, por favor, dime algo para saber que estás bien. Me basta con una palabra.*

Lo mandé y aguardé, mantuve la mirada fija en la pantalla a la espera de que apareciera el pequeño icono que indicaría que él estaba escribiendo algo, pero la espera fue en vano.

Me detuve un momento, estaba un poco mareada por el prosecco y por el miedo. Me apoyé en una pared, tenía los dedos blanquecinos por la presión que estaban soportando. Intenté invocar a Abi con la mente, preguntarle a dónde habría podido ir, pero no apareció y me pregunté por qué parecía estar perdiendo el control de mi propia amiga imaginaria.

Me dio un brinco el corazón cuando el tintineante sonido de un xilófono que tenía como tono de llamada emergió de repente del móvil, me acerqué el aparato a la cara con tanta brusquedad que a punto estuve de golpearme la nariz y vi el nombre de Charlie en la pantalla. Contesté y me llevé el teléfono al oído.

—¡Charlie! Gracias a Dios, ¿dónde estás?

—¿Tampoco le has encontrado?

Se me cayó el alma a los pies al oír la voz de Carrick, noté la cálida humedad de las lágrimas que me bajaban por el rostro debido a mis esperanzas truncadas.

—No. ¿Dónde has encontrado su teléfono? —le pregunté.

—En la mesa del *pub,* debe de habérselo dejado olvidado. Seguiré buscando.

La llamada se cortó y sentí que me flaqueaban las piernas, me puse de cuclillas y apoyé la frente en la pared mientras intentaba serenarme. Nunca antes había sentido un miedo de ese calibre, aquel pánico abrumador. En ese momento, estaba en juego todo, absolutamente todo. Un ominoso sonido retumbó por encima de mí, el cielo empezó a oscurecerse como si estuviera reflejando mis sentimientos tumultuosos.

Giré sobre las suelas de los zapatos y me desplomé contra la pared, volví a activar el móvil y procedí a hacer lo que siempre hacía cuando necesitaba ayuda.

La voz de Ned sonó de inmediato al otro lado de la línea.

—¿Nell?

—Ned, necesito que me ayudes —le pedí implorante.

Una gota rechoncha y fría cayó del cielo y aterrizó en mi rodilla, segundos después estaba diluviando.

—¿Qué es lo que pasa? —Su voz adoptó un paternal tono de preocupación. Oí que se ponía en pie para empezar a pasearse de un lado a otro, algo muy típico en él.

—No le encontramos, no encontramos a Charlie. Se ha esfumado y no lleva encima su móvil y estoy realmente asustada porque me aterra que haya podido… que haya podido hacer algo.

—Vale, cálmate. La mente tiene tendencia a llegar a la peor conclusión posible en situaciones como esta, pero que no puedas encontrarlo no significa que esté… en fin, que esté…

—¿Muerto? —A esas alturas ya no podía ver nada por culpa de las lágrimas y de la lluvia.

—¿Dónde estás?

—No lo sé… —Miré alrededor y alcancé a ver que, al final de la calle, los edificios daban paso al espacio abierto de la bahía—. Carrick y yo nos hemos separado para buscarlo.

—Vale, pero no estás en condiciones de estar sola en este momento. Vuelve junto a él y no te apartes de su lado.

Tenía la ropa empapada, pero el acaloramiento generado por el miedo me protegía del frío.

—Pero es que tengo que encontrar a Charlie… —Me levanté del suelo con dificultad.

—Sí, ya lo sé. Y lo harás, pero ahora mismo eres tú quien me preocupa.

Algo cedió en el cielo y toda la lluvia cayó de golpe.

Eché a correr hacia el final de la calle en busca de algún lugar donde cobijarme, los grises nubarrones teñían las aguas de la bahía del mismo color plomizo. Contemplé la escena que tenía ante mí y mis ojos se posaron en una hilera de bancos que miraban hacia las aguas. Todos estaban vacíos... menos uno.

—¡Dios mío! —dije al teléfono, con los pies clavados en el suelo—. ¡Lo encontré!

—¿Está bien?

No contesté, ni siquiera colgué. Me limité a echar a correr.

Serpenteé entre coches aparcados, entre los que circulaban por la carretera. Tenía los ojos inundados de gotas de lluvia y de lágrimas que hacían que el mundo entero fuera borroso. El duro pavimento dio paso a un empapado césped conforme iba acercándome a él, los tacones de mis zapatos se hundían en el barro.

—¡Charlie! —La estática figura que estaba sentada en el banco no se movió, mi voz apenas se oía por encima del estruendo de la lluvia—. ¡Charlie!

Aminoré la marcha cuando estuve a unos metros del banco, el corazón me martilleaba en el pecho y estaba preparándose para quedar irrevocablemente roto. ¿Por qué estaba tan quieto bajo semejante aguacero?

Rodeé el banco y por fin le vi la cara.

—¿Charlie?

Tenía una mano apoyada en la rodilla, sostenía entre los dedos el anaranjado cristal marino. Sus ojos enrojecidos se alzaron hacia mí y me miraron sorprendidos.

—¿Qué haces? —Lo dijo con voz ensoñadora, como si no hubiera emergido del todo de los profundos pensamientos en los que había estado sumido—. ¡Vas a morirte de frío! —Se levantó del banco y se acercó a mí.

Vi que volvía a guardarse el cristal naranja en el bolsillo y recordé las últimas palabras que me había dicho Abi: «Dile que algún día será capaz de soltarlo y que, cuando así sea, me gustaría que lo dejara conmigo». ¿Acaso se refería al cristal marino? Pero ¿cómo era posible que hubiera dicho eso, si yo ni siquiera sabía que Charlie lo había llevado consigo con la intención de depositarlo en su tumba?

Él posó las manos en mis hombros, pero yo se las aparté de un manotazo.

—¿Qué cojones estás haciendo, Charlie?

—¿A qué te refieres?

—¡Te dejas el móvil en un sitio y desapareces cuando soy consciente de que has estado a punto de tirarte de un edificio en dos ocasiones! —Lo grité para hacerme oír por encima del chapoteo de la lluvia contra el suelo. Las aguas de la bahía hervían como el mercurio a nuestro alrededor, la lluvia traía consigo un frío que me calaba hasta los huesos.

—Lo siento, pero es que no me sentía capaz de ir a la casa todavía. Necesitaba más tiempo.

El tono de su voz revelaba cuánto lo lamentaba, pero en mi interior seguía bullendo una mezcla de pánico y furia y la única manera de enfriarla era vociferar.

—¡Pues yo necesito saber a ciencia cierta que no estás desplomado en alguna carretera, ni lleno de pastillas en algún callejón! ¡Sabes que te amo! ¡No puedes hacerme putadas como esta! —Las palabras salieron a borbotones de mis labios sin que mi cerebro cooperara demasiado en el proceso.

Cerré los ojos con fuerza para deshacerme de algunas de las gotas de lluvia que entorpecían mi visión, pero él me envolvió en un fuerte abrazo antes de que pudiera abrirlos de nuevo. Me acurruqué contra él al instante, me amoldé a su cuerpo y saboreé todo lo que, escasos minutos atrás, creía haber perdido. Su firmeza, la fuerza de sus brazos rodeándome y apretándome contra su cuerpo, las grandotas manos llenas de callos y de cicatrices que me acariciaban el pelo para intentar que dejara de temblar.

—Lo siento, lo siento —susurró contra mi anegado oído.

—Por favor, no te vayas. Por favor te lo pido —le supliqué, mientras mis lágrimas se entremezclaban con la lluvia.

Quería egoístamente que él siguiera existiendo porque le quería. Quería todas y cada una de las piezas que formaban parte de él, incluso aquellas que estaban rotas. Pero también quería que viviera pensando en sí mismo, que no sintiera aquel dolor aplastante todos los días, que quisiera volver a pertenecer a la especie humana. Quería que él deseara vivir.

25

Llamé a Carrick, quien se puso bastante lloroso al otro lado de la línea cuando le dije que había encontrado a Charlie, que estaba vivito y coleando y en perfecto estado, aunque empapado hasta los huesos. Al volver a echarle un vistazo al móvil había descubierto que tenía seis llamadas perdidas de Ned, así que le había mandado un mensaje de texto para decirle que le llamaría cuando me sintiera capaz de volver a formar frases coherentes, pero que podía quedarse tranquilo porque tanto Charlie como yo estábamos bien.

Regresamos a la casa en un estado de *shock* emocional al que se le sumaba la paliza que nos había dado el inclemente aguacero. Mi cuerpo no había experimentado jamás semejantes niveles de pánico y, aunque este había empezado a disiparse, todavía permanecía latente en mis doloridos y hormigueantes músculos, como si no se atreviera a marcharse del todo por si tenía que volver a emerger de buenas a primeras. Yo no tenía ni el sentido de la orientación ni la capacidad mental que se requerían para saber cómo volver a la casa, así que me dejé guiar por él y noté cómo se tensaba junto a mí cuando apareció a la vista el alto edificio con su porche revestido de blancas glicinas. Nos quedamos allí parados, contemplando la casa que tantos recuerdos guardaba para él, y me limité a esperar bajo la lluvia, que a esas alturas ya no era más que columnas de húmedas gotitas que me espolvoreaban la cara.

Allí, en aquella casa y en aquel pueblo, había recuerdos acumulados durante años. Seguro que todos los rincones estaban repletos de situaciones compartidas con Abigale Murphy, y el hecho de sentir celos de eso hacía que me sintiera como una persona horrible. Quería mis propios momentos, mis propios recuerdos, pero, aunque esperaba que fueran llegando con el tiempo, por el momento tenía que presenciar cómo revivía cada uno de los recuerdos que tenía con Abi. Cuando se llora la pérdida de un ser querido, no hay apresuramientos que valgan, no existe un límite de tiempo, y Charlie era la única persona del mundo con la que me veía capaz de tener ese grado de paciencia.

—¿Estás listo? —Pensé en tomarle de la mano, pero me limité a entrelazar las mías.

—No —contestó, antes de dar un paso hacia la puerta.

Estaba sentada en el borde de la cama de Kenna, estrujándome el pelo entre las capas de una gruesa toalla de color granate mientras ella rebuscaba en un cajón de ropa.

—Casi toda mi ropa buena está en Londres, pero aquí debo de tener algo que no sea horrible —dijo, mientras lanzaba camisas y pantalones y vestidos por encima del hombro como un perro escarbando en la tierra. Las prendas iban formando un desmadejado montón en la alfombra, junto a la cama—. Ten.

Emergió con un jersey negro de cuello de pico y unos pantalones elásticos, y agradecí que no intentara fingir en ningún momento que teníamos una talla parecida. Ella era curvilínea; yo, plana. Podría decirse que yo me asemejaba más bien al poste de una valla comparada con su feminidad, pero las prendas que seleccionó para mí me quedaban bastante bien a pesar de que en algunas zonas me estuvieran un poco holgadas. Con aquel profundo cuello de pico, no me cabía duda de que Kenna parecería sacada de la revista *Playboy*, mientras que yo asemejaba un estudiante de los años cincuenta, solo me faltaba el cuello blanco superpuesto de una camisa.

—¿Qué tal se te da cantar? —me preguntó con cara expectante.

—Fatal, de pena, horriblemente mal. ¿Por qué?

—Estamos llegando a la parte de esta celebración de despedida donde todos están medio borrachos, así que habrá un discurso en el que mamá se disculpará y se encerrará a llorar en el baño de abajo y, entonces, cuando todo el mundo esté totalmente deprimido, nos pondremos a cantar unas cuantas canciones. Es una costumbre irlandesa.

—Me parece que será mejor que no participe en eso. Dudo que alguien quiera deprimirse aún más, y eso es lo que pasará si algún sonido musical intenta escapar de mi garganta.

—Vale. —Me miró pensativa durante unos segundos—. ¿Y qué tal se te da tocar la pandereta?

Cuando bajé a la primera planta descubrí que en mi ausencia se había creado un desorden total. Casi toda la comida había desaparecido ya y lo único que quedaba sobre la mesa del bufé eran bandejas vacías, migas esparcidas y copas en las que apenas quedaban unos milímetros de líquido en el fondo. Charlie estaba de pie en la periferia de un grupo de gente de su edad que mantenían una animada conversación, supuse que eran viejos compañeros de colegio que solo le conocían como el Charlie de Abi, y a ella como la Abi de Charlie. Tenía en el rostro una sonrisa ladeada que no resultaba nada creíble. Un vaso de cristal tallado que contenía un cubito y una buena cantidad de whisky apareció de repente justo delante de mis narices, sostenido por una mano de dedos delgaduchos.

—Ten, vas a necesitarlo —me dijo Carrick, que se había detenido junto a mí. Indicó con un ademan de la cabeza a Kenna, que estaba cruzando la sala con firme autoridad.

Yo acepté el vaso y tomé un trago, el whisky estaba frío y ligeramente amargo. Carrick bebió también de su propio vaso, que estaba un poco más lleno, y suspiró al saborear aquel líquido que era como una forma de anestesia. Había ocultado muy bien el susto que se había llevado, pero la ligera tensión que se reflejaba en sus ojos revelaba que se sentía fatal por haber perdido de vista a Charlie. Estaba bastante más desaliñado que antes, había dejado la chaqueta de color cartujo sobre la barandilla y su camisa tenía tres botones desabrochados y los hombros oscurecidos por la lluvia. Su canoso cabello le caía sobre los ojos en lacios y húmedos mechones mientras seguía tomando sorbitos de whisky con nerviosismo.

Kenna se dirigió hacia las puertas acristaladas que daban al jardín, cuya parte interior había quedado salpicada de gotas cuando las habían cerrado a toda prisa al ver que empezaba a llover. Sostenía en las manos un *bodhrán*, uno de esos tambores grandes que llevan siempre los grupos de música folclórica. Alzó la baqueta doble al llegar a las puertas y la usó para golpear con fuerza la tensada membrana.

Kenna llamaba la atención sin proponérselo siquiera. Era como el sol: aunque no la miraras, siempre eras consciente de su presencia. Todo el mundo se volvió hacia ella, el runrún de las conversaciones fue perdiendo intensidad hasta que la sala quedó finalmente en silencio.

—Hola a todos —dijo, con voz profesional y firme, después de dejar el tambor en el suelo—. He pensado que sería mejor aprovechar para decir unas palabras antes de que estéis tan borrachos que no os acordéis ni de por qué estáis aquí. —Soltó una suave carcajada que fue secundada por toda la sala. Carraspeó y su sonrisa se apagó un poco—. Abi no era como yo, no le gustaba ser el centro de atención, así que se sentiría mortificada al ver todo lo que hemos organizado en estos dos últimos años por ella. Pero ver a tanta gente que todavía alberga tanto amor hacia mi hermana mayor es algo que reconforta el corazón de mi familia. —Su voz se quebró ligeramente. Carraspeó de nuevo, se sorbió las lágrimas y se tomó unos segundos para recobrar la compostura.

Miré a Charlie, que estaba de pie al otro lado de la sala con los ojos vidriosos y se mordía el labio inferior. Me di cuenta de que estaba controlando de forma consciente su respiración; se centraba en cada nueva inhalación, en seguir respirando, tal y como le había pedido Carrick. Yo anhelaba consolarle, pero estábamos demasiado lejos el uno del otro, separados por un mar de personas y de *bodhráns*.

—Hoy se cumplen dos años del día en que el mundo perdió a una mujer tierna, divertida, propensa a accidentarse, irritable y de buen corazón. Una mujer con un corazón tan grande que tenía amor de sobra para todas y cada una de las personas que estamos aquí, y para muchas más. Perdimos a una hija, a una hermana, a una amiga, a una esposa.

Busqué a Siobhan con la mirada, pero no la vi por ninguna parte y supuse que, tal y como Kenna me había dicho, debía de estar en el cuarto de baño, empapando con sus lágrimas rollos enteros de papel higiénico de tres capas. La propia Kenna se secó una lágrima con la punta de un dedo cuya uña llevaba una extensión de gel, el movimiento fue tan fugaz que no perturbó lo más mínimo la gruesa capa de lápiz de ojos.

—Bueno, ya basta de discursos —añadió.

Miró hacia la puerta y en ese momento entraron dos hombres trajeados portando bandejas con vasitos de whisky. Me ofrecieron uno, pero lo rechacé porque apenas había tocado el que Carrick ya me había dado.

—Tomad un trago mientras mi tío político hace gala de su talento musical y alzamos todos juntos nuestras copas en un brindis final para despedirnos de Abi —dijo Kenna.

Carrick alzó su vaso, apuró lo que quedaba de su whisky, tomó otro y cruzó la habitación en dirección al piano que había junto a la pared. Kenna le siguió y le posó una mano en el hombro mientras él abría la tapa y deslizaba los dedos por las teclas. Yo no me había dado cuenta de que Charlie se movía de donde estaba, pero, justo cuando Carrick se disponía a tocar las primeras notas, sentí su presencia junto a mí. El aire poco menos que vibraba a su alrededor debido a la energía nerviosa que irradiaba. Se hizo un silencio absoluto en la sala mientras los dedos de Carrick tocaban una sombría melodía y Kenna empezaba a cantar.

> *Todo el dinero que tuve en mi vida*
> *lo gasté rodeado de buena compañía,*
> *y todo el mal que llegué a infligir*
> *estuvo dirigido siempre a mí.*
> *Todo lo que hice, bien o mal,*
> *ahora ya no alcanzo a recordar.*
> *Así que sírveme el trago de despedida:*
> *Buenas noches y que Dios os bendiga.*

Su voz sonaba como el tañido de una campana en el silencio, delicada y evocadora. Entonaba aquellas palabras con tanta emoción que se me erizó la piel. Se me formó un nudo en la garganta y tuve que controlar mi respiración mientras luchaba por contener las lágrimas.

> *Todos los camaradas que tuve en mi vida*
> *lamentan ahora mi partida.*
> *Todos aquellos que me amaron*
> *desearían un día más a mi lado.*
> *Pero ya que este es mi destino*
> *y aquí se separa nuestro camino,*
> *poco a poco me elevo con una serena despedida:*
> *Buenas noches y que Dios os bendiga.*

Aquellas palabras tan perfectas para la ocasión me golpearon de lleno, como piedras de granizo que caían con fuerza creciente al ir sucediéndose una a otra. Me sequé los ojos con la palma de la mano y miré a Charlie, quien estaba contemplando a Kenna con los ojos inundados de lágrimas y los dientes apretados. Dejé caer mi mano al costado, busqué la suya y me dio un fuerte apretón.

Hasta ese día, yo no había sido totalmente consciente de cuál era la magnitud de su dolor. Pero ahora, después de correr por las calles de Westport con el pánico de perderlo constriñéndome la garganta, creo que era cuando más cerca estaba de comprenderlo.

Kenna alzó su vaso al aire y todos la imitaron excepto Carrick, quien seguía tocando la melodía.

—¡Por Abigale Murphy! —dijo, antes de cerrar los ojos y entonar el melancólico final de la canción.

Buenas noches y que Dios os bendiga.

—¡Por Abi! —dijeron todos a una.

—Por Abi —dije yo con voz ligeramente trémula, al llevarme mi vaso a los labios.

—Abi —dijo Charlie, antes de apurar su vaso de un trago.

Hubo un momento de silencio en el que las últimas notas del piano reverberaron en la sala y una profunda tristeza colectiva preñó el ambiente; al final fue Kenna quien tomó la palabra de nuevo. Se secó los ojos y se esforzó por esbozar una sonrisa al decir:

—Bueno, voy a necesitar algunos voluntarios más para la banda de música si queremos tener una celebración de despedida en condiciones. Nell, aquí tengo tu pandereta.

Me dio un vuelco el estómago y encogí la cabeza como una tortuga que quiere esconderse. Sí, Kenna había mencionado aquello, pero no recordaba haber accedido a participar.

—No tienes escapatoria —insistió ella, mientras extendía el brazo para ofrecerme la dichosa pandereta—. Y tú no creas que vas a librarte tan fácilmente, Charlie Stone. ¡Ven aquí!

—Será mejor que vayamos, no va a parar hasta conseguirlo —me dijo Charlie con un suspiro de resignación.

Tironeó con suavidad de mi mano y nos acercamos a Kenna. Yo creía que me soltaría cuando emergiéramos entre el gentío, pero no fue así. Siguió sujetando mi mano hasta que agarró una guitarra que había junto al piano.

Yo tomé la pandereta que me ofreció Kenna y nuestro público aplaudió un poco para darnos ánimos. Carrick se levantó y desapareció un momento antes de regresar con un violín. Yo estaba un poco sorprendida ante el despliegue de talentos ocultos de aquella familia, ni que fueran los Corr.

—No tengo ni idea de lo que estoy haciendo, ¿qué canción vamos a interpretar? —le pregunté a Kenna en voz baja, presa de un abrumador pánico escénico.

—Tú limítate a golpear esa cosa, no tiene más misterio. —Tomó de nuevo su *bodhrán* y respiró hondo.

—¿La de siempre? —preguntó Charlie. Me pareció ver un brillo de entusiasmo en su mirada.

—¡Vamos allá! ¿Todos listos?

Pero Kenna no esperó a oír nuestra respuesta. Giró la muñeca y golpeó tres veces la membrana del *bodhrán* con la baqueta mientras Carrick se llevaba el violín al hombro. Los tres se miraban entre ellos y, presa del pánico, me puse a tocar la pandereta contra mi muslo. Al principio sonaba titubeante y desacompasada, pero entonces me di cuenta de que la canción era *Galway Girl*, de Steve Earle, y fui acompasándome con ellos. Era un tempo fácil de seguir para alguien que no tenía ni idea de cómo tocar una pandereta; poco después ya estaba planteándome dejar mi trabajo y salir de gira con ellos. Me veía a mí misma en un grupo de música folclórica, pero no tenía tan claro si Kenna estaría hecha para eso.

Ella seguía cantando y sentí que, con cada una de sus palabras, con cada rasgueo de la guitarra de Charlie, mi tristeza iba desvaneciéndose poco a poco. Dirigí la mirada hacia él y vi que estaba sonriendo. Se le veía cómodo y relajado con esa guitarra en las manos, los callos de sus dedos volvían a actuar como defensa contra las rígidas cuerdas después de tanto tiempo.

Seguí golpeteando la pandereta contra mi muslo hasta que empezó a dolerme un poco la piel y los semblantes tristes y sombríos que llenaban la sala dieron paso a sonrisas. Una carcajada brotó de mis labios, recordé lo que Carrick me había dicho cuando intentaba convencerme de que me sumara al viaje y no pude evitar darle toda la razón: no había duda de que los irlandeses celebraban unas despedidas incomparables.

26

Lo primero que oí al despertar fue el graznido de las gaviotas, que instiló en mí ese alborozo de las vacaciones de mi infancia junto al mar. Rodé hasta colocarme boca arriba y contemplé el techo mientras mis hinchados ojos se acostumbraban a la luz de una nueva mañana. Tras la improvisada formación de nuestro nuevo grupo musical, la celebración había transcurrido con música, bebida y baile, e incluso me había dado la impresión de que Siobhan disfrutaba un poco después de que Kenna lograra sacarla del baño.

Habíamos regresado a casa de Carrick con piernas tan tambaleantes como las de Bambi, sirviéndonos de inestable apoyo unos a otros. Charlie no estaba listo para dormirse aún (mejor dicho, para quedarse solo), así que Carrick y él se habían quedado despiertos en la sala mientras yo daba la velada por concluida y me desplomaba en mi cama. Me había dormido casi al instante, pero a lo largo de la noche emergí del mundo de los sueños lo justo para registrar adormilada que se oía música y el tintineo de unos vasos.

No quería ni pensar cómo iba a encontrármelos.

Me di una ducha, me cepillé los dientes para quitarme el regusto a whisky que tenía en la boca y me puse unos vaqueros, un jersey de punto trenzado y mis cómodas zapatillas. Empecé a recoger mis cosas y metí en la maleta los embarrados zapatos de tacón responsables del dolor que tenía en los pies. Me apliqué un poquito de maquillaje, el mínimo imprescindible, y me hice una apretada trenza que, aunque me tiraba un poco del pelo y exacerbaba mi incipiente dolor de cabeza, era la única opción aceptable cuando no tenía un secador a mano. Decidí tomar dos paracetamoles con la esperanza de que el dolor remitiera un poco, los bajé con algo de agua tibia del grifo del baño.

Al bajar encontré a Carrick sentado junto a la isleta de la cocina, cuyo mostrador de mármol estaba cubierto de patatas fritas. El hecho de que hubiera logrado dormir así, desplomado sobre el frío mármol y con un taburete como único sostén, era poco menos que un milagro. Saqué un vaso limpio del lavavajillas, que estaba abierto, y lo llené de agua fría antes de acercarme a él.

—¿Carrick? —susurré, mientras le sacudía con suavidad—. ¿Estás vivo?

Él gimió cuando empezó a despertar y tomó conciencia del martilleo que le machacaba la cabeza.

—Eso creo. Por desgracia. —Se incorporó y entornó los ojos para protegerse de la tenue luz que entraba por las cortinas—. ¿Qué hora es? No quiero que perdáis el vuelo.

—Aún nos quedan unas horas. —No pude evitar sonreír al verle en aquel frágil estado.

—¿Se ha levantado ya Charlie?

—No creo. Oye, ¿podría pedirte un favor?

—Depende de si lo que quieres que haga requiere que use el cerebro. —Gimió de nuevo, vio el vaso de agua y se lo bebió con ansia.

—Ten cuidado, te puede sentar mal —le advertí.

—¡Ja! Tengo una salud de hierro, no enfermo desde 1993. A ver, ¿qué es lo que quieres?

—¿Podrías escribir el nombre del cementerio en mi móvil? —Se lo pasé por encima del mostrador de mármol, tenía el mapa preparado en la pantalla.

—¿Para qué quieres ir?

—Solo quiero… presentar mis respetos.

Él no hizo ningún comentario al respecto y se limitó a escribir el nombre. Le froté la cabeza con afecto, volví a llenarle el vaso de agua y le dejé dormitando sobre el mostrador cuando fui a ponerme el abrigo y salí de la casa procurando no hacer ruido.

El cementerio Aughaval era un terreno bordeado de arbustos y árboles, con la montaña Croagh Patrick alzándose al fondo como un omnipresente espectro envuelto en neblina. El lugar estaba lleno hasta los topes de lápidas de distintos estilos, tamaños y alturas, y parecía extenderse hasta el infinito. Era con mucho el cementerio más grande que había visitado y, aunque tampoco puede decirse que hubiera estado en muchos, no había duda de que tenía un tamaño mayor de lo habitual. El año anterior, mi madre me había enviado fotos desde el Père Lachaise, un cementerio de París que seguro que era enorme en comparación con el Aughaval. Y sí, ya sé que su única intención había sido intentar compartir sus aventuras conmigo, pero yo no podía evitar desear que las compartiera en persona en vez de a distancia; al fin y al cabo, ni siquiera habría tenido que tomar un avión para desplazarme hasta allí.

Justo antes de volver a quedarse dormido, Carrick me había dicho dónde estaba enterrada Abi: en un rincón al fondo, a mano derecha, junto a un ciprés. Una lápida negra con un epitafio escrito con letras de plata.

Era un lugar donde reinaba una profunda quietud, los únicos sonidos que quebraban el silencio eran el gorjeo de los pájaros y el runrún de algún que otro coche esporádico. Caminé entre las lápidas fijándome en cada epitafio, con la duda de si llegaría a encontrarla, hasta que la vi de repente.

Hasta ese momento, Abigale Murphy no había sido más que un relato para mí. Uno bien detallado y trágicamente real, sí, pero un relato al fin y al cabo. Pero al estar allí, de pie ante su tumba con su nombre escrito en letras plateadas, fue cuando sentí que el peso aplastante de aquella realidad me golpeaba de lleno finalmente.

«¡Bingo! ¡Me has encontrado!». Abi estaba sentada con actitud relajada, tenía el hombro y la cabeza apoyadas en la lápida.

—Pensé que sería descortés viajar hasta aquí y no venir a visitarte.

Deslicé los dedos por las líneas cinceladas que detallaban la fecha en la que Abi había dejado este mundo y, por un breve instante, me pregunté cuál sería la fecha que aparecería en la mía.

—Lamento lo que te pasó, lo lamento de verdad —le dije.

No comprobé si había alguien cerca que pudiera oírme ni me preocupé por lo que alguien pudiera pensar al verme hablar con una persona que no estaba allí. Aquello era un cementerio, el lugar idóneo donde poder hablar con objetos inanimados sin que te juzgaran por ello.

«Sí, claro», contestó ella con sarcasmo. «Seguro que te encantaría que todavía estuviera viva, obstaculizándote el camino».

Alcé la mirada hacia ella, la contemplé en silencio durante unos segundos mientras pensaba en qué decir.

—Tienes razón. Pero no sé si hubiera llegado a conocer a Charlie si tú no hubieras muerto, los dos habríamos seguido con nuestras respectivas vidas y el uno no habría sabido de la existencia del otro. —Una ráfaga de viento sopló entre las lápidas, creando a su paso pequeños túneles de aire que agitaron mi cabello. Me fijé en los largos mechones rojizos de Abi, pero el aire no los tocó—. Estoy celosa de ti, la verdad. —Admití por fin en voz alta lo que llevaba sintiendo desde hacía algún tiempo—. Cuando estoy a solas con él, puedo verte en sus ojos, y eso es algo que detesto. Es como si cada momento nuevo que pasa conmigo le recordara a alguno que compartió contigo.

«No estás compitiendo conmigo, estoy muerta».

—Sí, ya lo sé, pero las cosas casi nunca son racionales cuando está de por medio el corazón. —Respiré hondo, un poco trémula, y empecé a rascarme el pintaúñas del pulgar con el único propósito de no tener que mirarla—. No quiero borrarte de su vida, fuiste una gran parte de ella. Borrarte a ti sería como borrar parte de él.

Mi compañera espectral bajó la mirada hacia la hierba que cubría su tumba, movió los dedos con nerviosismo sobre su regazo.

«No es que no quiera que encuentre a otra persona. Yo nunca quise que pasara el resto de su vida solo tras mi muerte. Pero es que verle enamorarse de otra es más difícil de lo que esperaba».

Yo fruncí el ceño al oír aquello. Sentía cierta desazón al ver la independencia con la que actuaba, algunas de las cosas que decía y cómo las decía.

—También es difícil amarle sabiendo que siempre estará enamorado de otra persona —admití.

Nuestros ojos se encontraron y permanecimos así, mirándonos en silencio, hasta que sentí que mis labios esbozaban una sonrisa. Ella sonrió también y me sostuvo la mirada unos segundos más antes de volverse y fingir que aquel tierno momento que habíamos compartido no acababa de suceder.

«Menudo par estamos hechas», dijo con un suspiro.

Yo permanecí sentada en la tumba hasta que tuve las manos entumecidas por el frío y las mejillas enrojecidas por el viento; cuando me puse en pie, mis rodillas protestaron al enderezarse. Mi madre ya me había advertido que tarde o temprano llegaría el día en que me levantaría y descubriría que no era una tarea tan fácil como antes. No esperaba que ese día me llegara sin haber cumplido aún los treinta, pero héteme allí, agarrada a una lápida mientras esperaba a que dejaran de hormiguearme los pies.

—Será mejor que me vaya si no quiero perder mi vuelo —le dije. Ella todavía estaba sentada junto a la lápida, tenía la mirada perdida en la distancia—. Pero supongo que no será la última vez que te vea.

«No sé, creo que a lo mejor se acerca el momento de que nuestros caminos se separen». Lo dijo con una pesarosa sonrisa ladeada. «Si empiezas a caerme bien incluso a mí, puede que sea hora de que me vaya».

—Ni siquiera tengo claro si quiero que respondas a esto, pero ¿estoy viéndote de verdad o todo esto está dentro de mi mente?

Ella me miró con aquellos ojazos marrones suyos y soltó un quedo suspiro.

«Me parece que ya sabes cuál es la respuesta a eso».

Me emocioné mientras Carrick me abrazaba en el aparcamiento del aeropuerto. Charlie y yo ya nos habíamos despedido hasta la próxima tanto de sus padres como de Kenna y Siobhan, aunque, de hecho, había habido una despedida más emotiva aún con *Steve*, la motocicleta, que había culminado cuando Charlie había bajado la cabeza hacia el manillar y le había prometido en voz baja que pronto regresaría.

—Cuida de él, por favor —me pidió Carrick al oído. Lo dijo en voz baja para que no le oyera Charlie, quien estaba sacando nuestro equipaje del maletero de aquel anaranjado bólido de la muerte—. No creas que no agradezco lo que Ned y tú habéis hecho por él, por mí. No sé lo que haría sin ese muchacho, tiene suerte de teneros a su lado. —Tomó una gran bocanada de aire como si llevara minutos sin respirar, sus ojos se nublaron—. Ha sido una bendición tenerle de vuelta aquí, y no habría sucedido sin ti.

Al igual que Charlie, Carrick era una persona a la que se le daba muy bien ocultar lo que sentía en realidad. Pero en ese momento, por un fugaz segundo, vi una honda soledad en sus ojos azules.

Lo atraje hacia mí para otro fuerte abrazo.

—Las puertas de casa están abiertas para ti, prométeme que vendrás a vernos pronto. Seguro que Ned se apunta a otra partida de Jenga acompañada de varias botellas de vino.

—Ah, es que para disfrutar de un juego como debe ser hay que tener algunas copitas de vino a mano. —Se apartó de mí y, con una gran sonrisa tras la que ocultó de nuevo sus verdaderos sentimientos, se acercó a su sobrino y le dio una firme palmada en el trasero.

La tapa del maletero seguía abierta, ocultando sus rostros y las palabras que intercambiaron en ese momento compartido. Yo era consciente de que Carrick se sentía culpable por haber dejado que se le escabullera el día anterior, pero, al igual que todos los demás, había cometido el error de pensar que el dolor de Charlie iba remitiendo, que era hora de seguir adelante y ser feliz.

Estar en aquel lugar le había ayudado muchísimo. Enfrentarse a las consecuencias de la forma en que había dejado que Siobhan y Kenna se enteraran de la muerte de Abi, regresar al marco donde había florecido su historia de amor con ella, ver el suelo que la arropaba en vez de sus brazos... Cada una de esas cosas había sido un paso adelante increíble en su lucha contra el dolor que le atenazaba. Pero uno no sana así, sin más. El dolor dura lo que dura, ya sea una semana o una vida entera. No existen las curas rápidas, no se sabe cuándo el hecho de despertar por la mañana dejará de ser una tortura, cuándo dejarán de ser las lágrimas la primera tarea de cada jornada. Era imposible acelerar el proceso de sanación con palabras tranquilizadoras tales como «las cosas van a volver a la normalidad», porque esa normalidad había dejado de existir. Esa normalidad estaba tan muerta como Abi.

Yo sabía que verle llorar su pérdida iba a ser una senda larga y dolorosa para ambos, pero estaba dispuesta a emprender ese camino si él también lo estaba.

—¡No dejes escapar a esa chica, muchacho! —gritó Carrick mientras Charlie y yo nos dirigíamos a las puertas de cristal—, ¡es demasiado buena para ti!

Charlie soltó una carcajada y me miró de reojo. Sus ojos parecían estar más despejados que varios días atrás, menos nublados por el dolor, y me dio la impresión de que eso intensificaba más aún su color azul.

—Tiene razón en eso, no te merezco —me dijo.

Tuvimos un problema en el control de seguridad del aeropuerto cuando la policía revisó mi maleta y encontró el globo de nieve que le había comprado a Ned. El agua bendita se movió en su interior cuando lo sacó, agitando los pequeños copos blancos que había en suspensión.

—No puede llevar esto en el avión —me dijo la mujer con severidad.

—Pero si es agua bendita… —Yo misma me di cuenta de lo absurdo que sonaba lo que acababa de soltar por la boca.

—Si quiere llevárselo, tiene que guardarlo en el equipaje que vaya a facturar.

—Solo tengo equipaje de mano —protesté aturullada.

La corpulenta mujer, que llevaba el cinturón tan apretado que parecía un globo estrujado por la mitad, se inclinó hacia delante y blandió el globo de nieve en el aire, con lo que toda la gente que esperaba con impaciencia en la cola pudo verlo bien.

—Vacíalo de agua y vuelves a llenarlo al llegar a casa —me aconsejó Charlie con un suspiro.

—¡Pero es que es agua bendita!

—Venga ya, ¿de verdad crees que Ned se va a dar cuenta? —enarcó las cejas y ladeó un poco la cabeza.

—Vale, está bien. ¿Dónde la echo?

La guardia abrió el bote, vertió el agua en una papelera que tenía bajo el mostrador (huelga decir que el líquido se llevó consigo todos los falsos copos de nieve) y, después de dejarlo sobre mi ropa con una fuerza excesiva, cerró la maleta y volvió a pasarla por el escáner.

Cuando ocupamos nuestros respectivos asientos en el avión y la ansiedad empezó a intensificarse en mi estómago, Charlie se volvió hacia mí.

—Oye, quería preguntarte una cosa —me dijo—. ¿Podría quedarme una temporada en tu casa? Todavía no me siento capaz de volver al apartamento.

—Claro que sí. —La mera idea hizo que me diera un brinco el corazón—. Seguro que a Ned no le molesta.

—Gracias. —Se reclinó en su asiento y exhaló un profundo suspiro—. Tenías razón, tendría que haber vuelto a casa hace mucho. Pero estaba huyendo de todo.

—Estas cosas requieren su tiempo. Ten paciencia, ya verás como después de la tormenta vendrá la calma.

—Ah, por poco se me olvida… —Alzó su bolsa del suelo y, después de rebuscar un poco en su interior, sacó a George y me lo ofreció sonriente—. Para que te dé suerte.

—No creo que un muñeco cabezón pueda impedir que nos estrellemos —comenté, a pesar de que el pequeño zombi de plástico había logrado hacerme sonreír.

La compuerta del avión se cerró y los auxiliares de vuelo procedieron a dar las instrucciones pertinentes. Tragué con dificultad el nudo que se me había formado en la garganta y me preparé para tener otro pequeño ataque de pánico. Tenía a George aferrado en mi mano derecha, los nudillos se me quedaron blanquecinos.

Charlie me miró con la mano vuelta hacia arriba, a la espera de la mía.

—Venga, Nell, tú puedes —me dijo, mientras yo posaba mi mano en la suya y se la estrujaba con fuerza—. Tú puedes.

—Y Jeremiah, mi hijo, acaba de entrar a trabajar en un Wetherspoons para ganarse algo de dinero mientras estudia —dijo a través del retrovisor John, el conductor del Uber, después de que el navegador le indicara que detuviera el coche a la derecha porque habíamos llegado a nuestro destino.

—Qué bien. —Tomé mi maleta y le lancé a Charlie una sonrisa de disculpa—. Espero que disfrute de su primer año, tengo entendido que estudiar en la Universidad de Derby es una gran experiencia.

Abrí la puerta en cuanto el coche aminoró la marcha, quería bajarme cuanto antes para dejar de preguntar compulsivamente por la historia familiar al completo de aquel hombre.

—¡Recuerdos a tu mujer de mi parte! —añadí, antes de cerrar la puerta.

Yo misma me pregunté por qué demonios había dicho eso.

—Madre mía, mujer —Charlie exhaló un sonoro suspiro—. ¿Te has planteado alguna vez trabajar como interrogadora?

Rompí a reír y echamos a andar hacia la casa.

—Bueno, ya has superado el miedo a volar. ¿Significa eso que ahora puedes viajar por todo el mundo?

—A ver, yo no diría que está superado. Digamos que he dado un primer paso. Pero supongo que sí, que podré viajar. Seguiré creyendo que estoy a las puertas de la muerte cada vez que el avión se mueva un poco, pero creo que ha sido un buen comienzo.

Era cierto, saber que había viajado en avión y que no nos habíamos estrellado había hecho que el mundo me pareciera más pequeño de repente. Esos lugares que antes consideraba inalcanzables habían pasado a estar tentadoramente cerca. Quién sabe, puede que en breve me convirtiera en una de esas personas insufribles que cuelgan fotos de cristalinas aguas azules en Instagram, y que comienzan las frases diciendo algo así como: «Cuando estuve practicando senderismo en Antigua me di cuenta de que…».

Al llegar al umbral de la puerta, dejé mi maleta en el suelo y la abrí para buscar la llave.

—No creía que esto pudiera ser más feo que cuando lo compré, la verdad. —Saqué el globo de nieve que no tenía nieve y lo examiné mohína.

—Solo tienes que llenarlo con agua del grifo, Ned no se dará ni cuenta —me dijo Charlie con una carcajada, antes de detenerse junto a mí.

Metí la llave en la cerradura, abrí la puerta con un pequeño empujón y oí el sonido de una intensa balada procedente de la cocina. Supuse que Ned estaba disfrutando de otra sesión de relajación tras la jornada de trabajo, al son del único e incomparable Michael Bolton.

—Arriba tengo algo de purpurina corporal, me sobró cuando

fui a una fiesta ambientada en los noventa hace dos años. Podría añadírsela al agua.

Subimos a la planta de arriba. Charlie se quedó esperando en el descansillo mientras yo entraba en mi habitación para buscar la purpurina, la encontré en el fondo de un cajón y la eché toda en el bote. Salí de nuevo con la intención de ir al cuarto de baño para añadir el agua, pero vi que Charlie seguía en el descansillo sin saber a dónde dirigirse.

Tragué con dificultad y sostuve el bote con ambas manos.

—Puedes dormir en la habitación libre si quieres, o puedes quedarte conmigo en la mía si no quieres estar solo. —Señalé con la cabeza hacia la puerta abierta de mi habitación, sentí que se me aceleraba el corazón—. No te sientas presionado, elige lo que quieras. —Me dirigí al cuarto de baño mientras él se decidía.

Llené el bote con agua que no podía considerarse bendita ni mucho menos, le puse la tapa y mi globo de nieve quedó como nuevo. Lancé una mirada a través de los barrotes cuando estaba bajando la escalera y vi a Charlie sentándose en mi cama. Terminé de bajar la escalera con una sonrisa en los labios, me dirigí hacia la puerta de la cocina y agité el globo para asegurarme de que funcionaba bien. Sonreí de nuevo al ver que la purpurina rosa subía y bajaba de forma tan cutre como la nieve falsa que en ese momento se encontraba en el fondo de una papelera, al otro lado del mar de Irlanda.

Magnus estaba sentado junto a la puerta, oculto entre las sombras. Al ver que me acercaba me saludó con un afectuoso maullido que apenas se oyó por encima de los familiares acordes de *When a Man Loves a Woman*, que sonaba a todo volumen al otro lado de la puerta. El gato se acercó a mí y se frotó contra mis tobillos.

—Hola, precioso. —Me agaché para alzarlo con la mano que no sostenía el globo de nieve más bello del mundo entero.

Me volví entonces hacia la puerta y la abrí con el pie, la música se oyó más fuerte.

Entré en la cocina y abrí los ojos de par en par al ver la escena que tenía ante mí. Me quedé paralizada, las dos personas tardaron varios segundos eternos en darse cuenta de que estaban siendo observadas.

El globo de nieve se me cayó de la mano y, por increíble que parezca, logró no hacerse añicos mientras rebotaba varias veces en el suelo. La mano que acababa de quedarme libre se alzó para cubrir los ojos del inocente gatito que tenía en mis brazos, lo apreté contra mi pecho para protegerlo del horrible espectáculo que me había tocado presenciar. Ned giró la cabeza en dirección al sonido del bote golpeando contra el suelo, abrió tanto los ojos que me recordó a los dibujos animados de Hanna-Barbera. Abrí la boca y exhalé una exclamación ahogada cuando la otra persona se volvió hacia mí y puso cara de horror al tomar conciencia de la situación. Inhalé profundamente y solté un grito que retumbó por toda la casa. Se oyeron unos pasos frenéticos en la planta de arriba y supe que Charlie acudía a mi rescate, pero no había nada que él pudiera hacer para arreglar aquello.

—¡Ay, Dios! ¡Cierra los ojos, Nelly! —gritó mi madre, que estaba a horcajadas sobre Ned. Desmontó a toda prisa, bajó de la mesa y recogió su ropa del suelo.

—¡No puedo! ¡No puedo! Quiero hacerlo, pero ¡no puedo!

¡Ay, Dios! Tanta piel desnuda, esos sonidos del golpeteo de cuerpo contra cuerpo que iban a atormentarme y terminarían por llevarme de cabeza al diván de un psiquiatra.

Estuve a punto de vomitar al ver sin querer un plano frontal del pene erecto de Ned antes de que lograra ocultarlo en el interior de unos pantalones de deporte. La música seguía sonando a todo volumen, la áspera voz de Michael seguía cantando a pesar de que en la cocina estaba viviéndose una situación de esas que te cambian la vida.

—Nelly. —Mi madre se llevó una mano a la frente mientras apretaba su ropa contra su pecho desnudo con la otra—. ¡Ay, Dios! Lo siento, ¡lo siento mucho!

—Creíamos que volverías mucho más tarde —comentó Ned, frenético, mientras se ponía su camisa.

Magnus maulló y se retorció entre mis brazos hasta que lo solté; entonces se escondió bajo la mesa de la cocina, que era justo lo que yo anhelaba hacer. Me pregunté si quedaba espacio para mí allí debajo.

Mamá se acercó a mí y me puso una mano en el hombro, pero yo me estremecí de asquete y se la aparté de golpe.

—¡No me toques, mujer! ¡Que sé dónde ha estado esa mano!

Charlie entró como una tromba en la cocina y se detuvo junto a mí justo cuando la ropa de mi madre no pudo cumplir el cometido de salvaguardar su pudor y un voluminoso pezón rosado quedó a la vista.

—¡Por el amor de Dios, Ned! ¡Aquí come la gente! —exclamó él.

—¡Cierra los ojos! —Alcé una mano como un rayo y le tapé los ojos, ¡no podía permitir que viera los pechos de mi madre cuando todavía no había visto los míos ni de lejos!—. Madre, por el amor de Dios, ¡cúbrete!

—¿Qué…? ¿Es tu madre? —Charlie carraspeó y alargó una mano—. Encantado de conocerla, señora Coleman.

Ella se la estrechó, estaba claro que no sabía cómo actuar ante semejante situación.

—Tutéame, por favor. Me llamo Cassie.

Yo seguí tapándole los ojos a Charlie con una mano, pero alcé la que tenía libre y golpeé las suyas hasta que se soltaron.

—¡No toques eso, Charlie! —le tomé de los hombros, le hice dar media vuelta a toda prisa y lo conduje a la sala de estar.

Cuando no hubo cuerpos desnudos de figuras parentales a la vista, dejé de taparle los ojos y me dejé caer en el sofá, pero entonces me di cuenta de que la mesa de la cocina podría no ser la única superficie sobre la que Ned había profanado nuestra amistad. Me levanté como un resorte y me senté en el suelo, junto a la chimenea.

Charlie puso los brazos en jarras y exhaló con los labios fruncidos. Se oyó el sonido de pasos que se acercaban apresuradamente y Ned apareció en la puerta.

—Eh… Ned, por tu propia seguridad, te aconsejo que la dejes tranquila por ahora —le dijo Charlie, que estaba junto a la ventana.

—Lamento que hayas tenido que ver eso. —Ned se acercó a mí—. Charlie, ¿puedes prepararle una taza de té? Con leche, una cucharada de azúcar.

Charlie salió de la sala de inmediato y yo recé para que mi madre ya estuviera vestida, no fuera a ser que él volviera a verle la areola en vivo y en directo.

—El té no va a servir de nada —me lamenté, con la cabeza en las manos—. Mi madre, Ned. ¡Mi madre!

—Sí, te entiendo. Lamento que hayas tenido que enterarte así.

—¿Qué quieres decir?, ¿desde cuándo dura esto? —Alcé la mirada hacia su rostro y vi que una fina capa de sudor le perlaba la frente. Apretó los labios con fuerza—. ¿Desde cuándo, Ned?

Tardó unos segundos en contestar.

—Han sido siete u ocho veces, a lo largo del último año. Desde que vino a quedarse unos días con nosotros después de aquel viaje que hizo por cuestiones de trabajo. —Reprimió una sonrisa cuando fingí que me daban arcadas—. No te lo dijimos porque sabíamos que reaccionarías así. Decidimos ver si esto era algo que queríamos llevar adelante antes de contártelo, pero no queríamos que te pusieras como loca.

—Ah, claro, y entonces decidisteis que un ejemplo visual sobre la mesa de la cocina era la mejor manera de darme la noticia, ¿no?

Él suspiró y se sentó frente a mí.

—Nell, cuando un hombre ama a una mujer[*]…

—¡Ni se te ocurra! —Alcé un dedo a modo de advertencia—. No te atrevas a usar al dulce y maravilloso Michael Bolton para librarte de esta.

---

[*] N. de la T.: Referencia a *When a Man Loves a Woman*, la canción antes mencionada de Michael Bolton.

—Vale, vale, lo siento. Pero, oye, ¿puedo preguntarte algo?

Le miré a los ojos y esperé a que me hiciera alguna pregunta profundamente traumatizante, algo en plan: «¿Puedes empezar a llamarme papá?» o «¿Te gustaría tener un hermanito que haya heredado mi nariz?». Pero, en vez de eso, alzó una mano en la que sostenía el globo de nieve y preguntó:

—¿Qué cojones es esto?

27

No tengo claro si el globo de nieve fue colocado en un lugar privilegiado del estante de la cocina para compensarme por haber quedado marcada, tanto mental como emocionalmente, al ver a mi madre despatarrada en la mesa de la cocina como un pollo asado, o si a Ned le había gustado realmente una Virgen María con ojos de circonita metida en un tarro cutre de agua con purpurina. En cualquier caso, la cuestión es que el globo de nieve estaba allí y que yo sentía el peso de la mirada de María mientras intentaba comerme el sushi que mamá había pedido a domicilio para que me sintiera un poco mejor.

Era consciente de que yo misma era una adulta, una que mantenía relaciones sexuales. Y, por ende, comprendía que mi madre también era una adulta, una extremadamente atractiva y que tenía las mismas necesidades físicas que yo. Pero hay cosas en la vida que una sabe, pero en las que jamás se para a pensar; y, de igual manera, hay imágenes de las que una no puede recuperarse. Tomé un palillo, ensarté un nigiri de salmón del plato de comida que todavía no había probado, lo mojé bien en aquel baño de sodio que era la salsa de soja y me lo llevé a la boca. Había intentado olvidar lo que había visto, pero incluso el mero acto de pinchar el sushi hacía que un sudor frío me recorriera la espalda y fantaseara con hincarme los palillos en los ojos para que ninguna otra imagen atroz como aquella volviera a dañarlos.

Mamá y Charlie estaban hablando sobre la profesión de ella para llenar el vacío generado por el silencio que había entre Ned y yo. Creo que Charlie estaba sinceramente interesado en el tema, pero había una obvia incomodidad subyacente. Los ojos de él decían: «Le he visto los pezones, señora Coleman», y los de ella contestaban: «No se lo cuentes a nadie, por favor».

Yo observaba ceñuda a Ned, que estaba sentado al otro de la mesa y fingía no darse cuenta; se entretenía haciendo dibujitos en su wasabi con la punta de un palillo.

No me cabía en la cabeza, no podía entender cómo era posible que mi mejor amigo hubiera estado actuando a mis espaldas de esa forma. Habían sido tan discretos y me habían mentido con tanta maestría que yo no había sospechado nada en ningún momento. Pero ¿por qué habría de sospechar que la persona que ocupaba el lugar de mi ausente padre y que era además mi mejor amigo iba a engañarme así? Supongo que estaba llevando a nuevos niveles ese papel de padre que siempre había tenido en mi vida.

La imagen de la traición de Ned seguía estando ahí todavía, grabada en mi cerebro en 4K ultra HD, pero yo albergaba la esperanza de que mi mente no tardara en adornar pulcramente el ofensivo recuerdo con una hoja de parra. Mastiqué el nigiri tres veces antes de escupirlo en el plato y de enjuagarme la boca con un poco de agua.

Tardé un rato más en percatarme de que todo el mundo estaba mirándome.

—Perdón. —Contemplé el sushi medio masticado que tenía en mi plato y me di cuenta de que lo que acababa de hacer era un poco asqueroso—. Es que tengo un poco de estrés postraumático.

—Joel vino de nuevo mientras estabais de viaje —dijo Ned, cambiando de tema con maestría—. Trajo otra caja.

—¿Ah, sí? —Lo dije con actitud pasivo-agresiva antes de ensartar un maki de atún y bañarlo en wasabi, con la esperanza de que el ardor del picante lograra incinerar los recuerdos—. ¿Qué ha traído esta vez? ¿Alguna pelusa con la que pensó que yo tenía algún vínculo emocional? ¿Una espátula que lleva rota seis años?

—No, solo esto.

Estiró la pierna hacia una caja de patatas fritas Walkers que había en el suelo a un lado, junto a la pared. La arrastró bajo la mesa con el pie y yo bajé la mirada para ver qué tesoro me habría devuelto Joel en esa ocasión. La caja era lo bastante grande para dar cabida a unos quince libros, pero en la esquina de la derecha había un objeto pequeñito que hizo que me diera un vuelco el corazón.

Bajé la mano, tomé el anillo (plata con una piedra negra engarzada y delicadas florecitas, de plata también, que mantenían la piedra en cuestión en su sitio) y tragué el nudo que tenía en la garganta antes de respirar hondo. Me escocieron los ojos por la presión de las lágrimas.

—¿Qué pasa? —Charlie me puso una mano en la rodilla.

La calidez del contacto me arrancó de mis pensamientos y procedí a ponerme el anillo.

—Nada, es una vieja baratija. —No soné demasiado convincente.

Estaba de pie en el cuarto de baño, contemplando el anillo que tenía en la mano mientras gotas de agua me caían por la barbilla e iban a parar al lavabo. Los anillos eran tan pequeños, se podían perder con tanta facilidad, que me había limitado a ponérmelo por miedo a que se me extraviara, pero el hecho de verlo en mi dedo estaba trayéndome todo tipo de recuerdos. Recuerdos que no eran buenos en todos los casos, pero que formaban parte de mi vida.

Suspiré y contemplé mi reflejo en el espejo. Me pregunté por qué diantres estaba pensando en Joel cuando Charlie estaba en mi dormitorio, listo para meterse en la misma cama que yo.

Antes de que yo fuera a lavarme la cara, habíamos mantenido una pequeña charla para dejar claro de antemano cómo íbamos a manejar aquello. ¿Qué haces cuando duermes con una persona a la que te encantaría lamer de pies a cabeza, pero sabes que no puedes tocarla por respeto al proceso de duelo que está pasando? Al final, acordamos que ninguno de los dos debía sentirse presionado a hacer nada más allá de dormir. Charlie no quería estar solo y, a decir verdad, yo tampoco. Los dos éramos adultos y, a diferencia de mi madre y Ned, éramos capaces de dormir el uno junto al otro sin sucumbir al efecto de las hormonas.

Alguien llamó a la puerta del baño con tres suaves golpecitos y, antes de que yo diera permiso alguno, mamá asomó la cabeza. Dejando a un lado tanto el suceso que esperaba que mi mente bloqueara lo antes posible como aquella cena tan horrendamente incómoda, no me acordaba de cuándo nos habíamos visto en persona por última vez.

—Nelly, cielo… —Esbozó una sonrisa de preocupación y entró en el baño.

Yo respiré hondo, me sequé la cara con una toalla y me esforcé con todas mis fuerzas por no recordar la cara que mi propia madre ponía al practicar sexo.

—Hola, mamá —le dije, mientras me daba un abrazo—. ¿Por qué no me avisaste de que venías? —Estuve a punto de añadir que seguro que había omitido decírmelo para poder tener aquel encuentro secreto con Ned antes de verme, pero me mordí la lengua.

—Quería darte una sorpresa. En fin, podría decirse que te la he dado.

—Ya.

Me aparté un poco de ella, bajé la mirada a mis pies y me estrujé el cerebro intentando encontrar la mejor forma de expresar lo que quería decir.

—No estás tomándotelo como un juego, ¿verdad?

—¿Qué quieres decir, cielo? —Su inmaculada frente se frunció.

Mi madre era un bellezón, no había ninguna duda de eso. Su tez, que por regla general era bastante pálida, había adquirido un bronceado que debía de ser de bote porque su piel era inmune a los efectos del sol, y tenía unos penetrantes ojos verdes que contrastaban con su cabello rubio.

—Ya sé que va a parecer que me siento mal por la niñez que

tuve… pero no es así, de niña fui muy feliz. Pero es que siento la necesidad de decirte esto: siendo como soy una persona que pensaba que te quedarías siempre a su lado, sé por experiencia propia lo que se siente al verte marchar después de convencerme a mí misma de que no volverías a hacerlo.

Vi que mis palabras la herían, pero eran la pura verdad y necesitaba que las oyera.

—Ned ya ha tenido que sufrir que una mujer juegue con él y le rompa el corazón. Si vas a ser como Connie, corta con él de inmediato.

—Cielo, lo que pasó entre Ned y yo…

Yo alcé una mano para interrumpirla.

—Le conozco mucho mejor que tú, mamá. Es un romántico que llora con las pelis de amor y sueña con bodas de plata. Y también te conozco a ti. Eres una persona afectuosa y buena, pero tu trabajo está por encima de todo. Ned es la única familia que tengo aparte de ti y no quiero perderlo por culpa de una relación fallida. —Di un paso hacia ella, le puse una mano en el brazo para que mis palabras no sonaran tan duras—. Por favor, mamá. No puedo imaginarme la vida sin Ned, no me obligues a tener que hacerlo.

Ella enmarcó mi rostro con las manos, me dio la impresión de que estaba conteniendo las lágrimas.

—Claro que no, cielo. Pero quiero que sepas que mi trabajo no está por encima de ti. Tú has sido mi prioridad absoluta desde el momento en que descubrí que iba a tenerte. —Me abrazó con fuerza, las dos intentamos que no se notara que se nos habían escapado algunas lágrimas. Cuando salimos del baño, añadió—: A lo mejor va siendo hora de que vuelva a casa y eche raíces de nuevo.

—Me lo creeré cuando lo vea —contesté yo con ironía.

No era la primera vez que ella decía algo así. Hacía ese comentario como de pasada, como si estuviera diciendo que estaba pensando en salir a comprar un paquete de leche, y no era consciente de lo doloroso que era para mí verla apuntarse después a un proyecto de trabajo en China que duraría dieciocho meses.

Ella enarcó las cejas y asintió.

—Exacto, ya lo verás.

Yo no terminaba de creérmelo, pero dejé pasar el tema.

—En fin, en cuanto a lo de Ned... qué fuerte, nunca pensé que fuera tu tipo.

—¡Yo tampoco! —admitió ella, con una carcajada.

—Sabes que tiene una extraña afinidad con Céline Dion y que lee revistas de historia, ¿verdad?

—Sí.

—¿Y eso no te parece aburrido?

—Me parece sexi, la verdad.

Me estremecí y deseé no haber preguntado nada.

Para cuando regresé a mi habitación, Charlie ya estaba acostado. Me recorrió una profunda emoción al verlo allí.

Todo lo que había ocurrido entre nosotros dos hasta el momento había supuesto un bautismo de fuego tan intenso que a esas alturas me resultaba imposible dudar de la fuerza de mis sentimientos hacia él. He oído decir a menudo que el amor que se forja en circunstancias extremas es como un fuego ardiente y explosivo que termina por consumirse de forma tan súbita como se encendió, pero albergaba la esperanza de que lo nuestro no estuviera encaminado en esa dirección.

Todavía tenía las pestañas humedecidas por las lágrimas que había derramado durante la conversación con mi madre cuando entré en la habitación. Procuré no hacer ruido, pero él estaba despierto y se incorporó un poco hasta quedar apoyado contra el cabecero de la cama.

—¿Estás bien? —me preguntó.

—Sí. —Cerré la puerta a mi espalda, presa de un súbito nerviosismo.

Él bajó la mirada hacia sus manos, que estaban entrelazadas en su regazo sobre el edredón.

—Bueno, respecto al anillo ese que te trajo Joel... cuéntame lo que hay detrás.

—¿Por qué piensas que hay algo?

—Porque empalideciste de golpe como si hubieras visto un fantasma en cuanto te diste cuenta de lo que era.

Exhalé un suspiro y me senté frente a él en la cama con las piernas cruzadas. Giré el anillo en mi dedo mientras recordaba el puesto de mercadillo donde lo había visto un mes antes de que fuera a parar a ese mismo dedo.

—Cuando estaba con Joel, siempre dije que no quería casarme. La idea me daba pánico, era como una sensación de estar atrapada. Así que un día se lo dije y pensé por su reacción que ambos pensábamos igual.

Bajé la mirada hacia el anillo, cuya piedra no tenía tanto brillo como antaño.

—Un día, cuando llevábamos unos dos años de relación, fuimos a un mercadillo de artesanía que habían puesto en el centro. Vi este anillo y me encantó, pero los dos estábamos sin blanca y me olvidé del tema.

Me lo quité y se lo ofrecí, él lo tomó con actitud un poco titubeante y lo observó con atención.

—Joel le pidió a la vendedora su tarjeta de visita y le mandó un correo electrónico explicándole que quería comprar el anillo, pero que primero tenía que ahorrar algo de dinero. Ella accedió a reservárselo y, cuando el mercadillo regresó al cabo de un mes, Joel lo compró y me lo regaló. Me dijo que sabía que yo no quería casarme, pero que quería dármelo como una especie de promesa simbólica de que nos amaríamos por siempre jamás.

—Por lo que dices, da la impresión de que te quería de corazón —dijo él, con un ligero carraspeo.

—Sigue enamorado de mí, eso es lo que hace que esto sea tan difícil.

—¿Qué quieres decir?

—Pues… —Respiré hondo mientras hacía acopio de valor para decir lo que llevaba años pensando—. Lo que pasa es que no es que no quisiera casarme, sino que no quería hacerlo con él.

—¿Es eso una indirecta? —Esbozó una sonrisa y me devolvió el anillo.

Yo me reí con nerviosismo y me aferré al anillo. No quería ponérmelo, pero, por otro lado, no estaba lista del todo para dejarlo ir.

—Es que... veo lo que tú tenías con Abi. —Él bajó la cabeza, fue incapaz de mirarme a los ojos mientras yo hablaba de ella—. Veo el tipo de amor que sentías, que sigues sintiendo por ella... —No voy a mentir, esta última parte me dolió—. Joel y yo jamás tuvimos un amor así. No estábamos hechos el uno para el otro.

Él apoyó una mano en mi rodilla antes de decir con voz suave:

—La verdad es que yo no creía en el destino, en que dos personas estén destinadas a encontrarse y tal. Pero la forma en que pasó todo esto, que encontrara aquella pegatina en la torre del reloj y que me condujera hasta Ned, y que después te conociera a ti en aquella cafetería... no sé, es como si alguien quisiera que estemos juntos.

Habíamos pasado ya por tantas cosas juntos... En ese preciso momento me di cuenta al fin de que el amor que sentía por él era demasiado profundo como para que todo aquello fuera inconsecuente.

—Sí, te entiendo a la perfección —asentí yo—. No puedo evitar pensar que esto es lo que estaba destinado a ocurrir, que estaba destinada a amarte, pero el momento en que ha pasado, todo me parece un poco...

—¿Tienes la impresión de que no es el mejor momento?

—Exacto. —Suspiré y me acerqué un poco más a él. Sentía en la rodilla la calidez de su mano y yo alcé la mía y la posé en su mejilla. Aquellos ojos suyos de un color azul tan imposible se encontraron con los míos—. Te amo, Charlie Stone.

Su boca dibujó una sonrisa y me dio un brinco el corazón al pensar por un instante que también iba a declararme su amor, pero se limitó a tragarse su sonrisa y a soltar un trémulo suspiro.

—Quiero besarte sin que estés pensando en Abi mientras lo hago, quiero pasar la noche contigo sin que sientas que estás siéndole infiel a tu mujer. Sigues llorando su pérdida y eso no tiene nada de malo.

Él abrió la boca para protestar, pero vi en sus ojos que compartía lo que yo estaba diciendo.

—Necesitas más tiempo, Charlie. Tiempo para recomponer tu corazón antes de entregarlo de nuevo. Quiero que nuestra relación tenga una oportunidad, y para eso tenemos que ser pacientes.

Se mordió el labio inferior mientras me miraba con ojos vidriosos, y admitió al fin:

—Tienes razón. —Se le quebró la voz y soltó un gemido de frustración—. ¡Por Dios! Perdona que me eche a llorar cada dos por tres.

—No te disculpes. —Posé la mano libre en su otra mejilla y le insté a que volviera a girarse hacia mí—. Tienes que dar rienda suelta a lo que sientes, es como tener un pájaro viejo y huraño.

Él soltó una carcajada y derramó más lágrimas.

—¿Qué demonios tiene que ver un pájaro con todo esto?

—Vale, puede que no sea mi mejor analogía, lo admito, pero deja que te lo explique. Si lo enjaulas y lo tienes encerrado bajo llave, jamás podrás deshacerte de él. Pero, si abres la jaula y lo dejas libre, saldrá volando por la ventana y ese espacio quedará libre para que lo ocupe otro, uno sonriente y amistoso.

—¿Y qué se supone que es ese pájaro sonriente y amistoso?

—La felicidad. Permítete a ti mismo sentir ese sufrimiento, Charlie. Y, una vez que te sientas preparado, pues ya veremos lo que pasa.

Él se secó las lágrimas, tomó mis manos y las envolvió entre las suyas.

—¿Y si todo ha cambiado para cuando me sienta preparado?

—Supongo que eso significará que no estamos hechos el uno para el otro.

Me levanté de la cama y me puse los zapatos.

—¿A dónde vas? —me preguntó.

—Tengo que hacer una cosa. Dar consejos está muy bien, pero

tengo que aplicármelos a mí misma. Ya sabes lo que suele decirse, que hay que predicar con el ejemplo.

Agarré mi abrigo de la percha situada detrás de la puerta, el móvil de encima de la cama, y volví a ponerme en el dedo aquel anillo que había simbolizado una promesa.

—Deja que te acompañe, ya es de noche —me dijo él.

—No te preocupes, no voy a ir muy lejos. Tengo que hacer esto sola.

—¿El qué? —Apartó a un lado el edredón y bajó una pierna al suelo.

—Liberar al pájaro.

Joel ya estaba allí cuando yo llegué, sentado con los hombros encorvados en el banco situado a las puertas del parque. Aquella pequeña extensión de césped era preciosa de día, había lechos de narcisos amarillos y azafranes de color violeta que nunca duraban tanto como me habría gustado. Pero, de noche, las flores estaban sumidas en las sombras y perdían todo su color. La única luz procedía de la farola situada a unos metros de distancia. Él no me había visto aún, tenía los ojos puestos en el teléfono que sostenía en la mano y el rostro tenuemente iluminado por la pantalla.

Estaba a unos pasos de él cuando alzó la cabeza y se puso de pie.

—Nell —me saludó, sonriente, antes de plantarme un beso preocupantemente cerca de los labios. Mantuvo el contacto un poco más de lo necesario y sentí que me recorría un ligero estremecimiento.

—Gracias por venir, perdona que te haya llamado a estas horas. —Me aparté de él y me senté en el banco, él se sentó a su vez con las rodillas apuntando hacia mí.

—Sabes que soy un pájaro nocturno, Nell.

Me puso una mano en la pierna y pensé en lo distinto que era sentir sus dedos allí, donde habían estado los de Charlie menos de media hora antes.

—Me alegra verlo de nuevo en tu dedo. —Tomó mi mano y giró el anillo con el pulgar—. Es donde debe estar.

—Joel. —Retiré mi mano e hice acopio de valor para pronunciar las palabras que había que decir, pero no sabía ni cómo empezar—. Puedo…

—Todavía me cuesta creer que te subieras a un avión, seguro que pasaste miedo durante el vuelo de regreso. ¿Cómo llevaste lo de volar sola?

—No… no estaba sola. Iba acompañada de Charlie.

Él frunció el ceño al oír aquello.

—Yo creía que él había vuelto a su casa.

—Sí, pero fue una visita breve. —Me sentía sofocada, agobiada—. Fuimos a un funeral, nada más.

—Vaya, ¿esa es su idea de una cita con una chica? ¿Ir a un funeral?

Lo dijo en tono burlón, yo sentí que un enfado incipiente empezaba a formarse en mi estómago, que se agitaba entre los cálidos jugos gástricos como un grano de maíz que está a punto de estallar en la sartén.

—Fueron unas exequias, una especie de celebración de despedida para su mujer.

—¡Madre mía! ¿Cuándo te enteraste de eso?

—Hace un tiempo.

Suspiré para mis adentros. Joel había sido mi confidente durante tantos años que le conté la verdad sobre cómo nos habíamos conocido Charlie y yo sin pensármelo dos veces. Le conté lo de la cafetería, lo de la torre del reloj, que yo había respondido a su llamada telefónica y que dos años antes había sido Ned quien había hablado con él. Fue después de terminar el relato cuando me entró la duda de si había hecho bien al contárselo.

—Vaya, con razón apenas se te ha visto el pelo últimamente —dijo él, sorprendido.

Me apresuré a encauzar la conversación hacia el tema del que quería hablarle.

—Mira, esta noche me he dado cuenta de algo. Me avergüenza admitirlo, pero es algo sobre lo que no me había parado a pensar lo suficiente hasta ahora.

—¿De qué se trata? —Tanto su tono de voz como su lenguaje corporal indicaban que estaba esperanzado.

—Durante toda mi vida, me he conformado con el tiempo y la atención que la gente quisiera darme. Mamá volvía cuando tenía algo de tiempo libre, me llamaba cuando le apetecía, entraba y salía de mi vida cuando le convenía. Y lo mismo puede decirse de cuando tú y yo estábamos juntos.

—No sé si te entiendo, la verdad.

—Nunca íbamos a ninguna parte, no hacíamos nada. A ti nunca te apetecía salir, así que yo me limitaba a aceptarlo y me quedaba en casa contigo.

—Pero ese tiempo lo pasábamos juntos, aunque fuera en aquel pisucho.

—No, eso no es verdad. Nunca estabas en la misma habitación que yo. Pasabas horas jugando con tu PlayStation con los dichosos auriculares puestos, o absorto con tu ordenador o tu teléfono. La cuestión era prestarle tu atención a todo, menos a mí. —Respiré hondo y me serené antes de proseguir—. Estar contigo era como atrapar humo con la mano. Pensaba que te tenía, pero al abrir los dedos resultaba que no estabas allí. Esta noche le he dicho a mi madre lo mucho que me ha dolido a lo largo de los años pensar que la tenía, convencerme a mí misma de que iba a elegirme a mí por fin, y terminar viendo cómo se marchaba una y otra vez. Y justamente eso es lo que he estado haciéndote durante estos últimos seis meses. No he sido justa contigo.

—Oye, no me he quejado en ningún momento. —Estaba tenso, casi temeroso.

Bajé la mirada a mis manos y cerré los ojos con fuerza. La imagen de Charlie en casa, sentado en mi cama, apareció de repente en mi mente y sentí una punzada de dolor.

—Ahora comprendo lo mucho que duele amar a alguien sabiendo

que no puede corresponderte. Así que… —Tomé su mano, se la giré hacia arriba, me quité el anillo del dedo y lo deposité en su palma abierta—. Tengo que devolverte esto. Porque no vamos a estar juntos por siempre jamás y creo que, al dejarte ir por fin de forma definitiva, podrás encontrar a la persona adecuada para este anillo.

—Nell, por favor. No lo hagas —me suplicó. El dolor crispó su rostro hasta convertirlo en el de un desconocido—. Por favor, yo te amo.

—Sí, ya lo sé —le dije, al borde de las lágrimas—. Y yo siempre te querré, pero no como tú quieres que lo haga.

Bajó la mirada hacia el anillo que tenía en la mano como si de una sentencia de muerte se tratara, la marca negra en la palma que era como una condena.

—Lo siento, Joel. —Me puse de pie, no quería darme tiempo a cambiar de opinión. Joel no era lo que yo quería para mi vida, pero era una opción fácil, segura y familiar y, en ese momento, representaba el salvavidas al que me sentía impelida a aferrarme—. Tengo que irme ya.

Él guardó silencio durante unos segundos antes de soltar una carcajada que destilaba veneno. Alzó la mirada hacia mí y esbozó una sonrisita burlona.

—Te estás engañando a ti misma con lo del tal Charlie.

—No, no es así.

—¿Estás enamorada de él? —Las silenciosas lágrimas que le caían por las mejillas brillaban bajo la luz de la farola.

Yo tuve que tragar el nudo que tenía en la garganta antes de poder contestar.

—Sí.

—Pero él no te ama a ti, ¿verdad?

Aquellas palabras fueron como una patada en el plexo solar.

—No es que no me ame, yo diría más bien que no se permite hacerlo. No ha superado todavía la muerte de su mujer.

—Genial —me espetó, con un tono que rezumaba crueldad—,

espero que sea el amor de tu vida y que te rompa el corazón en el banco de un parque y te diga que es lo mejor para ti.

Algo había cambiado en sus ojos. Se habían vuelto fríos, irreconocibles.

—Adiós, Joel. —Di media vuelta antes de que pudiera verme llorar.

Me tragué los sollozos que estaban a punto de brotar de mi garganta y me alejé bajo la luz de la farola. Cuando estaba a punto de dejar atrás el haz de luz, noté que algo me golpeaba la espalda y me giré mientras el anillo tintineaba contra el suelo y sentía en mi piel el ligero aguijonazo del impacto. Dirigí la mirada hacia Joel y le vi de pie al otro lado del círculo de luz con los brazos colgando sin fuerza a los lados. Me disponía a agacharme para recoger el anillo cuando habló de nuevo.

—Déjalo, que vaya a parar a alguna alcantarilla. Ese es el lugar perfecto para él ahora. —Dio media vuelta sin más, salió del círculo de luz y se internó entre las sombras.

Bajé la mirada hacia el anillo, que brillaba con un color anaranjado bajo la luz, y entonces me volví y me alejé de él. Quién sabe, puede que alguien lo encontrara y quedara prendado de él. Quizás llegara a significar más para esa persona de lo que había significado para mí en esos años; puede que, para ella, no acarreara ese dolor que generaba en Joel. Con mi decisión estaba dándonos una segunda oportunidad tanto a Joel como a mí, y el anillo también merecía que se la dieran.

28

A la mañana siguiente desperté con esa punzante pesadez en los ojos que siempre aparece después de haber pasado la noche llorando. Me dolía la cabeza como si hubiera bebido dos botellas de vodka y, por si fuera poco y el comienzo del día no fuera ya pésimo de por sí, alargué la mano y descubrí que el otro lado de la cama estaba vacío.

Me levanté, me puse la bata y bajé a la cocina, aunque me detuve un segundo justo antes de cruzar la puerta para soportar un traumático *flashback* mental. Ned estaba sentado a la mesa y se esforzó a más no poder por mantener la mirada puesta en su revista mientras yo me acercaba al escurridor y tomaba una taza. Entonces me senté frente a él en vez de ocupar mi habitual silla a su lado, me serví un café de la jarra y sostuve la taza con ambas manos sobre la mesa.

—¿Dónde están los demás? —le pregunté.

Él dejó de leer un artículo sobre la red de espías de la reina Isabel I y me miró con nerviosismo, pero fue incapaz de sostenerme la mirada y la fijó en un punto a mi izquierda.

—Han salido a comprar la cena para ir estrechando lazos, Charlie va a preparar lasaña.

—Menuda familia feliz estamos hechos —comenté con sarcasmo—. Avísame cuando quieras que empiece a llamarte «papi».

Él suspiró y dejó su revista a un lado.

—Mira, Nell, los dos nos lo pensamos mucho antes de dejarnos llevar por lo que sentíamos. Fue un proceso largo y duro.

Yo hice una mueca y alcé una mano para interrumpirle.

—Te pido por favor que no uses palabras como «largo» y «duro». Ni siquiera sé si podremos seguir siendo amigos después de verte la... cosita.

—Venga ya, Nell. Es un pene, no es para tanto.

—Pero era el tuyo, y de ahí viene mi asquete.

—Penes aparte —él mismo se dio cuenta de que sus palabras acababan de sonar raras—, vas a tenerme a tu lado hasta el final. Eres la mejor amiga que he tenido en mi vida, además de la más peculiar, y nada va a separarnos. Ni siquiera lo que viste anoche. Tu madre y yo llevábamos un tiempo albergando ciertos sentimientos y, como ya te he dicho, lo pensamos largamente...

—¡Ah! —Me tapé los oídos.

—¡Perdón! ¡Perdón! Pensamos muy seriamente cómo íbamos a lidiar con lo que sentíamos. Pero, al final, la cuestión es que me gusta de verdad y no voy a negarme la oportunidad de ver a dónde nos lleva esto por el mero hecho de que la situación te desconcierte. Soy un hombre y tu madre es una mujer increíblemente atractiva, una belleza de esas con las que uno solo puede estar en sueños.

—Ay, por Dios bendito, ¡cállate ya! Mira, si mamá y tú queréis tener una relación o lo que sea, por mí no hay problema. Lo único que pido es no presenciarlo. ¿De acuerdo?

—De acuerdo. —Alargó la mano por encima de la mesa para estrechar la mía—. ¿Significa eso que volvemos a ser amigos?

—Mmm... no sé, ya veremos.

En ese momento llamaron a la puerta. Me levanté de inmediato porque estaba deseando huir tanto de la conversación como de la mesa (estaba casi segura de que al final iba a tener que sacarla al jardín para quemarla). Fui a abrirles la puerta a mamá y a Charlie, que debían de estar agotados tras una ardua salida de compras, pero encontré a alguien inesperado en el umbral: la madre de Joel.

—Hola, Rachel. ¿Va todo bien? —le pregunté, al ver que tenía cara de preocupación.

—¿Está aquí Joel? —Dirigió la mirada más allá de mi hombro para ver si estaba detrás de mí.

—No, ¿por qué?

—Anoche salió de casa para venir a verte, pero no volvió. He estado llamándole por teléfono, pero no me contesta y eso es muy raro en él. Sé que últimamente habéis vuelto a quedar alguna que otra vez, así que he pensado que podría estar aquí.

Me sentí culpable al ver el brillo de esperanza que apareció en sus ojos.

—Anoche no vino aquí, nos vimos en un banco que hay a las puertas del parque y discutimos. Volví a casa sola.

Ella se llevó una mano a la boca y gimió.

—No pensarás que le ha pasado algo, ¿verdad? —le pregunté.

—Es que tengo un mal presentimiento, Nell. —Los ojos se le llenaron de lágrimas.

Recordé cómo había recorrido las calles en busca de Charlie cuando estábamos en Irlanda, ese pánico desatado que solo podría calmarse si le encontraba.

—Entra, ¿quieres una taza de té?

Ella asintió y nos dirigimos a la cocina, donde Ned ya estaba poniendo agua a calentar.

Llamé a algunos de nuestros amigos comunes. Elegí sobre todo a gente con la que no había vuelto a hablar desde mi ruptura con Joel, pero a la que él habría podido acudir en busca de consejo. Nadie le había visto, y a Rachel se le escapaba un gemido de desesperación con cada uno de aquellos intentos infructuosos. Poco después de esa ronda de llamadas, Charlie y mamá llegaron a casa. Llamé también al hospital para ver si estaba allí, también pregunté si tenían a algún paciente sin identificar, pero la respuesta fue negativa. Repetía una y otra vez que estaba segura de que no le había pasado nada, pero había algo en la mirada de su madre que me causaba una profunda desazón.

—Esta semana ha estado muy distante, pero yo sabía que las cosas iban a arreglarse porque pensabais retomar la relación —comentó ella.

Fruncí el ceño y miré a Ned y a Charlie, que parecían igual de desconcertados que yo.

—¿Te dijo eso? —le pregunté.

—Sí, me explicó que ibais a reconciliaros, que solo estabais esperando a que cortaras con otro para poder estar juntos de nuevo, que no queríais hacerle daño a nadie. Estaba entusiasmado, había empezado a buscar piso y a empaquetar sus cosas. —Alargó la mano por encima de la mesa para posarla sobre la mía y esbozó una cálida sonrisa—. Después de todo por lo que ha tenido que pasar este año, no sabes la alegría que me dio saber que al menos había vuelto contigo.

—Rachel, no hemos retomado la relación. No lo hicimos en ningún momento, y él lo sabía. —Mi preocupación se había acrecentado mucho más al oír aquello—. Las cajas me las traía para devolverme algunas de mis cosas.

—Ah. Eso no fue lo que me dijo, ¿estás segura? —Empezó a frotarse las manos con nerviosismo.

—Segurísima. ¿A qué te referías con eso de «todo lo que ha tenido que pasar»?

—A que tuvo que cerrar su negocio, y a la empresa aquella que le dio tantos problemas y le amenazó con demandarlo por toda la información que salió a la luz. Es algo relacionado con lo del Reglamento General de Protección de Datos.

—¿Querían demandarlo? —Me di cuenta de que tan solo había visto la punta del proverbial iceberg con Joel.

—Sí, ha sido horrible. Pero yo creía que lo sabías, querida.

Para cuando Rachel se fue, ya eran las tres pasadas. Dijo que iba a dar una vuelta para ver si lo encontraba y yo le prometí que saldría también a buscarlo y que la llamaría si le encontraba.

—Esto no tiene nada que ver contigo —me dijo Ned desde el pasillo, cuando cerré la puerta—. Con todo lo que hizo y dijo, y encima va y te tira ese anillo.

—¿Te tiró algo? —preguntó Charlie, imbuido de una especie de varonil instinto protector.

Yo no les hice ni caso, agarré mi abrigo y salí con mamá. Estuvimos buscándole un buen rato hasta que volvimos a casa con las manos vacías.

Estábamos sentados a la mesa de la cocina mientras la lasaña de Charlie se tostaba bajo el *grill*, con una botella de vino que habíamos abierto debido a la tensión nerviosa, cuando mi teléfono empezó a sonar. Era Rachel.

—Hola, Rachel. ¿Ha aparecido?

—¡Nell!

Me levanté de golpe al oírla sollozar, los demás se pusieron alerta.

—¡Qué pasa? —le pregunté.

—Acabo de llegar.

—¿Qué dices? Son cerca de las siete, Rachel.

—Sí, ya lo sé, pero no podía venir a casa y limitarme a esperarle.

—¿No has sabido nada de él?

—Acabo de entrar en su dormitorio para revisarlo otra vez y he encontrado una nota sobre su cama, debió de venir a casa mientras yo estaba fuera. —Tenía la voz rota, llena de desesperación.

—¿Qué dice la nota?

Charlie se levantó también al oír aquello.

—Ya he llamado a la policía, Nell. Un coche patrulla va a buscarlo por la ciudad.

Oí el crujido de una hoja de papel y Rachel empezó a leer.

Mamá, siento tener que dejarte. No creo que nadie me eche demasiado de menos, aparte de ti. Todo lo que he hecho en mi vida hasta el momento ha sido un fracaso y soy consciente de que soy una carga económica y emocional. Creí que había encontrado una forma de salir de esto, pero estaba equivocado.

Por favor, dile a Nell que lo siento y que la amo. Siempre lo he he-cho, siempre lo haré.

Te quiero, mamá. Saludaré a papá de tu parte.

Joel

—¡Santo Dios! —Me llevé la mano a los ojos. Aquello se debía a lo que yo le había dicho la noche anterior, ¿verdad? Yo le puse la idea en la cabeza al hablarle de Charlie.

—Nell, ¡no puedo perder también a mi niño!

Había sido yo quien le había puesto la idea en la cabeza.

—Rachel, me parece que sé dónde está. Te llamaré cuando lle-gue a ese lugar. —Colgué y, sin decirles una sola palabra a los de-más, eché a correr hacia la puerta.

Les ignoré al oír que me llamaban, no me molesté en ponerme el abrigo y me limité a salir de la casa a la carrera.

—¿Dónde está, Nell? —me preguntó Charlie, que me seguía pisándome los talones.

—¡En la torre del reloj! —contesté jadeante—, ¡está en la torre del reloj!

No intercambiamos ni una sola palabra más, agachamos la ca-beza y seguimos corriendo. Soplaba un aire frío, pero mi piel esta-ba caliente por la ansiedad. Charlie era más rápido que yo, así que apretó el paso y se adelantó un poco, pero no me dejó muy atrás en ningún momento.

Cuando llegamos vimos que la ventana de la salida de emer-gencia estaba hecha añicos, junto a ella había una piedra bastante grande.

Marqué el número de Rachel mientras subíamos los escalones de dos en dos; contestó casi de inmediato.

—Rachel, creo que le he encontrado. Llama a la policía y diles que está en el Ayuntamiento, en lo alto de la torre del reloj. —Col-gué y agarré la barandilla para impulsarme hacia arriba más deprisa.

Charlie llegó a lo alto de la torre por delante de mí y salió in-cluso antes de que yo llegara al escalón superior, oí el sonido amortiguado de su voz hablando con alguien y supe que había encontrado a Joel. Me detuve en seco al cruzar la puerta que daba al exterior de la torre, se me encogió el estómago al ver a Joel en el filo.

—Tendría que haber sabido que aparecerías, la sigues a todas partes —masculló, con los ojos enrojecidos y una mueca de furia.

—¡Por favor, Joel, no lo hagas! —le supliqué yo.

—¡No finjas que te importa! —La furia dio paso a la desesperación y soltó un sollozo—. Ya no me amas, me lo dijiste tú misma.

—Claro que me importa, Joel.

—¡Eh, oye! —Charlie avanzó un poco con las manos en alto, para dejarle claro que no iba a acercarse demasiado—. Ya sé que soy la última persona a la que querrías ver en este momento, pero también soy la única que sabe de primera mano por lo que estás pasando. Mira, yo estuve parado en el sitio exacto donde estás tú, ahí mismo literalmente, y no hace mucho.

Joel estaba mirándole como si todo en él le pareciera repulsivo; dio un pasito casi imperceptible hacia atrás.

—Quería que todo terminara. Me sentía como si ya no hubiera nada por lo que valiera la pena luchar para seguir adelante, que las cosas jamás volverían a irme bien. Había perdido al amor de mi vida y sabía que ella no regresaría jamás. —Su propia voz se quebró un poco y dio la impresión de que iba a llorar, pero mantuvo la compostura—. Todavía siento ese dolor. Pero, si lo hubiera hecho, si hubiera saltado desde ahí, jamás habría sabido lo que estaba por llegar. Nunca habría llegado a saber lo mucho que podía mejorar mi vida.

—Ya, pero esa es la cuestión —dijo Joel, con voz carente de inflexión—. Lo que mejoró tu vida ha destrozado la mía. Tu felicidad es mi dolor, porque todavía estoy enamorado de ella. —Me señaló con la mano, pero fue incapaz de mirarme—. Pero ya no se me permite amarla… eso es tarea tuya ahora.

Yo avancé un poco hacia él.

—Joel, acabo de hablar por teléfono con tu madre. Está viviendo un infierno porque cree que te va a perder.

—¡Me da igual!

—Sé que estás sufriendo, que anoche dije algunas cosas que no debía y te pido perdón por haberte hecho sufrir. —Estaba al borde de las lágrimas, pero oí en la distancia el sonido de sirenas que se acercaban y eso me alentó un poco y di un paso más hacia él.

Joel miró a Charlie antes de volverse de nuevo hacia mí, pero seguía eludiendo mi mirada.

—Entiendo que te hayas enamorado de él, de verdad que sí. Es un tipo con un físico perfecto y exótico y parece centrado, es todo lo que yo no soy.

—No creo que pueda decirse que Westport, un pueblo del condado de Mayo, sea muy exótico que digamos. —Charlie rio con nerviosismo—. Y no estoy tan centrado como pareces creer, te lo aseguro. Estoy desempleado, viudo, completamente perdido. Al mundo le trae sin cuidado lo que yo haga. —Abrió los brazos de par en par—. No hay nadie en este mundo que me necesite y, aun así, decidí quedarme en él porque encontré un atisbo de esperanza.

Las sirenas cada vez estaban más cerca, Joel empezaba a notar también su presencia.

Observé a Charlie mientras hablaba con él. Era como si se dirigiera a un reflejo de sí mismo, diciéndose las palabras precisas que había necesitado oír aquella noche que habló conmigo por teléfono.

—¿Has visto *Náufrago*? —le preguntó a Joel—. Tom Hanks, accidente de avión, ¡WILSON!

Las sirenas estaban abajo, justo al pie del edificio; a juzgar por el sonido, había más de un vehículo.

—Sí, la he visto —asintió Joel. Echó una mirada por encima del hombro hacia el vacío y se encogió un poco, como si le hubiera asaltado un súbito miedo.

—Vale, pues hay una parte al final, cuando le rescatan y está contándole a su amigo que una vez decidió acabar con su propia vida en la cima del acantilado para no pasar ni un día más de soledad, y le dice que tiene que seguir respirando porque mañana volverá a amanecer y quién sabe qué traerá la marea.

—Pero ¿y si la marea no trae nada?

—Pues no lo trae y te haces la misma pregunta otro día más. Pero por ahora le das a la marea una oportunidad de que te traiga algo.

Entonces sí que no pude evitarlo, las lágrimas me bajaron por la barbilla y cayeron al suelo salpicado de cacas de pájaro.

—¡Por favor, Joel! —se lo supliqué entre sollozos, y él me miró al fin—. Por favor, no lo hagas. Con el tiempo te darás cuenta de que era lo mejor para los dos. No podíamos seguir así, yo estaba amargada y tú también. —Tragué con dificultad y di otro paso hacia él—. Que las cosas no funcionaran entre nosotros no significa que no vayan a funcionar con otra persona.

Él me miró directamente a los ojos y su semblante quedó totalmente inexpresivo, Charlie avanzó un poquito.

—No quiero a nadie más.

El movimiento de su pie fue tan pequeño que ni siquiera lo vi, dio un paso hacia el vacío y sentí que se me paraba el corazón.

—¡Joel! —grité al verle caer.

Charlie ya había empezado a moverse incluso antes de que Joel moviera el pie hacia atrás, alargó las manos hacia él y le agarró de la camisa. Se dejó caer en el filo, su cuerpo estaba pegado a las piedras, el peso de Joel le arrastraba hacia el vacío. Corrí hacia ellos, me lancé al suelo y agarré las piernas de Charlie como contrapeso.

—¡Le tengo! —me gritó—. ¡Le tengo!

Oí un sonido a mi espalda y una policía apareció de repente junto a mí.

—Hola, señorita —me dijo.

Alcé la mirada y vi el rostro de una mujer joven, un rostro redondeado que me resultaba familiar, pero mi cerebro no era capaz de ubicarla en ese momento.

—Tiene que seguir agarrándolo mientras los agentes lo suben, ¿de acuerdo?

Dos policías flanquearon a Charlie y empezaron a relevarlo. Yo escuché lo que ocurría mientras la agente empleaba una voz serena para darme ánimo, mis uñas seguían hincadas en los vaqueros de Charlie mientras sentía el peso físico de todo lo que tenía agarrado en mis manos. Sostenía a los dos únicos hombres a los que había amado. Tenía en mis manos mi futuro y mi pasado y no quería soltar ninguno de los dos.

Charlie y yo no llegamos a casa hasta pasada la medianoche. Ned y mamá habían ido a buscarnos, habían estado esperándonos en el hospital durante horas sin que nosotros los supiéramos. Rachel se había marchado con Joel (supongo que fue a pedir que lo ingresaran para que no pudiera autolesionarse) y, aunque intenté hablar con él después, se negó a verme y ella me aconsejó que me fuera a casa.

Mamá nos preparó un té y se esforzó por conseguir que comiéramos un poco de lasaña churruscada, pero tanto Charlie como yo nos sentíamos indispuestos y al final terminamos por subir a acostarnos poco después de llegar a casa. Nos tumbamos en la cama sobre el edredón y nos quedamos así sin más, con la mirada puesta en el techo. No intercambiamos ni una sola palabra y no recuerdo cuándo me quedé dormida, pero, cuando lo hice, soñé que me precipitaba al vacío.

29

Joel se negó a verme cuando, varios días después, me presenté en el pabellón de psiquiatría al salir del trabajo con una caja de sus bombones Lindt preferidos. Rachel fue la que salió a hablar conmigo y me tomó las manos mientras me daba las gracias por haberle encontrado a tiempo. Me dijo que Joel no quería verme, que esperara a que él contactara conmigo. Yo dudaba mucho que fuera a llegar el día en que él se sintiera inclinado a saludarme con alegría, pero creí que sería agradable hablar con él de nuevo más adelante.

Cuando llegué a casa procedente del hospital, con la mente exhausta y el cuerpo cansado, Charlie me recibió con una copa de pinot grigio (todavía no se sentía capaz de regresar a aquel apartamento lleno de recuerdos). Ned había ido a llevar a mamá al aeropuerto, pero yo había decidido perderme aquella despedida en particular. No me sentía preparada para verlos comerse a besos en el aparcamiento.

Estaba sentada a la mesa de la cocina con Magnus dormitando en mi regazo, tomando sorbitos del frío vino mientras Charlie cortaba verduras y las echaba a la sartén, y me pregunté si esa escena era un reflejo de nuestro futuro. Yo, llegando a casa después de una jornada de trabajo y él, mi solícito marido, preparándome la cena y hablando sin parar sobre naderías que llenaban el silencio. Mientras veía cómo sus hombros iban tensándose y relajándose rítmicamente al cortar las verduras, pensé en lo extraño que resultaba el hecho de que, aunque apenas le había tocado y tan solo le había besado un puñado escaso de veces, estaba tan profundamente enamorada de él que me sentía como si lleváramos años juntos.

Pero era consciente de que era la única que se sentía así. Era como empezar un nuevo libro sin haber terminado el anterior: tu cerebro todavía está pensando en el primer relato y, aunque el segundo es interesante y te distrae, tienes cierto desasosiego porque nunca llegaste a saber cómo terminaba aquel. Abi era ese primer relato, y Charlie no había descubierto todavía su final.

—Cada vez que le preparo este plato a alguien, me pregunta cómo es posible que esté tan bueno. Yo creo que el secreto está en el laurel, la verdad. —Se volvió hacia mí y blandió el cuchillo en el aire para acentuar sus palabras—. Es una planta que está muy infravalorada.

—Charlie, creo que tenemos que hablar. —Las palabras brotaron de mi boca como por voluntad propia y él se quedó inmóvil al oírlas.

—Vale. ¿Voy preparándome para recibir un golpe? Porque después de esas palabras nunca viene nada bueno.

Dejó el cuchillo sobre la encimera, se sentó frente a mí y entrelazó las manos sobre la mesa. No pude evitar sonreír al ver lo mono que estaba con el viejo delantal de Ned, que estaba manchado y quemado después de tantos años de uso.

—¿De qué quieres hablar? —me preguntó.

—Creo que deberías irte.

—¡Qué? ¿Ahora mismo? ¡El *bourguignon* no está listo todavía!

—No, ahora mismo no. —Le tomé la mano—. Pero es que no creo que sea sano para mí que vivas aquí, y tampoco es especialmente bueno para ti. ¿No crees que acomodarte en la habitación de invitados no es más que otra forma de huir de todo aquello que deberías estar acometiendo?

Él me miró y yo tuve que bajar la mirada hacia nuestras manos, que estaban entrelazadas sobre la mesa, porque aquellos ojos eran mi debilidad.

—Ya sé que decidimos que este no era el mejor momento para intentar mantener una relación, pero, para serte sincera, es bastante doloroso tener que verte a diario y no poder estar contigo como yo querría. Amarte y saber que tú no puedes corresponderme… eso es algo que me duele, Charlie. Y los dos tenemos asuntos con los que tenemos que lidiar y no creo que podamos hacerlo estando juntos, refrenándonos el uno al otro.

Me sonrió con tristeza, pero vi por su expresión que era consciente de que yo tenía razón.

—Cuando estábamos en la torre del reloj con Joel dijiste que no te necesita nadie, pero eso no es verdad —añadí.

—Tú no me necesitas, Nell. Te las arreglarías perfectamente bien por tu cuenta.

—No me refiero a mí, estoy hablando de Carrick. Me parece que no está tan bien como tú crees. Te echa de menos y te quiere muchísimo, Charlie. Yo creo que necesita un amigo, te necesita a ti.

—¿Y tú qué? ¿Qué piensas hacer?

—No lo sé, pero supongo que eso es lo bueno.

Suspiró mientras su pulgar me acariciaba los nudillos.

—Desearía ser capaz de… ya sabes, de decirlo —admitió.

—Sí, ya lo sé.

Le sonreí y le apreté ligeramente la mano mientras intentaba no pensar en el hecho de que el corazón se me estaba partiendo en dos.

Carrick llegó el último día de abril para ayudar a Charlie a recoger todas sus cosas. Resultaba extraño no tenerlo en casa y, aunque no habíamos vuelto a dormir en la misma habitación desde aquella primera noche, saber que no estaba a una pared de distancia hacía que me sintiera vacía y dolorida por dentro. Pero aquello era lo mejor, los dos lo sabíamos. Yo albergaba la esperanza de que pudiéramos tener un futuro compartido, uno que no estuviera teñido de tristeza y de los cabos sueltos de amores anteriores. Pero él se iba y se llevaba todas sus pertenencias consigo exceptuando a Magnus, cuyo dueño había pasado a ser Ned en cuerpo y alma. Estaba marchándose de mi vida, de Birmingham, del Reino Unido, y saber que estaría tan lejos hacía que tuviera la terrible sensación de que aquellos podrían ser mis últimos días junto a él.

La noche antes de la fecha prevista para la partida de Charlie, cenamos con Ned y Carrick.

Yo apenas hablé durante toda la velada, pero casi nadie se dio cuenta porque Carrick llenó el silencio con su insaciable necesidad de decir todo cuanto se le pasaba por la cabeza. Magnus dormitaba encima de la nevera, su cola colgaba delante de la puerta y había que alzársela como si fuera una cortinilla de abalorios cada vez que alguien tenía que sacar algo de dentro.

Ned estaba loquito por él, jamás le había visto así con nada ni con nadie... bueno, exceptuando a mi madre, claro. Cada vez que la mencionaba de pasada, me venía a la cabeza la escenita que había presenciado y me entraban ganas de vomitar. Ella había mencionado la posibilidad de solicitar un puesto en su empresa que no requiriera viajar para poder permanecer aquí, pero yo dudaba mucho que eso llegara a suceder y, de hecho, estaba convencida de que Ned no tardaría en descubrir que Cassandra Coleman no era una mujer en la que uno debiera depositar sus esperanzas y que no era aconsejable entregarle tu corazón. Supuse que el congelador se llenaría de tarrinas de helado de Ben and Jerry's cuando ese momento llegara.

Cuando terminamos de cenar, Charlie se ausentó de la cocina y regresó con una botella de whisky. Sacó cuatro vasos del armario y, después de volver a ocupar su asiento junto a mí, procedió a abrir la botella.

—Antes de irme, me gustaría decir un par de cosas —dijo.

—Joder. No irás a soltar un sermoncito, ¿verdad? —bromeó Carrick.

—¿Puedes cerrar la boca un segundo y dejarnos una mínima oportunidad de hablar a los demás? ¡Madre mía! —le reprendió Charlie, sonriente, antes de llenar los vasos con aquel líquido ámbar. Después de repartirlos, añadió—: Estoy aquí sentado ahora mismo, digiriendo otro de los triunfos culinarios de Ned y a punto de probar este whisky de calidad, gracias a cada uno de vosotros. —Nos miró uno a uno—. No creo que haya mucha gente que pueda decir que todas las personas con las que está compartiendo una mesa le salvaron la vida, pero ese es mi caso, y lo que me demuestra es que tengo a personas cojonudas en mi vida. Solo quería que supierais que os voy a echar de menos y que esto no es un adiós. —Se volvió hacia mí y sonrió.

—*Sláinte*. —Carrick alzó su copa en un brindis y todos seguimos su ejemplo.

Mientras tragaba el ardiente líquido, sentí que una cálida lágrima me bajaba por la mejilla y me la limpié antes de que alguien pudiera darse cuenta.

Estaba desmaquillándome frente al espejo. No estaba cansada, todo lo contrario. Mi cuerpo estaba tenso de ansiedad por lo que iba a suceder a la mañana siguiente, pero cuando estaba abajo con ellos, esperando a que llegara el momento de ver a Charlie salir de mi vida (para siempre, probablemente), lo único que quería era acurrucarme en la cama. Al salir del cuarto de baño me encontré a Carrick en el descansillo, apoyado en la pared con los pulgares metidos en los bolsillos en plan James Dean.

—No sabía que estuvieras esperando, perdona —le dije.

—Quería hablar contigo. —Se apartó de la pared y me puso las manos en los hombros—. Solo quería decirte que no te preocupes por el hecho de que Charlie esté allí. Va a quedarse en mi casa y yo estaré pendiente de él en todo momento. Ya le he fallado una vez, el día de las exequias, pero no volverá a pasar.

—Ya lo sé. —Le atraje hacia mí para darle un abrazo.

—Estoy enterado de que fue idea tuya que volviera a casa. —Soltó un suspiro y me devolvió el abrazo con fuerza—. Eres una mujer generosa, eso está claro.

—No, estoy haciéndolo tanto por él como por mí —contesté contra su pelo canoso, antes de susurrar—: Solo te pido que no dejes que me olvide. —Se me quebró la voz.

—Él jamás te olvidaría, Nell.

No sé cuánto tiempo llevaba durmiendo cuando noté algo en la mejilla. En un primer momento pensé que era una de esas famosas arañas que se te meten en la boca mientras duermes, pero cuando el pánico generado por esa posibilidad me despertó del todo, me di cuenta de que no se trataba de unas patitas largas, sino de unos dedos que me acariciaban con delicadeza.

Abrí los ojos y vi el apuesto rostro de Charlie iluminado por la cálida luz de la lamparita.

—Hola —le dije.

—Voy a echarte muchísimo de menos —susurró, con el rostro tan cerca del mío que su aliento abanicó mi piel.

Alcé la mano hacia mi mejilla y cubrí sus dedos con ella.

—Yo también —admití adormilada, con los párpados pesados por el sueño.

—Pase lo que pase, quiero que sepas que has cambiado mi vida, Nell Coleman. Bueno, ni siquiera habría habido una vida que cambiar de no ser por Ned y por ti. Gracias.

—De nada. —Esbocé una sonrisa triste.

Apartó la mano de la mía y la deslizó hacia mi pómulo, la internó en mi pelo y fue avanzando entre los mechones hasta detenerla en mi nuca. Su rostro se desenfocó al ir acercándose a mí, sentí que una descarga me recorría el cuerpo cuando su labio inferior rozó el mío. Alcé la mano y la posé en su coronilla, saboreé el suave tacto de su desmadejado cabello y le atraje un poco hacia mí, dándole así el último empujoncito que necesitaba. Sus labios se posaron en los míos y permanecieron unos segundos allí antes de apartarse.

—Será mejor que me vaya —susurró.

—Vale. Nos vemos por la mañana. —Sentí el escozor de las lágrimas.

—A las diez en punto —asintió sonriente y se dirigió a la puerta—. Adiós, Nell.

—Adiós, Charlie.

Me di la vuelta en la cama para echarle un vistazo a la pantalla del móvil. Mi cerebro tardó uno o dos segundos en asimilar la hora que era: las diez menos cuarto de la mañana.

El corazón empezó a martillearme en el pecho, abrí los ojos de par en par y me levanté como un resorte, presa del pánico. Me vestí a toda prisa e intenté quedar un poco presentable antes de bajar atropelladamente la escalera, mi mente era un torbellino de ansiedad y todavía estaba un poco nublada por el sueño.

Entré en la cocina y vi a Ned con la bata puesta, tomando café con una actitud de lo más relajada.

—¿Por qué no me has despertado? ¿Qué haces? ¡Vístete! ¡Tenemos que irnos en unos cinco minutos!

Él me miró con conmiseración y señaló la encimera con un ademán de la cabeza. Dirigí la mirada hacia allí y vi uno de los botes de cristales marinos de Abi junto al hervidor de agua, tenía un sobre apoyado en él. Sentí que el alma se me caía a los pies.

—Ya se ha ido, ¿verdad?

Coloqué el bote repleto de cristalitos marinos en la repisa de la ventana del cuarto de baño y procedí a llenar la bañera de agua prácticamente hirviendo. Añadí media botella del jabón para preparar baños de espuma que había comprado las Navidades pasadas y, una vez que estuve cómodamente inmersa en aquel mar de burbujas, abrí el sobre y saqué la carta que contenía. Era breve y concisa.

Nell:

He pensado que sería más fácil marcharme sin más y no someterte a una larga despedida, pero no podía hacerlo sin decirte esto.

Gracias por darme un motivo para tener esperanza, un motivo para sonreír. Sentí durante mucho tiempo que a nadie le importaba si yo vivía o moría, hasta que llegaste tú. No sé en qué piensas emplear este tiempo y este espacio, pero, sea lo que sea, tengo claro que será algo increíble. Tan increíble como tú, Nell.

Espero que llegue el día en que los hados nos sean propicios. Ya que parecen saber tanto, creo que por ahora voy a dejar esto en sus manos.

No voy a pedirte que me esperes ni que tu vida gire en torno a la posibilidad de que podamos tener un futuro juntos. Vive tu vida pensando en ti misma.

Charlie

P. D.: Espero que no te importe, pero me he llevado a George. No te preocupes, volverás a verlo. Es que no podía marcharme sin tener conmigo algo tuyo.

Doblé la carta y dejé que cayera flotando al suelo mientras me encogía entre la espuma y me rodeaba con los brazos para intentar no desintegrarme en pedazos. Había sabido de antemano que ese dolor acabaría por llegar, y allí estaba finalmente. Era muy bonito soñar con un precioso futuro en el que Charlie se había recompuesto del todo y podíamos construir juntos el tipo de relación que yo siempre había querido para nosotros, pero, al fin y al cabo, no era más que eso: un sueño. Charlie se había marchado y se había llevado consigo mi último retazo de esperanza.

30

Me gustaría poder decir que me fue genial en las semanas posteriores al regreso de Charlie a Irlanda, que descubrí que no le echaba de menos tanto como para despertar por las mañanas sombría y sin ánimo, que me di cuenta de que mi libertad era más importante para mí que él, pero estaría mintiendo. En los dos últimos años había tenido libertad de sobra y lo único que quería era que él regresara y me librara de aquella soledad que me inmovilizaba y me llenaba de apatía.

Sin él me sentía como si me faltara media cabeza o un pulmón.

Estaba en el trabajo, sentada en mi silla giratoria mientras contemplaba el paso de unas nubes rosadas por el cielo, cuando oí que alguien me llamaba. Era Caleb, el voluntario que había llegado tarde en su primer día de trabajo y cuyo retraso había propiciado que fuera yo quien atendiera la llamada de Charlie.

—¿Nell?

—¡Dime! —No alcanzaba a verle la cara por encima de la partición que nos separaba, en ese momento no era más que una mata de ondulado pelo negro.

—Tengo a Jackson.

—Estoy libre, pásamelo.

La llamada apareció en mi pantalla y la acepté antes del segundo tono.

—Hola, Jackson, ¿cómo estás? —le dije, con un tono alegre que no reflejaba mi verdadero estado de ánimo—. Hacía tiempo que no hablábamos.

—Pues la verdad es que estoy muy bien, Nell.

Se le oía tan animado que me chocó un poco.

—Qué bien, ¡cuánto me alegro! ¿Qué has estado haciendo?

—Eh… pues… —Soltó una risita jubilosa—. ¡Me he echado novia!

—¡Eso es genial, Jackson! Me alegro muchísimo por ti.

—Gracias, gracias. Se llama Audrey, la conocí en el trabajo, es ciclista y vamos a organizar un evento de ciclismo para recaudar fondos para ti.

—¿Para mí?

—Bueno, no para ti concretamente. Para la organización benéfica, la línea de ayuda. —Era obvio que estaba entusiasmado.

—¡Qué bien!

—Bueno, es que os habéis portado tan bien conmigo, y tú la que más, y ya sé que es tu trabajo y que no soy un amigo, pero yo te sentí como tal cuando más necesitaba creerlo.

—Sí que soy tu amiga, Jackson. El mero hecho de que no nos hayamos visto en persona no significa nada.

Él se rio de nuevo, pero en esa ocasión se le oía emocionado.

—¿Te parece bien que pase por ahí cuando recaudemos el dinero? Me gustaría ponerle cara a la voz.

—No solemos aceptar visitas. Pero creo que, si hay que hacer una excepción por alguien, nadie mejor que tú. —Hubo una pausa preñada de melancolía, tuve que enderezarme en mi silla y respirar hondo para recomponerme—. En fin, supongo que esto significa que no habrá demasiadas llamadas tuyas a partir de ahora, ¿verdad?

—Supongo que no, pero ¿te parece bien que llame de vez en cuando para que nos pongamos al día?

—Sí, me gustaría mucho. —Me alegraba saber que no era la única que sentía aquella ansiedad por la separación.

—En fin, chao, Nell.

—Chao, Jackson.

Entre llamada y llamada fui a la sala de descanso (un pequeño cubículo acordonado donde había un hervidor de agua, un microondas y varias sillas de esas que pican) y encendí el hervidor. Me sentía un poco letárgica y eché tres cucharadas de Kenco Gold en mi taza, cuyo estampado había quedado desgastado y destruido tras años de machaque en el lavavajillas.

Oí el monótono sonsonete de la voz de Barry, que fue ganando intensidad al explicarle a una nueva voluntaria que no estaba permitido llevarse los auriculares a casa para jugar al *Call of Duty*. La voluntaria en cuestión, una chica de unos veintipocos años cuyo pelo liso iba pasando de un tono rubio en las raíces a un claro verde azulado en las puntas, me sonrió al verme parada junto al hervidor.

Barry abrió un armario del que salió una avalancha de cosas inútiles que habían ido acumulándose allí a lo largo de los años (básicamente, el método consistía en embutir lo que fuera como buenamente podías y cerrar con un rápido portazo para evitar que volviera a salir) y le indicó impasible:

—Hay que organizar todo esto. Si crees que puede servir para algo, lo guardas; si no, lo tiras.

Un bote cayó del armario en ese momento y se esparcieron por el suelo los rotuladores que contenía, que tenían pinta de tener unos cien años. La voluntaria se puso a gatas para recogerlos.

—Voy a buscarte una bolsa grande —le dijo Barry, antes de marcharse.

—¿Eres nueva? —Se lo pregunté a pesar de que sabía perfectamente bien que lo era. Cuando llevas cinco años trabajando en un sitio, detectas a un novato a la legua.

—Sí. —Esbozó una sonrisa—. Makayla.

Estábamos estrechándonos la mano cuando oí que el burbujeo

del hervidor iba *in crescendo* y que el aparato se apagaba automáticamente.

—Nell. Parece soso y sin ningún sentido del humor, pero en realidad es un amor de persona. —Señalé con un ademán de la cabeza a Barry, quien se acercaba con una enorme bolsa en la mano sin levantar apenas los pies del suelo.

—Si tú lo dices… —Makayla sacó del armario una cajita de cartón.

Me volví hacia el hervidor, vertí el agua sobre los gránulos de café y vi cómo se desintegraban al disolverse. Añadí la leche y empleé la cuchara para aplastar varios gránulos rebeldes contra la taza.

—¿Qué hago con esto? —le preguntó Makayla a Barry, quien acababa de dejarle la bolsa al lado.

—Déjame ver —contestó él.

Yo me di la vuelta con la intención de regresar a mi mesa de trabajo, pero sentí una ligera curiosidad por ver lo que Makayla había encontrado en las profundidades del armario.

—Ah, estas reliquias. —Barry sostenía en la mano un rollo de pegatinas de la organización—. Nos las hizo a modo de muestra una empresa que acababa de empezar, pero solo las usamos una vez porque había una errata.

Me detuve en seco y me giré hacia él.

—Déjame ver.

Dejé mi café en la mesa de Dennis y no le hice ni caso cuando se quejó con sarcasmo de que estuviera invadiendo su espacio personal. Tomé el rollo de pegatinas de manos de Barry, lo desenrollé unos centímetros y se me escapó una carcajada de incredulidad. Allí estaban, cientos de pegatinas como la que Charlie había visto en la torre del reloj, la que le había salvado la vida en dos ocasiones. En la parte inferior estaba la misma consigna con la errata, *Cuidamos de tu salud* mentar; la única diferencia era que a lo largo de los bordes no aparecía escrita con un rotulador de punta fina una cita sacada de una película.

—¿Las quieres? —me preguntó Barry.

—Eh… pues sí. ¿Dices que se usaron una única vez?

—Sí. —Soltó una carcajada—. ¿Cómo va a confiarnos alguien su salud mental si da la impresión de que ni siquiera sabemos cómo se escribe? —Miró a Makayla y pareció ofenderse un poco al ver que ella no se reía.

—He visto una de estas en la ciudad, ¿te acuerdas de quién la puso allí? —le pregunté.

—Sí.

Lo dejó ahí como si eso fuera información suficiente y yo me impacienté un poco.

—Dime.

—Una chica vino hace un par de años y quiso trabajar de voluntaria, pero no teníamos ninguna plaza disponible. Así que le ofrecí que se encargara de distribuir esas pegatinas por la ciudad.

—¿Sabes quién era?

—No me acuerdo del nombre. —Puso cara como de sufrimiento mientras intentaba regurgitar el recuerdo—. Pero sí que recuerdo que era guapa, muy guapa. Pelirroja. Irlandesa.

Salí del trabajo inmersa en una especie de trance. Le había contado a Ned que había sido Abi quien había puesto la pegatina en lo alto de la torre, pero a él también le había costado creerlo. Que algo que ella había hecho años antes de morir hubiera salvado la vida de Charlie cuando este no podía seguir soportando el sufrimiento de perderla… Él me había preguntado en una ocasión si creía en el destino y yo no había sabido qué contestar, pero en ese momento me parecía algo muy real.

Ya sé que habíamos acordado que cada uno se centraría en su propia vida, que Charlie se distanciaría y se concentraría en sí mismo por un tiempo, pero, por mucho que me había esforzado por cumplir con ese pacto, fui yo quien terminó por romperlo. Le envié un mensaje de texto pidiéndole que me llamara cuando tuviera un momento, pero no me había contestado todavía.

Puse rumbo a la cafetería Cool Beans, ya que mi dosis de café instantáneo no estaba sirviéndome de mucho llegados a ese punto de la jornada. Crucé la puerta acristalada y saludé al tatuado encargado con el habitual gesto de asentimiento antes de ponerme a la cola.

Las primeras veces que había estado allí después de la marcha de Charlie habían sido una montaña rusa de emociones para mí. Al cruzar la puerta me embargaba la infantil esperanza de verlo allí, sentado a nuestra mesa común, listo para que le tirara encima mi comida y le obligara a entablar una incómoda conversación. Huelga decir que mis esperanzas habían sido en vano, claro. Y, aunque me había esforzado al máximo por no permitir que lo ocurrido con Charlie afectara a cómo me sentía en aquel lugar, lo cierto era que no había podido evitar que quedara asociado en cierta forma al dolor que sentía.

—¿Alguien quiere alguna bebida caliente? —preguntó el encargado desde la caja.

Yo me acerqué con esa sonrisa incómoda que siempre aparece cuando conoces a una persona de vista y tienes que hablar con ella.

—Un americano, por favor. —Decidí añadir también un brownie.

Me desconcerté un poco al ver que me miraba ceñudo por un momento y me pregunté a qué se debería esa reacción suya, pero sonrió de nuevo y me indicó que pasara la tarjeta por el lector. El pago se realizó y, después de darle las gracias en un murmullo casi inaudible, me dirigí al final del mostrador para esperar.

Me saqué el teléfono del bolsillo para ver si Charlie me había respondido, pero no había ni mensajes ni llamadas y, aunque comprendía que los dos necesitábamos algo de distancia en ese momento, no pude evitar sentirme dolida y abandonada.

Suspiré y volví a guardarlo en el bolsillo mientras una chica se acercaba al mostrador y me entregaba mi café.

—¿Quieres leche?

—No, gracias.

—Por cierto, ¿te gustaría hacer un donativo para nuestra organización benéfica del mes?

El cambio que acababa de darme todavía me tintineaba en el bolsillo.

—Sí, claro.

Ella sonrió y alargó la mano hacia un cubo de plástico decorado con purpurina y vistosas letras, yo ni me había dado cuenta de que estaba allí a pesar de que estaba bien a la vista; de hecho, tenía hasta una ristra de lucecitas de colores a pilas enroscada alrededor para llamar toda la atención posible.

—¿Para qué causa es?

Su sonrisa se ensanchó aún más al ver que se le presentaba la oportunidad de bombardearme con toda la información posible.

—Mentes Sanas, ¿los conoces? Mi novio y yo vamos a organizar un evento benéfico de ciclismo para recaudar fondos para ellos.

Yo fruncí el ceño y ladeé la cabeza mientras mi cerebro encajaba las piezas de aquel rompecabezas.

—No serás Audrey, ¿verdad?

Ella titubeó ligeramente.

—Sí, ¿nos conocemos?

—¿Nell? —El encargado, que estaba atendiendo a una joven madre acompañada de su hijo, los dejó sin más y salió de detrás del mostrador. Se detuvo ante mí con ojos esperanzados—. Me ha parecido reconocer tu voz cuando has pedido.

—¡No puede ser! —exclamé con incredulidad, mientras mi boca dibujaba una sonrisa—. ¿Jackson?

Me abrazó con tanta fuerza que apenas podía respirar.

¡No me lo podía creer!

Cuántas veces le había visto, cuántas veces le había sonreído y había estado a centímetros de él sin saber que le conocía. Nunca me había dado la impresión de que fuera una persona con problemas, a veces lograba sorprenderme la capacidad que puede llegar a tener la gente para ocultar sus verdaderos sentimientos.

Supongo que, al pensar en Jackson, había estado cayendo en

esos mismos estereotipos contra los que siempre había luchado. Me había imaginado a un hombre extremadamente delgado y del montón, alguien al que todo el mundo se referiría como un «muchacho». Pero Jackson no se parecía en nada a la imagen mental que yo tenía de él. Era alto y fuertote, incluso podría decirse que musculoso; tenía unos hombros anchos y unos brazos tonificados cubiertos de tatuajes; llevaba el pelo más largo de lo habitual y, aunque eso no era extraño teniendo en cuenta que solía llevarlo cortado casi al rape, supongo que todas sus preferencias personales estaban cambiando ahora que tenía novia.

Eso era algo que nos había ocurrido a Joel y a mí. Él siempre había querido llevar el pelo corto, pero lo llevaba largo porque era lo que me gustaba a mí. Sentí esa punzada que me atravesaba el corazón cada vez que pensaba en él y estuve a punto de sacar el móvil para llamarle, pero sabía que no quería hablar conmigo. Me lo había dicho él mismo, así que tenía que darle tiempo y esperar a ver si cambiaba de opinión. Aunque cabía la posibilidad de que ese día no llegara nunca.

Jackson me soltó y le explicó quién era yo a Audrey, quien se mostró tan entusiasmada como él al poder ponerle cara por fin a mi nombre y me dio también un fuerte abrazo.

Fue un momento muy especial que me hizo sentir que estaba atándose otro cabo suelto. Había sido reacia a marcharme de Mentes Sanas porque me preocupaba Jackson, pero él estaba iniciando una nueva etapa en su vida y me estaba dejando atrás, tal y como debía ser.

Ned era el otro motivo que me había llevado a no dejar mi trabajo para ir en pos de los sueños a los que había renunciado en el pasado, pero incluso él estaba iniciando un nuevo camino. En su caso no era laboral, sino sentimental. La idea de que mamá y él estuvieran juntos me descolocaba, pero, si eso era lo que les hacía felices a ambos, ¿quién era yo para impedírselo?

Mis lazos con Joel se habían roto, dudaba que él quisiera volver a dirigirme la palabra alguna vez. Si él necesitaba que habláramos, siempre iba a poder contar conmigo, pero la decisión estaba en sus manos.

Incluso el propio Charlie había seguido adelante con su vida. Estaba tan decidida a permanecer junto a quienes me necesitaban, a no avanzar por el bien de otras personas, que al final me había quedado atrás.

¿Y si resulta que yo tan solo había sido lo que Charlie necesitó durante ese oscuro periodo de su vida?, ¿y si yo solo le había necesitado para zanjar definitivamente lo mío con Joel? A lo mejor habíamos dejado de necesitarnos el uno al otro. La idea hizo que me sintiera como si estuviera partiéndome en dos, pero sabía que tenía que dejar de quedarme esperando a que la vida me diera un empujón en otra dirección. Tenía que iniciar el camino yo misma. Todo el mundo parecía estar feliz y encarrilado. Todo el mundo menos yo.

A lo mejor había llegado el momento de iniciar una nueva etapa en mi vida.

31

Un mes después

Charlie

Para ser tan menudita, la verdad es que Kenna ocupaba un montón de espacio. Siempre había sido así, sacaba los codos o adoptaba posturas de lo más peculiares al sentarse porque iba vestida con algo tan ceñido que no podría respirar si lo hacía como una persona normal.

—¿Qué tal está Nell? —me preguntó, mientras enredaba un rojizo tirabuzón alrededor de un dedo cuya uña llevaba una extensión roja de gel.

Bajé la mirada hacia la tarrina casi vacía de helado que tenía en mi mano y pasé la cuchara por el fondo, dibujando formas en la fina capa cremosa que quedaba sobre el cartón.

—Estaba bien la última vez que hablé con ella.

—¿Y cuándo fue eso?

—Hace algún tiempo.

Tiré la tarrina a la papelera que había junto al banco donde estábamos sentados y dirigí la mirada hacia el pálido y soleado cielo que se extendía sobre la bahía de Clew. Estar allí me recordó aquel momento en que Nell me encontró después de que me esfumara el día de las exequias. Qué lejano me parecía ahora eso.

—Ella quería algo de espacio y yo lo necesito también. Así que eso es lo que estoy dándole.

—Es una lástima que tuvieras que conocerla justo entonces.

—Sí. —Sentí un dolor incipiente en mi caja torácica e intenté centrarme en el agua para evitar que se intensificara—. El momento no era el adecuado.

—¿Crees que regresarás?

Aquellas palabras me generaron una inmediata ansiedad.

—No lo sé. Aquí estoy sanando, puedo notarlo. Ya no me levanto deseando que el día termine incluso antes de que haya empezado, y sé que el hecho de que yo esté aquí es bueno para Carrick. No sé, siento que estoy en el lugar correcto ahora mismo. —Respiré hondo aquel aire fresco y salado, la cálida sensación de estar en casa me inundó el pecho—. Ella me salvó la vida, eso es algo que no podré olvidar jamás, pero cuando estábamos juntos yo era alguien que no había sido nunca. Nell no llegó a conocer a mi antiguo yo, solo conoce esta versión. Si vuelvo a ser el de antes y regreso, podría verme como a un extraño.

Ella suspiró y se giró hacia mí, soltó un gemido cuando la cintura de la falda de tubo que llevaba puesta se le clavó en el torso y le constriñó los pulmones.

—Charlie, jamás volverás a ser la persona que eras antes. Todos estamos en un proceso de cambio constante. Serás distinto estés con quien estés. Uno va adquiriendo los hábitos de la otra persona… cómo se sienta, su forma de pensar. Y al final eres una mezcla de los dos. —Hizo una mueca—. Antes de todo esto, cuando eras el Charlie de Abi, la verdad es que a veces podías ser un capullo, no te voy a mentir, pero yo te quería de todas formas. Y seguía queriéndote cuando te aislaste y te esfumaste de nuestra vida. Y, cuando eras el Charlie de Nell, seguía queriéndote igual.

—¿Qué Charlie soy ahora?

—Yo creo que eres tú mismo. Abi y tú erais muy jóvenes cuando iniciasteis vuestra relación, así que me parece que no tuviste la oportunidad de averiguar quién eras en realidad de forma independiente. Siempre estabas intentando impresionarla y demostrarle que eras digno de ella, por eso te dedicabas a fardar con la ropa de marca y los relojes caros. Pero ella jamás te amó por los relojes que tuvieras o dejaras de tener. Para serte sincera, me parece que prefiero esta versión de ti.

—¿En serio? ¿Prefieres a este idiota desanimado y tristón?

—Pues sí, así es. Me parece que te hacía falta recibir alguna que otra herida para que se te bajaran un poco los humos. Lo triste es que esa herida tuviera que ser Abi, precisamente.

Volví a sentir el familiar nudo en la garganta y, de forma instintiva, metí la mano en el bolsillo y rebusqué hasta encontrar el cristal marino.

—Si no me hubiera distraído, ella todavía estaría aquí —dije, con voz estrangulada.

—¿Qué quieres decir?

Alcé la mirada al oír su tono de extrañeza. Aquellas cejas suyas tan meticulosamente depiladas estaban fruncidas, su labio inferior sobresalía en un puchero. Tuve que carraspear un poco para despejar la garganta. Había olvidado que nunca le había mencionado aquello a Kenna, sabe Dios cómo iba a reaccionar.

—Que si no me hubiera distraído con las noticias de la tele cuando fui a prepararle un té me habría dado cuenta de que no se encontraba bien, habría llamado a la ambulancia y ella habría podido salvarse. —Me preparé para el bofetón que se avecinaba; de hecho, estuve a punto de girar un poco la cara para que tuviera la mejilla más a tiro—. A lo mejor seguiría con vida si yo hubiera regresado antes al dormitorio.

—Por Dios, Charlie, ¿has estado acarreando esa carga todo este tiempo? Era imposible salvarla. —Sacudió ligeramente la cabeza—. Realmente lo dejaste todo en manos de mamá, ¿verdad? Murió al instante, eso fue lo que dijo el forense.

Sentí que algo se liberaba en mi pecho, como si una burbuja de aire hubiera explotado.

—¿Al instante?

—Sufrió una embolia pulmonar masiva, murió en cuestión de un par de segundos.

Había pasado una hora más o menos desde que yo había salido de la habitación hasta que había vuelto con su té y, en algún momento dado de ese lapso de tiempo, ella se había apagado sin más, como un sistema de calefacción central. Y toda aquella culpa que yo había estado acarreando durante tanto tiempo jamás había tenido ninguna razón de ser.

—¡Respira, Charlie! ¡Estás poniéndote azul! —Kenna me sacudió el hombro.

Yo llené mis pulmones con una jadeante bocanada de aire.

—Entonces ¿no fue culpa mía? ¿Yo no soy el motivo de que esté muerta?

—No, Charlie. Nadie tuvo la culpa, fue algo que sucedió sin más.

La hierba reseca me rascaba las piernas mientras permanecía sentado frente a la tumba de Abi, en cuya lápida, en letras plateadas, podía leerse: *Devota hija, hermana, esposa y amiga.*

Jugueteé con el cristal marino mientras las leía una y otra vez, el runrún distante de algún que otro coche y el gorjeo de los pájaros eran los únicos sonidos que traía el viento.

—Hoy he descubierto que no es culpa mía que estés ahí abajo. —Tenía la voz rasposa después de mi conversación con Kenna—. Cabría pensar que eso me haría sentir mejor. Y sí, me ayuda un poco, pero tú sigues estando muerta.

Me giré a mirar por encima del hombro al oír el sonido metálico de la puerta y vi a un anciano que se acercaba en mi dirección. Llevaba un ramo de flores en la mano y caminaba ayudado por un bastón que hacía crujir con suavidad la grava a su paso. Estaba a unos metros de mí cuando se percató de mi presencia y se llevó la mano al sombrero a modo de saludo antes de dirigirse hacia una tumba situada junto al muro que separaba el cementerio de la carretera. Me pregunté si ese podría ser yo en cuarenta años, trayendo flores a este lugar y con un pesar lo bastante intenso todavía como para doler.

—Conocí a una chica. Se llama Nell. No sé cómo te sentirías al respecto, pero quería decírtelo. Así no tengo tanta sensación de estar siéndote infiel.

Me pasé el cristal anaranjado a la otra mano y lo rodé con las palmas. La sensación me resultaba tan familiar a esas alturas, después de llevarlo conmigo durante tanto tiempo, que parecía como si formara parte de mí. Los bordes, pulidos por el mar, se habían alisado aún más después de rodar durante años en unas manos llenas de ansiedad.

—Me llamó hará cosa de un mes, me dijo que había averiguado quién había puesto aquella pegatina en la torre. Tendría que haber adivinado que tú tenías algo que ver con eso. —No pude evitar sonreír—. Supongo que fue cuando pasaste por aquella fase en la que estabas tan interesada en el voluntariado y al final terminaste en el refugio de gatos donde adoptaste a Magnus, ¿no? —Miré la lápida como esperando a que contestara—. Y mira que escribir aquellas palabras de *Náufrago* allí, como si supieras que yo las necesitaría algún día, que la necesitaría a ella.

Me sequé los húmedos ojos con la manga y sorbí la emoción. Había estado intentando no «actuar en plan machito» cuando me entraban ganas de llorar, pero las lágrimas habían empezado a aparecer con menos frecuencia últimamente a pesar de que el dolor que las causaba permanecía en todo momento de fondo, como cuando oyes una tormenta que está cerca y amenaza con caer sobre ti.

—Solo quería venir aquí y decirte, aunque estoy bastante seguro de que solo estoy hablando con el suelo, que te amo y que siempre te amaré. Pero tarde o temprano tendré que hacer algo de espacio aquí dentro para amar a alguien más. —Me sequé las mejillas de nuevo y exhalé de forma audible. El aire se llevó consigo un peso que había sentido durante demasiado tiempo—. Tengo que tomar un montón de decisiones. ¿Me quedo aquí o me voy? He ahí la cuestión, como diría Shakespeare. —Esbocé una sonrisa, consciente de que a ella también le habría hecho gracia—. Pero, decida lo que decida, no estoy olvidándote ni reemplazándote.

Me tomé un momento más antes de ponerme en pie y respirar hondo. Alargué una mano y la posé sobre la lápida de mármol mientras pensaba en cuánto tiempo habíamos desperdiciado Abi y yo en aquellos años que habíamos pasado sin hablarnos, poniendo nuestro orgullo herido como excusa para no hacer algo al respecto. Pero no se puede cambiar el pasado, la realidad es la que es. Y la realidad era que aquella lápida estaba allí, encima de Abi. Abrí la mano y el cristal tintineó un poco al tocar la superficie de mármol. Dejé que mi palma reposara allí unos segundos más antes de dar media vuelta y, dejando el trocito de cristal marino anaranjado donde realmente debía estar, me alejé rumbo al aparcamiento, donde *Steve* me estaba esperando.

32

Cuatro meses después

Nell

Crucé el vestíbulo de techo acristalado de la Universidad de Aston y salí a la gran extensión de césped que hay delante, que siempre está salpicada de estudiantes pasando el rato cuando el tiempo lo permite.

Tom y Marni, los dos estudiantes de veintipocos años con los que había entablado amistad la primera semana, charlaban junto a mí mientras salíamos a disfrutar de aquella relajada y soleada tarde.

Nos dejamos caer en la hierba entre los dispersos grupos de estudiantes, quienes llevaban puestas variopintas camisetas salpicadas de sangre y caretas de plástico. Yo había olvidado por completo que era Halloween hasta que, al bajar esa mañana a la cocina, había encontrado a Ned disfrazado de Leatherface, sentado a la mesa con cierta dificultad debido al brazo de mentira que llevaba sujeto a la cintura.

—¿Tienes planes para el fin de semana, Nell? —me preguntó Tom, quien llevaba su largo cabello castaño recogido en un pequeño moño en la coronilla y me recordaba a un guerrero samurái.

—Mañana voy a trabajar unas horas en Mentes Sanas, y creo que mi madre viene a pasar uno o dos días. Menuda juerga, ¿no?

—Alcé el rostro hacia el escaso sol con el que había que conformarse y me recosté apoyada en las manos—. ¿Y vosotros qué?

—Hay una fiesta de Halloween en casa de Laurie, ¿te apuntas? —me preguntó él.

—Venga ya, Tom, parece que no la conoces —bromeó Marni—. Los viernes tiene noche de pelis con su «marido».

Habían empezado a referirse a Ned como mi marido desde que se habían enterado de su existencia. Les había dicho que él estaba saliendo con mi madre, pero eso no parecía importarles.

Últimamente había notado que Tom había empezado a flirtear un poco conmigo, me tocaba más a menudo y me invitaba a ir a tomar un café. Era un chico agradable y bastante guapo, pero en ese momento era total y absolutamente imposible que me planteara salir con alguien. Varias semanas atrás, la profesora Gundersen se había acercado un día al terminar la clase para comentarme que la estudiante que estaba cursando un año en el extranjero se había quedado embarazada y tenía previsto regresar a finales de octubre. Parece ser que yo le parecía una buena candidata para reemplazarla, y me había dado una serie de folletos informativos para que me lo pensara.

Cualquiera diría que Tom acababa de leerme el pensamiento, porque me preguntó:

—Bueno, ¿piensas aceptar lo de Nueva Zelanda o has decidido que no puedes privarte de nuestra compañía tanto tiempo?

—Ayer entregué toda la documentación. —Sentí una mezcla de terror y de excitación en las entrañas.

—No me puedo creer que vayas a abandonarnos a nosotros y a tu marido por un año entero —bromeó Marni.

—Ned se las arreglará perfectamente bien sin mí, y vosotros también —afirmé, mientras jugueteaba con una brizna de hierba—. Será raro estar tan lejos.

—Sí, el vuelo a Auckland dura unas veinticuatro horas, ¿verdad? —comentó Tom.

Yo tragué de forma audible. Veinticuatro horas en el aire, a no sé cuántos kilómetros de distancia de tierra firme. Aparté a un lado aquellos pensamientos y respiré hondo. No, no iba a permitir que el miedo echara al traste aquella oportunidad que había aparecido de forma tan inesperada.

Pensé en la última vez que había subido a un avión y me había aferrado a la mano de Charlie con tanta fuerza que los dedos se le habían puesto azulados. Esta vez no tendría a nadie a quien poder agarrarme a menos que lograra congeniar con el pasajero que estuviera sentado al lado, lo que no era descartable teniendo en cuenta mi diarrea verbal. Sentí que el dolor que emergía cada vez que me acordaba de Charlie se expandía por mi pecho, pero me limité a esperar porque sabía que, al igual que en todas las ocasiones anteriores, tardaría unos segundos en ir remitiendo. Él me había dicho que se sentía bien, que estaba trabajando en el negocio familiar y que vivir con Carrick le hacía sentir como si hubiera retrocedido unos veinte años en cuanto a madurez.

—¿Estás bien? —Tom me puso una mano en el tobillo.

—Sí, de maravilla.

Marni debió de darse cuenta de que era mejor cambiar de tema.

—Bueno, ¿has decidido la especialización que elegirás allí? —Sus largas y finas trenzas de color morado se balancearon como cuerdecitas cuando se volvió a mirarme.

—Yo creo que optaré por la terapia en casos de duelo y pérdida.

Bajé la mirada hacia los dedos de mis pies y me recorrió una pequeña oleada de tristeza. Me concedí cincos segundos para sentirla antes de contenerla y recobrar mi sonrisa. Sí, el tiempo que había compartido con Charlie había sido hermoso y doloroso, siempre lamentaría que hubiera terminado incluso antes de comenzar. Pero haber estado ahí para poder apoyarle, para ayudarle mientras estaba pasando por el suceso más devastador de su vida, me había servido a mí misma de ayuda para descubrir lo que se me daba bien hacer y hacia dónde quería encauzar mi vida. En el mundo había millones de corazones rotos y de gente que lloraba la pérdida de algún ser querido y, si podía ayudar aunque fuera a una sola de esas personas, mi existencia habría valido la pena.

Acababa de bajar del tren y de pisar el andén cuando noté que mi móvil empezaba a vibrar en el bolsillo. Lo saqué y vi que era una llamada de mamá.

—Hola, madre —la saludé.

—¡Buenas tardes desde España! ¿Qué tal te ha ido el día en la uni?

—Bien. Tom ha intentado convencerme de que salga con ellos esta noche, pero he decidido pasar.

—Venga, Nelly, anímate y ve. Por lo que dices, a ese tal Tom le haces tilín.

Se mostraba cada vez más insistente desde mi fallida historia de amor con Charlie. Yo creo que ella pensaba que algún que otro rollito fugaz contribuiría a que mi tristeza se desvaneciera.

—Ni hablar, mamá. Es muy joven para mí.

—No tiene nada de malo tener un juguetito sexual, Nelly. Yo he tenido varios a lo largo de mi vida.

Fingí que tenía arcadas.

—Mamá, ¡habíamos quedado en que no volveríamos a hablar de ese tema!

—Vale. Perdona, cielo. —Suspiró con resignación—. ¿Has sabido algo de Charlie?

—¿Podemos hablar de otra cosa, por favor? No me apetece echarme a llorar en medio de la calle.

—Sí, por supuesto. ¿Has sabido algo de Joel?

—¡Mamá! Con la de temas que podrías elegir para subirme el ánimo, y vas y decides hablar de Joel.

—Perdona, cielo, pero es que tu vida es un verdadero campo de minas en lo que a temas de conversación se refiere.

Las últimas noticias que me habían llegado de Joel era que le iba bien y que pensaban mudarse a Scarborough para estar rodeados de recuerdos felices. Rachel me había prometido que se pondría en contacto conmigo cuando hubieran terminado la mudanza.

—Oye, la verdad es que quería comentarte algo —añadió mamá.

—Dime —le dije, mientras intentaba recobrar la compostura. Doblé la esquina y al enfilar por mi calle vi que varias farolas cobraban vida prematuramente bajo la luz vespertina.

—Quería decírtelo cuando estuviéramos cara a cara, pero no puedo esperar. He aceptado un puesto de trabajo permanente en Londres.

—¿Regresas a casa? —Mi ánimo mejoró de inmediato—. Espera, ¿significa eso que Ned y tú sois pareja? Porque si piensas por un segundo que voy a llamar «papá» a ese hombre estás muy equivoca…

—No. Regreso por ti, Nelly. Lo que me dijiste aquella noche en el baño… en fin, me afectó bastante y me di cuenta de que no he sido la madre que yo creía.

—A ver si lo entiendo, ¿vas a afincarte aquí? ¿Vuelves a casa con intención de quedarte?

—Bueno, estaré en Londres, pero ya eres una mujer hecha y derecha. No necesitas tenerme pululando a tu alrededor todo el día. Pero estaré lo bastante cerca como para poder ir a verte una vez a la semana más o menos. Si tú quieres, claro. No quiero agobiarte, entendería que no quisieras tener a tu madre pegada a ti mientras intentas disfrutar de tu vida social. Nunca he sido una pesada, y no pienso empezar ahora.

Dios, ¿así sonaba yo cuando me ponía a parlotear?

—Mamá. En primer lugar, no tengo vida social; en segundo lugar, tenerte cerca es algo que llevo deseando desde hace una década como mínimo. Pero justo ayer entregué la documentación para irme a estudiar a Nueva Zelanda.

—¡Qué bien, Nelly! Es una gran noticia, ¡no sabes lo orgullosa que estoy de ti! Seguro que disfrutas muchísimo la experiencia.

—Eso espero. Pero vamos a estar en extremos opuestos del planeta de nuevo. —Suspiré pesarosa y me pregunté por enésima vez si la decisión había sido acertada.

—No te preocupes por mí, yo no pienso irme a ninguna parte. Vete, disfruta de la aventura que tanto tiempo has estado esperando, y cuando vuelvas sabrás perfectamente bien dónde encontrarme.

La conversación llegó a su fin justo cuando estaba enfilando por el camino de entrada de la casa y volví a guardar el móvil en el bolsillo. La idea de que ella estuviera aquí por fin, lo bastante cerca como para llamarla sin pensármelo dos veces si la necesitaba, sin tener que consultar antes la aplicación que mostraba el horario mundial, me tenía un poco embriagada. Al llegar a la puerta oí un sonido que reconocí al instante. Era tan suave que apenas se oía, un ligero chirrido. Bajé la mirada y de mis labios escapó una exclamación ahogada al ver a George en medio del escalón, con la cabeza bamboleándose bajo la brisa. Me agaché tan rápido que me chasquearon las rodillas, lo alcé y descubrí bajo sus pies una hoja de papel doblada que estuve a punto de rasgar por la mitad al intentar abrirla más rápido de lo que permitían mis temblorosas manos.

Cuando lo logré por fin, la alisé y leí el escueto mensaje:

¿Te apetece un café? Yo invito.
Bs. C.

Siempre había creído que, si aquello llegaba a suceder algún día, nada podría impedirme echar a correr a toda velocidad en dirección a Charlie, fuera cual fuera esa dirección. Pero resulta que era incapaz de moverme.

Charlie había vuelto y, si me ponía en marcha de inmediato, podía estar con él en menos de quince minutos, pero se repetía la misma historia: aquello sucedía en el peor momento posible. Yo iba a marcharme del país para ir en pos de mis sueños, tal y como tendría que haber hecho hace mucho. ¿Por qué tenía que pasar justo ahora?

Charlie

El calor que se filtraba a través de la taza resultaba casi doloroso y me enrojecía las palmas de las manos. De la superficie del té con leche emergían hilitos de humo impregnados de ese inconfundible olor de una infusión.

Qué distinta era mi vida de ahora a la que tenía cuando me refugié en este mismo lugar el día en que me dirigía a la torre del reloj. En aquel entonces estaba tan firmemente convencido de querer llevar adelante mis planes que si alguien me hubiera dicho que, meses después, estaría sentado allí mismo esperando a una chica, me habría reído en su cara y le habría tomado por un chalado. Y, sin embargo, héteme allí. Me llevé el té a los labios y tomé un sorbito.

Me volví esperanzado al oír que la puerta de la cafetería se abría y me llevé una decepción al ver que tan solo era un empleado que había salido a recoger unas sillas. Suspiré y me centré de nuevo en mi té. Estar lejos de Nell no había sido nada fácil y, a decir verdad, incluso había echado un poco de menos a Magnus, pero había seguido el consejo de la terapeuta que me había buscado Kenna: «Establecer algo de distancia es la única forma de poder ver las cosas desde cierta perspectiva». Esas habían sido sus palabras y, aunque había sido una tarea casi imposible, me había distanciado.

Nell había dicho que no era el momento adecuado para lo nuestro, y tenía razón. Entonces, ninguno de los dos estábamos en condiciones de enamorarnos, pero eso era lo que había sucedido a pesar de que lo de Abi era una brecha que había hecho todo lo posible por separarnos.

Para ser sincero, creo que jamás podré superar por completo lo de Abi. La había amado más que a nada en este mundo. Mi único

359

anhelo había sido estar con ella, abrazarla, compartir hasta el último segundo del día y, de buenas a primeras, todo eso me había sido arrebatado. No sé si el duelo por un ser querido termina por desvanecerse del todo algún día. Es como ese juego de la patata caliente: tienes el globo en la mano y no sabes cuándo va a estallar, y te aterra saber que estás corriendo ese riesgo. Hasta que un día, cuando se agota tu tiempo en este mundo, te vas y le pasas el dolor a otra persona. Supongo que esa muerte no es algo tan definitivo como dice la gente. Permanece en este mundo hasta que la última persona que te quiso deja de estar aquí.

Pero, a pesar de saber que algunos días serían peores que otros, que habría aniversarios y cumpleaños en los que me volvería callado y reservado, tenía claro que quería que Nell estuviera a mi lado en todos ellos.

Deseaba con toda mi alma que ella compartiera ese anhelo, porque ya habíamos pasado demasiado tiempo separados.

Oí que alguien carraspeaba a mi espalda y me giré en mi asiento con tanto ímpetu que por poco me caigo de bruces al suelo, pero volví a llevarme una aplastante decepción cuando mi mirada se alzó hacia el rostro de la persona en cuestión.

—Perdona, ¿te importa que limpie la mesa? Este sitio va a llenarse en breve de amas de casa con ganas de tomarse unas copitas y hay que prepararlo todo. —La joven esbozó una ruborosa sonrisa.

—Claro que no, adelante. —Alcé mi taza mientras ella pasaba un trapo para recoger las migajas y limpiar los cercos que habían dejado las tazas de café de los clientes.

Ella me dio las gracias, sonrió de nuevo y se alejó mientras yo volvía a dejar mi taza sobre la mesa.

No sabía si Nell iba a venir o no. Bien sabe Dios que yo había traído un montón de complicaciones a su vida, una vida que había transcurrido sin mayores problemas antes de conocerme. Quizás, en el tiempo que había pasado desde entonces, se había dado cuenta de que esa vida sosegada era la que había querido en realidad desde un primer momento.

—Perdona...

Me volví al oír una voz a mi espalda y dije, con una sonrisa en los labios:

—No he manchado la mesa, lo juro…

Contuve el aliento cuando los ojos marrones que llevaba meses anhelando volver a ver se encontraron con los míos.

Llevaba el pelo más corto y se la veía más feliz, más viva que nunca. Sus labios dibujaron una sonrisa tan enorme que los míos no pudieron evitar emularlos.

Ella carraspeó antes de repetir las primeras palabras que me había dicho cuando nos conocimos.

—Perdona, ¿te importa que me siente aquí?

—Adelante, siéntate.

Ella se sentó con nerviosismo, posó las manos en su regazo y me miró titubeante.

—Cuánto me alegra volver a verte, Nell. —Mis palabras salieron en una especie de suspiro. El alivio de volver a tenerla tan cerca era poco menos que abrumador.

—Lo mismo digo.

Frunció ligeramente el ceño y sus cejas se arrugaron de aquella forma tan adorable que yo recordaba de un modo tan vívido. Daba la impresión de que estaba intentando descifrar algo, que estaba dándole vueltas mentalmente mientras sopesaba las opciones.

—¿Qué pasa? —le pregunté. Alargué una mano y la puse sobre su brazo. Era raro tocarla de nuevo, como si no estuviera seguro de si ahora se me permitía hacerlo.

—Nada, no pasa nada. —Me miró a los ojos y frunció de nuevo el ceño—. Es que quiero preguntarte algo, eso es todo.

—¿El qué? —El corazón me palpitaba con tanta fuerza que temí no oír su pregunta cuando las palabras emergieran de sus labios—. Pregúntame lo que quieras.

Sus labios esbozaron una sonrisa que iluminó sus ojos con un brillo de entusiasmo que no había visto jamás en ellos.

—¿Estás listo para emprender una aventura? —me preguntó de forma críptica.

—Estoy listo para lo que sea, siempre y cuando sea contigo.

—Perfecto. ¿Qué te parece ir a Nueva Zelanda?

Ni Nell ni Charlie oyeron desde la cafetería el tañido de la campana del reloj de la torre al dar la hora. El sonido iba dirigido a una ciudad que apenas le prestó atención mientras resonaba por el cielo. Bajo el borde del muro, la pegatina que había salvado una vida se estremeció bajo la brisa. Había aguantado el envite del viento y de la lluvia, de la nieve y del sol, pero había llegado el momento de que dejara de custodiar la ciudad desde las alturas. Sopló una segunda racha y el pegamento cedió finalmente como si hubiera sido arrancado por unos dedos fantasmales, y la pegatina se desprendió de la piedra a la que se había aferrado durante tanto tiempo y se alejó flotando hacia el cielo vespertino.

AGRADECIMIENTOS

Había oído hablar sobre lo difícil que es escribir un segundo libro, lo perdida que puedes llegar a sentirte durante el proceso, pero siempre pensé que eso era algo que jamás me sucedería a mí porque tenía un montón de ideas en mente. Qué equivocada estaba. Crear un segundo libro ha sido una de las cosas más frustrantes y complejas que he hecho en mi vida, y siento una felicidad enorme al poder respirar tranquila ahora que ya ha salido al mundo, narrando la historia que siempre quise contar.

A primera vista es la reencarnación de un relato que escribí hace unos seis años y que siempre significó mucho para mí.

Charlie, Carrick y Ned siempre han ocupado un lugar especial en mi corazón, y la incorporación de Nell ha hecho que *A primera vista* pase de ser una idea muy querida a convertirse en este relato que, espero que concuerdes conmigo, es una preciosa historia del viaje para superar aquello que te impide avanzar y permitirte una segunda oportunidad.

Esta historia salió de mi cerebro, pero hace falta un ejército para sacar adelante un libro y me gustaría empezar dándoles las gracias a mi agente, Elena Langtry, a Lisa Moylett y a todos los integrantes de la CMM Agency por su apoyo constante e inquebrantable. Siempre estáis ahí para ayudarme a superar mis dudas y para darme esa inyección de confianza que necesito.

Gracias a Tilda McDonald y a Phoebe Morgan por creer en mis ideas, por muy embarulladas que estas sean al principio, y por darme rienda suelta para desarrollar una de ellas hasta que toma forma. Gracias a Sabah Khan, Ellie Pilcher, Beth Wickington y al resto de integrantes del equipo de Avon que me han respaldado en estos últimos años. Vuestro apoyo y el trabajo extremadamente duro que desempeñasteis durante el confinamiento para ayudarnos tanto a mí como a los demás autores noveles fue increíble, y me siento orgullosa de formar parte de un equipo tan genial que, además, ganó el premio #imprintoftheyear2020. Pero, en fin, no nos gusta fardar… bueno, ¡no mucho!

Gracias a Matt Goode por asegurarme que lo que acababa de escribir no era una completa porquería, y por no quejarse nunca de tener que releerlo una y otra vez. Por no hablar de que tuviste que aguantar que me dedicara a hablar con acento irlandés a todas horas mientras escribía este relato.

Gracias a mamá por hablarle de mis libros a la gente cada vez que se presenta la ocasión y por quedarse parada junto a ellos en la librería Waterstones, comentando en voz bien alta lo increíbles que son para que la oigan quienes pasan por allí.

Papá, no eres dado a hablar demasiado, pero cuando lo haces siempre dices algo profundo. Gracias por tu apoyo y por saber siempre qué decir, por muy taciturnos que sean tus discursos motivacionales.

Me gustaría darle las gracias en especial a Sheila Gibbons, por ser mi guía virtual de Westport y por darme un montón de detalles y de información de primera mano sobre el pueblo que, sencillamente, yo no habría podido encontrar en ningún otro sitio. Tu ayuda ha sido de un valor incalculable, y espero haber hecho justicia a esta maravilla de pueblo.

También le estoy agradecida a la agente de policía D'Arcy Hazlewood por toda la ayuda que me ha dado, tanto con este libro como en la vida en general. Gracias, Boo.

Y quiero expresarle también mi gratitud a Chris Day, quien

tanto apoyo me ha dado; es la persona que posee más ejemplares de mis libros en todo el mundo.

Y también a John Howard y a Tom Owens. Gracias por permitirme escribir mis libros durante mi jornada de trabajo, detrás de la barra, en esos momentos de calma en que no había mucha gente. Espero que mi placa azul sea colocada en el Cricket Club a su debido tiempo.

También me gustaría expresaros a todos y cada uno de mis lectores cuánto agradezco y valoro vuestras amables palabras y testimonios. Habéis ido corriendo la voz y recomendando mis libros, y eso ha ayudado a que más y más gente vaya descubriéndolos en unos tiempos en los que es muy difícil ser una autora novel. Siempre os estaré increíblemente agradecida por ello.

Y un último agradecimiento va para los asistentes, médicos, terapeutas y voluntarios que trabajan para ayudar a quienes tienen problemas de salud mental. El trabajo que realizan organizaciones como Samaritans es increíble, en el mundo hay muchísima gente que está viva y feliz gracias a la labor que desempeñáis. También estoy muy agradecida por toda la información que me facilitaron en Samaritans para ayudarme a hacerle justicia a este tema tan delicado.

En el Reino Unido, la tasa de suicidios más grande se encuentra en el grupo de los hombres entre 45 y 49 años, pero la tasa de las mujeres de menos de 25 años ha subido un 93,8 % en el periodo comprendido entre 2012 y 2019.

La depresión es algo que a menudo es increíblemente difícil de detectar, así que debemos ser solidarios y empáticos con quienes nos rodean. Pregúntale a un amigo cómo se encuentra, y presta atención de verdad a su respuesta. Tiéndele la mano a ese amigo que va apartándose poco a poco del grupo, ayúdale a sentirse bienvenido de nuevo y, sobre todo, sé amable, porque nunca se sabe cuándo una persona está sufriendo bajo la superficie y tú podrías resultar ser ese rostro amistoso que necesita.